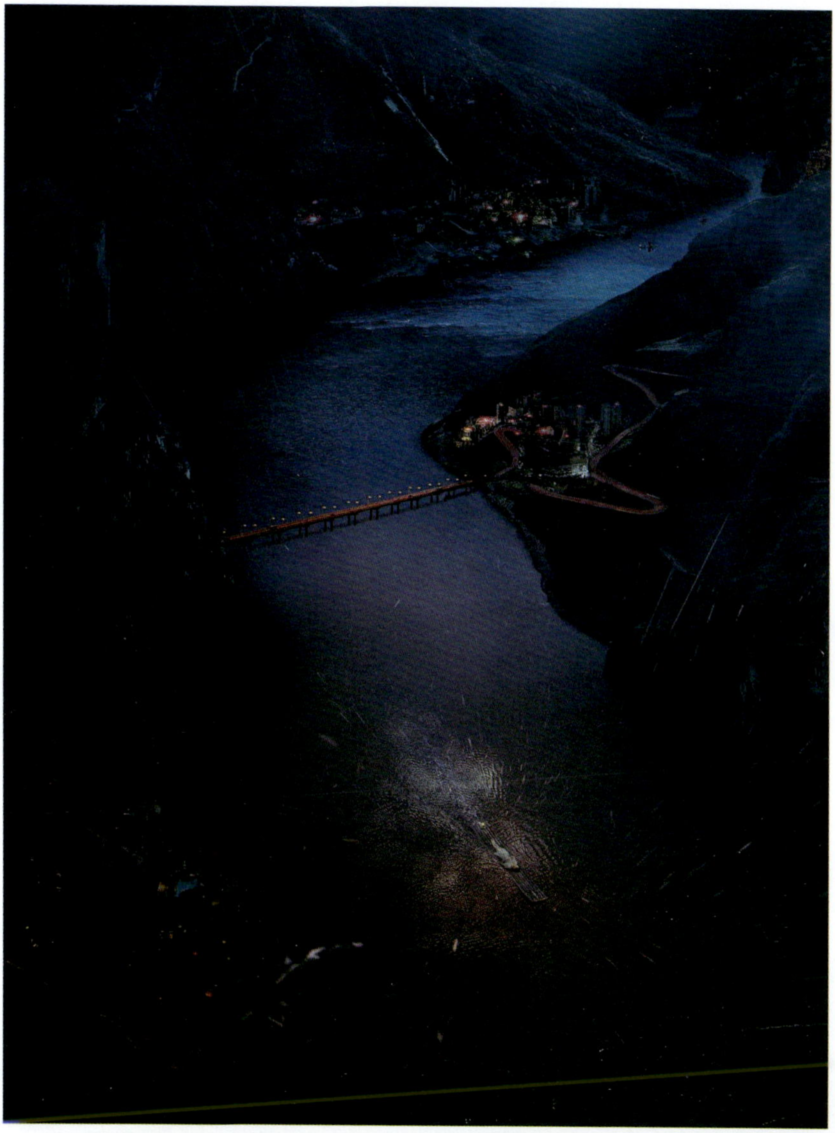

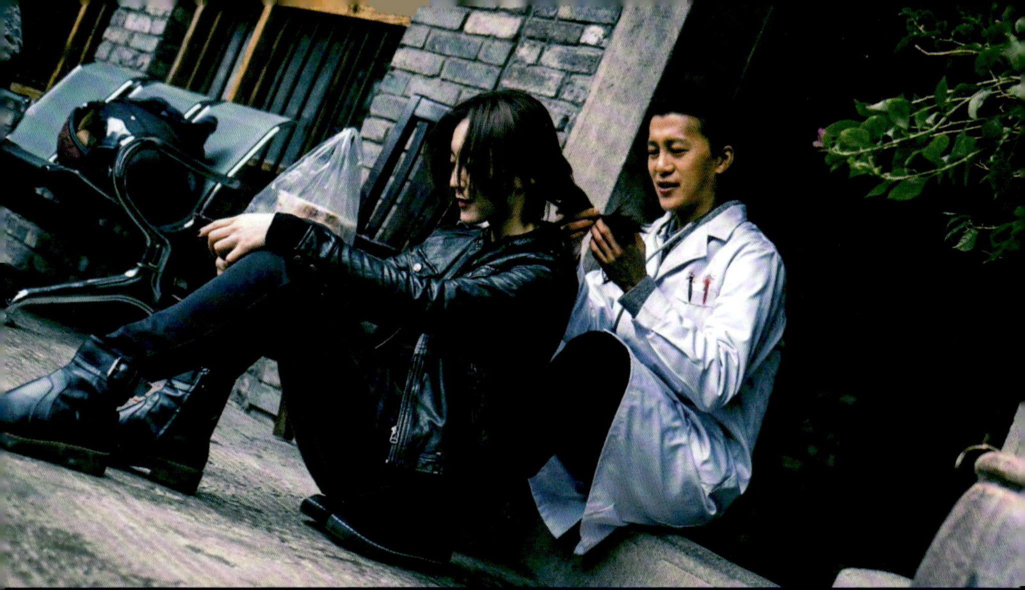

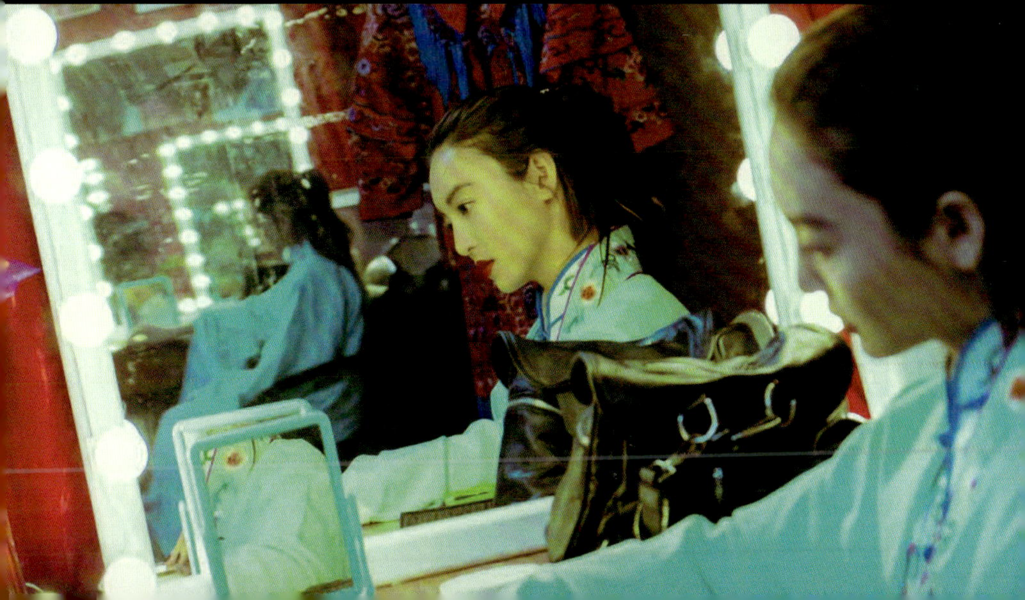

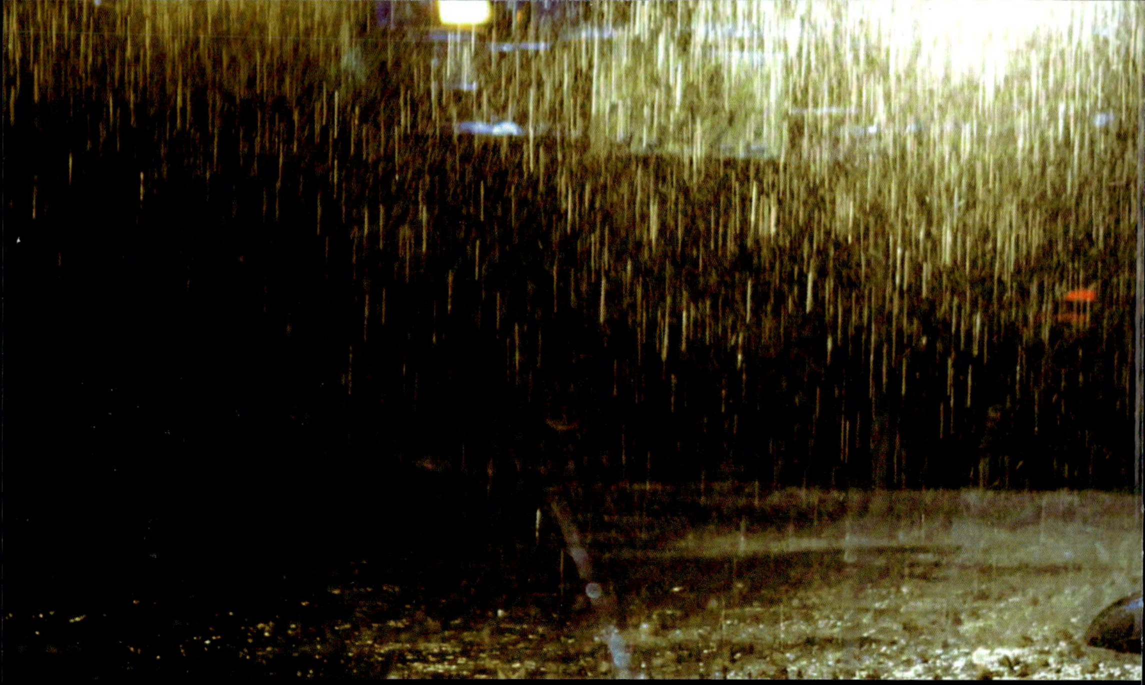

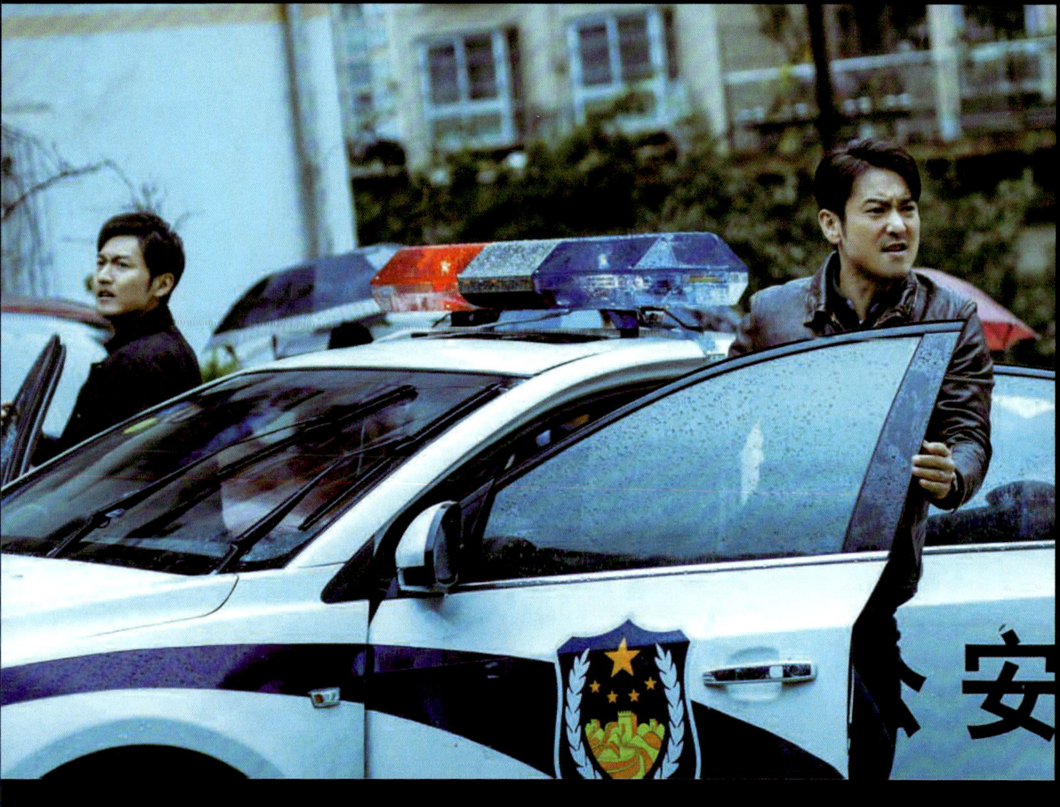
安

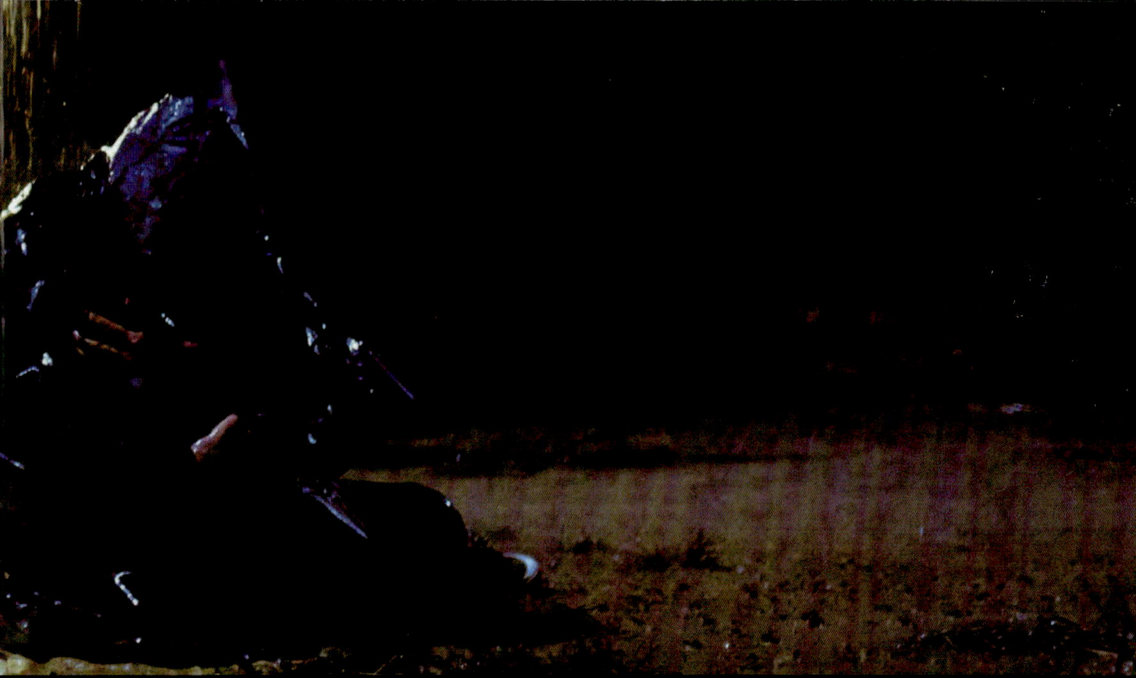

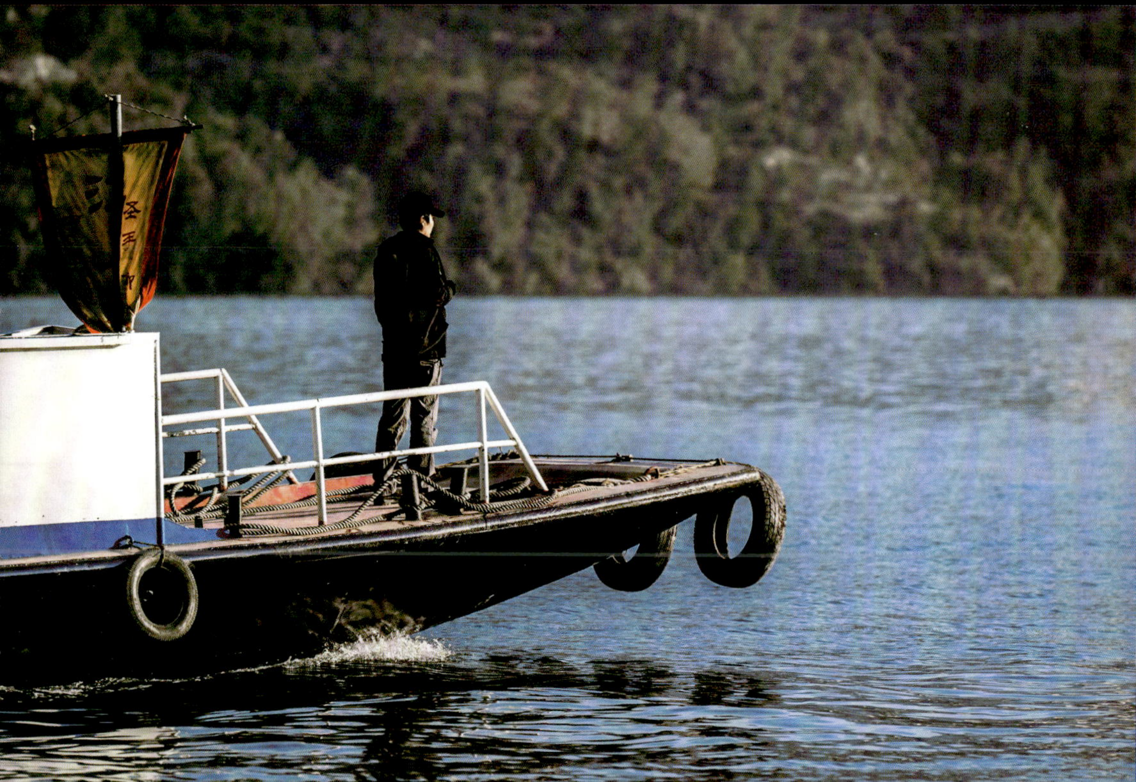

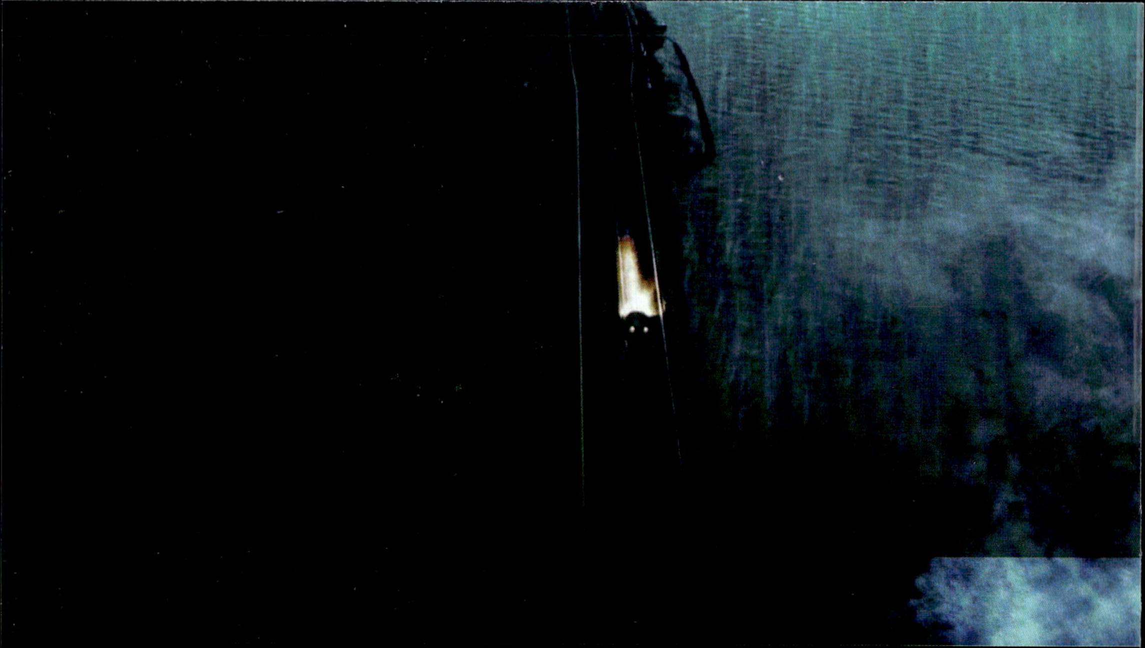
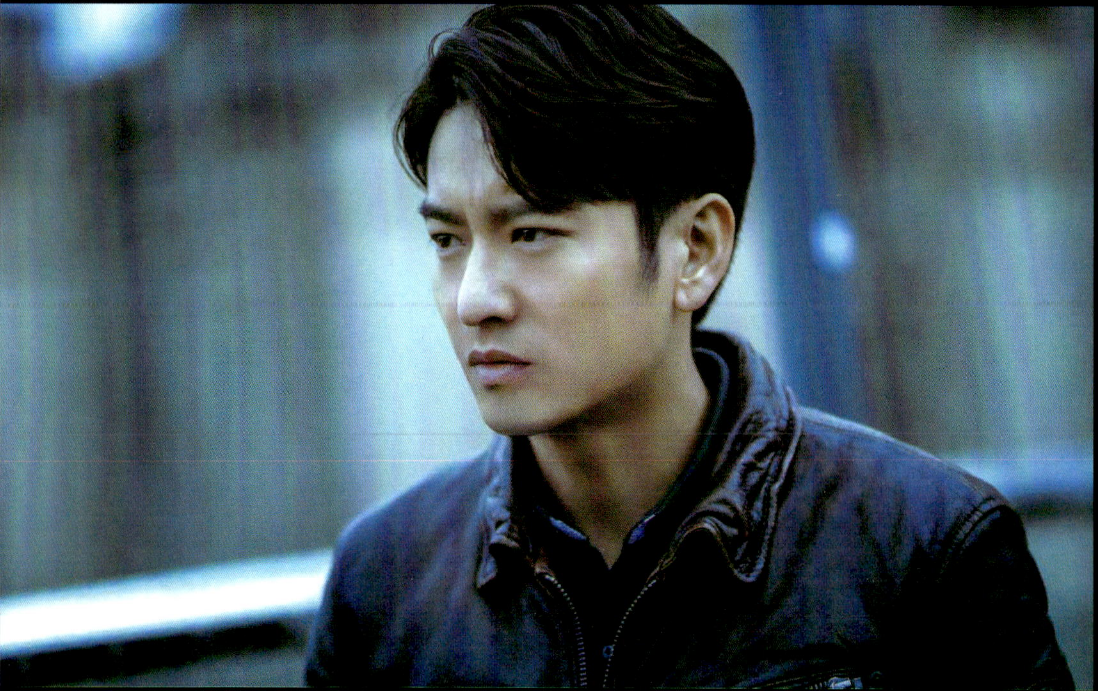

非常目击

CRIMSON RIVER

刘小哐 ◎ 著

长江出版社

天河世纪·推理悬疑

目录

第一章　涌动　/ 001

第二章　山峰　/ 004

第三章　流言　/ 008

第四章　冲突　/ 012

第五章　回忆　/ 018

第六章　相遇　/ 021

第七章　重现　/ 025

第八章　纠结　/ 029

第九章　安睡　/ 033

第十章　希望　/ 038

第十一章　兄弟　/ 042

第十二章　坦白　/ 047

第十三章　意外　/ 052

第十四章　合谋 / 057

第十五章　真凶 / 062

第十六章　真相 / 067

第十七章　掩盖 / 070

第十八章　调查 / 075

第十九章　距离 / 081

第二十章　决定 / 086

第二十一章　丈夫 / 091

第二十二章　亏欠 / 096

第二十三章　周宇 / 101

第二十四章　回避 / 106

第二十五章　阻止 / 111

第二十六章　阴阳陌路 / 117

第二十七章　痛苦 / 123

第二十八章　承认 / 129

第二十九章　雨夜　/ 134

第三十章　追击　/ 139

第三十一章　暗处　/ 144

第三十二章　哑巴　/ 149

第三十三章　事发当夜　/ 154

第三十四章　竹筏　/ 159

第三十五章　石磊　/ 165

第三十六章　名字　/ 170

第三十七章　母亲　/ 175

第三十八章　女儿　/ 180

第三十九章　张汉东　/ 185

第四十章　审问　/ 190

第四十一章　焦灼　/ 197

第四十二章　谢甜甜　/ 204

第四十三章　告别　/ 209

第四十四章　变故 / 214

第四十五章　怀疑 / 221

第四十六章　线索 / 227

第四十七章　谢希伟 / 233

第四十八章　女婿 / 240

第四十九章　不速之客 / 245

第五十章　敞开心扉 / 251

第五十一章　拼图 / 257

第五十二章　直面 / 264

第五十三章　家庭 / 270

第五十四章　追击 / 277

第五十五章　执念 / 281

第五十六章　圆满 / 288

第五十七章　最终章 / 294

第一章　涌动

7月14日，雨过天晴。

巫江县一向平静无波的局面突然被打破了。夔山林子里发现了一具女尸，秦菲，36岁。她在巫江也算是小有名气，县剧团的演员，前几年是剧团的顶梁柱，经常能在舞台上看到她的身影。

让人们惊讶的不仅仅是秦菲被害，而是她被发现的位置——和二十年前的一桩凶杀案是同一个地点，甚至还是同一个姿势。那个案件到现在都没有破，就在几乎所有人都要忘记那个案件，忘记那个叫"小白鸽"的女孩时，一场一模一样的谋杀猝不及防地发生了。

人们围在那里指指点点，好奇心战胜了一切，警察不停地疏散他们，他们又不停地再回来聚在一起。

很快，夔山林子里又死了一个女娃的消息传遍了整个巫江。几乎每个人都在讨论这件事，命案的刺激之下，也涌动着一股焦躁不安。凶手是谁？为什么二十年后又突然开始杀人？

在巫江大酒店的观景台，周胜看着滔滔江水。

他是个中年成功商人，早年发迹时做了很多上不了台面的事，尽管这些年他的手段隐蔽了很多，又喜欢附庸风雅来洗白自己，迷惑了很多人的眼睛，但那些经历还是在他的脸上刻上了阴狠的痕迹。

此刻，他本应该愉悦的心情，却非常地低落。

他知道夔山林子那里发现了一具女尸，二十年了，他早就强行封存的记忆又全都涌了出来。

他不想去回忆，又不得不回忆。那个疯狂的雨夜，还有他弟弟周宇沙哑的哭喊声。

他的身后走来一个沉默瘦削的男人，段超。

段超走到他身后不远处停下，沉声说道："胜哥，案子封锁得太紧，什么都没有打听出来，现场也早就被封住了，根本进不去。"

段超看他没说话，又低声说了一句："沙海洲……这两天就要出狱了，今天看到他两个小弟正在商量着给他接风。"

周胜没有表情的脸有了一丝阴郁："沙海洲……今天到底是什么日子，怎么所有不想回忆的人和事全都跑出来了。"

这个沙海洲，他还没有想好对付的办法。

段超在他身后问了一句："胜哥，我认识一个朋友，很擅长这种事，要不要见一见？"

周胜长出了一口气："先等等吧。"

他现在不能像个没经过事的毛头小子，还没有发生什么事，就先乱了阵脚，把自己给暴露了。

他又转头看着段超："我弟弟呢？"

"走了，我看着他和他女朋友一起上船。"

"你看着船开了？"

段超愣了一下，摇头。

周胜冷笑一下："再去看看，如果没走，一定要送他走……还有，再去打听下那个案子，一定要打听清楚。"

段超点头，转身出去安排人。

除了案发现场，警察局外面也围了一群人，大家都想知道案件的最新进展。

巫江县公安局局长陈克功和刑警队长江流正忙得焦头烂额，一向严肃的陈克功只看了现场一眼，情绪就激动起来。

二十年了，当年他还是个血气方刚的小伙子，二十年前的小白鸽案，还是他写的案宗、拍的照片。

他和当年的师兄弟们下定决心要把杀害"小白鸽"的凶手捉拿归案，但一直到现在……他已经变成了一个亚健康的中年人，"小白鸽"案不但没破，反而还多了一个受害者。师兄弟们殉职的殉职、退休的退休，但只要还活着，就没有一个忘记小白鸽案。

江流认识死者秦菲，也认识她的丈夫李锐，三人还是很好的朋友。

他抽着烟，眉头紧锁，不知道该如何告知别人这个噩耗。还要通知已经退休的师傅叶永年，当年他一直追查这个案子，到现在也没有放下来。

说实话，江流真的不想让师傅再操劳，可是他也明白，警察这个职业很特殊，一干就是一辈子，再也放不下，尤其是在职业生涯中有未破的案子，那就更放不下。

但是，这案子发生得太蹊跷。虽然他对二十年前的那个案子不熟，更没有参与过，但他看过卷宗，的确几乎是一模一样。

凶手为什么会潜伏二十年再犯案呢？江流觉得这里面不简单，还不能立即并案，因为并不排除有模仿杀人的可能。

但要是模仿杀人，为什么要挑小白鸽案来模仿呢？

"局长，并案这事儿草率了，要不要跟市局通报一声啊？"江流说道。

陈克功翻看着卷宗，还是要向C市市局汇报，让市局给拿个主意，如果能派人来当然是最好的。

他的脑海里浮现出了一双锐利的眼睛，山峰。但很快又摇头否定了，山峰怎么会来呢？

他是市局的刑警队长，市局的事情都够他忙得焦头烂额了，更何况……

二十年前经历过那种逼问和漫天流言之后，山峰还会回来吗？陈克功自问，如果是自己，恐怕是不能。但市局还是要去，越快越好。

他看着江流点了点头。

"我亲自去一趟，群众的那些风言风语别接茬，先当新案子来办。"

还没等江流点头说好，门外的吵嚷声忽然大了起来，一个50岁左右的老头冲了进来，身后还跟着两个没有拦住他的警员。

陈克功本来就烦躁的心此时更加烦躁，他摔下卷宗："怎么回事？！"

江流认识这个老头，谢希伟，他是"老家面馆"的老板，前几天报案说女儿谢甜甜失踪，这不是谢希伟第一次报案。

之前好几次都是这样兴师动众，但每一次都是谢甜甜自己回家了事。而且谢甜甜的丈夫赵杰也来做了证，谢甜甜就是出去散心。

只有谢希伟不信，坚持认为谢甜甜失踪，他今天一听到有女尸被发现，赶紧冲了过来。

江流看着他几欲疯狂的样子，赶紧告诉他不是甜甜让他安心。

谢希伟终于放了心，这才感觉到腿软站不住，一下坐到地上，忍不住老泪纵横，也不管什么丢人不丢人了。女儿是他唯一的亲人，没有了女儿就没有了家，就什么都没有了。这一生的努力也都付之东流，就像是小白鸽的父亲。

陈克功正在办公室里收拾东西准备去C市，听到外面的动静叹了口气。

"家"，温暖又沉重的一个字。

不论是失去孩子还是失去父母，家都不再是家了。

第二章　山峰

7月16日，C市九龙坡。晚8点，大悦宾馆。

山峰带着人走了过来，让两个人守在二楼窗户下，三个人跟着他上去，直奔203号房。

他30出头，身材瘦削结实，做警察已经七年，练就了一双异常锐利的眼睛。虽然好几天没怎么休息，但他依然精力充沛。

203房就在楼梯口处，里面有三个以贩养吸的毒贩，刚才打电话让前台给他们定了外卖。

他们很狡猾，不停地换地方躲藏，从来没有在同一个地点待过两天以上，也从来不对瘾君子们露出真面目。这样既保证了他们自己的安全，也让上家很放心。

但他们再狡猾再小心还是留下了蛛丝马迹，山峰几乎是不眠不休地对他们进行排查，终于确定了他们身份和行踪。他们刚在这个宾馆落脚，山峰就带着人上来了。今天是抓捕的好日子，没有理由失败。

203的房门，一里一外站着对立的两队人。

毒贩正在等着外卖来，想要吃饱之后就和他们一位新入伙的见见面，这个家伙也很谨慎，他们约好了8点之后，具体的时间并没有确定。

山峰听了听里面的动静，抬手敲门，传出来一个不耐烦的声音。

"谁啊？"

"外卖。"

门里由远及近地传来一个趿拉着拖鞋的声音，然后门被打开了一条小缝，一条瘦骨嶙峋的胳膊伸了出来。

山峰一脚跺开了门，冲了进去。那人毫无防备，摔在了地上，刚爬起来，就看见了黑洞洞的枪口。

"不许动，我们是警察！"

房间里其他两个人跳了起来，但又被一拥而进的警察给按住了。

缴获冰毒30小包重35.77克，还有吸管、塑料瓶等吸毒工具。每个警察都松了一口气，相互看了一眼，今晚上终于能好好地洗个澡睡个好觉了。抓捕顺利，人赃俱获，山峰准备收队。

一个毒贩身上的手机忽然响了，声音很大，非常突兀。山峰皱了下眉头，刚要去接，那边已经挂断。

这个毒贩的脸上忽然出现了一种很诡异的表情，眼睛忍不住朝窗户那里快速地瞄了一下。

山峰走到窗户处一边往外看一边把电话号码回拨过去，没有人接。街对面，一个站在灯箱下阴影里的人正抬头向这边看，他戴着帽子，只露出了半张脸，手里拿着一个屏幕还在闪着亮光的手机。

他站的位置很巧妙，可以随时拐入车辆不能进入的巷道。他看到了山峰，山峰也看到了他。电光石火之间，两个人都确定了对方的身份。

不只如此，山峰还认出来他就是正在被通缉的在逃毒犯，A级。

"带他们回去！"说完，山峰飞身跳下二楼，那个人也转身就跑。

"站住！"

他顾不上双腿传上来的酸麻，拔腿追了上去，窗下驻守的两个人也跟着追了过去。他们不知道山峰为什么要追这个人，但只要被山峰盯上的，除了罪犯还是罪犯。

C市的路就像是迷宫，这个逃犯是个外地人，并不清楚如何走才最有可能逃出去。他选了巷道，车虽然进不去，但对他的方向感要求更高。

山峰让跟着他的两个警察继续向前追，他拐弯走了另一条路。逃犯按这个路线，最后只能去走梯道，那里有50米长的台阶。等到山峰站在梯道上方的时候，逃犯果然已经爬在中间处，正在弯腰喘气。

他刚才逃跑时非常紧张加上路况不熟，感觉自己一直在转圈，焦急之下选了这条梯道，他不相信警察的体力就这么好。山峰看着逃犯一步一步走下去。

"张辉，A级通缉犯，男，1980年9月18日出生，身份证号码：441323198009180536，户籍广东；5年前被通缉，一直东躲西藏，在各个省市打转，第一次来C市吧？"

这个叫张辉的毒贩忍不住笑了出来："隔得那么远，你怎么就认出来了？"

山峰冷笑了一下："你们这些在逃的所有通缉犯，都刻在我脑子里，我做梦都在抓你们！你以为戴个帽子我就认不出来了？除非你们被绳之以法，否则我永远都不会允许自己再忘一次！"

说这些话的时候，他的眼神锐利如刀，又带着些许疯狂的火焰。张辉一时语塞，看着他说不出话来。

两个警察已经到了，拿出手铐。张辉忽然对着他吐了一口唾沫，山峰侧身躲过，表情没有什么波动。

他抓过的人不少，冲着他吐口水的还是第一个。

"怎么还吐口水呢？"旁边的警察想要阻止，被山峰给挡住了。

张辉张着嘴，又吐了一口："哈哈哈哈哈哈，傻了吧，我有艾滋，弄死你！"

山峰嗤笑了一下："把他嘴堵上，带走！"

回到刑警大队，每个人脸上都是喜笑颜开，今晚上的胜利可是太出乎意料了，不但端了一窝毒贩，还抓到了一个在逃犯。

顺藤摸瓜，相信很快就能把上家给抓出来，说不定还能干票大的。最重要的是，今晚上他们可以不用守在车里，不用盯着监控，可以舒舒服服地放松一下。该聚的餐、该约的会，都要提上日程了。

办公室里，山峰还在电脑前写着报告，他旁边的凳子上放着一个大背包。明天一大早他就要去巫江县，昨天陈克功来市局汇报了秦菲案的情况，请市局拿个主意。

本来局长还在犹豫不定，他主动请缨。陈克功知道山峰要去巫江，是意料之外，也是意料之中。

他本以为山峰不会再回巫江，毕竟二十年前因为牵扯进了小白鸽案，山峰受到了流言的无端伤害。但也正因为如此，他也是办案的最佳人选。

山峰忙完手头的紧要案子，就会立刻动身，明天一早，他就要离开C市。

新来的小吴忍不住问了一句："队长，你明天真的要去巫江吗？"

山峰看着他点了点头。

小吴的表情有些不舍，心里还有种不知所措。虽然来的时间不长，但他从心里信任山峰这个队长。

山峰感受到了他目光里的内容，抬起头看着他。

"恶性抢劫，雇凶杀人，聚众赌博全在控制中，所有的案情分析我全都写出来了，你们只要照做，月底就能结束。你刚来，多跟着师兄们好好学。"

小吴赶紧回答了个"是"，然后又崇拜地看着山峰："队长，你的记忆力可真好，离得那么远，只看了一眼就把他给认出来了！"

山峰扯了下嘴角，算是笑了一下："时间长了，你自然也会这样。"

小吴有些犹豫地看着山峰："队长，你刚才在台阶上和那个逃犯说的……你永远不会允许自己再忘一次……是什么意思？"

他的话让办公室突然安静下来，大家都看着山峰。

山峰的眼神跳动了一下。他的表情一点没变，小吴却突然感到此刻的他浑身都散发着拒人于千里之外的冰冷。

每个人心中都有无法说出来的隐痛，山峰当然也有。

二十年前，有个人当着他的面杀了一个女孩子。他记不清这个人的长相，只记得那个可怕的黑夜，那个被叫作小白鸽的女孩临死前的挣扎。从此让他每晚做着噩梦，无法摆脱。

那年他只有11岁，就在巫江。

第三章　流言

第二天，山峰坐最早一班船去巫江县，那里曾经是他的家乡。二十年了，他从那里仓皇搬家之后就再没回去过。

小白鸽案就像是一个钉子，牢牢地钉在他的心里，他既忘不掉，也无能为力。他曾逃避过，放纵过，但最终发现，只有正视自己内心的恐惧才能解脱。当警察是这样，回来解决小白鸽案也是如此。这次不回来，他会后悔一辈子。即便他恨巫江的每一个人，还有那里的漫天流言。

江两边的风景如画，船身缓缓劈开水面前行，广播上清脆的女声正在介绍着巫江。"自三峡七百里中，两岸连山，略无阙处。重岩叠嶂，隐天蔽日，自非亭午夜分，不见曦月。至于夏水襄陵，沿溯阻绝。或王命急宣，有时朝发白帝，暮到江陵，其间千二百里，虽乘奔御风，不以疾也……"

山峰正在读《彷徨少年时》，自从失眠越来越严重之后，他发现除了安眠药，看书也可以让紧绷的神经放松下来。船上其他人正在兴致勃勃地说着三天前的命案，因为受害者是个女人，大家表现得格外有兴趣。

山峰最厌恶这种闲聊，除了会对受害者进行二次伤害之外，没有任何作用。但他也明白，越是制止这种闲聊，就会越激发人的想象力，能让他们在瞬间编出无数个版本，人们对禁忌的事也总是格外感兴趣。

只有尽快破案，才能让这种想象力丰富的闲聊消失，还受害者平静。他尽量让自己不要去听这些人在说什么，不想让自己的心情变得糟糕。

但是……他听到了"小白鸽"这个名字。"小白鸽"，就是二十年前死在他面前的女孩。

提起"小白鸽"，坐在他对面两个抽烟的男人，本来年龄的差距让他们无话可说，现在却因为都有点小道消息，很快就填平了代沟。

他们说着说着，突然开始兴奋起来，言语上也变得轻浮。老头吸了一口烟，回忆了一下，然后用一副很确定的表情下了定论："前两天死的叫秦菲！夔山那里之前就死过一个女娃，叫什么小白鸽，我记得是十八年前！案子很轰动！"

他脸上的神色有些得意，本来面对这个看上去什么都很懂、又很健谈的年轻人，他感到了一股来自衰老的压力，但现在，凭着经历他可以稍稍地压过年轻人一头，有些故事，年轻人并不知道。

这种感觉很好，让他忍不住又抽了一口烟，透过烟雾看着年轻人，想看到那种茫然的神色。

但年轻人摇了摇头，当即就否定了他："不是十八年前，是二十年前！我知道！"

年轻人的否定让老头感到了一种挑战，他忍不住提高了音量："你知道个屁！你才多大？轰动是因为死的那个女娃，漂亮得不得了！"

年轻人并没有被他震慑住，而是继续否定："我跟我爸就住巫江！我爸一直说那女娃长得没话说！才18岁，可惜了！"

老头愣了一下，他并没有见过"小白鸽"，也不知道她长得好不好看，刚才说的"漂亮"只是为了增加自己说话的可信度，也是为了让故事更加地吸引人。

现在知道这个"漂亮"居然有目击者，他没有再纠结自己的权威受到挑战，而是突然想到了一些别的，一些还未曾了解的事情。

他看着年轻人笑了一下，用一种很暧昧的口吻说道："凶手舒服了！你见过那个'小白鸽'吗？"

年轻人也笑了，他当然知道这个老头在想什么，于是也用一种暧昧不清的口吻回答："见过！要是我再大点，说不定我能跟她……"

老头脸上的笑容更大了，好像为了要证实自己心中所想，又问了一句："她喜欢耍啊？要不然能大晚上的死在外面？"

他们的话，瞬间就把山峰拉回了二十年前，"小白鸽"死后并没有让人们怜惜这个女孩多少时间，而是很快谣言就甚嚣尘上。

二十年后的"小白鸽"依然不能平静，只要凶手不被抓住，她就永远会被这群人在口中翻来覆去地调笑。

山峰陡然站起身，盯着对面的两个男人。他的动作，让本来两个准备再说点什么的人吓了一跳，老头对上了山峰的眼睛，赶紧把头转到一旁。

这双眼睛，已经看穿了他的内心，让他忍不住害怕，但是年轻人却并不想认，船舱其他人已经转头看了过来，他绝对不能丢了面子。

他让自己直视山峰，开始耍横："看什么？"

"把嘴闭上。"声音不大，低沉有力，足以震慑对方。山峰的眼神里充满了愤怒，如果不是身份所限，他真想狠狠地教训一下这两个人。

年轻人被当众教训恼羞成怒，一边嘴里不干不净地骂着，一边就朝着山峰的脸上招呼。山峰一把抓住他的手腕，只是稍微用了点劲，年轻人只感到天旋地转，下一秒就摔倒在地，立刻疼得叫起来。

船舱其他人本来还以为可以看一场好戏，此刻都安静下来，默默地退到了一边。老头已经差不多明白山峰的身份了，赶紧上前把年轻人扶起来，有些讨好地冲着山峰笑了一下，带着年轻人躲到了一边。

山峰一把拎起地上的行李，走出船舱，来到甲板上。马上就要到巫江县了，山峰有些紧张，也有些激动，那是他的家乡，也是他的噩梦之地。

二十年没有回去了，巫江县发生了很大的变化，有了新区，同旧区隔江相望。有人搬出也有人迁入，不知道当年的那些人还记不记得他，还记不记得当年的那些事情。

那个逼问他的叶警官、那些喊他"杀人犯"的孩子，还有那个在黑暗中一直盯着他的杀人凶手，他们过得怎么样？是否也像自己一样，至今也无法忘记这件事？

如果小白鸽没有死，如果他没有忘记杀人凶手的长相，他当年就不会仓皇地搬出巫江，现在也不会是警察。

可是这个世界，不会让"如果"这种事情发生。山峰抓紧了船上的栏杆，看着下面翻滚的江水，深吸了一口气，让自己冷静下来。

船缓缓靠岸，巫江县到了，阴雨连绵。山峰随着乘客下船，身后广播送别人群。

"欢迎大家来到巫江县！好山好水好风光，有诗有橙有远方！巫江是一座经常被云雾围绕的城镇，随着江河水位的上升，云雾离人们的头顶越来越近……"

山峰背着包，径直朝案发地走去。他应该去县局报道，但他选择先去案发地。

时隔二十年，凶手又再次出现，同样的雨夜，同样的女性受害者。他当年为什么要杀小白鸽？为什么在二十年之后又开始杀人？

是什么阻止了当年的他？又是什么刺激了现在的他？这次凶手很幸运，没有任何的目击证人，但山峰相信，只要是人做下的事，就一定会留下痕迹。

巫江县。

死者秦菲的案发现场，和二十年前小白鸽的死亡现场是同一个地方。作案手法也是相似：雨夜、扼死。

现场已经被封住了，从留下来的脚印可以看出很多人都来围观过。山峰甚至都可以看见他们好奇又兴奋的脸。

就像是二十年前，小白鸽的现场一样。警察们维持秩序，不让围观群众向前靠近；四十岁的叶警官蹲在小白鸽的尸首边，一边痛心，一边细心地检查周围的痕迹。

山峰的呼吸有些急促，他告诉自己，现在已经不是当年。他已经不是那个幼小、孤独又无助的小孩子，不会让杀人凶手逍遥法外。

山峰转身离开。到了县局，接待他的是一个叫刘悦的女警察，干练利索。

她看到他一个人来时愣了一下，看到了他的背包之后又愣了一下。按照早上的安排，应由队长江流和罗成一起去接山峰，然后带他去放下行李，休息片刻。

刘悦应该带他去见陈局长，但是很不巧，陈局也要明天才能回来。山峰看出了刘悦的想法，有些抱歉地说："不好意思，我应该提前打电话的，但手机丢了。"

手机应该就是在船上让那两个人闭嘴的时候掉下来的，或许已经掉进了江里。

刘悦赶紧做了自我介绍，然后还想带着山峰在局里转一下，熟悉一下环境，顺便等着江流和罗成。

但是山峰摆了摆手，让她直接把7月13日发生的那起命案资料拿给他看。

刘悦愣了一下，按照安排，应该是要等江流他们回来，大家一起开案情分析会。"要不先看案情分析板吧，是我们江队写的，我给他们打电话，让他们马上回来。"她说。

说完，一边拿出电话，一边把他带到了案情分析板前，上面标注了死者秦菲生前的社会关系。

山峰说了声谢谢之后，就自顾自地看起来。县局很小，他的到来已经引起了注意，大家都对这个从市局来的刑警队长充满了好奇，都想知道他是如何办案的。

看到他站在案情分析板那里一动不动，大家也学着他的样子看起来。刘悦在外面打完电话之后，回来就看见一群人都围在那里，她有些哭笑不得地站在那里。

平时江流吼他们都不怎么来看，现在可倒好，全都堆在一起。刚才电话那边，江流知道山峰已经到了县局，语气里带了点愠怒，还没有等刘悦替山峰解释就把电话给挂断了。

不过刘悦也很理解，毕竟是为了显示重视这俩人一大早就冒着雨去了，扑个空谁都会生气。她正想着，江流和罗成已经出现在门口。

第四章　冲突

江流还好，虽有不忿，但已压抑住了。罗成到底太年轻，整个人都散发着火气，看到刘悦指了指案情分析板，知道山峰就在那里，眉头一皱就要冲过去。

刘悦还没有伸手挡住，江流已经一把揪住了罗成的衣领，大声吼了一句："市局来的！给点面子！"

这句话既是对罗成说的，也是对山峰说的。果然，山峰转过身来，一眼就看到了江流。江流大概35岁，有着老警察的凌厉眉眼，但也带着一股烟火气，嘴角带着一股自来熟的微笑。

明明有些生气，却还让自己笑出来。案情分析板上的内容很简单，也有些杂乱。

山峰知道，这是那种脾气急躁、很重情义、讲人情的警察，办案有他自己的直觉，不怎么讲究条理。有时候会有意外发现，但大多数时候都很混乱。

"江队吧？"他在打量江流的时候，江流也在打量他，听到他这么问自己，江流笑了，上前伸出手。

"您好，江流。"山峰也及时地握住他的手。

"山峰。"两个人算是认识了，江流有些遗憾地说道："哎呀，没缘分啊，还想接上你吃口饭呢，没想到你自己来了。"

山峰知道他还在生自己的气，又解释了一遍："不好意思，手机落在船上了，没法联系你们。"

刘悦在旁边也插了一句："没错，刚才山队一来就说了……"

江流看了刘悦一眼，又看看山峰和案情分析板，笑着回答："没事没事！那什么，听您说说？"

"坐下聊？"

江流点点头，准备拉个椅子坐下，旁边一直黑着脸的罗成忽然喊了一声："坐了二十多公里了！"

罗成大概22岁，新警察，带着年轻人独有的生机勃勃和初生牛犊的闯劲，他还没有学会隐藏自己的情绪。因为对山峰的提前到来而没有通知他们感到很不满，脸上还带着怒气。

刘悦拽了一把罗成，他没好气地坐了下来，将椅子碰得砰砰响，依然在表示不满。山峰看着他问道："你叫什么？"

罗成愣了一下："罗成。"

他的对抗情绪还是很明显，山峰知道，面对这种情绪不能逃避，要直面。

这个心得，是他在这二十年里的煎熬获得的。

"第一，我不知道你们几点去接我，而且我手机丢了。第二，我提前来，有我自己的原因。第三，你如果现在有情绪，我等你。什么时候平静下来我们什么时候开始，罗成。"

山峰这番话让整个场面有些尴尬和凝重，还从没有人会这么说话，众人在心里都对山峰有了一个不太好相处的结论。

大家都看着江流，等着他说句话。江流有些不悦地看了一眼山峰，嫌他有些小题大做，又踢了下罗成的椅子腿："问你话呢，屁都不会放一个？！"

罗成顿了顿，低声回答了一句："可以了。"

这件事就算过去了，江流看着刘悦："刘悦！"

刘悦应了一声，一边分发材料一边开始汇报案情。

"死者叫秦菲，36岁，本县人，已婚，父母健在，五年前辞职在家，社交关系简单，有一个朋友叫叶小禾。丈夫叫李锐，38岁，在县剧团上班，和叶小禾是同事。秦菲患有抑郁症，曾有自杀行为。案发当晚10点，秦菲独自离开小区，监控和门卫都能证实。案发现场因为大雨冲刷，没有获取有效的证据，当晚也没有目击证人。沿途监控正在分析比对，尸检报告也正在进行中。"

江流点点头，刘悦坐了下来，大家互相对视了一下，都看向山峰，等着他说话，很想听听他的看法。

山峰看着资料，问了一句："有没有和二十年前的小白鸽案比对过？"

刘悦没有想到他会突然提出小白鸽案："只是整理了资料……"

山峰抬头看了她一眼，又看了看江流，案子已经发生三天了，他们居然还只是整理了资料。

江流知道他的意思，解释道："小白鸽案参考性不大，能不能并案，还要讨论，现在下结论……"

山峰不等他说完，打断了他的话："江队，我来，就是为了并案。"

江流愣了愣，他认为并案处理过于草率。而且陈局也说了，为了不让群众有闲言碎语，还是先做个案处理。

他真是不明白，为什么这个山峰一来就要并案，当然，山峰是市局来的，代表着市局的意见。

既然他要并案，那就并案好了。江流有种感觉，和面前的这个人相处可能不会很愉快。

他长长地吐了一口气，看着山峰。

"既然并案了，那就先对比一下资料？"山峰点点头，看着刘悦。

"也给我一份。"说完之后，出现了一阵短暂的沉默。

江流咳嗽了一声："受害者家属……"

山峰已经站起来了："边走边说吧。"说完，就朝门口走去。

江流没好气地冲着众人说了"散会"，又点了罗成和刘悦，让他们两人也跟过来。

雨还没有停，江流的车慢慢开着。他偏头看了看翻着案宗的山峰，又看了看后视镜里面正窃窃私语的罗成和刘悦，清了清嗓子："对了，你来过巫江吗？我还去过市里培训呢，先进个人！说不定咱俩在同一间教室听过课，就那次，那个……什么老干部退休中心……"

山峰没有什么闲聊的意思，眼睛盯着卷宗，淡淡说了一句："我来过巫江。"

江流看了他一眼，既然来过，那熟悉起来就容易多了："我们这儿啊……"

山峰终于看了一眼江流，淡淡地拒绝了他的寒暄："以后我们共事的日子还多，说案子吧。"

江流只好收起自来熟的笑容，换了副公事公办的样子："李锐这个人，可惜，算是我朋友，当年是剧团的一把好手，长得帅，有才。但结婚之后呢，和秦菲的关系一般，俩人很少一起出门，但也没听说闹过啥别扭，而且秦菲得了抑郁症后，李锐没少操心。"

"为什么会得抑郁症？"

"婚姻不幸福？不知道，我觉得大城市的人才得抑郁症呢。"

说话间，他们已经到了县剧团，李锐并没有因为刚丧妻而请假休息，用他的话来说，就是忙一点才能让自己不那么伤心。

江流很理解他，拍了拍他的肩膀。山峰的眼神扫过了县剧团，最终落在了李锐身上。他的确和江流刚才介绍的一样，帅气。已经人到中年，身材保持得很好，一点也没有发福的迹象。但墙上有他们的演出照片，年轻时的李锐风华正茂，和现在的他简直判若两人。现在他整个人都显得萎靡，眼神带着恍惚和怀疑。是一段糟糕的婚姻改变了他，还是妻子的惨死改变了他？

李锐艰难地扯动了一下嘴角，算是回应江流对他的鼓励。如果不是为了抓住凶手，他根本不想回忆往事，更不想讲述。每说一句，他都感到了凌迟一般的痛苦。他不想看到别人看着他时那种怜悯或者同情的眼神，那会让他失去勇气，也会觉得自己非常可悲。他说："说实话，我们已经有很多年没什么亲密关系了，住一起，算是责任。那个病影响还是很大的，我也没办法。有时候我都不敢出门，必须守着她，一不留神她就会自残，是真自残，在手臂上。"

江流很同情地看着他："案发前她有什么异常吗？"

李锐摇了摇头："案发前没有，但最近这段日子，她自残的次数和频率越来越多。"

一直在看照片的山峰忽然转过身问了一句："为什么会得那个病？"

李锐看了一眼山峰，望向窗外的雨水，沉默片刻："其实她是小白鸽最好的朋友。"说这句话的时候，他的呼吸有一些急促。

山峰有些疑惑地看着他："她们认识？"

"她总说，如果不是她，小白鸽不会死。"李锐的声音也有了细微的颤抖，他的手按在窗广边上。

山峰和江流等人听到这个话，都是一惊。

"这么多年，其实她一直活在小白鸽被害的阴影里。二十年前的那个夏天，她们本来结伴去看电影，但小白鸽临时有事，电影没开场就要走，但秦菲想看电影，没陪她一起回。小白鸽有点失望，就一个人往回走……结果……"

江流受的震动最大，他忍不住插嘴问道："你的意思，秦菲从那天就开始……"

李锐摇了摇头："是我们结婚之后。那天我回到家，她一个人蹲在角落里发抖，她说小白鸽来找她了，问她为什么不陪她一起回家。后来情况就越来越严重了，而且伴随着各种噩梦……可能，可能一切都是命吧。"

他的眼神越发地恍惚，表情悲伤。

山峰看着他："你认识小白鸽吗？"

"认识。我们这个年纪的人，哪有不认识小白鸽的？"

山峰又追问了一句："只是认识吗？"

李锐看了他一眼，发现他正在盯着自己。从他进来的那一刻，李锐就感到了他和其他人的不同。

他没有可怜，他一直在怀疑。

"对。"李锐的回答简短，直视着山峰的目光。

房间里出现了短暂的沉默，只有窗外的雨声。突然传来一阵震动，刘悦赶紧走到一旁接听电话。

江流知道今天就到此为止了，他再次拍了拍李锐的肩膀："那先这样，李锐，你也别太伤神，这破单位就别来了，在家好好休息，我一定给你个交代，结了案我陪你喝一顿。"

李锐点点头，又看了看山峰，转身离开。山峰的目光一直没有离开过他。

李锐感觉得很对，山峰的确是在怀疑他。尤其是刚才他提到小白鸽的时候，语速和呼吸都有细微的变化，话题回到秦菲时，这种变化就消失了。

但是二十年前，李锐只有18岁。江流忽然拍了一下他："想什么呢？尸检报告出来了，我们回去吧。"坐在车上，山峰脑中是刚才李锐的表情。提到小白鸽的时候，李锐的悲伤明显沉重很多。

嘴唇向两侧拉伸，嘴角外侧出现了弯曲的纹路，下嘴唇微微突出，眉头上扬，但是眉毛却向下压。这是让自己忍住不哭的表情。

山峰忽然开口说了一句："他很悲伤。"

江流愣了一下，点了点头："当然会很悲伤了，毕竟是十年夫妻……"

他不知道山峰为什么会说这句没头没脑的话，他看了看山峰。

但山峰没有再说话，只是看着窗外。

第五章　回忆

回到局里，还没有进门江流就大声吆喝着开会，让大家赶紧都到案情分析板这边来。刘悦飞奔着拿回来尸检报告，立刻汇报。

"死者秦菲，于2018年7月13日凌晨死于机械性窒息。法医推断，死者的遇害时间，在凌晨两点至三点之间，死者的脖颈处有明显的掐痕，该痕迹力度大，持续时间长，足以造成死者窒息死亡。除此，死者身上没有其他致命伤，也没有明显的搏斗挣扎造成的瘀青或红肿。全身较为明显的伤口，是左手手腕，伤口的位置较为集中，新旧伤跨度至少在三年以上，似有多次割腕……"

"等等！"江流忽然打断了她的汇报，"死者身上确认没有因搏斗受的伤？"

刘悦看了一下："确认，只是说没有明显的。"

江流觉得不对劲，看着山峰，手伸向刘悦："不合理啊？你给我！"

山峰低头看着小白鸽的卷宗，没有接他的话。

江流拿着翻看，越看脸上的疑惑越重："都仔细听听啊！死者的双手指甲内侧，没有嫌疑人的皮屑等痕迹，但却有大量的泥土污垢，左手指甲有受到外力折断的痕迹和部分死者自己的血迹。"

他抬头看着大家，示意他们回答。罗成恍然大悟："熟人作案？！"

江流看了他一眼，只好自己回答："只要是个人，被害的时候都会反抗，这是求生本能！"他的话很正确，罗成开始低头思考。

山峰合上卷宗，问了一句："有没有被剪头发？"

江流愣了一下，奇怪他怎么又说这种没头没脑的话："什么剪头发？"

山峰把卷宗递给他，解释道："小白鸽案，有几个核心关键：一是机械性窒息死亡，二是雨夜作案，三是抛尸水塘，四，是被剪头发。"江流惊讶地看着卷宗，很快又有了疑问："但小白鸽有求生挣扎的痕迹啊。"

他看着山峰，心里加了一句，我就知道这两个案子不能并！

山峰看出了他的想法，又做了解释："这就是我们的突破口。所以我们必须并案调查，寻找共同点。如果只陷入秦菲案，根本形不成足够的链条。"

江流觉得他有点可笑，如果是同一个凶手，为什么二十年后才再次作案？总不会是因为胆小吧？

这个问题，山峰同样想知道。但他见过李锐之后，心里又有了一个大胆的猜测："李锐提到，二十年前，秦菲和小白鸽是要一起回家的。我们不妨推测，凶手的目标是小白鸽和秦菲，但阴差阳错，只杀了小白鸽。"

他的猜测让江流更加不解："你的意思是，凶手认识小白鸽也认识秦菲，而且这二十年间，他从来没放弃过杀死秦菲的想法？"

山峰点头。

也就是说，凶手一直都没有离开巫江县，一直都在暗处盯着秦菲。他就在人群中，围观了小白鸽的尸体，也围观了秦菲的尸体。

罗成也被这个推论震惊了，他忽然大叫一声："那不就是李锐吗？！"

既认识小白鸽，又认识秦菲，完全符合！

江流恨不得给这个小手下一个爆栗子，净在这里丢人，平时就算了，偏偏今天还当着山峰的面。

他瞪着罗成："什么就李锐了？！怎么就李锐了？！"

罗成被他瞪得不敢说话，站在一旁低着头。

山峰看了一眼罗成："李锐，小白鸽，秦菲三人的关系需要重新调查。就目前我们掌握的信息来看，李锐是最大的嫌疑人，必须对他严密地监控和调查。"

江流瞪了一眼罗成，转头看着山峰笑了笑："山队，你是大城市来的，本来呢，你应该说什么我听什么，但你这么着急下结论欠妥。我说两句，于公于私，公呢，什么证据也没有，我没法对李锐监控。私呢，我跟李锐是多年的朋友，他什么样我清楚，他要是杀了小白鸽然后跟秦菲结婚，过了二十年又杀了秦菲，他不是有毛病吗？还有最重要的一点，二十年前，李锐才18岁。"

无论从哪一点来说，江流都很确定，李锐绝对没有杀人！也没有理由杀人，除非他疯了！

但是山峰还是坚持自己的推论："作恶不分年纪。我对李锐是怀疑，不是结论。"

江流对他的不依不饶有点心烦："动机呢？他有什么动机？"

"查到了才能告诉你。"

江流看着山峰，心里冒火，心想：这人怎么这样？敢情刚才说得那么多，都是白说了？

"你既然这么能，那你就上好了！"江流拉了张椅子坐下来，"好啊！那您说接下来怎么办？都打起精神听好了！"他没有再看山峰。

就算是市里来的又怎么样？这里是巫江！

江流的怒火让大家心里也有了异样的感觉，他们跟了江流很长时间，知道他的能力，自然是赞同江流的分析。他们觉得山峰有些咄咄逼人，好像抓不住凶手是因为他们偷懒。

当年为了小白鸽案，整个巫江都已经翻遍了，可当年唯一的目击者就是说不清凶手的长相，他们又能怎么办？

他们也不愿意相信，这个凶手就在巫江。也同样不愿意相信，和他们在这里呼吸同一片空气、几乎算是一起长大的李锐就是凶手。这太伤人。

但是山峰这个外来者，毫不迟疑地就说了这个结论。他们看向山峰的眼神，就多了几分责问。

山峰心里也清楚，巫江这样边角封闭的地方，人情味很浓，办事原则有一些弹性空间。如果时间足够，山峰也愿意入乡随俗。

但是……二十年了。小白鸽到秦菲，中间隔了二十年，如果凶手再次消失……二十年后，自己或许还没有殉职，但是凶手还会活着吗？他必须、现在、马上抓住凶手，然后好好地问问他，为什么杀人？

为什么会放过自己？江流不说话，山峰也没有说话，大家都没有说话。

整个房间很安静，充满了对峙的气氛。就像……就像是二十年前，幼小的山峰被穿着制服的警察团团围着，大家都着急地想知道那个凶手到底长什么样。

但当时的山峰就是回答不出来。

他们看向山峰的眼神，就像是现在他对面站着这群警察的眼神。

焦急、责问，还有一点埋怨。山峰脸色没变，呼吸却有点急促。

江流不耐烦地等了一下，没有听见山峰说话，抬头瞥了他一眼，刚准备再说点什么，门忽然被撞开了。

一个满头白发、衰老的身影冲了进来："开会开会！破案是靠开会开出来的？

都出去！出去！"

　　这个老人是叶永年。山峰看着他，突然感觉胃里一阵痉挛，转身冲了出去。

　　山峰看到这个人的第一眼就认出来了，叶永年，二十年前负责小白鸽案的警察。

　　当年也是他逼问山峰的次数最多，山峰永远记得面对他时的恐惧和仓皇无助。认出他的那一刻，山峰只觉得胃部一阵痉挛，他冲到了卫生间开始干呕。

　　来之前山峰已经想过和叶永年见面的场景，他有很多的话要对叶永年说。但是看到他的第一眼，那双熟悉的眼睛，山峰脑中出现的却是当年被他逼到墙角大声质问的恐惧。

　　那时的叶永年脾气暴躁，为小白鸽的死痛心疾首，恨不能立刻就把凶手抓出来。但就和秦菲的死亡现场一样，大雨冲刷了所有的痕迹。

　　他只有把希望寄托在小山峰身上，但小山峰回答的只有尖叫。山峰往脸上扑着水，让自己冷静下来。

　　他不能逃避，小白鸽案只有叶永年最清楚，他需要叶永年的帮助。山峰看着镜子，抹去了脸上的水，转身回去了。

　　推开门，大家的表情都有点尴尬。江流一手拿着卷宗，一手扶着叶永年。

　　山峰知道，他们现在已经看到了卷宗的最后一页，上面写着："目击者：山峰。年龄：十一岁。"他看着已经苍老的叶永年，眼神复杂，现在他能对当时的叶永年感同身受："我有很多话……"

　　江流看着山峰，轻声说了一句："他老年痴呆，已经记不清人了。"

　　山峰看着叶永年，不敢相信。

　　江流点点头。

第六章　相遇

　　"师傅身体不好，我先送他回去，要不一起？"

　　一路上，叶永年都在自顾自地说话，江流跟着回答。山峰看着他们，默默无言。

　　叶永年独自住在老城江边的一个破旧不堪的房子里，站在院子里就可以看见江水和群山。

自从小白鸽案发生之后,他的生活也随之发生了翻天覆地的变化,不但离了婚,和女儿叶小禾的关系也非常糟糕。生了病之后,性子也变得有些古怪,无论谁劝都不去养老院。

接连几天的阴雨连绵,房间里显得非常潮湿。江流有些愤恨也有些担心。

"这雨什么时候才能停?师傅,你不能总是一个人住啊。我听说有个养老院总是出事,您要不住过去给判判?"

叶永年摇摇头,显得有点疲惫,他看着四处:"人都老了,还能出啥事?!哎,我椅子呢!"

江流给他把椅子拉了过来,扶他躺下。叶永年真的累了,躺下就合上眼睛睡觉,一边睡还一边嘱咐江流:"一会儿叫我啊,我得去趟杞城监狱!"

江流给他盖上毯子:"好,杞城监狱!您躺会儿吧,师傅!"

叶永年已经睡着了,江流又倒了杯水放在他手边。

山峰站在一旁看着他做完这些,忽然开口说了一句:"离开巫江前,我最怕的人就是他。"

江流抬眼看了看他:"不至于吧。师傅虽然性子有些急躁,但并不残暴。"

"我是白鸽案的目击证人,你师傅很急躁,很凶,我根本应付不了,所以也想不起来凶手是什么样子,而且导致我后来看到警察就怕,本来这次回来,想和他好好聊聊……"

这些话,也是山峰对刚才在办公室的失态做了一个解释。

江流看着他,心有所触动,语气也跟着缓和起来:"我之前是真不知道,局长也没告诉我,当年你年龄小肯定被问烦了,不过既然你现在来了,我还得问一句,你到底看到凶手了吗?"

山峰不想回答这个问题,他也无法回答:"卷宗上都有。"

江流一听这个回答,立刻又有点着急:"是有啊,可一共问了你五次,你每次说的都不一样。我没别的意思啊,我的意思是,这么多年过去了,我以为你能想起来了。"

他的话让山峰感到很压抑,感觉这个小房子顿时变得更加逼仄,好像房间里所有的物件都朝他压了过来。人人都觉得他搬走了，就和这件事再没关系。但只有他自己明白，他一直都在巫江没有走出去。

他转过身往外走，想要呼吸一点新鲜空气："是你们过去了这么多年，我没有。"

江流愣了一下，觉得这人真是敏感，不过不敏感也当不好警察。他看了看师傅，也跟着走出去。

山峰看着雨和雾笼罩着的江水和远山，忽然面前多出来一个手机，正是自己丢的那个。

江流带着他去找李锐的同时，也派了人去给山峰找手机，没想到一回来就因为李锐的事情发生了不愉快，一直到现在才有机会。

他接过手机，江流笑了："帮你找着了，第一个就是我的电话，有事别客气。"

"谢了。"

刚才办公室里的摩擦算是翻篇了，两个人的心情都好了一些。

江流陪着他看了一会江水，忽然开口说话："师傅吧，这些年也不好过，当警察的时候，没脸见受害者家属，就算不见受害者家属，街坊邻居见了也会问。退休那天，师傅喝多了，哭得不行，哭得我们这帮年轻干警不知所措……其实说实话，这二十年来，师傅牺牲了所有的休息时间，从没停止对这案子的追查……"

山峰点了点头："我不怪他，不然我也不会做警察。"

他的回答让江流有点激动，也有点憋屈："所有人都以为我们警察忘了，怎么可能？一茬一茬的，哪个人敢忘？小白鸽的案子，不单单是叶永年的心病，也是整个巫江警察的心病。他们不敢忘，也不能忘。如果连他们都忘了，这世上哪儿还有什么真相！"山峰当然也是这么想的，世上任何一个真正的警察都会这么想。江流看着前方，雾气把山给遮掩住了，只能模模糊糊地看个大概，越是想看清就越是看不清。

"白老头、秦菲、李锐、叶小禾、你、我、师傅和局长，还有当年办案的刑警，还有不知道藏在什么地方的凶手……就跟这雾一样……雾气不散，就什么都看不清楚。"山峰像是对他说，也像是在对自己说。

"再大的雾,也有散的时候。"

从叶永年家里出来,山峰拒绝了江流送他回去的好意,想要一个人静一静。

他拎着行李走上老城的台阶,他感觉到身后有一个人的目光一直在盯着他。他放慢了脚步,一辆摩托车迎面疾驰而来,车灯晃眼。

山峰闭上眼睛停下,摩托车擦身而过。身后人没有和他一起停下,被他回身掐住了脖子,那人立刻痛苦地呻吟起来。

这是一个中年男人,身形干瘦:"山……山峰吗?我!是我!是我!我是房东!"

山峰松开他,狐疑地看了看他身后的黑夜,不是这个房东,还有一个人。

房东心有余悸地揉着脖子:"我刚才散步就觉得是你,你一看就不是本地人!你这身手不错啊!房子就在前面,上去就到了。"

房东是个善谈之人,语速又快,只需要5分钟的路,让他说了有十分钟含量的话。

房东对他很感兴趣,从出生到职业全都问了个遍,但山峰除了偶尔"嗯"一下之外,再没有说话。

终于到了地点,是一栋破旧又清冷的楼,山峰让房东指了房间,要了钥匙之后就径直上楼。但房东还跟在他后面不停地说话,今天不从这个外地人嘴里得到点新鲜的消息,明天牌桌上可就少了吹牛的材料。

"我这个房子啊,破了点,干净还是很干净的。你要是来做生意,住这个地方可没面子啊……不过你们城里人就喜欢往老街钻,有感觉是不?对了,巫江最近有杀人案呢,你晚上小心点,不过杀的都是女娃,哎哟,二十年了吧……还有啊,你要是寂寞了就找我,我有门道!你隔壁有个女人,骚得很,你别惹她!她还是个灾星,今天死的那个女娃,就是她朋友!哎哟!你慢点嘛!"

房东很想知道山峰这个外地人到底是干什么的,山峰越是不透露信息,他就越是感兴趣。

楼上下来一个男人,和他们擦肩而过,房东转过身看了半天,然后又重新跟上。山峰的速度很快,几步就跨上了楼,看见一个身材纤细的女人正站在楼道望着雨雾抽烟。

听到他们的脚步声,她转过头来看了他一眼。虽然不是大美女,但眉梢眼角都是风情,尤其是她抽烟的样子,说不出的妩媚。

她看了看山峰,又看了看喘着粗气上来的房东,掐灭烟转身回房。房东一眼也看见了她,顿时眼睛一亮,一直看着她消失。

山峰已经在开门了,房东凑到他身边,别有深意地说了一句:"就是她……叶小禾。"

山峰冷冷地看了他一眼,把他关在了门外。

他只好悻悻地喊了一句:"门锁是坏的,我明天给你换哈,房租我要现金,最迟明天交哈。"

没了聒噪的房东,山峰觉得整个人都轻松起来。房间不大,房内陈设简陋,只有床、桌能满足基本生活。

山峰推开了窗户,能看到夜色下的长江,远处云雾缭绕,倒是个江景房。他掏出一枚系着绳子的红色发卡挂在窗户上。这是小白鸽的发卡,事发之前,他无意中捡到的。也是这枚发卡,引他入了噩梦。

他打开行李箱,摆放一些书后,又从一本书里抽出一张巫江县的手工地图贴在墙上,上面标注了老旧城市的区别。他拿起红笔在一片山林处画了一个圈,静静地望着。

又是一个失眠夜。

第七章　重现

第二天,陈局回来了,主持召开案件分析会,宣布并案。

之前退休的老警察们也表示会随传随到,全力配合,只要能破案,付出多少代价都不在话下。既然已经确定下来了,大家也无异议,开始分析两起案件。

江流提出了一个新思路:"我记得师傅以前说过,小白鸽一案,有可能是两人作案。案发地的地形和地势非常复杂,加上雨天路滑,一个人不太可能把一个活人强行带到水塘处并进行杀害。"

陈局点头，他之前也听叶永年说起过，小白鸽的社会关系非常简单，可以排除熟人作案的可能性，一个陌生人将小白鸽强行绑架到案发地的可能性很小。如果这个思路是正确的，那么案件的复杂度又增加了。

大家感到了前所未有的压力，罗成忽然开口："那就是说，李锐应该有一个帮手？"

江流瞪了一眼罗成，让他收声。

陈局没有看见江流的动作，回答了罗成的问题："如果是李锐作案，那就有。不仅现在有，二十年前也一样，而且，极有可能是同一个人。"

江流不禁有些愤愤然，提高了一点音量："局长，你也认识李锐，你觉得可能吗？"

陈局莫名其妙地看着他："什么可能吗？"

"我是说，李锐怎么可能二十年前杀了小白鸽，现在又杀了秦菲啊？"江流越说声音越高，好像此刻被怀疑的是他。

陈局看他的眼神带着恨铁不成钢，简直和他看罗成的眼神一模一样："江流，你别给我夹带私人感情！你知道我跟你师傅办的第一个案子是什么吗？灭门案，就在峡江镇，凶手是邻居家的孩子，十六岁，为什么知道吗？缺钱，抢了钱，被一个八岁的小孩看到了，他怕事情暴露，一不做二不休，全家一个活口没留，我到现场就吐了！查了半年，从来没怀疑过他，他还特别关心地跑来问我，说警察叔叔，什么时候可以抓到凶手啊？你以为你了解李锐？！"

江流被他一连串的话给震得说不出话来，还当着山峰的面，只好小声嘟囔："说一句得了，说这么多。"

陈局看着他觉得好气又好笑："你小子什么性格我清楚！李锐是第一嫌疑人，我们就照第一嫌疑人的方式处理！但同时，我们要对李锐的社会关系进行逐一排查，甚至从李锐十八岁前开始！这是接下来的工作重点！明白了吗？"

调查李锐的事算是定下来了，陈局看着山峰，想听听他的看法。山峰认为重点是李锐和秦菲、小白鸽当年的关系，还有他并不认同是两人作案。

陈局不解问他："为什么？"

"我当年只看到了一个人。"

山峰的话犹如一颗石子投进了已经平静的湖水，江流尴尬之下不耐烦地挠头，这个人怎么总是要唱反调？

陈局平静地看着他："山峰，那年你十一岁，我跟老叶找了你五次，你完全是混乱的。第四次结束后，我劝老叶，放了你这条线，可老叶坚持你能想起来。结果呢，最后一次你连自己到底看没看到都不敢说了，你现在这么坚持只看到一个人，那我就代表老叶问你一个同样的问题，如果，你只看到了一个人呢？"

如果只看到了一个人呢？

如果还有一个人，没有被看到呢？

那个晚上，山峰只看到了一个人。但那个人是怎么让小白鸽跟着他去的案发地呢？山峰想不通，所有人都想不通。

想要解答这个问题，就要把当晚的情景重现。山峰记得，那晚自己就是在这个山间村庄广场碰见小白鸽的。

二十年前，这里会放露天电影，只要有场次，巫江的大人小孩都会早早地在这里等。那天，山峰也去了，天气很热，他买了冰棍边吃边等，他看到了正在等人的小白鸽。山峰还记得她脸上害羞又甜蜜的笑容，白裙子、红发卡。只是电影还没有开场，小白鸽就不开心地走了。当时的山峰喜欢这个漂亮姐姐，想要知道她为什么不开心，就跟了过去。然后小白鸽就走到了这个台阶上，山峰看着枝叶繁茂的树林，这里一点没变，甚至那声闷雷都是一模一样。

小白鸽就是在这里丢的发卡，然后向前走入了树林中的岔路消失不见。当时的大雨让山峰因为害怕而四处奔跑，直到看见一辆大货车。车灯在雨夜中显得不那么刺眼，也是在那里，山峰看见了小白鸽被人掐着脖子。

那是个穿着黑色雨衣的人，当闪电炸裂在他脸上的时候，山峰也尖叫着滚下山坡。二十年过去了，山峰又站在了滚下来的山坡底下。当晚凶手是完全有时间追过来的，但他为什么没有呢？

所有的细节山峰都记得很清楚，唯独那个人的脸还是一团迷雾，什么都看不清。还是要再去案发现场一趟。

雨越下越大，山峰撑着伞走得很艰难，费了比平时几乎长一倍的时间才终于走到目的地。

他拿出手机拍摄，这是他的办案习惯，把案发现场拍摄下来，然后一遍遍地回放观看。

他拿着手机慢慢地挪动，忽然听到雨声中出现了另外的声音。

"嗡嗡嗡……"手机震动的声音，就在他不远处的树后。

山峰侧耳听着，滤去了雨声，手机震动的声音越发明显，已经确定了方位。他刚转身，树后面忽然蹿出来一个穿着黑色雨衣的人，往斜坡上的树林冲去。

山峰扔掉伞，奋力追了过去。这个人很熟悉这里，飞快地上了斜坡，冲出树林，在草地上狂奔。

忽然他脚下一滑，从山坡上滚落在山路上，又迅速爬起来冲向远处的村庄。山峰跟着他滚落，山路上忽然开过来一辆货车，山峰正好落在了货车前方。

司机已经刹车不及，按响了车喇叭。山峰只感到身子被向后狠狠地拽了一下，货车从他前方疾驰而过。拽他的是江流，旁边还站着一脸后怕的罗成。

山峰顾不上想他们为何会出现在这里，只是甩开江流，冲向前方。江流和罗成也跟着他追了过去。

必须要在这人进入交错的街巷之前抓住他，他们在小卖部前面分头去追。但他们还是晚了，最终无功而返，都回到了那个小卖部。

在雨中追击却毫无所获，本来就是件很累的事情，加上刚才又被山峰吼了好几次，江流和罗成都显得疲惫不堪。

山峰当然也没有比他们好多少，他看着眼前渐渐放大的两个身影，带着些许期待问了一句："有什么发现吗？！"

这句话彻底点燃了江流的怒火，他瞪着山峰："人都跑了，你有啊？"

山峰看了看他，耐心地解释："我说在案发现场……"

江流冷笑："你不也在案发现场吗？"

山峰的火气也被他这句话给点燃了，忍不住提高了音量："有没有发现？！"

江流咬牙切齿又带着点幸灾乐祸的语气回答："没有。"

他是真的生气了，说好的共同协助破案，但山峰擅自行动。当然他和罗成也没有通知山峰，就算是平了。但是他刚才救了山峰一命，又冒着雨累个半死，山峰居然第一句话就是问"有没有发现？"呵呵，江流在心中冷笑："你不是能得很吗？你刚才不是也在那里转来转去吗？可惜，我能发现的，你就是发现不了。"

罗成看了看江流，不知道他为什么会回答没有。

刚才他们确实在池塘那里发现了一双脚印，新的，还没有被雨水冲刷掉。结合刚才的情况，可以确定就是那个黑色雨衣人留下的。

江流说过，凶手都会去案发现场看看，那么……他们刚才可能和凶手有了一面之缘。想到这里，他顿时激动起来。他的变化自然没有让山峰忽略，但是江流不说，他也没有办法。

第八章　纠结

三个人面对面站着，充满了对峙的气氛。一直到叶小禾从小卖部走出来，喊了江流一声。

她和江流认识，也是秦菲的好朋友。如果秦菲没有遇害，她们现在已经离开巫江开启新生活了。

如果早走一天，秦菲就可以躲过那场劫难。这几天，她一直痛苦自责。今天她来这里看望秦菲的父母，恰好撞见江流他们冒雨在巷道里穿梭。她当然也看到了山峰，住在她隔壁的警察。

江流一听秦菲父母就在附近，顿时心中的怨气化为乌有，懊悔之情又涌上心头："刚才差点抓到凶手……"

山峰已经冷静下来了，转身要走："我要回现场看看！"

江流的火气又上来了，这个山峰实在是让人不省心："这么大雨，你要看什么啊？"

山峰眼神冷峻，浑身都充满了愤恨："如果刚才再快一点点，或者对这里再熟悉一点，一定会抓到刚才那个人。现在，只能努力去找线索了。我们到的时候凶手就在，一定有什么线索会留下。"

罗成很想说话，但还是忍住了，江流不让说，自然有他的道理。

江流看着山峰，没好气说了自己的想法："总之不是李锐，李锐……跑不了这么快！"

山峰看着他想说什么，小卖部又走出两个焦急的老人。是秦菲的父母，刚才江流的话，他们模模糊糊地听到了"凶手"两个字。

他们此刻就是想知道是不是凶手出现了？那么……什么时候可以抓到他？

山峰、江流、罗成看着秦菲父母殷切的眼神，刚才的对峙瞬间消失，剩下的只有失落和歉意。

叶小禾上前握住了秦菲母亲的手，扶她回去。江流满腹憋屈，想说什么又说不出来，山峰已经转身朝山上走去。

罗成没想到会变成这样，看看山峰的背影又看看江流："江队！你看他……"

江流恨恨地看着山峰在雨幕之中模糊的背影："他不信就让他他自己来！回警局对脚印进行技术分析，有任何线索，只能跟我汇报！不给他来个响的，他不知道我是谁！"

说完，气呼呼地转身往局里走，罗成赶紧跟上。

叶小禾送秦菲父母回家，忍不住回头看了一眼山峰在雨中的背影。昨天她第一眼就认出了山峰，但山峰看她的眼神，就是在看一个陌生人。

他们曾经认识，二十年前。当时的山峰很安静、喜欢读书，比叶小禾大三岁，住得很近，时常碰面。叶小禾认为如果能有一个哥哥，肯定就是山峰的模样。如果上天再给她一点时间，说不定她会和山峰成为最好的朋友。可惜，小白鸽的遇害让他们现在变成了陌路人。

山峰被谣言所困，不得不搬出巫江；叶小禾这些年也过得很不开心，父母离异，不但没有哥哥，连母亲也离开了她；然后又辗转流离，本来以为可以同巫江告别，却又回来了。她自认是咎由自取，因为她愧对山峰。

二十年前逼迫山峰搬家的谣言就是她编造出来的，她也说不清楚为什么会编这个谎话。只知道她告诉了很多人，山峰和杀人犯认识。

她本以为这个谎言会让自己开心，但她看到那群孩子一直围着山峰喊杀人犯，往山峰家里扔石头砸玻璃的时候，她后悔了。这个秘密，只有她自己知道，这些年后悔和愧疚几乎把她给逼疯了。

她欠山峰一个道歉。但她给山峰造成的痛苦，并不是一句"对不起"就能化解的。同样，一句"对不起"也不能让她有勇气去面对曾经。

叶小禾默默地抽着烟，该走了，必须离开这里。她给男友周宇打电话，那边一直都没有接。周宇，就是那天在楼梯上和山峰擦肩而过的男人，经营着一家"九八诊所"。

九八，源自一九九八年。

那一年，不只是山峰和叶小禾，周宇的人生轨迹也改变了。他和最亲的哥哥周胜突然决裂了，周胜的生意越做越大，他越来越寂寂无闻，只是开了一个小诊所度日。

他不愿意提起周胜的名字，他们甚至已经四年没有见过面。准确地说，是周宇四年不见周胜，周胜会来找他，有时候亲自来，有时候会派一个叫段超的亲信来。

但无论谁来，周宇都会很激动、很痛苦。周宇想要离开巫江很多次，但都留了下来。

如果秦菲没有出事，这次他和叶小禾就真的上船离开巫江了，带着秦菲一起。但现在他们又留了下来。或许只有等秦菲的事情水落石出，他们才能离开。

叶小禾拿起包，去了秦菲家。李锐不在，她便在门口等。

门口放着乱七八糟的杂物，还有一辆婴儿车，秦菲曾经有过一个孩子，可惜流产了。叶小禾现在还记得秦菲当时怀孕时的样子，满脸都是即将做母亲的喜悦，浑身都好像散发着母亲的光芒。

李锐终于出现了。他拎着一件雨衣，鞋子湿漉漉地走到家门口，打开门正要进。楼梯上站着的叶小禾喊了他一声："李锐……"

李锐停了一下，转身看着她："你没走啊？"

叶小禾看着他："我是要和秦菲一起走的。"

李锐知道她今天来并不是来安慰自己的，于是转动钥匙："有什么事进来说吧。"

叶小禾冷冷地拒绝："我就一个问题。"

李锐不想在这里交谈下去："进屋说吧，这里……"

叶小禾没有理他:"你高兴吗?"

李锐停下动作,看着她:"你这话什么意思?"

叶小禾重新又问了一遍:"我只想知道,秦菲死了,你有没有一丝高兴?"

李锐有些愠怒:"我没有!"

叶小禾不信,继续质问他:"这些年你让秦菲生不如死,现在她死了,你竟然不会高兴?"

李锐被激怒了:"你是不是有点过分了?!"

叶小禾冷笑着打量他:"你好好活着吧。"

说着,她下楼离开,没有看到身后的李锐面色悲苦。

叶小禾知道李锐和秦菲的婚姻是什么样子,可她还没有下定决心是否要告诉江流……和山峰。她不敢看山峰的眼睛,更不敢和他面对面。

可是她不说出来,死去的秦菲就太可怜了,真的太可怜了,都是二十年前的那个凶手造的孽。

如果没有那个雨夜,如果没有那么多阴差阳错,小白鸽就不会死,秦菲就不会有如此痛苦的婚姻,叶小禾的家就不会散……

可这个世界就是这样,再多的如果都没有用,有的只是冰冷的现实。叶小禾内心挣扎着回到了家。

刚进门,就听见屋内传来一阵哗哗的洗浴声。是周宇,他有另一把钥匙。桌子上,放着周宇沾满水迹的手机,一双满是泥污的鞋子扔在门口。

叶小禾打开浴室门,看见周宇穿着衣服正蹲在喷头下,双眼失神,似乎正经历着很大的痛苦。

叶小禾有些惊诧地上前:"你怎么了?"

周宇笑了,苍白的脸都有些发青:"没事。"

叶小禾关了喷头,看着他狼狈的样子:"你去哪儿了?"

周宇却没有回答她的话,而是问了一个问题:"小禾,你……你觉得我是一个好人吗?"

叶小禾握住周宇的手,让他冷静下来:"发生什么事了?"

周宇眼眶泛红,有些激动,又问了一遍:"我是好人吗?"

叶小禾抚摸着周宇打湿在脸上的头发，安慰他："你是最好的。"

周宇的眼泪夺眶而出，无声地哭了出来。

叶小禾心疼地抱着他："是你哥哥来找你了吗？"

周宇摇摇头，他不想说出来今天到底去了哪里，他还没有准备好对叶小禾坦白。

"我会告诉你的。"

叶小禾点点头，有些疑惑地靠在周宇的胸前。

周宇紧紧地抱住她："我一定会的，会的……"

周宇休息了一会，回到了"九八"诊所，经常会有人晚上来买药，所以他的灯熄得很晚。他在里面的隔间呆坐着，几天前的行李还放在门口，他也没有心思去收拾。

他听到外面有人喊了一句："有人吗？"

这打断了他的发呆，他赶紧在里面应了一声，走了出来。他一抬头就看见山峰站在那里，顿时愣住了。他没有想到，这么快就和山峰见面了。但山峰一定不记得他。

山峰看出了他眼中的惊讶，不由得又看了他一眼："怎么了？"

周宇赶紧摇头："没什么。"低下头不和他对视。

"要什么？"

"安眠药。"

周宇把安眠药递给了山峰，看着他离开，松了一口气。

第九章　安睡

雨终于停了。

山峰本来并不想买安眠药，他一直认为靠药物来入睡对他来讲是一种失败，但他连续两天的折腾已经让他身心疲惫，却毫无睡意。但也不是毫无收获，今天在巫江碰到了一个和自己喜欢同一个口味的人，才让他感到了一点放松。

那个人就是谢希伟，"老家面馆"的老板。一个正在等待独女归家的老父亲。

　　之前听江流说起过这件事，一个成年人失踪还保持和家里的联络，多半是赌气离家出走了。但谢希伟不这么想，电线杆上，还有"老家面馆"的外墙上几乎贴满了有关谢甜甜的寻人启事，灯也亮到很晚，就是为了谢甜甜回来的时候知道家里有人，随时都能吃上一口热饭。

　　山峰进去的时候，谢希伟正在收拾桌椅。他刚满50岁，已经有了白发，动作麻利，一看就是勤快惯了。他不是巫江本地人，有了女儿谢甜甜之后决定定居这里，为了生计开了这家面馆。虽然里里外外只有他一个人，但是店里上上下下都收拾得很干净，桌椅都很老旧，却擦得一尘不染，一点也没有那种油腻腻的感觉。有人去他的后厨看过，也是整洁得很，比大多数人家里的厨房收拾得都要干净。

　　对于谢希伟来说，"老家面馆"不是一门生意，就是他的家。他自认为已经是本地人了，但巫江的人还是把他看成外地人。这和山峰一样，他本来是巫江人，但搬走了二十年，已经算是外地人了。

　　外地人在巫江，没有家。

　　山峰坐在门外的小桌子旁："老板，来碗小面！"

　　谢希伟只顾着收拾，头也没抬："关门了。"

　　说完他发觉这个人的口音不是巫江的，回头去看，果然是个新面孔。

　　一个外地人，这个点要是有地儿吃饭就不会来这里了，于是他改了口叫住要走的山峰："一个人啊，那坐嘛。"

　　山峰又坐下，听到后厨里面开火的声音，很快一碗小面已经放在了他面前，散发着腾腾的热气和香味。山峰的疲惫立刻消除了一大半。桌上放着调味品还有腌菜，他夹起一块腌菜，慢慢地吃着。

　　这个味道……他看了一眼谢希伟。

　　一旁的谢希伟注意到他的表情，问了一句："吃得惯吗？"

　　山峰点点头，这是用茶腌的菜，而且还是涪陵老白茶。他的养母也会做这种腌菜，因为小时候家里比较穷，用老茶要比新茶便宜。但山峰喜欢老茶，他没想到在巫江随便走进的一家店里，也会有这种味道。

　　谢希伟也喜欢老茶腌菜，老茶的味道更好，酸中带苦，苦中又有甜。因为喜欢同一种味道，让山峰和谢希伟无形中亲近了一些。

谢希伟看着山峰，有了聊天的兴致："这地方有啥可来的？你要待很久吗？"

"案子结束我就走。"

谢希伟恍然大悟，怪不得刚才看着这个小伙子感觉和镇上的人不一样，就像是一张紧绷着的弦。

原来是警察，可为什么又说算是外地人呢？

山峰解释了一下："我……我应该是在这儿出生，后来搬走了。"

谢希伟点点头，看着山峰继续吃面。山峰又累又饿，加上老茶腌菜引人食欲，开始大口吃起来，忽然听见耳边一句轻轻地感叹："变化大哟。"山峰抬头看着谢希伟。

谢希伟的目光幽幽地看着前方，又转向了山峰："我说变化大，这个地方变化大，毕竟生养了你，也该回来看看。"

山峰低着头，闷闷地说了一句："我对这个地方没感情，对这里的人也没有感情。"

说完，山峰又觉得有些不妥，但谢希伟没有在意他的话，而是给他的碗里加了点醋，然后期待地看着他："加点醋嘛，好吃。"谢希伟语气温柔，像是在哄孩子一般。

山峰看了一眼谢希伟："谢谢。你是本地人吗？"

谢希伟摇头："我是有了女儿才定居的，我家在长江上游。"

山峰看着墙上贴着的寻人启事，上面有谢甜甜的照片。

"她怎么了？"

谢希伟叹口气："说是去香港玩，一走十几天了，不给我打电话，也不接我电话，最后一次联系是一周前，还是发微信。"

谢甜甜之前也有过离家出走，每次都是安然无恙地回来，只是这一次，时间有点长。

山峰点了点头："再等等吧。"

谢希伟叹气，这种事只能等，等女儿自己回来；但他又很害怕女儿出事，所以前几天秦菲的尸体被发现时，他就心急火燎地冲进了警察局。

如果不是江流及时告诉他不是甜甜，他恐怕要急疯了。他看着山峰。

"等……等等吧，只要她没事，什么时候回来都行。就是现在这案子一出，我这心里不踏实，七上八下的。唉，案子有眉目了吗？"

山峰点了点头，非常肯定地回答："会有的。我能感觉得到。二十年前，我觉得他在看着我。二十年后我回来，我觉得他还在看着我。"

山峰的话让谢希伟的表情有些惊恐，下意识地看了看山峰的身后，低声问了一句："你说那个杀人犯？！"

谢希伟担心地看着山峰，他不想这个年轻人有事。他是父亲，知道孩子对父母意味什么，更知道孩子有事对父母意味着什么。警察也是人，也是他们父母的孩子。

山峰感到了他的紧张："也不一定，总之这地方的人让我觉得这案子一点也不简单。"

山峰的话，谢希伟同意地点了点头，他也觉得这里的人不简单。

他看着山峰，再给碗里加了点醋，看着山峰身后的黑暗，好像在给他盯着有没有可疑的人一样，一直到山峰吃完。

山峰是个很敏感的人，他能感到谢希伟眼神中的关切。这恐怕是他来巫江第一次接收到的温暖，让他感到巫江也并不全是记忆中那么寒冷，每个人都像是被大雨浇透，浑身都散发着潮冷之气，让人难以亲近。

他看了看手中的安眠药，今晚一定能睡着吧？说不定还能睡个好觉。

夜已深，安眠药的作用没有在山峰身上起作用。不是没有用，而是他根本没吃。

他正被死死绑在一张椅子上。他低低地呻吟了一下，意识逐渐恢复，头还在隐隐作痛。他不知道自己在哪里，只是偶尔能听到隔壁孩子不愿睡觉的哭叫声。

一阵如低吼般的咳嗽声从他前面一道虚掩的门里传出来，让他彻底清醒。估算了一下时间，大概是凌晨一点，他昏迷了三个多小时。昨天晚上，他在修理楼道灯的时候，被人伏击了。而且，还没有看到这个人的脸。

山峰四处看着屋内简陋的摆设，愤怒和耻辱让他想要立刻把那门里的人给揪出来，现在先要找一个称手的工具割断绳子。他刚动了几下，那道门从里面打开。

里面出来了一个干瘦的老头，手里还拿着一把猎枪。脸上在剧烈咳嗽之后泛出了一种病态的红，他走到山峰对面。

山峰停止了动作，看着他的胸口还在剧烈地起伏。这个老头身患重病，就是他伏击了自己？

"为什么来巫江？为什么去案发现场？为什么住在老城？"

山峰不想回答，看着他的猎枪："私藏枪支是犯法的。"

老头举起猎枪对准山峰，冷笑道："我不懂法。说。"

山峰只好亮明身份："我是警察。"

老头愣了一下，他不喜欢警察，他只要山峰回答他刚才的问题。枪口顶住了山峰的脑门，又凶狠地吼了一句："说！"

刚吼完，老头又开始剧烈地咳嗽，手中的猎枪不由自主地低了下去。他没有再看山峰，而是转身朝里屋走，边走边弯着腰咳嗽。干瘦的身体弯得像一个虾米，此刻他的注意力正被巨大的痛苦分散。

山峰知道这是个好机会，他猛地站起身带着椅子撞了过去。老头没防备，被他撞进里屋，猎枪摔了出去。

山峰也从椅子碎片中爬了起来，抢先一步抓住了猎枪，拿在手里才发现不对。太轻，是把假枪。

一个病重的老头，拿着一把假枪，劫持了一个真警察？山峰觉得很荒唐，但下一秒，他却愣住了。

这间房间的墙上，竟然贴满了小白鸽案的资料，房间里面还有小白鸽和老头的合影。这个老头是……小白鸽的父亲……白卫军？一个人？

山峰突然感到眼前飞过来一个热水瓶，他赶紧侧身，但还是砸在了他的肩膀上，带着他摔倒在地，热水瓶在地上炸开，水立刻流出来。

白卫军又拿着一把砍骨刀对着山峰劈下。山峰已无处可躲，他也不能对一个重病的老头做出什么激烈的防御动作。何况，这还是小白鸽的父亲。白卫军这一下用了全身的力气，但他的手突然顿在半空，刀掉落在地。

第十章 希望

白卫军的眼神发直，身体痛苦地颤抖着，蜷缩着身子，挣扎着去够旁边桌上一个药瓶。山峰赶紧爬起来把药瓶递给过去，但白卫军已经一头栽倒在地，一动不动。

手上的药是治疗心脏病的特效药，白卫军有心脏病。门又响了一下，冲进来两个人。是江流，身后跟着罗成。

两人看着满地狼藉还有站着的山峰都愣了一下："老白！"

江流看着地上的白卫军，转头对着罗成大吼："去开车，再把周宇给我叫起来！把老白送过去！快！"

罗成转身就往外跑，江流和山峰把白卫军抬到了车上。周宇已经打开诊所门，准备好了白卫军的床位。

白卫军每次犯病都会到他这里来，他知道该用什么药。周宇检查一下，还好送得及时，没有什么大事。他给白卫军挂好药瓶，又给山峰清理伤口。

江流知道人没事，松了口气。李锐小区的监控调出来了，江流让罗成给山峰打电话，结果没人接，又跑到他住的地方。结果，罗成发现了楼道满地的碎灯泡碴，还有一滴血。

于是他们俩就一路追踪过来。讲到追踪，江流可以得意地说，在巫江他绝对是第一。但他一点也不骄傲。

江流探头看了看呼吸平稳的白卫军，打了个哈欠看向山峰："老白这么多年了，一直这样子，就别追究了吧？"

山峰没有什么表情，看不出来他是同意还是不同意："他家人呢？"

江流说起这个，感慨颇多："小白鸽出事没多久，当妈的就跑了，其实也是精神出了问题，还是当爹的能坚持，一直追案子，有用没用的线索，全往警局里塞。以前我师傅在，还能陪他。后来师傅一退，他没少来警局闹，加上年纪大了，心脏病说犯就犯……"

山峰沉默着接过了周宇递过来的冰敷包，向外走去。江流咬了咬牙追出去，走了两步又停下来看着周宇。

秦菲出事那天，江流赶去现场的路上看见了他和叶小禾拿着行李箱准备走。他早就听说叶小禾想要带秦菲走，但秦菲死了。叶小禾和周宇暂时留了下来。

江流知道叶小禾迟早要走，这是叶小禾的自由，他干涉不了也不想干涉，但是……涉及叶永年。叶小禾好像再也不想理叶永年，明明就在巫江，却从来都没有回去看过一眼。

江流看着思念女儿的叶永年实在是心疼，可徒弟再好也比不上亲生女儿在身边。他想了想，让周宇传个话：“你有空跟小禾说说，去看看他爸，她不心疼我心疼啊，记住了啊。”他看着周宇点头承诺之后才转身出去。

山峰已经往住处走了，江流看着他的背影，火气又上来了：“不跟我说声谢谢啊？！”

今晚上要是晚来一点，或者不来，他倒要看看山峰怎么收场。现在倒好，这小子抬腿就走，连句好话都没有。山峰顿了一下，继续往前走。

江流气得低声骂了一句：“活该！”

自己就不该管他！

骂完还踢了一脚石头，正坐在台阶上打电话的罗成吓了一跳，赶紧解释：“说了，让我转告你。”

江流看着他咬牙，这个罗成，永远都找不到说话的时机是不是？

"滚蛋！脚印查出来了吗？！"骂完又看了一眼已经消失的山峰，像是对自己说又像是对山峰说，"好好休息吧，要是着急能破案，还用等二十年？"说完，江流又看了看雾蒙蒙的天。他有种感觉，这个案子一定能破。凶手偷生二十年，也该到偿还的时候了。

山峰也是这么想的。

晚风习习，吹动了挂在窗户上的红色发卡。山峰一直看着随风飘动的发卡，无法入眠。他脑中全是白卫军疯狂的眼神，还有那间房里贴满的资料。

这二十年，白卫军是如何过来的呢？是不是每天都去案发现场盯着，只要发现可疑的人都会做出这种疯狂的举动？

山峰不敢去想。他有一点可以确认，白卫军没有认出他就是当年的目击者。

第二天，山峰又去了"九八"诊所之后就匆匆往办公室走。白卫军正在准备出院，再知道他就是当年的目击者之后，心中的怨气更甚，对他更加没有好脸色。

对于白卫军来说，抓住凶手是他活下去的唯一目的，至于山峰还有其他，他不想再去在意。他的人生已经被定格在小白鸽死的那一天。

山峰能做的，只有抓住凶手。越快越好。

山峰希望越快越好，但周胜却希望永远都抓不住。

如果知道二十年后会被沙海洲缠上，他当年还会不会那样疯狂？周胜低着头想了一会儿，应该还会。

但他不会再把周宇牵扯进来了。二十年前的那个雨夜之后，他们兄弟俩一直都不和，甚至已经四年再没有见过面。当年相依为命的两兄弟，现在连陌生人都不如。

段超过来，给了他一个消息。周宇没走，上了船又下来了，因为死去的秦菲是叶小禾的好朋友。周胜没有说话，这个结果他也猜到了。这个弟弟一向心慈手软、没有主见，当年是这样，现在当然也会这样："带他来见我，我怕他会露出马脚。"

段超点头，又面露难色："胜哥，沙海洲来了，要亲自和你谈谈，在观景台。"

周胜的脸上闪过了一丝狠厉，段超知道他在想什么，低声说了一句："胜哥，我认识一个兄弟，办事干净利索，是个硬茬子，要不要见一见？"

周胜点点头，这件事必须要有个了断。沙海洲一出狱就找上了自己，让两个小弟问自己要钱。

他知道自己二十年前做了什么事，现在秦菲案一出，当然会想来自己身上吸血。这几天，周胜让人跟着沙海洲，想看看他都去了哪里。

周胜咬着牙笑了，沙海洲大概还以为自己是二十年前那个没有力量的人。趁着现在警察还没有找到自己，他得赶紧把这样旁生的枝节全部砍掉。他闭了闭眼睛，换了一张笑脸去见沙海洲。

观景台处，沙海洲正舒服地瘫坐着，他真是没有想到，往日一起坐牢的兄弟，现在居然这么有出息了。有难同当，有福同享，这才是真兄弟！

更何况他还知道这个兄弟的一个不得了的秘密，凭这个秘密，要兄弟一半身家都不为过。所以，沙海洲并没有客气，就像是在自己地盘一样放松。

周胜让人摆上了火锅，各种菜品铺满了一桌子，又把放在塑料袋里的一沓钞票放在沙海洲面前。他看着沙海洲那副得意的嘴脸，知道他心里在想什么。

人，都要为年少时的冲动付出代价，沙海洲就是他的代价之一。如果只是要钱，周胜倒不在乎。可是沙海洲不只是想要钱，他还想要更多。

沙海洲看着那沓钱笑了，这个太少，还不够他玩两天的。他出来了才知道，外面玩的东西比以前多多了，当然也贵多了。在牢里这么多年都荒废了，他必须争分夺秒地享受回来。享受，就意味着烧钱。不过没有关系，有周胜呢。只要周胜活一天，就要负责掏钱让他享受一天。

他端着一杯加冰的可乐，故意发出很大的声音："胜啊，不是哥哥不讲究，世道变了！处处都是钱啊！那次咱们出狱，三个人吃顿饭喝顿酒才多少钱？！一百二！现在呢，酒都没喝，三百八！让不让人活了！咱都是糙人，白米饭拌辣酱，也能过！可我他妈不能委屈我们家老二啊！找个娘们都得千儿八百！太苦了！"

说着，沙海洲使劲吸着吸管。可乐已喝光，发出咕咕的响声。然后他打了个响嗝："你哥哥我现在就能喝得起可乐了！你说可乐不可乐！"

周胜心里已经厌恨至极，但脸上还带着和煦的微笑："老沙，你还需要多少？给个痛快的！"

沙海洲带着泼皮的笑，眼睛里闪着精光："去你的！你弄死那小娘们的时候痛快不？"

周胜脸上的笑实在是撑不下去了，他面色阴狠看着沙海洲，带着威胁的语气说道："你想试试？"

沙海洲直视他，收起笑容："周胜，你真以为我他妈不敢是不？"

他知道周胜不会这么轻易就低头，不过没关系，他反正一无所有，但周胜不是。他赌周胜不敢对他怎么样。

周胜瞪着他："老沙，我从小没读过什么书，但我听过很多故事，那些故事很有道理，教我怎么做事。有一个叫渔夫和金鱼的故事。现在你是渔夫，我是金鱼。到此为止，我们皆大欢喜。如果你得寸进尺，你会比故事的结局更惨。我……"

话还没说完，沙海洲忽然抄起杯子摔在桌子上，玻璃四碎，冰块在桌上旋转：

周胜咬紧了后槽牙，眼神越发阴鸷。

沙海洲抓起冰块塞进嘴里，咬得嘎嘣嘎嘣响，一边咬一边看着他。两人互相对视着，杀气凝聚着，屋子里只有沙海洲咬冰块的声音。

沙海洲抹了抹嘴："你让老子吃冰块！老子让你进冰窖！"说完，他站起身，抄起桌上装钱的塑料袋，大步离开。

周胜一直盯着他的背影，恨不能现在就把他碎尸万段。沙海洲走得很得意，他知道周胜被他这一下子给震慑住了，再选个好时候加把火，这个小子就会乖乖听话。

第十一章　兄弟

沙海洲刚走，周宇就被段超强行带了过来。

周胜看了看迎面走过来的段超和周宇，露出了一个开心的微笑。

周胜看着周宇，对其余人下了命令："你们先出去。"

周胜站起身，看着外面的江景，让自己冷静下来。很快，观景台上只剩他、周宇和段超。周宇并没有见到兄长该有的热情，而是冷冷地问了一句："找我做什么？"

周胜转过脸，他微笑着，眼神也柔和了很多："我是你哥，不能找你说说话啊？"

周宇冷笑："找我说话，但你的狗也太凶了吧。"

周胜看了一眼段超，摆摆手，段超离开，屋内只剩兄弟俩。沉默了一下，周胜强行打起精神，坐下来拍拍旁边的位置："快坐下来让哥看看，四年了，咱妈托梦要揍我，你说当哥的容易吗？"

周宇听到"咱妈"两字，冰冷的表情松动了一下，但很快又有点抗拒："有什么事吗？"

周胜的语气软了下来："小宇啊小宇，你说不让我找你，我就不找你。但我想见见你，你也应该来见见我啊。再说了，我都有一肚子话想和你说，你没有吗？"

周宇看着别处："该说的四年前我都说完了。"

周胜看着周宇："小宇，我们是亲兄弟，至于吗？"

周宇压抑着内心的痛苦："你自己清楚。"

周胜压抑着火气，带着疲惫说道："鬼讨债的日子到了，你必须得走，想想去哪儿吧。"

周宇摇摇头："为什么是我不是你？"

周胜不想在这个问题上纠缠下去，他这个弟弟什么时候开始变了呢？那个跟在他身后，一直很听话的弟弟去哪了？每次他们见面，都是不欢而散。周胜感到很累，周宇必须得走，要不然大家都得死在巫江。

但是周宇已经下定了决心，不再让他插手任何一件事。他们兄弟俩对视着，都压抑着怒火。

周宇忽然笑了，笑得很悲伤："该来的都会来……"

周胜忍不住扇了他一耳光，差点把他扇倒在地。

周胜看着他微肿的脸，忍不住心疼："算我错了行不行？只要你走！我死了你都不用回来！"

周宇仿佛不知道疼，只是幽幽地看着他："早知道有这么一天，当初为什么不听我的？"

早点听他的话，这件事情早就结束了，现在的一切都不会发生。是周胜毁了这一切。

周宇转身要走，周胜忽然问了一句："我知道你上个月底就要走，为什么不走了？"

周宇冷漠地回答："和你没关系。"

周胜冷笑："是因为那女人吧？"

周宇不可置信地看着他。周胜知道，他接下来的话只会让他们兄弟俩之间的裂痕越来越大，但他毫无选择。周宇如此在乎那个女人，或许可以用这个来逼他走。

"决定权在你。"

周宇也发了狠："你敢伤害她我就死在你面前！"

周胜死死地盯着他："那就听我的。"

周宇愤怒地冲了出去，段超进来看着周胜，刚才他去打了个电话，已经联系上了那个兄弟。

周胜点了点头："三天，他不走就不用和他商量了。把那个兄弟叫过来我相相面，老沙活到头了。"

周宇知道，如果自己不走的话，按照周胜的性格，叶小禾就会有危险。这种事情，周胜又不是第一次做了，对于他来说，并不是一件什么大事。

他的脸上还有清晰的掌印，无法瞒过叶小禾的眼睛。段超冲进家，强行把他带走时，叶小禾也在现场，亲眼见到了周宇的抗拒还有周胜的坚持。

周胜逼着他们赶紧离开这里，周宇脸上的掌印也在表明不得不走了，还要快点走。但是叶小禾还有事情没有做完。

山路盘旋，他骑着摩托车载着叶小禾在山路上疾驰，直冲山顶。叶小禾搂着他腰的手非常紧，他知道，叶小禾有心事。他也能感觉得到叶小禾的心意转变了，没有之前那么想走了。但此刻，又不得不走，他又不能把他们兄弟俩的事情全部说出来。

该怎么做，才能让叶小禾和自己一起离开这里呢？

到了山顶，两人并肩而站，俯瞰着云雾中的城市。叶小禾还是没有说话，只是心事重重地看着远方。周宇看了看她，内心焦急："你是不是不想走了？"

叶小禾摇了摇头："我只是没想好……"

周宇有些着急："可我们之前不是已经决定了吗？"

叶小禾顿了顿，没说话，有些话她说不出口。

周宇知道她还在为秦菲的事情伤心："秦菲的事情，我也很难过，但我们留在这里，又能怎么样呢？我们不属于这里，小禾，这里早在二十年前就没了。如果不是在这里认识了你，我可能早就走了，或者早就死了。"

叶小禾幽幽看着远方："二十年了，我的家因为小白鸽变成这个样子，现在我朋友又死了，和当年一模一样，我没办法视而不见，我好像被困住了，走，又能走到哪儿呢？"

周宇着急："可如果我们早点走，就不会发生这件事啊。"

叶小禾双眼泛红："但已经发生了啊！"

周宇看着她悲伤的样子，心软了下来。他不是铁石心肠，只是被逼无奈："对不起，我也有我的压力，我担心他们会伤害你，我怕……"

叶小禾打断他的话："有什么好怕的？我们已经伤痕累累了。我不是不想走，我是想干干净净地走，无论如何，我不能让秦菲死得不明不白。"

周宇有些紧张："你要做什么？"

叶小禾缓了缓："你看到那个警察了吗？"

周宇回忆："住在隔壁的？"

叶小禾点点头："对，他叫山峰。其实他是巫江人，他一回来我就认出他了。"

周宇不明白："什么意思？"

叶小禾看着远方，深吸一口气，似乎在为自己鼓劲："老城没改造前，我们住得很近，他大我三岁，我经常遇到他，他很安静，喜欢看书。他是小白鸽案的目击者，经常被警察——也就是我父亲叫走，后来大家谣传，他和凶手一起害了小白鸽。在学校，他被大家欺负，在家里，他被小孩们扔石头砸窗玻璃。再之后，他们全家就搬走了。"

她一口气说完，害怕自己停下来就没有勇气再说出来了。周宇也是第一次听她说这件事，当年的事情，他当然也知道一些，也听过这种谣言，他是不信的。

只是，为什么叶小禾要说这个？

"这些和你有什么关系？"

叶小禾转头看着他，坦白："我就是那个造谣的人。"

周宇顿时一惊，愣愣地看着叶小禾。

叶小禾低下头："我没想到他会当警察，也没想到因为同样的案子再与他见面。"

周宇听到这里，心情也很复杂，他看着远方："你想告诉他？"

叶小禾摇摇头："二十年前的事，说了又怎么样？但二十年后的事，我必须告诉他，就当……就当是为了二十年前吧。"

往事已过二十年，再说什么都已来不及，但一定要为现在做些什么。周宇也明白，他也正为现在努力着。

他看着叶小禾："我等你。"

叶小禾点头，抱住了周宇。她今天就会给山峰说。

山峰冲进办公室，差点和江流撞上。

江流满脸焦急，动作慌张，像是案件出现了曙光。

山峰问："那人有消息了吗？"

江流愣了一下，很快就反应过来，这个山峰什么时候说话都脱离不了案子，一点人味都没有。他皱了皱眉，边快步往外走，边大声回答："查着呢，有消息告诉你！我开个家长会！很快就回来！"

话还没有说完，人已经没影了。山峰一直看着他消失在走廊尽头，才进办公室坐下，又问了一句："江队经常这样吗？"

罗成很热情地为他解答："这不家里有孩子嘛，城里小，过了饭点就能回来。江队是人生赢家啊，嫂子长得漂亮，女儿又聪明懂事，家庭幸福，生活美满啊！"

刘悦发现山峰并不想听这些，赶紧给罗成使眼色，让他把那几张带监控照片的材料拿给山峰。从照片上可以看出，案发当晚八点李锐开车出门，然后去剧团值班，直到第二天早上七点。

剧团没有监控，罗成同剧团的门卫证实过。而秦菲是晚上十点独自出了小区。

山峰翻看着照片，突然问了一句："李锐晚上没有出过剧团吗？"

罗成摇头："门卫说没有。"

"门卫多大？"

"……五六十吧。"

山峰不依不饶："五十还是六十？"

罗成求助地看了一眼刘悦。

刘悦回答："六十五。"

山峰又问了一句："六十五的一个老头，能保证一晚上不睡觉吗？"

罗成没有想过这个问题，他感到浑身发紧："这个……没问……"

山峰有些不悦："剧团有没有后门？"

刘悦赶紧回答："有！后面是一片野树林，我看过，不好走。"

"是不好走还是不能走？"刘悦也感到浑身发紧。

"我就看了一眼……"

山峰的脸色更加阴沉，看着手里的照片："刑警是这么干的吗？"

刘悦和罗成互相看了一眼，撇撇嘴。

江流带他们的时候，就是这么干的啊！怎么这个山峰一来，就全都给推翻了呢？

山峰也懒得和他们在这里纠缠，他感到有些烦躁："调查所有道路的监控，我要知道李锐的车在晚上八点到早晨七点，有没有出现在不该出现的地方。算了，我去交警队查吧。"

还是自己查最信得过，最好还要对李锐进行二十四小时监控。他正计划着，忽然手机响了，从江流外套里发出来的。山峰掏出来看了一眼，是叶小禾打来的，他想了想，挂断。

然后转向罗成和刘悦："尽快把李锐的社会关系调查清楚……"

手机又响了，还是叶小禾，他再次挂断："还有一件事要做，从今天开始，要对李锐进行二十四小时监控。"

叶小禾又打来电话，这次山峰接听了："喂，我是山峰，江流不在。"

第十二章　坦白

叶小禾逼自己拨通了江流的电话，刚接通，就被挂断了，再打又被挂断。

第三次终于接通了，但那边不是江流，是山峰。听见是山峰，叶小禾突然说不出话来，那边也没有挂断，一直等着她说话。

过了好一会，叶小禾才找回了自己的声音，慢慢开口："我有事情要告诉你们。"

叶小禾没有想到会是山峰接的这个电话。这个电话，是她想要离开巫江之前做点什么，二十年前的事造成的伤害已经无法逆转，但二十年后发生了什么事，她还是可以全部说出来。为山峰、为秦菲，也为了自己心安。

此刻，她和江流、山峰相对而坐在空无一人的酒吧。这里是叶小禾工作的地方,她是这里的歌手,也是在这里碰到的周宇。她将一张照片放在桌子上,照片是李锐、小白鸽、秦菲三人的合影。

江流拿起来看,有些意外:"他们什么关系?"

叶小禾轻叹了一口气:"好朋友,很好的朋友。"

江流将照片递给山峰,山峰仔细看着照片,青春洋溢的三人依偎而笑。但是李锐和小白鸽的身体都偏向了对方,不难猜出来,他们的关系很好。

叶小禾看着那张照片,开始回忆,"九八年那个夏天,对他们三个来说,本该是非常美好的。秦菲是小白鸽最好的朋友,他们一起认识了李锐,聊着即将到来的大学生活,都非常兴奋。李锐喜欢白鸽,白鸽也喜欢李锐,如果不发生那件事,他们两人会很幸福。"

山峰看着照片:"小白鸽遇害那天,李锐和秦菲在吗?"

叶小禾肯定地点了点头:"在。"

山峰对她的肯定有些疑惑,毕竟已经过去了二十年,回忆难免会有些偏差:"你确定?"

叶小禾深深地看了他一眼:"那天有电影,《泰坦尼克号》,三人本来约好了,但秦菲告诉小白鸽,李锐有事来不了,所以小白鸽就走了,然后就遇害了。其实小白鸽刚走,李锐就来了,他知道小白鸽不在,很失望。后来那场电影,是李锐和秦菲一起看完的。"

她之所以记得那么清楚,因为她当时就在那里,看着小山峰。只是,山峰却从来都不知道。

江流顿时一愣,他从来没有想到其中还有这种隐情,更想不到总是柔弱微笑的秦菲,还会做出这种事:"秦菲……"

叶小禾点头:"对,秦菲也喜欢李锐。"

二十年前的那个夏天,原本是好朋友的三个人,感情却不知不觉地发生着变化。秦菲,也不可避免地喜欢上了帅气的李锐。感情会让人的头脑发昏,尽管她知道这是不对的,但她还是忍不住骗了小白鸽。

她没有恶意,她只是想和李锐单独看一场电影。但是她的谎言却送小白鸽走了一条死路。

叶小禾有些唏嘘，如果秦菲当时冷静一点，这场悲剧也就避免了。

"在和李锐结婚前，秦菲没告诉任何人，包括我。"

江流无法理解这种事情，如果他是秦菲，一定会羞愧得离李锐远远的。因为一看到李锐，就会提醒自己当年做过多么愚蠢的事情："她为什么还要和李锐结婚？"

叶小禾看着他，知道他现在是怎么想的："小白鸽的事，不是她想看到的。"

江流摇头，还是不能理解："但那是她造成的啊！"

叶小禾顿了顿："是，她也说是自己造成的。所以她心里很愧疚，很受折磨。"

山峰没有让这话题停留太久，他更关心的是另外的问题："她为什么婚后才告诉李锐？"

"她是真的很爱李锐，不想骗李锐。婚姻对她来说，是至死不渝的事情。"

山峰若有所思："但李锐并没有原谅她，是吗？"

"不只是没有原谅。"

江流好奇："什么意思？"

叶小禾想了想，秦菲曾经告诉过她：秦菲和李锐一直都是分床而眠，秦菲经常整夜地无声流泪，生活中，他们的东西分得很开，生活用品都是各有一套。

秦菲受不了这种生活，割腕自杀，李锐也很焦急地救她，但之后，还是继续之前那种陌生人一般的生活。

叶小禾闭了闭眼睛，当时听见秦菲说了这些之后，她就想要带秦菲走："李锐没有像她想的那样去理解她，反而开始了极其严重的冷暴力。李锐认定，这一切都是秦菲应该承受的。秦菲寻死，李锐会救她，但救她，不是让她好好生活，而是让她继续承受痛苦和折磨。"

她说完，三人都陷入了沉默，这种婚姻，是悲剧、是煎熬。

江流不可思议，他也无法相信自己的老朋友李锐会这么做："李锐这样做，伤害的不也是他自己吗？"

叶小禾苦笑了一下："我和李锐是同事，所以才和秦菲越走越近。我问过李锐同样的问题，李锐的回答很简单，他说，这不是伤害，这是成全。"

"不是伤害，是成全。"山峰在心里默默地重复了一遍，他看着照片里，李锐和秦菲的笑脸，倍感悲戚："这样的生活有多久了？"

"他们结婚十年了,最幸福的就是结婚第一年,后来她手腕上的伤口,再也没痊愈过。我想李锐应该从来没爱过秦菲吧。"

江流想起发现秦菲尸体那天,他在路上看到叶小禾和周宇正提着大行李箱准备上车离开。

"所以你才要带她一起走?"

叶小禾鼻子一酸,眼泪落了下来:"还是晚了。"

三人都有些沉默。

过了一会,江流忽然问了一句:"怎么突然来告诉我们这些事?"

叶小禾看了一眼山峰,山峰也看着她等待着答案。

"不是突然,是恰好。我说这些,不是要证明李锐是凶手,是不想让秦菲死得不明不白。"

她站起身,结束了这场谈话,"再见。"

江流愣了一下:"你还要走,小禾?"

叶小禾停下脚步,没有回头。

"你要走的话,是不是该去看看我师傅?"

叶小禾没回应,顿了顿,走入黑暗之中。山峰现在才知道,她就是叶永年的女儿。

"她就是叶永年的女儿?"

江流有些郁闷:"对……现在去找李锐?"

山峰有些意外,看了他一眼。

江流感受到了他眼神中的含义:"你别用这眼神看我,我也没说不怀疑李锐,去还是不去?"

山峰暗笑,起身离开,江流赶紧快步跟上。

江流边走边给罗成打电话,让他赶紧去李锐家门口守着。

一路上风驰电掣,很快就到了地点,罗成看到他们迎了上来。三人也没有说话,直冲向李锐家。

罗成看了看山峰的背影告诉江流:"脚印可以排除李锐。"

江流点点头,李锐确实有问题,加上那个脚印,他坚持认为是两人作案。

罗成又看了看山峰,请示要不要告诉山峰。

江流摇头:"鱼不上钩锅不开火,先按他的来。"

到了李锐家门口,山峰看到了一个旧的婴儿车。江流有些感慨地告诉他,秦菲怀过一个孩子,但流产了。

房间里都是酸腐的酒气,光线很暗,大白天紧拉窗帘,只露出一道狭窄的光,开着几个台灯。山峰看见屋内的角落里堆着一些酒瓶子,表明李锐已经酗酒一段时间了。

江流看着还是不忍:"怎么又开始酗酒了呢?"

李锐把椅子上杂物拿开,只是简短说了一句:"坐。"然后转身去冲泡茶水。

山峰借着幽幽的灯光,看着屋内的情况,罗成将录音笔放在上衣口袋里,握着相机跟在江流身后四处拍照。

李锐和秦菲一直分床,他的床就是沙发,客厅的墙上不同于一般夫妻会有结婚照,什么都没有。卧室床头有一张秦菲和父母的合影,但是夫妻的合影一张都没有。打开衣柜,看到李锐的新郎服端正地挂在里面。

房间一角放着一个行李箱,里面东西码放得整整齐齐:都是一些私人物品,当季穿的衣服在表面,最底下竟是厚厚的婚纱。山峰从婚纱一侧,抽出了一个立着的相框,是小白鸽和秦菲的合影,花季笑容,分外动人。

他放下相框,让罗成上前拍下行李箱的照片。山峰走出卧室,江流正在同李锐谈话。

李锐憔悴不堪,仿佛老了十岁;江流想到他这十年都是这么折磨着过来,忍不住为他伤心。李锐倒有点不在意,这都是命,他命该如此。

江流的问题,他回答得都很自然,也很符合常理,没有半点慌张或者不安。他和秦菲也聊小白鸽,根本无法忘记这件事。

山峰问了一句:"秦菲最近要出远门吗?"

李锐知道他是看到了那个行李箱:"你说行李箱吧?那是我早上回来才看到的,本来还等着问问她呢。"

山峰没有继续问行李箱,突然问了一句:"作为抑郁症病人的家属,数十年如一日,很辛苦吧?"

李锐一直呆滞的面目忽然抽动了一下:"还好。"

山峰注意到了他情绪的波动，把话题转到小白鸽身上。

"你上次说，你和小白鸽只是认识而已，所以在学校也没什么交流吧？"

李锐点头："没有，点头之交。"

"她在学校很受欢迎吧？"

李锐否认道："我那个时候只想好好考大学，不怎么关心这些事情。"

山峰知道他说的是假话，于是换了一个简单的问题："秦菲和小白鸽是一个班吗？"

李锐稍显放松："对，都在我隔壁班。"

山峰又问了一个让他重新紧张的问题："那你是先认识小白鸽的还是先认识秦菲的？"

李锐端茶的手顿了一下，掩饰地拿起茶壶去加水："记不清了，记不清了……"看着他慌张的背影，山峰和江流对视一眼，李锐的嫌疑很大。

第十三章　意外

回来的路上，山峰一直都在思考李锐到底隐藏了什么，为什么隐藏；江流则为自己之前对李锐的判断失误感到愧疚，一直都在想如何弥补这个失误。

回到局里，几人一点都不耽误，立刻就开会研究。罗成飞快地把李锐家照片洗出来，然后交给刘悦贴在分析板上，他再给大家倒水。

山峰看着照片先提出疑问："太奇怪了，完全没有夫妻生活的样子，甚至不像家。分床睡，厨具也是分开的，整个房间，没有两人合影，但却有秦菲和父母的合影，而且秦菲要带走的行李箱里，装着自己和小白鸽的合影。好像在秦菲的心里，李锐就不存在。"

江流翻看着资料，跟了一句："叶小禾不说了嘛，两人的婚姻早就形同虚设了。"

山峰看着照片，想到了秦菲和父母的合影："你们去过秦菲父母家吗？"

刘悦赶紧回答："案子一出就去了，母亲哭父亲骂，总之都是怪李锐。看起来矛盾挺大，我觉得李锐这些年一直折磨秦菲，秦菲的父母不可能不知道。"

江流想到这个就来气："我就纳闷了，李锐犯什么病啊？折磨秦菲干什么？过不下去就离婚呗，互相折磨两败俱伤啊，而且他喜欢小白鸽就喜欢，瞒我们干什么？"想到自己之前为他辩解，江流就更气了。

山峰盯着照片，一直在想那个行李箱："可能他想瞒着的，是更重要的事。"

江流看着他，急切地问："什么事？"

山峰摇摇头："不走近他，就不知道他在想什么。我还是那句话，从现在开始，要对李锐进行二十四小时监控。"

江流顿了顿，看着罗成："听见了吗？"

罗成愣了一下，看着江流，只来得及说一声"啊？"不用商量一下？直接就听山峰的安排？罗成暗自想。

江流对这小子的反应很不满，瞪了他一眼："啊个屁啊，听见没？"

罗成赶紧站好："明白，立即进行二十四小时监控。"

布置下去之后，就散会，各自去忙各自的事情。等到山峰从交警队拿过来监控，抬起头，天色已黑，万家灯火。

山峰想到叶小禾是叶永年的女儿，心里有点震惊。小白鸽的案子不仅仅是他、白卫军无法走出来，可能还有他想不到的，更多的人也走不出来。

凶手的动机到底是什么呢？为什么会消失二十年呢？

山峰看着安静的巫江，扭了扭脖子，一天下来腰酸背痛，如果让养母知道，又该责怪他不注意身体了。养母是个坚强的女人，养父去世之后，她一个人拉扯山峰长大。虽然一直有一个匿名的资助人，每年会定期地汇款和寄脐橙。这不，前几天又给寄来了。

养母去邮局查过好几次都没有查出来，就把所有的钱和汇款单都放在一起，从来都没有动过。日子再难，养母也会咬牙坚持下来。

山峰想到养母，目光变得温和，紧绷的神经一放松，就感到了饥饿。"老家面馆"，最先进入他脑海的就是这个名字。他和谢希伟感觉很聊得来，或许因为都算是本地人，但其实又是外地人的缘故。

山峰走进面馆，就听见一个女孩子欢快而俏皮的声音。

"爸，我去香港玩几天！别操心我了，你管好自己吧！"屋子里面几张桌子都是空的，墙角放着钓鱼用具。

谢希伟的女婿赵杰正在擦桌子，看到山峰来，招呼他坐："坐，吃点什么？"

"小面。"

山峰又听见了那个声音，他转头四处去看，谢希伟坐在角落里，拿着手机一遍遍地听着。那是女儿谢甜甜给他发的一条语音微信，一直以来都只是冷冰冰的几句话，朋友圈照发，也都知道她在哪里，就是不接电话。

谢希伟又担心又思念，但又无能为力，只能一遍遍听着这条语音，幻想女儿就在身边。女儿的声音很开心，她本来就爱玩，这次一出门就是这么多天，应该玩得更开心吧？

虽然也有点生气她不接电话，但只要女儿开心，谢希伟也不忍心真的生气很长时间。但女儿怎么还不回来呢？他旁边墙上钉着一个小挡板，上面放着《作为意志和表象的世界》《大问题》《人性论》等和哲学有关的书。

山峰有些意外，走过去坐在了谢希伟面前，两人闲聊了几句。他想了想，女孩子有时候会和父母赌气故意不接电话，于是问了一句："你和她关系好吗？"

谢希伟不明白："什么意思？"

"我是说你们没有闹什么矛盾吧？"

谢希伟一听就有点急了，他从来没想过会和女儿有矛盾，一直都是有求必应，连句重话都没有："她是我一手拉扯大的，我怎么可能和我女儿有矛盾？"

山峰没想到他的反应这么大，一旁端着面过来的赵杰听到了，也接茬道："爸，人家说得对，甜甜是不是跟您闹矛盾呢？"

谢希伟突然来气："胡说！我跟甜甜没矛盾，她跟你联系了吗，跟你有矛盾？"

赵杰有些紧张，也有点尴尬："爸！说什么呢……"

谢希伟不想看见他，让他走，赵杰不好意思地朝山峰笑笑，离开了面馆。谢希伟瞪着他的背影，还是不解气："就不该把女儿嫁给他！一点本事没有！净胡说八道！"

谢希伟又叹气难过："我倒是真希望我跟甜甜有点矛盾，这样她气消了就回来了。"

山峰安慰他："会回来的。"

谢希伟凝重地望着门外的黑夜，想了一会，突然做了决定："明天我就撕了那些破告示！等我女儿回来！"

山峰看他有些激动，赶紧用钓鱼来岔开话题，果然让他的情绪平静了一点。约好日子一起钓鱼之后，谢希伟继续在角落里听着语音，山峰走之前招呼了他一声，他也没有听见。

山峰摇摇头，转身离开去了小卖部，买了晚上加班的夜宵。他走出小卖部，一抬头就看见赵杰正抽着烟，站在不远处的娃娃机前认真地抓娃娃。

山峰看着他的样子，总觉得哪里不太对，但着急去看监控，还是急匆匆地走了。看监控不是个好活，尤其是看所有的道路监控，一边看得一边记录。

山峰看得眼睛都酸涩了，终于发现了李锐的车在秦菲遇害前三小时开进了夔山主路，然后避开了监控，走了小路。他赶紧拨打刘悦的电话，让她明天去查李锐的车。

刘悦和罗成今晚上负责监控李锐，此刻正坐在车里准备吃泡面，一抬头就能看见李锐家里的灯光。山峰又在电话里嘱咐了一些事情，刘悦激动地接完了电话。

一旁的罗成看到刘悦现在完全站在山峰那一边了，不禁有些着急。但是刘悦根本不以为意，毕竟李锐被列为最大嫌疑人，就证明了山峰的能力。

刘悦为自己之前对他质疑感到不好意思，所以现在想要好好努力来弥补。罗成听到之后就更加着急了，他倒是无所谓，但是在他心目中，江流是最厉害的。

他忍不住把发现了脚印的事情告诉了刘悦："我跟江队重返了案发现场，结果发现了嫌疑人，我俩一顿猛追！对，最后嫌疑人是跑了，但我们得到了脚印！那脚印，根本就不是李锐的！"

刘悦非常惊讶："还有一个人？"

罗成得意地看着刘悦，感到自己为江流扳回了一局："我可是记得啊，山队坚持他只看到一个人。"

"那脚印是谁的啊？"

罗成也不知道，但他不能承认，只是含糊地回答："江队有吩咐，鱼不上钩锅不开火。好香啊，吃泡面喽！"

刘悦没好气地瞪了他一眼："总之我明天就去查车！我坚定地站在山队这边！"

说完她看了看李锐家，灯依旧亮着。想着山峰电话里的安排，刘悦揉了揉脖子，明天一早就去查李锐的车。

山峰这边还在盯着监控一动不动，天微微亮他去卫生间洗了把脸，回来看着屏幕出现了重影，他揉了几下眼睛，突然听到了刺耳的铃声，大早上的就有人报警？

山峰接起来，是谢希伟。巫江出事了，每家每户都有凶手的传单，上面写着：下一个，就是你的女儿！巫江凶手！电话里还能听见有人在尖叫、在怒骂。

山峰呆愣了一秒冲下楼去，大街上也撒满了传单，他一边去开车往李锐家赶去，一边给江流打电话让他先去稳定群众情绪。等他赶到，江流已经在指挥着警察一边安抚群众，一边收缴传单。

罗成和刘悦正不好意思地向江流认错，他们坚守了一夜，但李锐还是从他们眼皮底下跑了。

而且到现在都还没有发现，每条街都有警察搜寻，但每条街都没有李锐的影子。

江流看着他们气就不打一处来，这两人，罗成就算了，刘悦平时看着挺靠谱的，怎么也会出这种事？

山峰倒没有发火，只是让两人赶紧去找李锐，问了一下江流传单的事情，也感到事情的棘手和蹊跷。

江流指着街道边的墙上，密密麻麻的传单一直延续着："看看，咱们费多大劲凶手就费多大劲！这绝对不是一人能干的活！不可能！"

山峰同意他所说的，但凶手这么高调，为了什么呢？街道尽头的阶梯最高处忽然传来了巨大的喧闹声，人群聚集在那里发出一阵阵骚乱。

山峰和江流对视一眼，立即奔跑过去。他们奋力拨开人群，看清楚中间是叶永年之后，愣在原地。叶永年穿着警服昏迷在轮椅上，脖子里挂着一张大纸板。

上面写着：警察无能！我为二十年前的小白鸽案道歉！

江流双眼泛红，上前扯掉纸板，挡在叶永年面前。他看着围着他们还在用手机拍照的人群，怒火混着心痛和委屈，他觉得自己都要爆炸了。

凶手可能就混在人群里，正在嘲笑他们此时的狼狈不堪。

他冲着人群怒喊："是你？还是你？还是你们？有本事冲我来！冲我来！我是警察，我陪你玩到底！来啊！来！"

他眼睛通红，几近疯狂。群众纷纷放下了手机，开始慢慢散开。

山峰悲愤地扫视着人群中可能的嫌疑人，满目凄惶。

第十四章　合谋

叶小禾提着行李箱准备下楼。

昨晚上他们决定离开，该说的都说了，现在该离开了。昨晚上她悄悄地去看叶永年，但刚到家门，就听见了里面的吵嚷声。

叶永年愤怒地让护工滚，一边怒骂一边朝外面扔着东西，无论护工怎么解释，他就是不愿意。护工气得推门离开。

叶小禾站在阴影里，忍不住哭了出来。她小时候也这样，藏在楼道里听着父母吵架。叶永年就是这样让母亲滚，把母亲赶走了。当时的她什么都不能做，只能使劲捂住耳朵，现在的她也什么都不能做，只能转身离开。

回到家里，周宇知道她并没有完全放下巫江："我可以撑得住。"

叶小禾看着他，倔强回应："我们为什么要撑？我们已经很辛苦了，不需要撑。"

周宇看着她，想把自己的秘密说出来："其实……其实我和我哥……"

叶小禾轻轻捂住周宇的嘴，她现在很累，已经负担不起任何秘密："等我们离开这里，你什么时候想告诉我都行。"

然而，此刻她隔着玻璃望着病房内输液的叶永年，心情复杂。

周宇被他哥哥再次逼着离开巫江，本来决定把秦菲婚姻的事情说出来就可以离开，但早上她和周宇准备坐车去码头，临上车却接到了江流的电话。

山峰、江流，还有一大群警察都站在她身后，愧疚地看着她。周宇站在一旁，他总觉得山峰在盯着自己，让他浑身都不自在，他越想表现自然，就越僵硬。幸好护士过来让办住院手续，他就赶紧跟着去了。

叶小禾转过身，看着江流："医生怎么说的？"

"说他昨晚喝了很多酒，喝完就犯病了，就算醒，也不会记得是谁干的。"

叶小禾有些意外："喝了很多酒？！"

江流叹口气，点了点头，知道叶小禾今天就准备离开，再说别的也没有用："唉，等师傅醒了，我一定说服他住养老院，我们轮流去照顾他！"

叶小禾有些疑惑："家里没有酒的。"

江流不太相信："你也不常去，你怎么知道没有啊？"

"我给他请了护工，护工不会给他酒喝的。"

"昨晚护工在吗？"

"我昨晚去看他的时候，他正在发脾气，把护工赶走了。"

山峰插了一句："家里有什么不一样的吗？"

叶小禾顿了顿："我没进去。"

江流一听又着急了："为什么不进去啊？"

叶小禾看了一眼他，眼神中含义不言自明。江流叹口气，看向一旁，不再询问。

山峰又问："那是几点？"

"十点。"

周宇已经办好了叶永年的住院手续，拿过来递给了叶小禾。叶小禾看了看他，伸手接过。

江流看着觉着事情似乎有了转机，还想再劝几句，但山峰已经转身离开了。现在多说无益，江流闷闷地开着车，很想倾诉："师傅离婚后，小禾跟了师傅，但那时候她很叛逆，离家出走，师傅着急坏了，怎么也找不到。后来才知道找她妈去了。不过小禾和他妈关系也不好，等她再回巫江就去了剧团。因为她长得漂亮，个性又倔，所以就出了很多谣言，说她在外面那几年不正经，男人一大堆什么的，所以叶小禾也没什么朋友。"

山峰被谣言这两个字刺痛了神经。

江流还在继续往下说："女孩啊还是太脆弱，我上学时候，有个家伙到处说我尿床，我逮到机会揍着那家伙一顿暴打，打完就啥事也没了。"

山峰打断他的话："你不懂。"

江流看了他一眼："不懂什么？""如果你才十一岁，可大家都谣传你和凶手一起害死小白鸽，你在学校被欺负，父母都跟着你抬不起头，你觉得打一架就能解决问题吗，解决不了。"

江流这才想起山峰曾经的那些谣言，小时候听到过一些，这么多年过去，早就给忘了："你……你那个事情太特殊了。"

山峰没有接他的话，而是自顾自地往下说："我第一天回来，房东就告诉我，你隔壁住的女人是个骚货，不要招惹。他说的那个女人，就是叶小禾。我当时很难过，难过的不是别人在欺负一个女人，难过的是这么多年过去了，这个地方一点也没变。"

江流感到车内气氛越来越压抑，他想解释什么，但却无从开口。唯一让他感到庆幸的是，当年伤害山峰的那些谣言，他从没参与过。但没有参与就是无辜的吗？他也没有阻止过。

他看了一眼山峰："你说一开始传谣的，到底什么人啊？"

山峰没回应，望向窗外。谣言的可怕，山峰亲身经历过。二十年前，因为记不清杀害小白鸽凶手的长相，他成了谣言的中心。

有人说他就是杀人凶手。成人们半信半疑，更多的时候，他们觉得这是个笑话。但是孩子们却当了真，他们不停地追着山峰，在他耳边喊着"杀人犯"，在每个他能看到的地方都写满"杀人犯"。

他无论说什么都不会有人相信，想要反抗就会换来更大的伤害。他永远都忘不了自己被围攻的情景，屈辱、痛苦、委屈。

如果巫江有人能理解他当时的痛苦，只会是白卫军。小白鸽死后不久，有人开始造谣，说她生前不检点，白卫军无论怎么解释都不会有人相信。

这个时候，唯一掌握线索的山峰却搬走了。他恨，恨杀人凶手、恨抓不住凶手的警察，恨那些污蔑女儿的人，也恨记不住凶手的山峰。

山峰没有再说话，江流也没有再说话，就这样一直沉默压抑着向前。到了叶永年住处，罗成正在和一个拾荒老人谈话，几个警察正在检查四周。

江流刚喊了一声，罗成立刻就跑了过来，立正站好："到，江队。"

他自知犯的错太大，不敢再吊儿郎当。

江流瞪了他一眼，和山峰朝屋里走："紧张什么？有什么线索吗？"

罗成赶紧跟上汇报："屋内没有被入侵的迹象，地上的碎片和药，是叶永年和护工发生争吵造成的。我们已经调查了护工，没有作案时间和动机。"

山峰一边听着，一边查看房间。

地上有散落的药丸，桌子上摆着残羹剩饭和两瓶喝剩的白酒："这个人应该和叶永年很熟。"

罗成赶紧回答："对，熟人。有个拾荒老人住在旁边的囤船上，他说凌晨出来撒尿，看到有人陪叶永年喝酒，喝得很开心，但没看到是谁。"

山峰蹲下身子，戴上手套，在桌腿旁边捡起一颗白色的药丸，走到门口，和散落的药丸比较，这是两种完全不同的药丸："这不是叶永年的药。"

江流听见，也戴上手套："给我看看！"

这药的确不是叶永年的药，江流说："对，不是，师傅没有心脏病。这是心脏病特效药，我爸活着的时候常备。"

心脏病这三个字，让山峰想到了一个人。

白卫军。

那天在"九八诊所"，山峰看到他拿走的就是这种治疗心脏病的特效药。他有充分的动机，也有作案时间。

山峰和江流带着警察赶到白卫军家，家门敞开，白卫军正独自一人坐在桌前喝酒。看到他们来，他不慌不忙地喝了一口酒："老叶的事情是我干的。"

本来还有点怀疑的江流顿时急眼："你又糊涂了吗？"

白卫军猛喝一杯酒，他也心存愧疚，但他不得不这么做："我对不起他。"

江流怒极反笑："对不起？师傅要是醒不过来了，你一辈子都别想好过！"

白卫军低着头："我会给老叶磕头认罪的，带我走吧。"

江流感觉快要疯了，他愤怒地看着白卫军。本来已经够乱的了，为什么白卫军偏偏要挑这个时间惹事："你这是到底为什么啊？"

白卫军站起身，伸出双手："你们会知道的，但不是现在。"

一直没说话的山峰看着他问道："李锐是不是找过你？"

绑架叶永年、巫江撒满传单，只凭白卫军一个人是绝对做不到的，无论从时间上还是从精力上，都不可能。

他需要一个帮手，这个人必须和小白鸽有关。和白卫军一样，痛苦、愤怒、怨恨。那这个人只能是李锐。

山峰推理得没错，这个人就是李锐。

白卫军也爽快地承认，但在太阳落山之前，其他什么他都不会说。李锐在哪里，为什么要这么做，他都会说出来，但不是现在。

山峰知道，这件事还没有结束。还有一个收尾，一个足够让所有人再次震惊的结尾。

让人把白卫军带走后，他们去了李锐家。刘悦迎了上来，她为了弥补昨晚上的错，今天一直在查李锐的车，已经有发现了。

案发当晚，李锐把车停在剧团后山的斜坡上，通过后门穿过山林，开车离开的。汽车轮胎内侧发现了牛筋草，这种草在夔山的荒路上有很多，罗成已经赶过去检查那边情况。

这算是重大发现，江流听完，点头认可算是将功赎罪。

刘悦感激地看了一眼山峰，赶紧跟着他们进去，边走边汇报："根据小区监控显示，李锐是昨晚十一点出门的，再没回来过，现在下落不明。他的手机还在充电，可以正常通话。"

江流看着已变得整整齐齐，井然有序的房间，又看看刘悦忍不住讽刺："昨晚十一点你俩就睡着了？"

如果他们俩能清醒一点，今天根本不会发生这么多事。

山峰拿起李锐的手机翻看，最近的联系人是秦菲，他忽然觉得不对，转身看向墙面。那里挂着两人装裱豪华的婚纱照片，之前是空的。他环顾房间，发现物品已经码放整齐，一切都恢复了夫妻生活的模样。餐桌上的配对水杯，沙发旁的双人拖鞋，厨房里的碗筷一体，卧室里的双人枕头及被整理起来的行李箱，而秦菲的物品都被原封不动地码放回了衣柜，婚纱却整整齐齐地铺在了床上。山峰打开衣柜，李锐的新郎服已经不见了。

江流一直跟在他的身后，看着他的表情越来越震惊，忍不住问了一句："怎么了？"

"恢复了，李锐恢复了结婚后最幸福的第一年。"

江流不解："他这是什么意思啊？"

突然，屋里传来一阵手机铃声，是李锐的手机，一个陌生的号码。

李锐的声音传了出来："对不起，让你们久等了，我在天桥。"

第十五章 真 凶

听到李锐在天桥，江流大喊不好，那个天桥，每年都有人跳下去。

山峰已经冲出门去，所有的线索都指向李锐，可以判定，李锐就是杀害秦菲的凶手。

但这一切都是为什么呢？白卫军为什么又会和他合作呢？

山峰脑中闪过了一个念头，但他觉得太过荒唐，不可置信。天台上，穿着新郎装的李锐正在撒着传单，上面写着：我是杀妻者，谁是杀人者？

李锐听见了身后的脚步声，转过身看着他们："这里每年都会有人跳下去，我很想知道是什么感觉。"

山峰和江流对视一眼，朝李锐慢慢靠近。

李锐看着他们，语气平淡，似乎在讲别人的事情："我是一个有计划的人，喜欢把人生分为很多个十年。每十年都是新阶段，不应该被设限。只不过我没想到，我不会有下个十年了，不会了。"

他突然高喊了一句："不要再往前了！"

他来这里一心求死，不想让这两人打扰自己。

山峰和江流止步，离李锐只有三米之远。山峰示意他先冷静下来："李锐，人生不是靠时间来划分的，是靠你自己。"

江流也在旁边痛心疾首："李锐，你先过来，我们好好聊！"

李锐看着他们，并不为之所动："1998年，我18岁，我喜欢白鸽，白鸽也喜欢我，本来我们会考上同一所大学，在大学一起跨过千禧年，崭新的世纪。但为什么她会死？为什么我会遭遇这个事？为什么我的人生要在这个时间被切断？

"2008年，我和秦菲结婚了，我们因为小白鸽走到一起，互相安慰，互相支撑，度过了特别痛苦的日子，我觉得我们是相爱的。结果呢，秦菲竟然是害死小白鸽的人，而我竟然和她结婚了，还想着下一个十年我们会很幸福？！你告诉我为什么，为什么我的人生又在这个时间被切断了，靠自己，我自己在哪儿？"

山峰慢慢地向前挪动，向刘悦使了眼色，让她下去做准备，然后看着李锐：

"李锐，每个人都一样。我也是。但我们不能顺其自然。"

他要把李锐的注意力转移过来，尽量给刘悦争取时间。李锐在小白鸽死后二十年里、同秦菲结婚的十年里，因为不能言说的痛苦而沉默了太长时间。

山峰明白，李锐有话要说，必须让他把那些埋藏了十年，说出来才能痛快的话全都说出来。

果然，李锐的情绪激动起来："你知道为什么大家都喜欢顺其自然吗？因为顺其自然的痛是最少的。"

山峰又向前挪了一小步，他到这里来，就是为了止住这种痛："我们改变不了已经发生的，但可以阻止没必要发生的。"

他的话让李锐的情绪更加激动，瞪着他："阻止？就因为你是警察？"

山峰能感觉得到他对警察的怨气，和白卫军流露出来的一模一样。自己当年又何尝没有这股怨气？

"我以前怕警察，但我做了警察！我不信什么顺其自然，只信逆流而生！"

他的话似乎对李锐有些触动。

"小菲已经死了，是我骗她出的门，然后带她上山，亲手送她走的。我知道你们一定会找到我，只是需要时间。那我就用这些时间，让这件事变得重要一点。看看，街上的人，是不是都在说这件事？"

江流听到这里，不敢相信面前这个人就是自己的那个朋友，他满目悲愤地质问："这就是你杀秦菲的原因？"江流不理解。

这些天因秦菲之死暴露出来的太多事情都超出了他的承受范围，但李锐下一刻说出了一个更让他无法接受的杀人理由。

他杀死秦菲，完全是因为警察忘了小白鸽："因为你们忘了小白鸽，所以我才让秦菲像小白鸽一样死。我就是让你们想起来，你们欠我们一个真相，欠我们一个凶手。"

江流因为愤怒说不出话来，山峰还在慢慢地挪动："李锐！警察不会忘了任何一个没破的案子！"

"你说得对，但如果秦菲不死，你根本就不会来，对不对？"

山峰一惊，顿了顿："我会的。"

李锐已经说完了想说的话,感觉很轻松,现在可以毫无牵挂地去死了。他看着天空,露出了一个欣慰的微笑:"如果我们的死,能对小白鸽案有一点点意义,就够了。"

说完,他站在了天台边缘,只要再向前一步,他就会掉下去。

山峰感到前所未有的紧张,他感觉李锐没有说出全部的真相。还有隐瞒,他在保全一个人。

他缓缓地向前靠近:"李锐,小白鸽不想看你这个样子!"

李锐的呼吸有些急促起来,准备了这么久,临到死时,他还是有些紧张。他向前一步,大喊了一声:"哪儿有什么逆流而生?人生就是顺流而亡。"

他往下跳的时候,山峰和江流也飞身扑了过去,抓住他的手。

李锐一边奋力挣扎一边大喊:"让我死……让我死!"

李锐就是杀害秦菲的凶手,这一消息很快就传遍了大街小巷。秦菲的父母也赶来,拉住李锐厮打起来。李锐动也不动,山峰和江流慌忙上前拉开他们,两位老人因为强烈的愤怒而身体发抖,气喘吁吁。

李锐被带着向前走,到门口时,停了下来,转过身看着秦菲父母。眼圈泛红,深深地鞠躬:"爸,妈,对不起。"

这一声爸妈,让秦菲父母又激动起来。

江流摁住了暴怒的秦父:"您冷静冷静!"

秦菲的母亲身体虚弱地哭泣着,山峰紧紧抱住她。

审讯室里,李锐承认自己就是凶手,供认不讳,爽快地交代了作案经过。但是……

山峰和江流明白,这里面还有疑点。他们去了局长办公室。

经过刚才的事情,气氛显得很压抑,谁也没有因为抓住凶手而开心,相反,大家都显得闷闷不乐。

陈局在办公室里不停地抽着烟,眉头紧蹙地翻看着案宗:"不对,这不对啊。你们看,李锐说,他是骗秦菲上山的,但那是晚上十点啊,秦菲一点异常没有?案发当晚,李锐把车子藏在剧团后山,那也就是说,他是开车和秦菲在某个地方会合,没有监控就说明地方非常偏僻。秦菲是抑郁,不是傻,怎么想的?而且,案发当晚，秦菲和李锐没有任何的通话记录啊！"

这些也正是山峰心中的疑问，感情破裂的两个人，理应在心里对对方设防，更何况李锐带秦菲去的地方是小白鸽死亡地。更重要的是，秦菲是机械性窒息死亡，但没有显著的挣扎痕迹。李锐到底是怎么杀的秦菲，以及秦菲是在什么时候遇害的，李锐交代得非常模糊。

他和江流都认为不能这么轻易地结案，必须把所有的环节都问清楚。

陈局听了他们俩的话，下了决定："审，必须问清楚了！这里头肯定有问题！还有，审他之前，把该做的工作做足了，别被他牵着走！"

李锐被逮捕后，一点也不慌乱，交代完毕之后就再也不说话，只是沉默地看着前方。他目光放空，好像在想什么，又好像什么都没有想。

山峰知道，想要让他开口，就必须找到他心中最隐秘的痛点。这样问题又回到了原点：小白鸽。

他靠在床上看着手机里的视频，空空的作案现场，水塘、泥泞、雨声。一切都和二十年前一样，又好像不太一样。李锐为什么要杀死秦菲？仅仅是为了二十年前秦菲的那句谎言？

山峰忽然想到了李锐在天台上质问自己的话，如果秦菲不死，他还会不会回来？还有那一句：如果我们的死，能对小白鸽案有一点点意义，就够了。这两句话到底还有什么其他的意思？还有，为什么是"我们"的死？如果李锐因为小白鸽的死对秦菲恨之入骨，根本不会称"我们"。

山峰又想到叶小禾在酒吧里说的，"秦菲寻死，李锐会救她。但救她，不是让她好好生活，而是继续承受痛苦和折磨"。

山峰坐直身子，继续翻看，看到秦菲行李箱的照片。还有李锐家餐桌上的配对水杯，沙发旁的双人拖鞋，厨房里的碗筷一体，卧室里的双人枕头及被整理起来的行李箱。山峰越看越觉得这里面隐藏着一个秘密，尤其是秦菲死前没有任何的挣扎迹象，更让人觉得奇怪。

他想到了一个人：叶小禾。

秦菲和李锐共同的朋友，最了解他们婚姻状况的人。他将秦菲行李箱的照片发给叶小禾，然后附上一句话："我总觉得有些奇怪，她要走，为什么带这些东西？"

叶小禾接到照片时，还在医院。徘徊了很久，她最终决定还是去病房看一眼叶永年。心里是有恨，但更多的还是不忍。虽然叶小禾并不承认。她走了几步，又停下了。

病房内，醒来的叶永年突然在护士的额头上用指节骨叩了一下。

护士看着他笑了："您醒了？想吃点东西吗？"

叶永年继续叩动指节骨："火爆栗子！"

护士以为他想吃栗子，但叶永年又愣愣地看着她，眼神里面都是慈爱和疑惑："你怎么长这么大了？小禾。爸爸抱不动你了啊！"

叶小禾看着里面，眼眶有些泛红，她想起了小时候，叶永年也是这么逗她的。那个时候，叶小禾还很依赖他，每天都要在楼梯上一边看书一边等他下班，只要听到楼下传来噔噔噔的脚步声，就会立刻装睡。

叶永年总是会心疼地在她额头上用指节骨叩一下："哎哟，又睡着了啊！吃个火爆栗子吧你！"然后轻轻地抱起她上楼回家。叶永年一直以为她不知道，但她一直都知道，现在也记得。为什么就变成现在这样了呢？是什么时候变成这样的呢？

病房里的叶永年还在喃喃地说着火爆栗子，叶小禾已经无声地哭了出来。她心软了，开始有点不舍得这个一直讨厌着的父亲。

这时她的手被轻轻握住，是周宇。他已经在她身后有一会了，看到她如此两难，轻轻地抱住她："安顿好再说，我们等得起。"

叶小禾在他的怀里点头："等这件事一过去，我们就走。"

周宇看着病房里的叶永年，心情复杂。如果二十年前，什么都没有发生，那该多好啊。

他、叶小禾、叶永年，都不会变成这样。叶小禾的手机震动，她拿出来，看到了照片。

山峰猜得没错，叶小禾确实懂得秦菲。行李箱里面装的东西，正是秦菲一生中最快乐的两段记忆，一是和白鸽做朋友的时候，二是她结婚的时候。

行李箱里的婚纱和合影，就代表这两段记忆。叶小禾不是第一次要带秦菲走，但秦菲每次都以时候不到而拒绝，如果要走的话，会把她最好的记忆全带走，再也不回来。

周宇感到了叶小禾情绪波动，关切地看着她。叶小禾看着已经赶来的山峰和江流，明白自己一直都想错了。

秦菲不是要走，而是要告别这个世界。因为那次她俩聊完，分开的时候，秦菲突然说了一句，如果有来生，我一定不会对白鸽撒谎。但最后，秦菲还是没能把最美好的记忆带走。

山峰和江流听完之后，也陷入了沉默。箱子里装的，不是秦菲要带走的东西，而是她的遗物。

第十六章　真相

秦菲是主动选择死亡，所以在死时没有显著的挣扎痕迹。

这些李锐知道吗？他能理解这代表着什么吗？

审讯室内，江流正在和李锐交锋。摊开的四份材料里，详细地记录了秦菲案的调查取证过程，江流用手指着其中的几行字向李锐发问："一，案发当晚，你没有和秦菲通话，社交软件也没有任何联系。二，你带秦菲上山，秦菲不可能意识不到危险，但你的行车记录仪里她只说了一句话，她说她想听首歌。三，秦菲是主动跟你到达案发现场的，当晚大雨，就算她在车里没意识到危险，又为什么会跟你冒雨去往案发地呢？四，秦菲是死于机械性窒息，是一种很痛苦的死亡方式，但她身上却没有明显的挣扎痕迹，为什么？"

李锐眼神略带愤怒。他本以为，这件事会因他的被捕而结束，紧接着警察就应该重启小白鸽案才对。但是……江流偏偏一直在纠缠这些他不想去回忆的事情。

李锐看着江流："你了解抑郁症吗？"

江流摇头："我不了解。"

李锐点头："我也不了解，但她就是没有反抗。"

事发当晚，他从剧团后门穿过山林，然后开车接上了秦菲；那晚的雨好大，江边公路雾气弥漫，秦菲坐在后排，想要听一首歌。仿佛是上天的刻意安排，收音机里正好是《送别》这首歌，秦菲眼角含泪却轻声哼唱。到了案发地，他感到痛苦不堪，秦菲却面色平静。然后一切就变成了现在这样。江流被他不合作的态度激怒，但却又拿他毫无办法。

一直在监察室看着这边的山峰推门进来，坐在李锐对面："你为什么不好好看尸检报告？"

李锐淡淡地反问："我为什么……"

山峰打断了他的话，有些咄咄逼人："在你把双手放在秦菲脖子上的时候，你有没有想过她有多害怕？抑郁症患者会主动自杀，但不是主动被杀。任何人，在遭遇谋杀的时候，都会有求生本能，秦菲也不例外。"

李锐想反驳，再次被山峰打断。

山峰看着他的眼睛，给了他一个结论："秦菲是自愿的！"

李锐的情绪再次波动，他看着山峰摇头，但却说不出什么。

山峰拿起尸检报告盯着李锐："秦菲的指甲断裂，指甲缝里有大量的泥土和血迹，这说明她临死前忍受着巨大的痛苦，但她却没有用手抓你，而是插进泥土里，直至指甲断裂，鲜血涌出……那么大的雨都没有冲掉这些痕迹，我想知道，她看你的最后一眼是什么样的，是平静、绝望、是哭，还是笑？"

李锐不想去听，但又不得不听。那天晚上，他死死掐住秦菲的脖子，看着秦菲含泪的双眼，他只能痛苦喊叫。

山峰感到了他情绪的波动和开始急促的呼吸，接着说了下去："秦菲告诉你真相，是因为她爱你。但你折磨她，是因为你爱小白鸽吗？不是，是因为你爱自己。但那时候秦菲怀孕了，你舍不得孩子，可你的冷暴力让秦菲越来越失控，直到孩子流产。然后你把所有怨气都发泄在她身上，分开吃饭分床睡，甚至在屋里待一天都不说一句话，这直接导致秦菲的病情越来越严重，最后只能自杀。第一次自杀被你救了，但这导致你失去了剧团里唯一的晋升机会。从此你认定，秦菲不能死，她只能待在你身边，永远痛苦下去。"

山峰停顿了一下，看着已经泪流满面的李锐："我说得对吗？"

被彻底激怒的李锐怒吼："不对！"

看他情绪激动，江流想要上前制止，被山峰拦住。山峰冷冷地看着李锐，等着他冷静下来。

李锐浑身发抖，看着山峰，突然说了一句："人的愧疚是有保质期的。"

山峰没有想到他会说出这样一句话，微微有些诧异："你说什么？"

李锐强行让自己的情绪稳定下来，看着山峰和江流。这场婚姻，看上去是李锐在折磨秦菲，实际上也是秦菲在折磨李锐。秦菲坦白之后，李锐选择了原谅。

但是秦菲却失控了，她开始怀疑李锐在用这件事情要挟她，开始胡思乱想。她认为，不论小白鸽是死是活，李锐和小白鸽命中注定都不会在一起，她并没有犯错。

李锐悲哀地笑了起来："从那时候开始，我才知道，人啊，你的愧疚、自责，都是有保质期的。明明是你错了，可错的时间长了，你受不了那个折磨了，你就会反弹，反弹出另外一套理论，你告诉自己，我没错，错的是他们，他们活该。这不是笑话吗？你告诉我什么叫原谅？原谅是别人给的，不是自己给的！"

李锐说完这番话，表情又开始痛苦地扭曲起来："我是折磨过她，但我也救过她，真心实意地救她，为什么，因为下个十年马上就来了，我不想这样过下去了，我想改变，像你说的，逆流而生，对不对？但我所有的努力都白费了，白费了……"

今年是他们结婚十周年，纪念日那一天，他还在劝解秦菲从回忆中走出来。他想要和秦菲好好地生活，最好还能有一个孩子，往后再能有一个孙子。

秦菲也笑着答应了，可就当他兴高采烈地买回红酒想要庆祝的时候，发现秦菲在浴室里割腕了。也是那一刻，李锐彻底明白秦菲没有办法再好好活下去了。是时候为当年的事情做个了断了。既然都是要寻死，那为什么不死得有意义一点？既然都是因小白鸽案而起，那么也就因小白鸽案而结束生命好了。

李锐淡淡地说着，似乎是在说别人的故事："她答应了。我们一起做计划，商量这件事怎么能全城轰动。我们不是狠，是累，我们被切断了，我们的终点是一样的，死路一条。"

山峰听着，满目悲切："你为什么要瞒着这一切呢？"

李锐看着他，眼神中都是后悔和悲戚："那天早上我回到家，觉得很解脱，我甚至听着音乐做了饭吃。可吃完饭准备睡觉的时候，我突然觉得很疼，全身都在疼。我吐了，吐得特别厉害。我后悔了……真的后悔了，我不是后悔杀了她，不是，是后悔她告诉我真相的时候，我没和她离婚……我应该马上离婚，可能她会骂我一辈子，但我们有一辈子可以活着啊。过去的事，为什么就不能过去了呢？为什么啊？"

过去的事情为什么就不能过去了呢？山峰也很想知道。

江流早已经转过头去，默默擦泪。

山峰看着李锐："还有什么事情，需要我们做的吗？"

李锐把所有的情绪释放出来，现在已经平静，他点点头："我想见到秦菲和白鸽的时候，能给她俩一个好消息，可以吗？"

秦菲案终于尘埃落定，山峰决定先回市局报告，然后重启小白鸽案。他答应了李锐，一定要给一个好消息。他取下红色发卡，去找了白卫军。

看到红色发卡，白卫军的心松动了一点，看着这个和自己一样天天做噩梦的年轻人，终于打开了心扉。

山峰被带到一面挂着黑色帘子的墙面前。随着白卫军伸手拉开帘子，他看到了一面墙的名单，有些被着重画了圈，加了特别的标注。

这二十年来，只要白卫军认为有嫌疑的，全都标注在墙上了。其中，最有嫌疑的就是一个被叫作老沙的人，真实姓名沙海州。

山峰记住了这个名字。

第十七章　　掩盖

李锐的抓捕归案让整个巫江松了口气，除了周胜，沙海洲就像是一块巨石，压得他喘不过气来。他也明白，沙海洲的胃口绝对不是钱那么简单，他们在一起待过，当然很了解沙海洲是个什么样的人。

贪婪、狠毒、不顾一切。

如果得不到他想要的，沙海洲不会介意拉着周胜一起下地狱。这么多年商场的经历，周胜并不是一只只会等着被人任意宰杀的小肥羊。他很懂得先下手为强的道理。

段超把他的那个朋友带来了，石磊。一个戴着帽子的年轻人，手狠、利落、硬茬子。

周胜见到他的第一眼，就知道他很厉害，因为那双眼睛就像是世上最锋利的刀，又闪动着聪明的光芒。

石磊身材高大匀称，四肢修长而结实，走动的时候让人忍不住想起准备好捕食的猎豹。还有一双骨节分明而有力的手，被他瞄准的猎物绝对逃不掉。他的话也很少，不该问的从来不多嘴。

周胜看着就非常喜欢，这是个能办事的男人，就像自己一样。他点点头，看了看段超，能找到这样的人，段超也很不错，他没有信错人。

观景台上已经摆好座位，圆桌上，火锅咕咕作响。周胜请石磊坐在他对面，拿出一张沙海洲的照片放在桌上，抄起筷子："来，兄弟，边吃边聊。"

石磊没有动筷，看了一眼照片："正事要紧。"

周胜有些意外，笑了笑："这是想……先要钱？"

段超生怕他不高兴，赶紧劝了一句石磊："石头，吃完再聊也不迟。"

石磊并不是个能轻易退步的人："你们找我做事，我有我的规矩。"

周胜放下筷子，明白他不是那种小角色："对，做事一定要有规矩。多少？"

"三十万。"

周胜有些诧异，不太相信地看了一眼段超："一条命这么贱？"

周胜可是花过比这个价格要多得多的钱，在这种事情上，他一向不吝啬，人最重要的就是生命，多少钱都不为过。三十万，显然有点少了。能要出这个价格的人，要么是个不懂行的新手，要么就是个虚张声势的假货。

段超看出他的不信任，赶紧劝了一句："胜哥，石头是自己人。"

石磊没有为这个价格解释任何一句话，他只是看着周胜，一点也不着急。这个生意，能成就成，不能成他立刻就走。

周胜直直盯着石磊："沾过血吗？"

石磊的眼神不见任何波动："我做事不见血。"

周胜愣了一下，大笑起来："见识见识？"

话音一落，坐在旁边的小弟大壮蹿起身就要制伏石磊，他的动作很快也很突然，甚至还有一只手都没有来得及从桌子上拿开。

石磊一点都不慌张，飞快地抄起筷子插在了大壮还在桌子的手掌上。速度之快，力道之猛，让周胜和段超都是一惊。

大壮惨叫一声，再看手掌，却是筷子穿过手指缝中，直插桌面。大壮喘着粗气抽出手指，手指丝毫未伤，他不敢相信地看看石磊，又看看自己的手，畏畏缩缩地不敢坐下去。

石磊没有说话，更没有再动一下。

周胜啪啪啪给石磊鼓掌："厉害！厉害！我给你五十万！交个朋友！"

这样的人，他还是第一次见到。石磊面目平静，并不为多出来的二十万兴奋，他也不需要这二十万。

"三十万。"

周胜看着石磊，有些尴尬地笑了笑。有能力的人总是会有些奇怪的脾气："好，按你的规矩来。"

石磊收起照片，装进上衣口袋，"嘭"的一声拔掉桌上的筷子。他只喝了茶，什么都没有吃，更不会喝酒。很久之前他受过伤，江湖郎中曾经告诫过他，忌凉风凉水，辛辣酒肉，以免寒湿邪气，伤身损骨。

他这一生，凉风凉水无法避免，早已对不住这具躯体。那个老郎中惊讶他这么年轻，身上居然有这么多的伤，身体里还藏着那么多的寒湿之气。

但老郎中什么都没有问，当时小白鸽案刚刚发生，他在江中漂泊了那么多年，当然明白每个人的命运不同。

不喝酒，这顿饭就吃得很快，石磊决不会浪费时间。他很快就找到了沙海洲，他在蓝月亮歌舞场。

沙海洲根本没有注意到身后跟了一个沉默的男人，他正沉浸在威胁了周胜之后的愉悦中。还有什么比掌控一个人的恐惧更快乐的事情？沙海洲还有没想到的，他现在只想花周胜的钱。

钱让他在蓝月亮歌舞场度过了很快乐的时光。霓虹闪烁，光影流彩，石磊拎着一个大号行李箱走了进来，他一边穿梭在舞池里，看着上了年纪的男男女女在跳舞，一边在角落里找了个位置坐下。

透过人群，沙海洲正坐在角落里，和一个女人勾肩搭背，耳鬓厮磨。那个女人是有丈夫的，一个戴眼镜的男人。

此刻，她的丈夫怒气冲冲地冲到她面前，把她从沙海洲怀里拽出来。沙海洲抬起眼睛看着这个愤怒的丈夫，旁边的两个小弟上前几个巴掌把他打倒在地，用的力气很大，小弟的手都打疼了。

那个丈夫屈辱地走了，沙海洲笑了笑，摸摸女人的屁股，转身走进卫生间。此刻的沙海洲无疑是得意的，快乐的，他甚至在狭小的卫生间内，一边哼着歌一边俯身洗着脸。

石磊拎着一个行李箱走到卫生间门口时，沙海洲正好抬起头，他们四目相对，危机陡起。

沙海洲刚要挥拳，但石磊快了一步，抓住他的头发，把他的脑袋在洗手台上狠狠地砸了一下。

沙海洲从没有想过，他会这么不经打，浑身瘫软着倒了下来，被石磊塞进了行李箱。然后就像一个旅客一样，拉着行李箱走过了舞池，走过了沙海洲两个小弟身边。

从此，沙海洲就再也没有音信。

叶永年的情况有了一些好转。

叶小禾还是不怎么和他说话，看望也是远远地看着，反倒是周宇，一直在叶永年跟前尽心尽力。周宇知道叶小禾心里有个坎过不去，但她自己要是想不通，别人也没有办法帮她想通。现在能为叶小禾做的，就是好好照顾叶永年，找一个合适的养老院。叶小禾心里感激，却什么都没说。

周宇也想走，是为了叶小禾才拖延至今，只要叶永年一安顿好，他们就离开巫江。叶小禾不想让自己再被什么给绊住，她现在就开始整理所有的物品，这一次，她要走得干干净净。

她把抽屉里的东西全部装进纸箱子，"啪嗒"一声，一个文件夹掉落在地。里面是一份墓地的购买合同，购买人是周宇，是一块山间墓地。

叶小禾心"怦怦"直跳，她顾不上还没有收拾的东西，打开门出去了。她去的是山间墓地，在管理人的带领下，找到了周宇的那块墓地，让她心惊的是，旁边立着的就是小白鸽的碑。

周宇买这块墓地已经十来年了，偶尔来一次，但是最近来得比较勤。叶小禾看着并排而立的两块墓碑，只觉得太阳穴突突直跳。

周宇有一个秘密，一直想要告诉她。但每次话到嘴边又给岔开了，叶小禾一直以为，那个秘密是关于他们兄弟俩为什么会反目的。

现在，她觉得自己猜错了。

夜色已暗。

从墓地回来，叶小禾不知道是怎么回家的，她一直静静地坐在沙发上看着电视，脑中一片混乱。小白鸽、山峰、叶永年、周宇……

这些人的脸不停地在她的脑海里转来转去。灯亮了，周宇回来了，他还带了一个好消息，找到了一家养老院，环境和专业度都不错，明天就能接待。

他自顾自地开心，说完了才发现叶小禾的反常："你怎么了？"

叶小禾幽幽地看着他："我等不了了。你想告诉我的那些事，我等不了了。"

周宇握住叶小禾的手，看到了放在沙发上的墓地合同。他愣了一下，拿起墓地合同，有些惊慌地看了一眼叶小禾。

叶小禾直直地看着周宇："我去看了，在小白鸽旁边。"

周宇愣了一下，低下头，紧紧攥着合同。

叶小禾看着他，眼睛里似有泪水："我以为你想告诉我的，只是你和你哥哥，和别人无关。我现在也希望无关，希望是我想多了，但今天太难熬了，我等不了了。你问我你是不是一个好人，我说是，我一点也不犹豫。所以……所以我想听你亲口告诉我，这是个巧合。"

周宇微微抬起有些放空的眼神："不是。"

简单的两个字，让叶小禾大脑一片空白，她看着周宇。周宇也看着她，慢慢地说出了一个让她无法接受的事情。不是巧合，叶小禾猜得没错，周宇的确和小白鸽案有关。他害了小白鸽。叶小禾尖叫，她不信，无法相信。

她的家因为小白鸽的案子毁了，她的男友，却和小白鸽案有关。似乎所有的事情都在和她开玩笑。

周宇情绪也激动起来："你知道我哥为什么送我走吗？你知道我为什么买墓地吗？你知道我为什么爱飙车为什么躲在浴缸里吗？因为我害了小白鸽！因为我是杀人凶手！"

叶小禾已经哭了出来："不是这样的……不是这样的！"

周宇痛苦地望着叶小禾，满脸是泪，除了不断地重复自己是杀人凶手之外，什么话都说不出来。

叶小禾抱着他，尽力地安抚他。一夜无眠。

叶小禾看着窗外，她脑子乱了一夜，只有不停地抽烟。周宇蜷缩在沙发上，呆呆地看着天花板。

他们都不知道该怎么继续。叶小禾掐灭了烟："我们，给对方一天时间吧。"

没有等周宇回答，她推门出去。周宇呜咽着，他什么都说不出来，只能流泪。

昨天段超找过他了，秦菲案一结束，周胜明显松了一口气。

李锐是为了小白鸽案，才杀了秦菲，这让周胜很不理解。但他也不想去理解，只要不查到他头上，死多少个秦菲都没关系。

他知道周宇不想见他，就让段超带个话。可以不用那么着急走，也可以不强迫他走。周宇知道这种缓和是因为秦菲案的结束，但他还是要走，离开这个地方。

第十八章　调查

可是，还没有等他离开，叶小禾已经发现了他的秘密。叶小禾会原谅他吗？

叶小禾也不知道自己要去哪里，漫无目的地走着，居然到了医院门口，看到了正心情舒畅往外走的江流。

江流刚来看过叶永年，看见师傅精神状态要比之前好一点，心情也跟着好了。池塘边上找到的脚印排查结果估计今明两天就能出来。等到抓到犯人的那一天，一定要和师傅好好地喝顿酒，还有和那批退休的老警察一起好好地喝一顿！

二十年，巫江警察憋屈了二十年的案子，终于能在今年破了。江流心情很好地进了办公室，看见罗成和刘悦正在吃早饭，加入他们一起，边吃边笑。

罗成和刘悦正是谈婚论嫁的年纪，江流作为一个过来人，不免会问问他们情况。罗成和刘悦虽然都有去相亲，但都没有结果。

刘悦显得有些郁闷，但罗成反而有些开心，他比刘悦小两岁，一直都被当成个冒失的弟弟来看。可他不愿意被这样对待，他希望刘悦能够再等他一阵。

他想，成熟并不是一件难事，但是需要时间。江流早看出来这小子的想法了，岔开话题，问了那个脚印的事。刚问了一句，山峰就突然出现了，一脸阴郁风风火火地走进来，看也没看他们三人，径直进了陈局办公室。

江流心中有点虚，看着罗成和刘悦："鞋印的事儿，你俩谁说的？"

罗成和刘悦都表示没有说，江流正在疑惑，就听见陈局办公室传出来的争吵声。

是为了小白鸽案。形势不对，他决定进去看看。

随手拿了一份报告，刚准备装模作样地进去看看情况，陈局和山峰就一起走了出来，面色都很难堪。

陈局将一份名单扔在桌子上："江流！这个名单你知道不知道？！"

江流愣了愣，看向名单，名单上密密麻麻都是名字："这……什么啊这是？"

罗成和刘悦也凑过去看，上面的名字都很熟悉，是巫江人。

"这份名单是什么意思？"

他们都看看山峰，不明所以。

山峰的眼神扫过了他们，最终落在了江流身上："这是白卫军给我的嫌疑人名单，可我们档案里一个也没提到。我以为是我们没线索，其实是我们不关心线索。"

江流愣了一下，没想到山峰一回来就搞出这么大动静，他拿起那份名单翻看着。

山峰看着他继续说道："这二十年，白卫军就在干这件事，可他得不到我们一点回应。我想问江队长，这些你知道吗？你们知道吗？"

陈局被他这么一说，脸上的神情很不好看。

江流倒是一脸轻松，把名单递给罗成，然后坐下点了一支烟，看着陈局，分外悠闲地说了一句："局长，消消气。"

罗成接过名单，他刚才一听白卫军的名字就知道是怎么回事了。此刻他稍显无奈地看看局长又看看山峰："山队，白卫军看谁都像，说句不好听的，全巫江的人都快写上去了。"

山峰对他这种态度非常不满："什么叫嫌疑人，要是都有铁证，还叫什么侦查大队，叫收集大队算了！"

陈局被他说得实在是下不来台，一把抽走了江流的烟："给个解释啊你！"

江流只好站起身，拿着名单一个个地给山峰解释："看好了听好了，从2003年开始，白卫军陆陆续续向我们提供嫌疑人，我们照单全收，没有不把这个线索当回事的情况，你是警察，请注意你的措辞。

这个人，章翠花，中年妇女，住我家楼下收垃圾，白内障。杜刚，7岁就得了小儿麻痹，1998年那会儿他十五岁。马成龙，白卫军家隔壁卖凉粉的，2003年才搬到巫江……这些人里，该问的问了，该查的差了，没一个能写进档案。你想了解更多的话，我可以让刘悦单独给你打份资料，您要是还不满足，我派人跟着你，你一个一个再复查一遍，行吗？"

一口气说完，江流想要从山峰脸上看到尴尬的表情，但是山峰神情丝毫未变，又问了一个新的问题："沙海洲呢？"

江流早有准备："刚出狱，你想查，马上给你找到。"

说完又看着刘悦："去问问太安派出所，沙海洲最近有没去报道？"

刘悦领命而去，陈局见状，知道今天这场算是结束了，把刚才江流的烟猛抽了几口："行了，会不开了，白鸽案继续侦查，秦菲案做个收尾，散会。"

说完，转身进了办公室。

只剩下江流和山峰面对面站着，山峰拿起名单："不好意思，是我情绪不好。"

说完，山峰就要往外走，江流叫住了他："天下警察是一家，不用见外。不过山峰，巫江是个小地方，警力不够，但该做的我们都做了。你要是非查这个名单，倒是可以去问一个叫潘军的，外号'瘸子'。一，他是新加上去的，二，这个瘸子大事没有小事不断，拘留，劳教，劳改，一个没落下过。"

山峰翻看名单，在最后一页看到了"潘军"的名字："他住哪儿？"

江流一副神秘莫测的表情："加州旅馆。"

山峰点点头，转身要离开，江流一把抓住他："去吗？一起啊。"

山峰匆忙地抽出胳膊："不必。"

江流看着他的背影大喊道："喂！加州旅馆可不是一个简单的地方，那里鱼龙混杂，像你这样的外地人，去了肯定会被折腾一番的。"

山峰并没有回答，只是默默地开车走了。

江流气道，"行，等我算好时间去就行，也该让山峰体会一下这里的'风土人情'了。"

正想着，另一辆车驶入院子，站在一旁的罗成欢呼起来："哟，鞋印有信了！"

江流和罗成迎上去，两个警察下了车，将相机递给他们。江流看了一眼照片，看向罗成："是这双鞋吧？"

罗成辨认："对！花纹一样！"

其中一个警察给了他们更多的信息："这鞋是那些开摩托车跑山的穿的，巫江就一家店卖这种鞋。"

江流立刻就想到了一个人，周宇。知道周宇有开摩托车跑山这个爱好，还是通过叶小禾知道的。

江流和罗成立刻就赶到了"九八诊所"。周宇正满目憔悴地坐在隔间外面的柜台边，不停地看着手机。他在等叶小禾，但是那边毫无音信。等待，实在是件很煎熬的事情。他希望隔间里的病人快点输完液，他好关门。

江流和罗成已经下车走了进来，一进门就看见他魂不守舍。江流不想打草惊蛇，随口说了句女儿感冒了要拿点药。

趁着周宇起身找药的工夫，他们在诊所内四处打量。在诊所后一侧的鞋架上，看到了一排靴子。

周宇找好药，看见了江流的行为，更加慌乱，他知道江流在找什么："药好了。"他打断了江流还在往里看的动作。

江流笑了笑，靠近周宇，装作不经意的样子发问："最近还经常跑山啊？"

周宇点了点头，江流将手机里脚印的照片给他看："别急，问个闲话。我们最近在找一个嫌疑人，这是他的脚印，一双机车靴，你熟吧？"

周宇心怦怦直跳："我也穿过。"

江流点点头，示意罗成去后面看。周宇看着江流，又看看罗成的身影，微微皱起眉头。

虽然心里清楚罗成什么都发现不了，但还是忍不住紧张。

江流显得非常放松，好像就是顺路过来的一样："小禾你俩还好吧？话说我还得谢谢你，小禾最近总算去看他爸了。实不相瞒啊，你跟小禾在一起，般配。师傅要是清醒的话，一定喜欢你。"

周宇麻木地点了点头，罗成已经出来了，手里还拿着一双鞋子，递给了江流。江流接过来，一眼就看出不一样。他看着周宇："你可别误会啊，毕竟你们玩车的嘛，可能都认识，所以来问问你。"

周宇摇头："我没注意过。"

江流笑了笑："你帮我们留意下啊，谢谢啦。"

他忽然变了脸色，凑近周宇："不过你得小心，这个人，很可能是害死小白鸽的凶手。"

说完，他直直地盯着周宇的双眼。周宇感到自己隐藏的秘密马上就要被看穿了，或者江流已经看穿，现在只是在捉弄他罢了，心想："该怎么办？"

隔间里的病人忽然喊了一声："医生，医生，回血了！"

周宇反应过来，冲进隔间里，慌了阵脚，手忙脚乱地拔针拿吊瓶，结果吊瓶掉在地上碎了。吊瓶破碎发出的响声让他更加惊慌，手上的动作也抖了起来，病人也疼得直叫。

江流和罗成在一旁看着，表情严峻起来。这个周宇，肯定有事。

江流甚至有种感觉，现在把周宇带回去一问，绝对可以问出不得了的信息来。但他不能这么做。

正在想着，他的电话响了，是刘悦，来搬救兵的。

山峰在加州旅馆被人围堵了，江流还没有听她说完，便冲了出去。

江流一路加速，飞快地赶到加州旅馆，心里又急又悔。

天下警察是一家，山峰再烦人也不该让他一个人来！

这个人吧，又冷又硬，没个软话；加州旅馆又人多眼杂，要是起了冲突，再有谁想要趁乱使坏……

江流不敢继续深想,但当他杀气腾腾地赶到加州旅馆,却被眼前的场景给惊住了。

山峰正被一群人团团围住,不过不是找麻烦,而是有说有笑,颇有警民团结之风。

这群人,平时见到自己都是没个正形,怎么看到山峰就变成正经人了?

原来山峰会笑!

江流心里有些酸酸的……

他咳嗽了两下,示意这边有人,又给罗成使了个眼色,让他把人都散开。

一个老头转过脸来——他是这里领头的,老刘:"江队来了!我们正和市里来的专家说明情况呢!"

他看着江流:"人家可比你会做工作多了!"

江流看了看一脸平静的山峰,又看向老刘:"老刘,有人最近四处打听谁举报了他,你……"

老刘的脸色变了,小声求饶:"别!别!别!我这不是着急乱说话吗?前几天遭了小偷,内裤的钱都被摸走了……正给人专家汇报呢。"

山峰没有说话,只是点了点头。

江流有些疑惑,继续问老刘:"瘸子的事也说了?"

老刘迟疑了一下,看了看山峰。

山峰又点了点头:"我们正在找这个人,他住这里吗?"

老刘犹豫了一下,还是说出了瘸子的地点:"天桥!他在天桥摆摊算命!"

"他吹过小白鸽的事儿吗?"老刘一愣,这个事他似乎也听到过一点,不过那是瘸子说自己开天眼看到的,还不让他往外说。但面对江流,老刘不敢不说,又害怕说出来被瘸子的天眼知道,就让江流把耳朵凑过来。

江流一边听一边点头,然后掏出三百现金硬是塞进老刘手里:"拿着,孩子明天不还得透析吗,别让我知道你再拿去赌!"

第十九章　距离

说罢，几人直奔天桥。在熙熙攘攘的人群中，江流一眼就看到了在路边摆摊堆里正有说有笑地摸一个妙龄女生手的瘸子，边摸口中还念念有词。

山峰盯着瘸子的位置，正想扑过去，却被江流一把拉住："这里不一样，不是谁都吃你那一套。"

山峰看着江流："每个人都有不同的办案方式，在我这里警察规矩最大！"

江流被他的话噎得有点喘不过来气，瞪着他。

两人互不相让，旁边的罗成正在着急该怎么打圆场，就看见瘸子已拎起小板凳一瘸一拐地离开了算命地点："走了！走了！"

两人转头看见瘸子马上就要融入人群，山峰先跟了上去："分头追！"

江流咬牙，带着罗成从另一个方向去堵瘸子。瘸子虽然腿脚不灵便，但走得倒不慢，带着山峰七拐八拐，进了一条楼道。楼道出去就是一条巷子，但前方突然没了瘸子的人影，只见江流和罗成赶来。

江流惊讶极了，居然能让瘸子在自己眼皮底下给溜掉："真成半仙儿了！"

山峰四下看看，再次跑回楼里，他四处看看，目光落在一个院子里。瘸子想要在这个楼道里藏身，只能藏在这个院子里。

院子里，只有两个玩玩具的小孩，他们看到山峰抬起头，目光看着他的身后。山峰感到身后有人，还听到了棍棒在空中挥舞带起的风声。

山峰侧身躲过，又反手夺走了棍子。偷袭他的人正是瘸子，瘸子"嗖"地又拔出了刀，向山峰扑过去："活腻歪了？！敢跟老子斗！"

山峰还没有动手，江流已经冲过来一脚把他踹倒在地，罗成又跟上死死摁住他。

瘸子拼命挣扎，大喊："兄弟哪条道上的！有啥话先说明白了！"

江流搜了他的身，发现再没有其他武器，猜测瘸子肯定还有什么别的事，拎起他顶在墙上，想要诈一诈："得罪过不少人是不，我告诉你……"

但山峰却不想耽误时间，直截了当说了身份："警察！"

瘸子紧绷的身体却一下子放松了："警察啊，踏实了踏实了，吓死我了。警察同志，我是潘军，外号瘸子，我腿脚不好，能不能让我坐下来啊？"

他前几天给人算命消灾，结果一点作用都没有，今天看到山峰他们跟着自己，以为是来报复："你们跟着我，我不是害怕嘛！前几天给人消灾没消好……大哥，让我坐下来好不好？我就算犯啥事，也不能虐待我啊。"

他看看江流又看看山峰，表示说的是真话，而且真的很难受。

山峰拍拍江流，让他放手："让他坐下来吧。"

瘸子重获自由，如释重负地一屁股坐在椅子上，伸出瘸腿，看着山峰，用一种赞叹的语气说道："我一看你就不是一般人，跟他俩不一样！"

江流一直冷眼看着他，听到这话更加不爽，扭过他的脸："看我！你算一卦我见识见识！"

瘸子挣扎着反抗："我……我不给警察算命！警察都不要命，算什么命啊！"

江流打断他："不是给我，是给小白鸽。"

瘸子愣了一下，小白鸽这个名字他当然知道，之前闹得沸沸扬扬的秦菲案，因为和小白鸽案几乎一模一样而让他的朋友坐立不安。

他看了看江流，又看了看山峰，知道自己什么都不能说。于是他开始了装傻和胡搅蛮缠，

一会说不认识，一会又说酒后胡话，总之是尽全力想了各种借口来推托。

罗成一把拎出手铐，放在他眼前："这镯子好看不？"

瘸子看着手铐已经汗流浃背，但嘴上还是不肯承认。

山峰拿过手铐，抓住瘸子的一只手，"咔嚓"一声铐了起来："你话太多了。"

瘸子没想到这个看上去有点好骗的警察居然动真的了，江流也有点意外，他看了一眼山峰，对着瘸子一副爱莫能助的表情："这位是专门为这案子来的，我可保不了你！"

瘸子这下是真慌了，他偷瞄了一下山峰的表情，知道不是假话："别别别！我说我说！都是以前看到的，记不清了，想到啥说啥，行吧？那……那天开了天眼，对，天眼。"

说到这里，他自己也不好意思地笑了一下，然后半真半假地说了起来："我看

到，有个人抓住小白鸽，把她掐晕，那天还下着大雨，然后呢，然后那人就背她上了山，夔山，这个你们都知道。上了山，要强奸她，没成，命啊这就是。是轮渡声，轮渡声把小白鸽惊醒了，那人害怕，一不做二不休，把她按到水里，死了。"

江流追问："怎么按的？"

瘸子反应了一下，想了想用手做了个摁的姿势："就这样……我也没看清凶手长什么样啊，天眼也没那么好使……我都说了，我不能再进去了，我老娘眼瞎了，她离不开我啊！"

说完，就做出了要抹眼泪的姿势，嘴张大刚准备哭出声，江流就打断他："行了，找你的小寡妇去吧，这段时间手机24小时开机，随叫随到。"

瘸子见自己的谎言被戳穿，赶紧点头哈腰送他们出去："一定一定。"

等三人出了院子，瘸子长出一口气，赶紧给周胜拨了一个电话。

山峰决定去趟案发现场。

江流震惊极了，瘸子的话连罗成都不相信，他居然信了。

"我不信天眼，但我不想放过任何一个线索。"

江流看了看罗成，罗成也看了看江流。两人都不觉得瘸子的话里有什么线索，既然山峰如此坚持，他们倒要看看能有什么发现。

重新来到案发现场，山峰拿着手机拍摄。江流站在一个半坡上环顾四周，眼神跟着山峰的手机移动。

看了一会，他终于忍不住凑了过去："为什么老是拍这些？上次也见你拍。"

山峰放下手机，认真地给他解释："以前去北京学习，有个被叫神探的老警察说，他破凶杀案的时候，每天都会在案发时间段去次现场，拍段视频，他觉得会拍到不一样的东西。"

江流愣了一下，笑了："什么不一样的东西？"

"他只说做警察久了，要找到一种接近凶手的方式。"

江流觉得这句话有点可笑，和他的办案理念几乎背道而驰。看能看出线索来吗？想要破案就要勤快："你们啊，净聊感觉，管用吗？我就觉得师傅说得对，破案靠腿不靠嘴。"

他说完，电话就响了，那边告诉他一个消息："沙海洲失踪了。"

这个就有意思了，时间还真是很巧。不过这也说明一件事，沙海洲嫌疑很大！

江流放下电话和山峰商量："咱们还得去找赵瘸子，他是不是认识老沙？还要找一趟白卫军，他为什么怀疑老沙，他从哪儿听来的风声，这里头不简单！"

山峰忽然伸手制止了他，一边侧耳细听："别说话！"

江流看着他神情严肃，也赶紧制止了跑过来的罗成。

山峰凝神听着，远处传来渡轮的声音，他心里猛地一动，看向江流："瘸子有问题！他说小白鸽是听到轮渡声醒的，这细节太真了！他没参与的话，不可能描述出声音！而且就算他没参与，他也是听了真凶的描述！"

江流听到也是一惊，联想到刚才听到的沙海洲失踪的消息，顿时火气就上来了："罗成，你马上调查瘸子和老沙的关系，以及老沙出狱后的行踪，去过哪里联系过谁我都要知道！"

他说完又看着山峰："我们再去会会瘸子！"

兵分两路，都憋着一口气。山峰和江流一路从刚才的院子，找到天桥下，看到瘸子摊位处围了一群人。冲过去一看，摊位乱七八糟，东西来不及收拾。

众人七嘴八舌地说着乱七八糟的信息，江流越听越觉得一团糨糊。山峰向四周张望，看到一个人推着轮椅不疾不徐地行走。

就是他！山峰拔腿往天桥上冲，江流火速跟上。等他们跑上天桥，那道身影已经消失在尽头。好像是在要弄他们一般，赶到了天桥尽头之后，又看见身影消失在拐角。

"分头追！"

山峰和江流分开，然后又在街道上相遇，却一无所获。忽然斜坡上传来一阵轮椅辘轳滚动声，空的轮椅正从斜坡上滑落，越来越近。

"我去！"

江流被彻底激怒，骂了一句脏话猛地踹翻了轮椅。好在罗成那里有了进展，刘悦也抓了两个沙海洲的小弟正在审讯。

山峰拿着打印出来的监控截图，上面是一个模糊的人影。总感觉，这个人在哪里见过。

江流一脸焦躁，恨不能看着截图就把这个人给揪出来，他问刘悦："老白的名单上还有我们不认识的吗？"

刘悦知道他现在心情不好，赶紧回答："有，已经派人去挨个调查了。"

江流正不爽，罗成那边查出来瘸子和老沙都在杞城监狱坐过牢，听到杞城监狱，江流心里一动，叶永年经常提到这个地方。只来得及让刘悦好好审，他和山峰就跑出去了。车上，山峰翻看着瘸子和沙海洲的犯罪记录，耳边江流正在给他介绍杞城："杞城是巫江的下游，以前师傅说，巫江犯了事的人都会往下游跑，第一站就是杞城，去年我还在那抓过一个贩毒团伙！"

山峰抬起头："这事我知道。"

江流这边抓的人牵出了一条隐藏在 C 市的枪支毒品生产线，是山峰带队收的网。这简直是个惊喜，江流觉得他和山峰之间的距离一下拉近了好多："对对对，我听说后来枪战来着，原来你也在啊！怎么样，破了大案是不是很爽？满满的成就感！"这个话题很不错，江流很有谈兴地看了一眼山峰。

山峰却不像他那么激动："对我来说，只是像打开了一个枷锁，但很快，就又来了一个枷锁。"

江流不解："破那么大案还有什么枷锁？"

"我一个学长，大腿被打穿了，我来巫江前去看他，还想着当警察。"

听了这句话，江流感慨："可能也只有当警察的才能理解，警察家属都不一定。"

山峰好奇地看了他一眼："你家人不是很支持你吗？"

江流赶紧肯定："那必须啊！我是和谐大家庭！"

说完，他有点心虚，目视前方专心致志地开车。他刚才说谎了，害怕再多看一眼山峰，就会被看出来。

他之前觉得自己非常幸运，如愿以偿地当上了警察，又组建了一个幸福的家庭，妻子漂亮温柔、女儿聪明可爱。可是，现在这种幸运似乎要离自己而去了。

妻子何艾近来一直在逼他辞职去做生意，每次都被他搪塞过去。他爱警察这个职业，更惦念着那些从师傅手上接过的未破的案子。他感觉这样走了，自己就像是个逃兵。但是不走……他的女儿珊珊怎么办呢？他根本担负不起高昂的钢琴课学费，更别提买一架钢琴了……何艾会离婚的。江流不想离婚，更不想放弃警察这个职业，这是他的天职。想到这里，他在心里叹一口气。

听见山峰又说了一句："你得感谢她们支持你，今天瘸子虽然满嘴胡话，但有一句话说得对。"

江流下意识地问了一下："哪一句？"

"警察算什么命，警察都不要命。"

江流看了一眼山峰，把这句话翻来覆去地想了想，竟然读出了不一样的味道，他加快了速度。

第二十章　决定

杞城监狱迎接他们的是一个叫张诚的白胖警察，他和江流很熟，也听说了江流家里的事情。

要不是江流捂他嘴巴的速度很快，他就要当着山峰的面把江流家里的事情说出来了。江流拍着他的肩膀，让他赶紧说明情况。

张诚带他们去了废旧监房，指着其中一间："老沙先来的，判了5年，2006年进来的，后来又进来俩，你们巫江的，结果老沙服这俩，这俩也服老沙。瘸子盗窃，两年，2008年进来的。来得晚，天天受气，刚来那几天一放风就尿裤子。到了，就这间。"

山峰和江流走了进去，里面已是一片破败。

张诚跟在后面，又想起了一点信息，接着说道："对了，后来那俩人，其中一个做过大案，不过也是监狱的人瞎传。"

山峰回头看他："那俩人是谁？"

"一个叫周胜，一个叫段超。"

江流对周胜这个名字有印象："周胜？胜宇公司那个？"

张诚表示不清楚，周胜只在监狱里待了一年，后来去做生意，现在做得很大了。

此时的周胜，还正在为周宇头疼。

他们兄弟俩的关系曾经非常好。

一九九八年的夏天，周胜的事业刚刚起步，想要建巫江最豪华的酒店，周宇梦想着考个好大学。

兄弟俩都为对方的梦想鼓劲，都在为对方高兴。他们共同经历了很多穷苦的日子，父母走后，相依为命。同胞兄弟，血浓于水，当时他们认为，什么都不会让他们分开。但谁都没想到，命运就在那一年突然拐了弯。

二十年后，兄弟俩已经势同水火。山峰和江流来到巫江大酒店，这曾经是巫江最豪华的酒店，也是周胜的第一个项目，最近已经确定拆除。

大厅内工人正在搬走一些装置，一角放着一块横幅，红底白字写着"热烈庆祝巫江大酒店开业20周年"。

山峰驻足，看着横幅："这酒店一九九八年建成的？"

江流看着横幅，也有点感慨："对，二十年了。我一直想查他涉黑的证据，之前封过他几家会所，但都有人帮他背锅，周胜做事非常小心，不好对付。"

山峰的电话突然响起来，是刘悦，汇报了一条最新消息。沙海洲出狱后找过周胜要钱，最后一通电话也是打给周胜的。周胜的嫌疑越来越大了。

一个女秘书迎了上来，带着职业性礼貌的笑容："不好意思，让你们久等了，这边请。"

女秘书一直把他们引到酒店的观景台，周胜正在那里笑容和煦地等着他们。山峰打量着这个巫江首富，举手投足并没有那种暴发户的气质，相反还有点读书人的味道。

微笑恰到好处，既不让人觉得过分热情，也没有让人感到敷衍。桌上还摆着茶具，刚泡好的茶正散发着腾腾热气。

周胜正在给他们倒茶。山峰站在窗子处，看着远处的夔门峡谷，江水横流。

周胜一边倒茶，一边看了一眼山峰站的位置。在这个观景台可以看到巫江最美的风景："两位大驾光临，可惜没看到最好的时候啊。"

江流四处打量着周胜这里的布置，角落里面都非常讲究，真是和当年的那个穷小子一点都不一样了。他看着周胜倒茶的动作，熟练又很自然。这不是一朝一夕就能练成的动作，周胜已经用时间把自己给完全改变了。

"周老板这是人往高处走啊。"

周胜笑了。

茶已到好，人该落座了。他招呼着山峰和江流："来啊，两位坐。等下次到我新公司，我叫人炖鱼吃，油锅青鲌鱼，我认识个师傅，全巫江做这个最好的。"

江流也不客气，接过他的话往下说："我吃过红鲌鱼，那个味道……一口就忘不了了。"

周胜还是微笑着看他："看来江队也是行家啊。"

江流摇摇头，表示自己不敢当。

他做出一副回忆往事的样子，颇有感慨地说了一个故事："行家不敢当，是过去的事儿忘不了。我小时候最爱抓鲌鱼，这鱼性格暴，风平浪静的时候，扔点饵进去，扑腾扑腾就跳起来一片。那会儿我们傻呵呵一条一条钓。但有个小子聪明，从家里偷了火药，'嘭'，炸鱼！但没炸好，船漏了，晚上一起回家，我们都等着看他笑话。结果呢，他妈没打他也没骂他，还好好招待了我们几个，吃饱后呢，还一个个送我们回家。后来我们才知道，那天出事了，小镇子人心惶惶啊。"

江流停了一下，看着周胜："小白鸽死了。"

周胜也看着他，表情里透露着惋惜："哎哟，那事我知道啊，幸亏我没孩子，你那个朋友运气好啊。"

江流看着他，笑了："运气？你意思是小白鸽运气不好？"

周胜意识到刚才的话容易让人误解，赶紧岔开话题："瞧这话说的，喝茶喝茶！"

一边说，一边重新开始沏茶。

江流却并不打算到此为止，他接着说道："后来就传闻满天飞，什么样的都有，这不前两天，我们抓了个混混，说沙海洲知道小白鸽是被谁杀的，沙海洲你知道吧？"

周胜面色如常："知道，老沙嘛。"

一直看着他没说话的山峰忽然问了一句："你们最近有没有联系？"

周胜犹豫了一下。

"没有，他不是坐牢了嘛，隔三岔五就进去。"

山峰拿出手机，亮出一个号码给他看："这个号码是不是你的？"

周胜瞟了一眼。

"对啊。我的。"

"老沙跟这个号有过十四次通话。"

周胜顿了一下，做出一副甘拜下风的样子："哎哟，还是你们厉害。他来找我借钱，说是欠了人钱，不还要他一条腿，我不想管他这事，就没同意。"

山峰追问："你刚才不是说他没联系你？"

周胜没有一丝慌乱："山队啊。毕竟他也跟我干过，我不借他钱，这事我太没面子了。"

山峰盯着他继续问："你们三天打了十四个电话，都是借钱的事？"

周胜笑了起来，掩盖了眼神中的异样："我心脏病都快犯了！"

山峰没有再往下问，而是换了一个人："那瘸子呢？"

周胜表示自己不清楚："你说潘军吧？他怎么了？"

山峰单刀直入："我们现在怀疑老沙和瘸子都跟小白鸽案有关。"

周胜做出一副很惊讶的样子："他俩能干这事？人不可貌相啊，哎，江队，你不会是怀疑我吧？"

他不想再和山峰说话，总觉得这个警察能看穿自己。江流冷笑一声："那你以为我们来干啥？老沙、瘸子都失踪了，老沙最后联系的人又是你。"

周胜松了口气，看着他们："我的江队啊，这巫江出狱的，一多半都跟我联系过，我是能帮就帮，不能帮也交个朋友，你们不能因为老沙联系过我，就抓我吧？讲证据嘛！"

山峰看着他，慢慢地说了一句："证据是慢慢找的，如果有什么需要配合的，还得来找你。"

话说到这里，就该结束了。

周胜也爽快地笑了："没问题！能配合的我一定配合！警民一家亲嘛，下次来我请你们吃鱼！"

江流和山峰站起身，准备离开，刚迈了一步，山峰突然转身看着周胜："对了，有种红鲌鱼叫翘嘴红鲌，嘴大贪食，一年四季不管风霜雨雪，只要有条件，他就不停地吞食。这种鱼不好抓，但一旦抓了，入汤鲜美。"

山峰话有所指，周胜当然也听得明白，他僵硬地笑着："好一个入汤鲜美，我喜欢。"

周胜看着他们俩离开，消失在走廊尽头，才收起了假笑。他万万没想到，警察居然这么快就盯上了沙海洲，又盯上了瘸子。

那么，找到周宇也只是时间问题："周宇。"

周胜在心里默念着这个名字，这个一母同胞兄弟的名字。是时候做个了断了，无论是现在还是二十年前。

周宇看着手机，叶小禾还是没有任何信息。他等不及了，他必须马上离开这里。叶小禾怎么办？周宇心里忐忑不安，叶小禾会原谅他吗？如果自己是叶小禾，会原谅自己吗？

江流和罗成走后，周宇在脑中一遍遍地回放二十年前那个疯狂的晚上。他不能再等下去了。他要去找叶小禾。

到了医院，刚出电梯就听见了医生正在和叶小禾交代叶永年的病情："你爸的病，在医院也没多大意义，回家吧，他现在最需要的是你。"

叶小禾淡淡地回答："没有谁需要谁，我已经联系好了养老院，明天就能办理。"

医生语重心长地劝说她："等他不记得你是谁了，你就不这样想了。"

叶小禾看向病房内的叶永年，医生知道她心里还在犹豫，于是再次说道："现在还时好时坏，还能知道你是谁，后期就什么都不记得了。"

叶小禾看着病房里睡着的叶永年，心里不忍，但还是决绝地回答："不是坏事。"

医生叹口气离开，叶小禾的眼圈红了，强忍住没有哭出来。她对这个父亲的感情，实在是很复杂。她记得叶永年对她的好，也同样记得叶永年赶走了她的母亲。

身后有脚步声，熟悉的药水的味道。她回头，是周宇，说："进去说吧，他睡了。"

叶小禾忽然很想在父亲身边多待一会儿，哪怕是什么话都不说。她拿着一个橘子坐在叶永年床边慢慢剥着，不知道还能为叶永年做些什么。

周宇坐在角落的椅子上，下定了决心："我知道你没想好，我也没有。但我很后悔，我觉得不应该告诉你，我就应该让这件事烂到肚子里，就算我会被抓，我会被枪毙，但我也不想最后和你是这个样子，死都要死了，为什么不开心一点？可我突然又觉得不后悔，我要是不和你说实话，我还能和谁说？我没什么对不起的人，只有你。"

叶小禾沉默地剥着橘子。周宇顿了顿，还是说了出来："警察找我了。"

叶小禾一惊，停下手里的动作："什么时候？"

周宇抬头看着叶小禾，满脸的惊慌失措："我来之前，我等不到晚上了小禾，我该怎么办，怎么办？"

叶小禾有些紧张，不由自主地压低了声音："他们都知道了？"

周宇摇摇头，他感觉江流好像知道了什么，又好像什么都不知道："我不知道……他们找到了我的脚印……"

"什么脚印？"

"那天下大雨，我去了那个水塘，他们发现了我，但我最后逃走了，我浑身是泥地坐在浴缸里，你问怎么了，我问你我是不是一个好人，你说……"

叶小禾愣住，想到那天从质问李锐后回家，看见浴室里周宇穿着衣服蹲在喷头下。当时周宇也是这样惊慌失措，问自己他是不是一个好人。

当时叶小禾以为他又和周胜闹矛盾了。原来……叶小禾站起来，打断了已经语无伦次的周宇："我们今天就走。"

第二十一章　丈夫

周宇一惊，看着表情坚毅的叶小禾。他不敢相信自己的耳朵，也不敢相信这是真的。

他以为从此就会失去叶小禾，他这次来也是做好了分开的准备。叶小禾和他一起走，就代表着亡命天涯。

为了叶小禾好，他必须得拒绝。但是……

周宇下定了决心，刚准备开口，一个护士敲门进来，打断了他。

"叶永年家属，办手续了。"

叶小禾看出了他的想法，跟着护士出门，只给他留下了一句话："你是好人，我相信就够了。"

周宇看着叶小禾离开，双眼泛红，周身发颤。他低着头，忍住泪水。忽然听见床上的叶永年说了一句话："你是好人？"

周宇陡然一惊，紧张地看着叶永年。叶永年看着他，又问了一遍："你是不是好人啊？"

周宇呼吸急促起来，面对叶永年，他羞愧得无地自容，更没有勇气承认自己是个好人："叔叔……"

叶永年笑了："我知道你是谁。"

他看着周宇笑得很神秘，好像早就认识周宇了，也好像早就知道周宇都干了些什么："你没什么要和我说的？"

周宇紧张地站起来，叶永年朝周宇摆手，让他靠过来："我有话和你说，过来。"

周宇慢慢地挨了过去，他的手有些轻微地颤抖。叶永年伸出手，示意要和他握手。周宇愣了一下，还是缓缓地握上了叶永年的手。叶永年的手比他的要大一点，也要粗糙得多，厚实而温暖，是一个父亲的手。

周宇的父亲走得很早，他几乎没有什么印象，更没有握过父亲的手。叶永年温暖的手掌，让他简直想哭。

如果二十年前，他的父亲还在，也能像这样握着自己的手，是不是一切都不会发生？但是一切都晚了。他俯下身，专心致志地听叶永年对他说话，没注意办完手续的叶小禾已经站在门口看着他们。

如果二十年前什么都没有发生，这一幕会让人感到温馨，可惜……现在来看，只觉得悲伤。

叶小禾忍住了眼泪。从医院出来，周宇载着叶小禾骑摩托上了山顶。叶小禾站在山顶，看着远处。对于巫江，她是又爱又恨："以后没有机会站在这里看风景了。"

周宇站在他身边，面色已经宁静："小禾，我不走了。"

叶小禾惊讶地看着他："为什么？"

周宇望着远处，下定了决心："我只是明白了一些早该明白的道理，只是这道理的代价用了我20年。我以前一直在逃避，一直想离开，警察找到我，我也想的是离开。可我是个罪人，我就算离开，早晚也会被抓。"

叶小禾有些诧异，想到了病房里的那一幕："我爸跟你说什么了？"

周宇看着叶小禾，眼神复杂："小禾，你跟我在一起走，就会永远担惊受怕。我承受不……"

叶小禾打断他："你不要跟我说这些，我不是警察，我是你的爱人。"

周宇感动地看着小禾："就因为你是我的爱人，我才不能走。"

叶小禾几乎是哭着喊出来："你必须走，我不在乎，我就要和你一起！"

周宇把浑身颤抖的叶小禾揽入怀中，他的心里也充满了悲伤，看着隔岸的万家灯火，他不禁在心里问自己，我们还会有一个家吗？

从巫江大酒店回来，山峰几乎可以确定周胜有很大的嫌疑。江流并不这么认为，因为那个鞋印，绝对不是周胜的。

但他什么都没说，直到陈局过来听他们的汇报。山峰把周胜、段超、瘸子、老沙四人的照片一并列在分析板上："根据掌握的线索，以及他们1998年前后的行动轨迹看，四人当中，周胜嫌疑最大。"

说完之后，他看着江流："你们手上有没有他别的事，先把人扣了？"

江流摇摇头，表示不赞成："未必是周胜，还有更明显的。"

他接过罗成手里的材料，将周宇和其脚印的照片贴在分析板上："这是我在案发地找到的脚印，经过排查，这脚印可能是周宇的，而周宇又是周胜的弟弟。所以，我怀疑是他们兄弟俩联合作案。"

山峰看了看照片，又看了看他，又看了看为躲避他眼神慌忙低下头去的罗成："我怎么不知道脚印的事？"

江流没有看他，只是做了一个满不在乎的动作："我们也是刚发现。"

山峰没有再问，他明白这个脚印就是那天追黑衣人的时候发现的。

陈局长看到照片倒是眼前一亮："有把握吗？"

江流自信地点点头，找到周宇、周胜只是时间问题："局长，我建议全面排查，老沙、瘸子、周宇、周胜，甚至这个劫走瘸子的人，全部跟这件事有关系。"

陈局正在高兴，忽然听见外面吵吵嚷嚷的，然后一个满头是血，鼻青脸肿的人冲了进来。身后一个警察还在大喊："我们正在开会！暂不接待！"

来人是谢希伟。他头上的血还在慢慢地往下流，喘着气，瞪着血红的眼睛看了一圈办公室里坐着的人。他的脸上有一种歇斯底里的疯狂，手还在发抖。刚才他在"老家面馆"和一群混混打了一架。

他瞪着陈局，声音沙哑尖厉："你们查得怎么样了，查得怎么样了，我女儿在哪儿？"

陈局被他的样子吓了一跳，看着大家："这事怎么还没解决？！"

山峰上前安抚局长："陈局，我的问题，我来。"

陈局点点头站起身，顺势离开："我去趟市里通报情况，你们撸起袖子好好干！"

山峰走向谢希伟，拍了拍他的肩膀，示意他冷静下来。谢希伟原本紧绷的身体忽然放松下来了，他用一种寻求帮助的眼神看着山峰。山峰点了点头，谢希伟的目光一下软了下来，跟着他往外走。

看他冷静下来，山峰关心地问他："你这是怎么了？出什么事了？"

谢希伟又激动起来："我要找我女儿，我女儿！"

刘悦看着他们离去的背影，忍不住问了旁边罗成一句："你说，山队为什么会跟一个陌生人走这么近？"

一旁的罗成惊讶地抬起头："啊？我以为他俩是亲戚呢。"

听着他们俩的对话，江流冷冷地说了一句："他不喜欢这里的人，所以宁愿跟个外地人交心。"

刘悦和罗成对视一眼，没有再说话。

山峰和谢希伟走出警局，谢希伟又激动起来，他拿出手机放在山峰面前："她肯定出事了，肯定出事了！你看，她说好要回来给我过生日的，结果回了一条微信！"

山峰看手机，上面显示："爸爸我在外面很好你不要担心你照顾好自己。"

谢希伟笃定地看着山峰："这不是甜甜发的！绝对不是！"

他快速地翻看聊天记录给山峰看。

"你看,你看!她不是一个不爱发标点符号的人,她从来不这样,你看啊!"

山峰没有再看,而是安慰谢希伟:"老谢,赵杰和甜甜感情好吗?"

谢希伟还在滑着手机屏幕,一听这句话瞬间来气:"我被人打,他转身就走了!我不知道甜甜喜欢他什么!"

谢希伟嘴唇发抖,一想起刚才在"老家面馆"发生的事情,他就又气又恨。气的是那群小混混,恨的是女婿赵杰没血性。

但他刚张开口,刘悦就小跑过来:"山队,局长叫你!"

刘悦说完,等着山峰和她一起离开。

山峰看了她一眼,知道是急事:"马上!老谢,甜甜成家了,如果有什么信息,丈夫会比父亲更清楚的。"

谢希伟一愣,皱了下眉头:"什么意思?"

山峰回想起那晚看到赵杰夹娃娃的样子:"我只是一种感觉,前几天夜里,我看见他一个人叼着烟玩娃娃机,总觉得不太对,但也不知道为什么。"

谢希伟一听就有些吃惊:"他抽烟?甜甜不让他抽烟的!"

山峰不了解其中的含义:"我不了解他,是不是他心里有啥事?你俩可能要好好聊聊!"

谢希伟的思绪现在全都放在了赵杰身上,刚才山峰讲的事情让他非常吃惊。在他的印象里,赵杰虽然一身都是毛病,怎么看怎么都不顺眼,但架不住甜甜喜欢。只要赵杰对甜甜好,他也就睁一只眼闭一只眼了。但是甜甜失踪这么久,他这个父亲每天都着急上火,赵杰这个丈夫居然还有闲心抓娃娃?尤其是抽烟,这是谢希伟最难以接受的一个事实。

他站在那里,连山峰是什么时候离开的都不知道,等到他回过神来,已经站在"老家面馆"了。店里还是一片狼藉,翻倒的桌椅、碎了的碗碟,还有稀烂的蛋糕。

谢希伟的手忍不住又抖了起来,昨天是他的生日,他想甜甜应该会回来。生再大的气,生日也不能不回来。

每年甜甜都会陪他过生日,只要甜甜回来,他绝对不生气,甜甜想要什么都给。但是他等到今天，甜甜也没有出现。

他再也没有心思管店里的事情，都是赵杰在招呼。然而，今天偏偏来了一群小混混。不但借酒闹事，还非要吃谢希伟的蛋糕。

如果是往常，谢希伟不会在意，但是今天，他却突然爆发了。他的爆发不但让赵杰吓了一跳，也让领头的混混吓了一跳。

不过很快，他们就仗着人多把谢希伟打倒在地，还说了一句很过分的话："蛋糕你自己吃啊，你女儿都没了吃什么蛋糕啊，拿来分了！"

他们打起来的时候，赵杰飞快地打开门溜走了。谢希伟看着地上稀烂的蛋糕，眼睛又红了。甜甜肯定出事了，那个赵杰，肯定知道些什么。

第二十二章　亏欠

叶小禾睡得很不安稳。她做了一个很长的梦，梦见了她和周宇认识的那一天。

她在酒吧里当歌手，说她狐媚爱勾引人的谣言一直如影随形，即使她除了唱歌再没有别的动作，还是不断有人来堵她。

周宇是唯一一个坐在下面规规矩矩听她唱歌的人，时间一长，叶小禾在心里就记下了他。

他们一个在台上，一个在台下，未曾说过话，叶小禾也不知道他的名字。直到有一天，几个醉汉在台下起哄，还非要上台和她交个朋友。

酒吧里其他人喝得正开心，都把这个当成了一个助兴的节目。在他们眼里，叶小禾本身就是个随便的女人。叶小禾站在台上，即窘迫又生气，看着胡闹的醉汉却无能为力。

她远没有表面上看着那么厉害。这时，瘦弱的周宇出现了，拦住了体形高大的醉汉。他根本就不会打架，没有几下就已经头破血流，但他并没有让开，而是拎着酒瓶子站在那里。

老板上前要拉叶小禾离开，醉汉们却嚷嚷着不让。其中一个醉汉挑衅又鄙夷地看着周宇："英雄救美，去你的，来，爷爷的头放这儿，拍！"

周宇手里的酒瓶子有些颤抖，但却死死地盯着他。

"你他妈拍不死我！我弄死你！我数到三……"

"三"字刚一出口，周宇挥起酒瓶子砸在自己头上。醉汉们都是一愣，叶小禾心里一惊，要冲上去却被老板拉住。

醉汉愣了一下："比狠啊？"

周宇又抄起酒瓶子砸在自己头上："来啊！来啊！"

不等他有反应，周宇再次抄起酒瓶子，拍在自己头上，鲜血如流水。醉汉们都有点发愣，此时周宇又抄起一个酒瓶，刚要往头上拍，那个挑衅的醉汉上前一巴掌抽掉酒瓶："你有病啊！"

周宇疯狂的举动，让整个酒吧都安静了下来，醉汉们也醒过酒来，知道再闹下去对他们也没有什么好处，于是转身离开了。

周宇血流满脸，看了看叶小禾，大步走向舞台，走到她面前。他已经喜欢她很久了，但一直不敢说。今天是个好机会，因为自己马上就要晕倒了，即使她拒绝，也不是很丢人。

周宇喘着粗气，鼓足了勇气喊了一句："我叫周宇，我喜欢你。"

说完，他就晕倒在地。

"周宇！"现实中的叶小禾和梦里的她一起喊了出来。

叶小禾睁开眼睛，心突突地跳个不停，梦里周宇血流满脸的样子让她心慌意乱。她给周宇打电话，那边一直无人接听。

周宇出事了。叶小禾急忙冲出门，来到"九八诊所"，无论她怎么拍门，始终无人回应。

她心慌意乱，隔着门缝看到屋内乱七八糟，像是刚刚经历了一场打斗，她心里更加慌张。

周宇究竟在哪里？是不是又被周胜给带走了？叶小禾正打算把门砸开，电话响了，是周宇的，叶小禾急忙问："你在哪儿啊周宇？！"

那边是一个陌生的声音："我在你们认识的地方等你。"

电话被挂断，叶小禾顿了顿，快步离开。他们相识的地方，就是酒吧。

此刻还没有到营业时间，一个坐在角落里的人对着她招了招手。叶小禾认识这个人，段超，是周胜的人。几天前，他们见过一次。

段超当时带着人冲到她家，要强行带走周宇。叶小禾情急之下甩了他一耳光，周宇害怕叶小禾吃亏，赶紧同意段超的要求。

段超喊叶小禾小嫂子。

叶小禾走过去，坐在他对面："周宇呢？你们把他绑到哪里去了？"

段超打量了一下叶小禾，他和周胜一样不明白为什么周宇会喜欢这个女人。名声差也就算了，还是警察的女儿。

"周宇已经走了，他不想见你，让我来告诉你，你们之间完了，不要找他，不要纠缠他。"

叶小禾看着他："他亲口说的？"

段超点头，刚才的话说得很绝情，任何女人都会受不了。

"亲口说的，亲口说的不想见你。不过你放心，我们会照顾好他的。我和你见面，不是和你说这些，是想告诉你，你和周宇到此为止，你不用找他，也不用陷进这件事。对你对他，都是好事。"

他看着叶小禾，想看到那种恼羞成怒或者伤心欲绝的表情。但叶小禾忽然问了他一个问题："他和他哥到底怎么了？"

段超有些意外："这个和你没关系吧？"

"有关系。"

段超看着叶小禾，似乎在判断这个女人知道多少事情："你知道什么？"

叶小禾顿了顿，忍住："我只是想知道周宇会不会开心。"

段超在心里笑了，果然只是个女人而已，周宇也不是个完全的智力障碍者，没有把所有事情都告诉她。既然这样，可以让这个叶小禾活着："你开心就行。找个男人过正常日子吧。"

说完，段超起身离开。

叶小禾望着段超的背影，眉目紧蹙起来。刚才的话，她一个字都不会相信。这个段超是周胜的亲信，刚才问他们兄弟俩关系的时候，明显可以看出段超的眼神变了。

周宇的性格柔弱,叶小禾绝对不会相信他会做出杀人的事。叶小禾见过周胜,就在周宇向她表白后的几天。周宇头上的纱布还没有拆掉,就来看叶小禾唱歌,一边听一边给小禾打手语:好听。

叶小禾唱的时候也会给他一个甜蜜的眼神。找事的那三个醉汉没想要放过周宇,他们在这里等了好几天,终于等到了他。但还没有等到他们动手,周胜和段超带着一帮人冲了进来,将他们拽出了酒吧。

周宇看到后,也赶紧跟了上去,叶小禾匆匆结束,也赶紧跟了出去。三个醉汉正在被段超带的人一顿暴打。

周宇上前拦住周胜:"我是自己弄的,跟他们没关系!"

周胜看着他大怒,痛心质问:"你看看你什么样子!"

周宇决绝,并不想和这个哥哥有什么关联:"我的事跟你没关系!"

段超几人听见了他们俩的话,停手。三个人被打得满脸是血,跪地求饶。周胜气愤地看着周宇,他的眼神复杂,有痛心、震惊,还有一点点的后悔。他想发泄,很想打人。

周胜冲到那三人面前,每人狠狠地踹了一脚,周宇去拦也拦不住。周胜一边踹一边大声怒骂:"你们他妈都给我看清楚!他是我亲弟弟,出门长点眼!"

周宇看到了跟出来的叶小禾,愤怒地反驳了周胜的话:"我不是你弟弟!我和你没关系!"

周胜愣愣地看着他,不敢相信自己的耳朵:"你说什么?"

"我不是你弟弟!你走!"

周胜怒极,狠狠地给了他一巴掌,颤声问道:"没我你活得到现在吗?"

周宇的脸被打得偏向一旁,他转过脸来狠狠地看着周胜:"对,没错,我欠你一条命。"

看着他的眼神,周胜又软下来:"小宇……"

周宇却陡然发狠:"但你也欠我一条命!你再来找我,我还给你!"

后来,周宇给叶小禾讲过,他四岁的时候发高烧,是周胜及时送他去医院才活了下来。他欠周胜一条命,但周胜为什么会欠他一条命,却从来都没有说过。

叶小禾现在好像明白了。

沙海洲的两个小弟为了出去，只好交代了他出狱之后都去了哪些地方。刚一出狱就有了一大笔钱，都用来吃吃喝喝找女人了。刘悦也找过这些女人证实沙海洲出狱之后确实过得很不错，但他就这样消失得无影无踪，哪里都找不到。

山峰认为，周氏兄弟的嫌疑很大。他再次召开了案情分析会，提出了自己的想法："小白鸽身上没有任何伤，只有掐痕和挣扎损伤，而且她是溺水致死。这说明二十年前，凶手没有侵犯她，是要彻底杀死小白鸽。就目前掌握的情况来看，老沙和瘸子这种人，面对小白鸽不可能无动于衷，而瘸子又提到渡轮声这样的细节，又跟周胜一起坐过牢，我们可以推断，瘸子所获知的就是坐牢时周胜讲述的。所以我的思路是，绕过瘸子和老沙，直接从周胜或者周宇下手。"

江流不同意他的看法，一边翻着小白鸽案的卷宗一边反驳："为什么要绕过瘸子和老沙？突破他俩比突破周宇和周胜容易。"

山峰耐心地解释："案件发生在二十年前，我们对二十年前的周胜周宇一无所知，这是逻辑链上空白的地方，必须要填满。"

江流放下小白鸽的资料："他俩是不是凶手我们找不到证据，你这是有罪推定。"

江流的反对，山峰并不意外，毕竟他们从第一天见面就不怎么合得来："那你的思路是什么？"

江流十分肯定地回答："就从瘸子和老沙开始，增加警力调查下落，这是现在唯一能突破的地方，还有监控里的那个人，这些都是能抓得住的线头。"

罗成听了不住地点头表示赞同，刘悦不同意："我觉得山队说得对，应该了解二十年前的周胜和周宇。"

江流看着刘悦，觉得这个人像个叛徒："了解什么啊，怎么了解啊？"

刘悦没有感受到他话的含义，老老实实地回答："我和周宇是一个高中的，他们班主任带过我，说过周宇是自甘堕落。"

山峰对"自甘堕落"这个词很感兴趣，追问道："自甘堕落是什么意思？"

江流看出刘悦是铁了心要跟着山峰去调查周宇，于是没好气地打断他们的谈话："行行行！这样，你俩去查周宇，好吧？我和罗成，就爱在泥里滚。"

罗成没有发现这里面的赌气成分，而是乐呵呵地接上他的话："对，咱们龟兔赛跑！"

江流更加生气了，抄起一个东西砸向罗成："你是龟啊？！"

罗成躲了过去，看着江流缩了缩脖子："那我去开车了。"说完，也不管江流看自己的眼神，一溜烟地跑了。

第二十三章　周宇

罗成得到了线报，沙海洲的那两个小弟正在一个饭馆里和人喝酒。这个线报来得很及时，江流对他暂时没有那么气了。

罗成一边盯着饭馆，一边给江流介绍："这俩家伙该交代的都交代了，咱们盯三天了，这是他俩头回出来跟人喝酒。"

江流的目光转向另一个不停给两人倒酒的人："那人是谁？"

罗成摇头："不知道，那俩小弟叫他土狗。"

江流冲着那个土狗点了点头："会会他。"

土狗和那两个小弟喝完酒后就分开了，一个人晃晃悠悠地走在街道小斜坡下，旁边残破的山寨夜香港招牌亮着灯，屋里还回荡着劣质音响传出的歌声。

土狗点了一支烟，跟着里面的歌声边唱边往里面走："美酒加咖啡，我只要喝一杯……"

江流和罗成跟着他进去，只看见几个穿着妖艳的女子百无聊赖地跷腿坐着。江流冲罗成使了个眼色，两个人分开转了一圈，不见土狗的身影。江流有些纳闷，难道被发现了？这个土狗的反跟踪能力这么厉害？

他刚要罗成去查这个土狗的底细，就听见有人在他身后喊了一声："江队长？"回头一看，正是土狗，还端着几瓶饮料。

江流打量着他，脑海里没有这个人，怀疑地问了一句："我抓过你？"

土狗一听就有些慌，赶紧否认："不是，不是。我弟去年在南街被人打了，还是你给他背到医院的。"江流一听想起来了，确实有这么回事，那天可把自己累个半死。

"哦，那孩子是你弟？现在怎么样了？"

土狗很感激地回答："好多了，能下床了，一直念叨着去谢谢你。"

聊开了以后就好说话了，江流打量着歌舞厅："以后叫你弟别那么冲动，这是你的地方？"

土狗听出来他有事找自己，赶紧让座："我来看场子。江队您坐。"

江流也没有客气，坐了下来，直截了当："找你有正事，老沙人在哪？"

土狗一听，不敢接话。旁边罗成冷冷地插了一句："你想在这说，还是回局里说？"

土狗一听就慌了，赶紧摇头："别别！江队，我说，我说……我真不知道老沙去哪儿了，他出来后找过我借钱，我哪儿有钱啊，但我后来听说他找周胜去了，周胜给了他两笔钱，但他觉得不够，想去周胜公司又被拒绝了，后来就没信了……"

江流看着他："你跟过周胜吧？"

土狗顿了一下，他跟的是段超："我跟的是超哥，算是吧。"

江流点点头，示意他接着说。土狗犹豫着，看了看门外，还是说了出来："前几天听说，超哥花钱找了个人，要弄老沙。"

江流心里一动，追问："你怎么知道的？"

土狗索性全都说了出来："超哥身边有个小弟，是我哥们，喝酒时说的，可千万别说我说的啊。"

江流点头："还知道什么？"

土狗摇摇头，他知道的就这么多："就这些了，我也是跟他们处个关系，早不在一起混了。"

看土狗实在是没有什么可以交代的了，江流站起身准备离开："好，那你帮我个忙，打听打听弄老沙的人在哪儿。"

土狗赶紧点点头："您是我家恩人，我一定尽力。"

周胜手下有个叫段超的人，江流知道。听到段超要找人去弄沙海洲，江流心里暗自吃惊，或许山峰的结论是正确的。

山峰已经在刘悦的引领下来到了巫江中学校园，当年的班主任张老师还记得她和周宇。听到他们想要了解周宇，张老师就带着他们一边去看周宇当年的座位，一边给他们讲当年的事情："我上次见周宇，半年前了吧，是开了个小诊所吧？我说我一想起你啊，就觉得可惜啊，他笑笑，说都过去了，一点羞耻没有！这人啊，必须要上大学，受高等教育，才能提高素质，这周宇就是个例子。"

刘悦想要把话题往初中时期引："张老师，您多说说初中时期的周宇？"张老师感慨万千："那时候他好啊，积极性高，我带了他三年语文，中考前成绩很好，结果吓死个人，还拖了学校后腿，最后上了个医专，回来开诊所，还真有人敢去看病！"

山峰有些意外："他是突然变成这样的？"

张老师提到这个就恨："对，突然。抽烟旷课喝酒，自甘堕落！我跟你说，他是亲手把自己毁了，还没羞耻心！"

"您知道原因吗？"

张老师提起当年的事情就来气，尤其是那个哥哥："当时以为他家出事了，去家访，哎哟，什么家啊那是，他哥完全就是个十恶不赦的浑蛋，把责任推到老师头上，说我们不会教，还想动手打我，岂有此理，不可理喻！我们要不会教，他的成绩从天上掉下来的？他哥那素质，就应了我那句话，人啊，必须要上大学，受高等教育，才能提高素质！"

他停在一间教室门口，指了墙角的位置："哎，到了，就这间，他就坐在那个角落，抽烟睡觉还老拿脑袋撞课桌，疯了一样！"

山峰看过去，斑驳的教室里空无一人："那是哪一年的事？"

张老师继续用一种愤恨的语气回道："1998年，哎，他出啥事了？出啥事我也不意外！自甘堕落！"

山峰看着那个位置，好像看见了当年痛苦的周宇一般，他看着张老师："张老师，没有人会自甘堕落，那是他们找不到出口。我也有这样的时候，试着理解他们，帮他们找到出口，才是我们该做的。"

从巫江中学出来，山峰的心情很压抑。

1998年的那个夏天，周胜建起了巫江大酒店、周宇突然痛苦堕落、小白鸽被

103

害身亡。这些看起来似乎毫无关联，但其间又有迹可循。现在不只是周胜，周宇也有很大的嫌疑。一个人不可能无缘无故就突然改变，周宇在那个夏天，一定是经历了什么让他无法释怀的事情。

山峰想到了周宇苍白的脸。他和哥哥周胜完全是性格相反的两个人。

刘悦心里也很是感慨，没有想到周宇还发生了这种事，她想和山峰说点什么，但看到山峰的神情，还是转头开车了。山峰想到了白卫军，他的名单里有周胜的名字，又经常去周宇的"九八诊所"，应该对周宇有所了解。

他拨通了白卫军的电话。白卫军正在走一条很长的楼梯，上面是一栋居民楼，在胜宇公司对面。山峰猜得没错，他确实一直在盯着这俩兄弟，甚至在周胜公司对面租了一间房，专门来监视他们。

他已经老了，上楼梯的时候显得力不从心，也没有发现身后有一个人正无声无息地跟着他上楼。那人始终和他保持着一层楼梯的距离，就算是白卫军回头，也不能立刻就发现他。

楼道很脏乱，堆着许多杂物，白卫军好不容易走到了门口，正要开门，一阵电话铃声响起，白卫军刚准备接电话，就听到楼道里另外一道铃声。

身后有人？

他回身，看到了身后的人，正是石磊，一边接电话一边和他擦身而过继续上楼。白卫军看着他上楼，才接起电话。电话那边是山峰："不只是周胜，周宇也有嫌疑。你对他有了解吗？"

白卫军听到先有点惊讶，但很快又平静了："周宇？我带你去一个地方。"

白卫军带山峰去的地方是墓园，他也知道周宇在这里买了一块墓地。管理员看着手里周宇的照片，点头："对，就是他。"

刘悦一边问一边做记录："他经常来吗？"

管理员点头："经常，最近尤其多，我老婆都烦了。"

白卫军在旁边插话："我知道他喜欢来看小白鸽，我没问过他为什么。我奇怪的是，他在小白鸽旁边买了一块墓，是给他自己的。"

刘悦有些惊诧："买给自己？"

管理员也点头附和："对对对，我老婆也很奇怪，跟我来，就在这边。"

他们跟着管理员往前走，山峰问了一句："最近有没有别人来看过小白鸽？"

"没有，但有人来问过那块墓，是个女人，挺好看的，但神色不太对。"

白卫军知道那是谁："我知道是谁，老叶的女娃，跟周宇在一起。"

说着，三人到达墓地前，山峰看向小白鸽的墓，又看向周宇的无名墓地。山峰更加确定周宇有问题。现在，就要去找周胜了。

叶小禾已经先他一步，冲进了胜宇公司。她快步进来，差点和段超撞上。

段超看到她，有些意外："你来干什么？"

叶小禾看了他一眼，要冲进去："我必须见周宇！"

段超死死关着门："我说了他已经走了！"

叶小禾气急，大喊："我不信！"

段超压低声音挡住她："你当我和你见面是闹着玩呢？你是不是听不懂人话？"

叶小禾不想和他浪费时间，只想冲进去："你让我进去！"

叶小禾要推门，被一把推开。

段超也火了，他实在是没有耐心："你别给脸不要脸！"

叶小禾挥手要打他，被紧紧攥住手腕，这时门从里面打开，周胜微笑着出来了，他看着叶小禾："我们没做亏心事，不怕鬼敲门，请进。"

叶小禾甩开段超的手，冲进办公室。

宽大豪华的办公室没有周宇的身影，周胜转身进来，身后跟着段超："周宇已经走了，超子该说的也告诉你了，别把事情搞砸了。"

叶小禾转过身看着他："你不让我见他才会把事情搞砸！"

周胜笑了笑："小宇怎么会喜欢你这种性格，不信你找。"

叶小禾坚信周宇就在这里，她环顾四周，要冲进里屋，段超要上去阻拦，周胜示意不必。叶小禾瞪了段超一眼，走进里屋，没人，一张床铺有些乱，沙发上遗落着一件女人内衣。没有，周宇不在这里。叶小禾退了出来，冷冷地看着周胜。

周胜笑着看她："还有什么事吗？"

叶小禾看着他，冷冷地说了一句："我知道你们的事。"

周胜的笑淡了一点，眼神多了几分寒意："我没懂你的意思。"

叶小禾和他对视："你们做过的事，二十年前，我全都知道。"

周胜脸上的笑终于消失不见，脸色阴郁，一步步走近叶小禾，打量着她："我还是没懂你的意思。"

叶小禾并不害怕他："我要见周宇，我要和他一起走。"

周胜看了看叶小禾，有些不敢相信。叶小禾感觉到他身上杀气的松懈，继续说道："我们都是为了周宇，但他最需要的是我。"

周胜和叶小禾四目相对，气氛凝重。周胜突然笑了起来："我知道小宇为什么喜欢你了。"

叶小禾只是追问周宇的下落："他在哪儿？"

周胜点点头："明天早上沿江路永顺超市门口，我叫人送你们走。"

叶小禾坚持："我现在就要见他。"

周胜拒绝了，他一直认为周宇的女朋友是个麻烦，现在看来果然是这样。他不能让周宇再和这个麻烦见面。

周宇太软弱，这个女人又太强势，总有一天会让他们二十年前的事情暴露出来。想到周宇居然把那个秘密告诉了面前这个外人，周胜的心里就蹿上了一股无名火。

但他还要安抚叶小禾："你是聪明人，他跟着我比跟着你安全。"

叶小禾看了周胜片刻："好，我信你。"

第二十四章　回避

从胜宇公司出来，叶小禾浑身发抖，她能感觉得到周胜身上那种要拆散她和周宇的强烈的意愿。她也明白，用二十年前的事情来威胁周胜是一件很危险的事情，但是她没有别的选择。

为了周宇，她必须试一试。叶小禾摸出一根烟，刚要点燃，电话响了，是山峰。

想要和她聊聊周宇。

山峰决定先找叶小禾。周宇的情况她应该最了解，小白鸽案，她也应该最敏感。或许能从她身上找到周宇的突破口。

叶小禾稳定了一下情绪，答应了。

她拦了一辆车，上车离开。看到她离开后，段超才从窗户边上收回眼神，向周胜回了一句："胜哥，她走了。"

话音刚落，周宇突然从里面的房间冲了出来，几个手下上前摁住他。

周胜冷冷开口："放开他！"

周宇甩开其他人，看着周胜，眼神中都是愤怒和祈求："你不要伤害她！"周胜看了眼段超，让他们都出去。房间里只剩下兄弟俩。

周胜让他坐下，用一种很温柔的语气哄着他："明天我送你们一起走，你陪哥说说话行不行？"

周宇摇头说："我不走，也和你没什么好说的。"

周胜深吸一口气，压住怒火说："那你是想让我们都死？"

周宇冷笑说："早晚的事。"

周胜脸色变得很难堪，看着周宇，又悲愤地叹息："小宇，你看看我，你看我是不是老了？"

周宇冷冷不语，周胜叹了口气，坐了下去："我是老了，老想以前的事，我最近老做一个梦，其实也不是梦，是真事。那时候你才四岁，发高烧，口吐白沫。爹喝醉了，死活叫不醒。娘着急给你喊医生，刚出门就摔倒了，扭伤了脚，再也没好过。我就抱着你，跑啊跑，跑啊跑，我不记得你什么时候被治好的。我就记得，我抱着你跑的时候，特别害怕，害怕你死我怀里，害怕天一亮我就没弟弟了。这么多年过去了，再也没有任何一件事让我那么害怕。我打心眼里明白，这世上，在亲兄弟面前，什么关系都是狗屁。"

周胜说到最后，动了感情，声音也带了些哭腔。周宇本身就是个容易心软的人，也想到了那些往事："感谢你没让我死在你怀里。"

周胜定定地看着周宇："只要我还活着，谁也动不了你。"

周宇摇头："我不需要。"

周胜怒气又起，眼睛通红："那你就把事情告诉一个外人？她会害了我们的！"

周宇看着他，心情复杂："你要是害怕就让我走。"

周胜气急："你想去自首是吗，你是真要我死是吗？"

周宇一把抄起桌上的水果刀对准周胜，大吼："你欠我一条命，我也欠你一条命！"

周胜不敢相信周宇会拿着刀对着自己："你是我弟弟！"

周宇崩溃，在自己的手腕上狠狠划了一刀，鲜血涌出："那我死！"

周胜一把上前攥住刀刃，手掌里渗出鲜血，周宇一边挣扎一边嘶哑地吼叫。段超在门口听到了动静，赶紧带人冲了进来，摁住了周宇，又慌忙找东西给他包扎。

一个小弟上前给周宇打了一针。周胜看着地上挣扎吼叫的周宇，悲愤交加："天黑之前送他上船。"

周宇被打了针之后，渐渐无力挣扎，松软下去。周胜忍不住落泪。他看着段超带着人把周宇带出了房间，走到窗前看着外面的滔滔江水。二十年前，他们还是一对很亲密的兄弟。江水带走的不只是时间，还有感情。

叶小禾同山峰也在看着这滔滔江水，山峰拿出在墓地拍的照片，询问她是否也去过墓地。

叶小禾手里夹着一支烟，她看着山峰："我是去过墓地，我和你一样意外，不过我相信周宇。"

"你没问过他为什么买一块墓地吗？"

叶小禾一副无所谓的表情："人早晚都会死，不是吗？"

山峰透过烟雾看着她："但他买的墓地在小白鸽旁边啊。"

叶小禾还是那副无所谓的样子："怎么了？"

山峰想说些什么，刘悦走了过来，附在耳边告诉他，周宇失踪，还没有找到。这个消息让山峰有点意外，他看了看叶小禾："今晚不用工作吗？"

叶小禾吐出一口烟："这不是工作，是习惯。"

山峰像是闲聊一般说道:"我从小五音不全,很羡慕你们。"

叶小禾自嘲地笑了一下:"这种地方没人认真听,打发时间而已,喝多的还会自己上去抢着唱。"

"你会让给他们唱吗?"

叶小禾想到了什么,笑了:"会啊,但我会把电拔了。"

山峰有些惊讶:"他们不知道吗?"

叶小禾掐掉烟,垂下眼睛,有些不屑,也有些无奈:"知道。反正他们觉得我就是这样的人,这么大了还不结婚,在外面跟人乱搞,也不好好上班,脾气又怪。所以,我也不怕再坏点。小地方不就是这样吗?有一个怪人大家都会知道。"

她说的时候,就像是在说别人的故事。她懂事的时候就想走,大学也是在外地上的,但不知道为什么又回来了。"可能这就是命吧。"叶小禾感慨道。

山峰笑了一下,把话题重新回到了小白鸽身上:"我也是这样,我因为小白鸽案离开,又因为小白鸽案回来。"

他的话让叶小禾心虚,看了看山峰,表情复杂,又摸了一根烟。

山峰又问:"你和周宇是在这里认识的?"

叶小禾把玩着烟并不点着:"对。"

"你了解他吗?"

叶小禾清楚山峰为什么回来找她:"我每次在台上唱歌的时候,都会想起一个故事。有一条鲸鱼,天生有缺陷,发出的频率跟别的鲸鱼不一样,别的鲸鱼都把她当哑巴,唱歌的时候没人听得见,难过的时候也没人理。她的家原本在太平洋,她花了20年,从太平洋游到印度洋,又到了北大西洋,一直在寻找能听懂她的同类。我就是那条鲸鱼,在巫江游荡,直到遇到了周宇。"

山峰点头:"你们是幸运的。"

"后来我跟周宇讲了这个故事,但周宇说,无法跟这个世界沟通,不是我的错。他觉得我是爱这个世界,因为爱,所以才不妥协,不跟他们同流合污。"

"如果周宇跟你就不是一个世界呢?"

叶小禾没有半点迟疑:"那我就去那边找他。"

山峰意有所指:"小禾,有些事就像蒙眼走钢丝,等你睁开眼,就觉得可怕

109

了。"

叶小禾看了一眼山峰："我不在乎。"

山峰微笑："我的话可能冒犯了你，你别介意。"

叶小禾没想到谈话就到此为止了，她有点惊讶："你找我就为了问这个？"

山峰看着她："周宇不见了。"

叶小禾低下头："怎么会呢？"

"如果你见到周宇，请及时通知我，他现在是重大嫌疑人。"

叶小禾抬头看见山峰正在看自己，忙转头看向别处。

只要过了明天，一切就都会变好。

等到叶小禾离开胜宇公司大楼，段超就赶紧带人把周宇送出去。

只要把周宇送出巫江，再解决了叶小禾，周胜就是安全的。

段超回头了看躺在后座还在昏迷的周宇，平心而论，这是周胜兄弟俩的事情，轮不到他一个外人来插手。但是，他真的很不喜欢周宇。

单薄的身体、苍白的脸、懦弱的性格……总之他不喜欢的各种因素都集中在了周宇身上。真是想不到，周胜居然会有这种弟弟。

如果他是周胜的弟弟，无论大哥做什么他都不会多嘴，更不会像周宇这样寻死觅活。为了一个外人，至于吗？

段超想着，心里突然冒出来一个想法，但他很快就压下去了。现在还是不要节外生枝比较好。车子开进了加油站，停下等着加油员给车加油。

段超转了转脖子，拉开车门带着人下去，回头看着里面的小弟："看好了，老三。"

老三看着他，一脸的焦急："超哥！我也想尿！"

段超看了一眼老三，下巴冲着针盒扬了一下，笑了："你也来一针？"

车上的人走了下去，老三拿起针盒看了看："我才不想来一针呢！"

他把针盒甩在一边，打开手机开始看视频，一边看还一边嘎嘎地笑。

躺着的周宇缓缓睁开眼睛，从后座缓缓坐起，悄悄地把针盒摸了过来，里面还有没用完的针，对准老三的脖子就扎了下去。

正在笑的老三忽然感到脖子上一阵针扎的疼，他抬头从后视镜看到了面目狰狞的周宇。

他还从没有见过一向苍白忧郁的周宇会露出这种表情，还没有惊讶完，他就意识模糊，睡了过去。

周宇拉开车门，疯了一般地往回跑。他的药力刚过，体力还没有完全恢复，甚至意识也不是很清醒。但他心里只有一个念头：回去，回到叶小禾那里去。他刚跑没多久，段超等人就回来了，拉开车门，只看见老三脖子上插着针昏睡，后座空空，周宇已没了踪影。

"老三！"

段超吼了一声，他们来回也就十分钟左右，周宇不会跑出多远，他四下张望，看见周宇的身影已经到了高速路上，又消失在拐角。

"追！"

段超拔腿就追，一群人呼啦啦跟上。

周宇拼命奔跑，段超等人穷追不舍，过路的车子鸣笛闪躲，危险至极。周宇意图穿过公路，此时，一辆中巴车疾驰而来。周宇慌忙躲闪，整个人翻身掉入山坡，滚落而下。段超大惊，猛追上去，郁郁葱葱的陡峭山坡上，周宇已没了人影。

段超脸色苍白："都给我下去找！找！"

段超第一个跳下山坡，小弟们犹豫着纷纷跟上跳了下去。

第二十五章　阻止

周宇消失了，段超几乎都要把山头给翻遍了，就是找不到他。

老三自己醒了过来，知道自己大意放走了周宇，吓得说不出话来。几个人转来转去，直到天黑。

段超无奈，只能先把人带回去再说。本来周胜就有点心神不安，知道周宇跑了之后，气得几乎砸了办公室。

段超低头站在一侧，其他人都跪在地上，老三不停地抽自己，脸上已血迹斑斑。周胜狠狠地闭着眼，压抑着愤怒。突然，他抄起烟灰缸狠狠地砸向老三的头，老三应声倒地，鲜血喷溅，也只能下意识地哼了一声，再也不敢出声。

"抬走！别让我再见到他！"

周胜坐了下来，揉着太阳穴，停了好一会，才看着段超："小宇很可能去找那个女的。"

段超赶紧点头："已经派人去盯了。"

周胜的眼睛里还有余怒："明天的事情安排好了吗？"

"好了。"

周胜摆摆手，让他出去。

段超愧疚地看了他一眼，转身往外走，又停下想了想，最后下定决心。他刚才在车上那个被压下去的想法又冒了出来。

他转过身，看着周胜："胜哥，对不起，今天是我失职。我一定能找到小宇，安全送他离开，我也一定能把那个女的办妥，让她彻底消失。但，这不是最好的办法。"

周胜闭着眼，有些不耐烦："你想说什么？"

"小宇为了叶小禾和你断绝关系，又能在这时候把真相告诉叶小禾，这说明在小宇心里，最重要的人不是你，是叶小禾。如果小宇知道是我们动了叶小禾，他一定会和你鱼死网破。"

他的话刺中了周胜的软肋，周胜睁开眼看着他："你什么意思？"

段超顿了顿，说了出来："让他亲自动手。"

周胜被这句话惊住了，缓缓站起身，愤恨地看着他："他是我弟弟……亲弟弟！"

段超没有妥协："不这样他就死不了心！"

周胜一把抓起段超的衣领，手在微微颤抖，他的内心正在激烈地争斗着，他明白段超说得对，但这么做，兄弟俩真的就一点缓和余地都没有了。

他不想和周宇断了手足亲情。可是，不这么做，他们兄弟俩都要下地狱。他的内心不断地挣扎，盯着段超的眼神显露出了他的软弱。

段超坚定地看着周胜，他知道周胜的痛苦，但他只能这么做才能保全大家：

"胜哥！这是唯一的办法！"

周胜被这句话击中，他猛地甩开了段超，痛苦地吼道："滚！滚！"

段超从地上爬起来，低声应道："胜哥，你放心，我一定办好。"

说完，他迅速下楼，安排布置。等到叶小禾回到住处，两个段超的人在楼下停着的车外抽烟，看到她走来，钻进车里。

叶小禾知道他们是来干什么的，走进房间，也不开灯，径直走到窗前拉开窗帘。窗下，一辆摩托车飞驰而过，像极了当年的周宇。

叶小禾看向天花板，回想认识周宇后的第一个生日，周宇要给她一个惊喜，让她晚上不要开灯，注意天花板。她那晚很兴奋也很期待，不停地对着镜子整理头发和妆容，还要注意天花板上的动静。

突然一块反光出现在天花板，晃动着。是周宇来了。她笑着，甜蜜地拉开了窗帘，看到周宇站在楼下，背后的摩托车上放着蛋糕和鲜花。

两人相视而笑，在黑暗中用手语交流。周宇用手语打出："生日快乐"。

叶小禾想了想，用手语回应："谢谢。"

周宇以为她能用手语交流，便伸出大拇指表示要不要一起去"跑山"？

这个手势的含义叶小禾不知道，她摇摇头表示不明白。

周宇以为她不懂"跑山"的意思，就用手语解释，跑山，骑着摩托车，一直到山顶，你能看到整个城市。叶小禾还是不懂，她只会简单的手语。周宇明白了，用手语让他下来。

现在的叶小禾看着已经远去的摩托车，转身倒在床上，望着虚空的天花板，嘴角浮现出一丝悲伤的笑意。

她的手语好了很多，可是周宇的反光还会出现吗？如果二十年前的那个夏天，什么事都没有发生该多好？现在的她和周宇，一定很快乐很甜蜜，没有任何负担。

突然，天花板上有一块反光在晃动。叶小禾一惊，赶紧跑到窗边，满身是伤的周宇站在楼下，正笑着看她，然后用手语和她交流。

"小禾，你还好吗？"

"我一点都不好，我想见你。"

"我们不是见了吗？很久没这样了。"

叶小禾忍住了眼泪"跑山"："他们打你了？"

"没事，我自己摔的。"

"我下去找你！"

周宇着急阻止了她，不要："他们会跟踪你的，我是逃出来的！"

"不管你去哪儿，你不能丢下我！"

周宇笑了，他来就是要带叶小禾离开的："我不会的，明天早上七点，我们在老城墙见。"

叶小禾点点头："我爱你。"

周宇笑着回应："我爱你。"

周宇该走了，他看着叶小禾，退后几步，消失在黑暗之中。

胜宇公司发生的一切，白卫军都在对面看见了。

他早就怀疑这俩兄弟和女儿小白鸽的死有关系，兄弟俩的关系几乎在一夜之间崩塌，大家都以为是周宇不喜欢周胜涉黑，但白卫军不信。

他见过兄弟俩剑拔弩张的样子，根本不可能只是周胜涉黑这么简单。那是一种对亲人失望的痛恨和愤怒。他看见段超最后给周胜说了几句什么话，就带着一众小弟，上了两辆商务车，疾驰离开。

白卫军急忙下楼开着出租车，跟上，但他没有发现，在他身后不远处，一辆面包车启动，开车人，正是石磊。

他们昨晚上发现了周宇的行踪，段超让手下不要轻举妄动，而是一路跟着随时汇报。叶小禾以为自己摆脱了跟着的车，但其实他们已经跟着周宇来到了老城墙。

她站在城墙下，四处看着，忽然一个身影出现在她身后。

是周宇。

"小禾……"

叶小禾转头，跑上前和他紧紧拥抱。

周宇抱着她，既幸福又安心："记得那天在这里放孔明灯吗？我许过一个愿望。"

叶小禾好像害怕他突然消失一般，紧紧地抱住他："我知道，你说永远跟我在一起。"

周宇笑了："我说谎了，我的愿望是和你过好每个今天，因为我不知道有没有明天。"

叶小禾抬头看着他："我们已经过了很多个明天了。"

周宇温柔地笑，问道："知道你爸那天跟我说了什么吗？他说我是好人，让我对你好。你要是不想说话，我就使劲说话。你要是想说话，我就好好听着。哭了，我就陪你哭。笑了，我就陪你笑。总之呢，他把小禾托付给我了。"

叶小禾听着，眼睛已经湿润了，她扭过头，不想让周宇看见自己的眼泪。

周宇的语气很坚定："你爸说的话，让我意识到了责任，从来没有过的那种责任。带你走，就要给你幸福，但我给不了你，我的懦弱害了小白鸽，不能再害你，一点都不能。"

叶小禾愣了一下，抬头看他："你说什么？"

周宇已经想清楚了，他不能再逃避，这是他最后一次改过的机会。

"陪我去自首吧，我想勇敢一次。"

叶小禾觉察到他话里的异常，她追问："周宇，你不是故意杀人的，对吧？"

周宇摇头："这些不重要了，小禾。"

话音一落，周宇的眼神陡然一惊，城墙两端，段超等人蜂拥而至。他想带着叶小禾逃，可已经来不及了。他们被强行堵住嘴绑上了车，快速离去。他们做的这一切，全都被白卫军还有石磊看在眼里，他们也没有迟疑，立刻就跟了上去。

到了光明路27号仓库，车停了。白卫军看到车停了，立刻也拿着长管下车，悄悄地摸了过去。

他身后的车里，石磊看着眼前发生的这一切，拿起手机给山峰拨了一个电话："他们在光明路27号仓库，过时不候。"

说完不等那边反应，他就挂断了电话，然后扔掉了电话卡，开车离开。

段超让人把周宇和叶小禾带下来，反手绑着，面对面坐在货架中间的空地，然后将一把枪放在两人中间的地上。

周宇瞪着他："你要干什么？"

段超看着周宇："杀了她，就什么事儿都没了。"

周宇和叶小禾都是一惊。

周宇摇头："段超！你告诉他我去自首！我说是我一个人干的！绝对不会牵连他！"

段超的眼睛里都是厌恶："胜哥是你亲哥，我真的理解不了你。"

周宇开始央求："我跟你们走！不要伤害小禾！"

段超冷笑："一分钟，有什么想说的，尽快。"

说完，他带着几个小弟离开了仓库，只留周宇和叶小禾。

叶小禾看着周宇，又道："是周胜逼你的对吗？"

周宇眼泪落下，摇着头："是我自己太懦弱了……"

叶小禾打断他："周宇！你听我说，你不是太懦弱，你是太善良了！"

周宇悲伤至极："小禾，对不起！"

叶小禾很难过，但她还在安慰着周宇："记得那个鲸鱼的故事吗？你就当我游走了，但总有一天，我们会见面的。"

周宇惊惧，害怕地问道："你在说什么？"

叶小禾强忍泪水："只有我死，这些事才像没发生过。"

周宇惊恐地大喊："不，不，不，不会的！"

叶小禾继续说下去，害怕时间来不及："谢谢你周宇，好好活下去……"

周宇惊恐中带着无能为力的愤怒，他大喊着阻止叶小禾继续往下说："不，有办法，小禾，你听我说，一定有办法！"

叶小禾看着狂乱的周宇，泪如雨下。

周宇想到了什么，对着外面嘶喊："段超！段超！"

段超刚才在外面给周胜打了电话，最后确认了一下，听见周宇喊就走了进来。有了周胜的肯定，段超现在看他的眼神里更加地厌恶起来。

他歪了一下头，一个小弟就拿刀架在叶小禾脖子上。另外一个小弟解开了周宇上身的束缚，段超将枪塞在他手上，对准了叶小禾。

段超像一个辅导老师一般劝着周宇："就一下，一秒钟，一了百了。"

叶小禾看着周宇，眼泪夺眶而出。

周宇拿着枪颤抖着，突然转而用枪指向段超："放了她！"

段超非常镇定，看了看周宇，又看了看叶小禾："你打死我，她也会死。我不怕死，你怕吗？"

周宇看着架在叶小禾脖子上的刀，双手颤抖不已。他头低了一下，突然眼神一果断，拿枪对准自己的下巴。

段超见状，一把推开枪，"嘭"的一声，子弹打空，大家都被震开。

周宇后退了几步，倒在了地上，枪也甩脱了。

段超大惊失色，上前扶起周宇，把枪塞进他手里，死死按着他的手，枪头对准叶小禾，想要逼他开枪。

叶小禾闭目流泪，仰起头，等着死亡的那一刻。

周宇疯狂挣扎着，段超从来没有想到单薄的周宇也能爆发出如此强大的力量。他吼了一声，一个小弟立刻上前按住了周宇。

第二十六章　阴阳陌路

他的手指按在了周宇的手指上，周宇的身子被那个小弟死死压着不能挣脱，只能尖叫。

段超心中涌起一阵痛快的感觉，事情终于要结束了。突然，他感到腰上被猛地冲击了一下，翻倒在地，枪也脱了手。

白卫军举着一根长管对着压在周宇身上的小弟就砸了下去，段超看清是他，怒吼一声，爬起来就抱着他的腰摔倒在地。

他们扭打在一起，段超到底年轻，又擅长此道，狠狠把白卫军摔在油漆货架上，油漆洒落一地。小弟们手忙脚乱地过来帮忙，乱成一团。

混乱中，周宇趁机解开脚上的绳子，拉起叶小禾要走。

段超从白卫军那里脱身，看见他们的动作，转身去地上摸枪，对准叶小禾，"嘭"的一声，枪响了。

周宇猛地冲过去，挡在了叶小禾面前，被子弹击中，重重倒地，身上鲜血汨汨。

叶小禾抱住周宇痛苦地嘶喊："周宇！"

段超愣了，没有想到会发生这种事情。

小弟们打昏了白卫军，围到他身边："超哥……"

段超清醒过来，猛地拎起叶小禾撞向墙壁，叶小禾昏了过去："走！"

段超抱起流血的周宇直奔后门而去。

山峰接到那个陌生人电话的时候，正在办公室里看监控。

周宇失踪，"九八诊所"里面又是一片狼藉，还有搏斗的痕迹，显然是被绑走的。绑走他的是谁呢？会不会就是二十年前的凶手呢？

但是周胜依然在观景台微笑着请山峰坐，似乎并不知道周宇已经失踪，甚至还告诉山峰，他们兄弟俩在父母死后就各自生活，并不是那么亲密。

山峰只能再借来监控，趴在电脑前面不眠不休地盯着，但周宇就像是人间蒸发一般，消失得无影无踪。

罗成忽然闯了进来，大喊："山队，周宇昨晚出现了，就在叶小禾楼下！"

山峰一惊抬头："现在呢？"

"他走的时候避开了监控，现在还在搜！"

山峰想了一下，下了指令："马上联系叶小禾。"

这时候江流从外面走了进来，听到这句话问了一句："怎么又跟叶小禾扯上了？"

山峰转头看了他一眼："周宇现在是重大嫌疑人。"

旁边对比信息的刘悦也赶紧回答："他在小白鸽墓地旁边买了一块自己的墓，叶小禾也去过墓地……"

江流听到这里，忽然打断刘悦："你们怎么找到墓地的？"

"白卫军带我们去的。"

江流听到白卫军的名字就急了，指责刘悦："谁让你找白卫军的？"

山峰看着他："我。"

江流顿时来气，白卫军的性格他很清楚，为了抓住凶手，白卫军可以说是抛弃了一切。家庭、工作、健康……什么都不要了，只有一个执念，就是抓住凶手。

但二十年来徒劳无功，白卫军心里的那团火不但没熄，反而越烧越旺。山峰这么做，无疑是给白卫军心里的火泼了一勺油。

他愤怒地看着山峰："你怎么能跟老白说这事？他胡来出事怎么办！"

山峰并不觉得这件事出格，他看着江流，淡淡地说道："只要早点抓住凶手，他就不会出事。"

江流被他的逻辑堵得无话可说，恨恨地看着他："你……我比你了解老白！"

江流转头瞪着刘悦，怪不得她昨天下午不停地催着罗成去查周宇的去向。更可恨的是，罗成这个小子都不知道把这个消息给自己说一下。刘悦和罗成感受到了江流的怒火，不敢说话。

山峰莫名其妙地看着江流，忽然手机响了，陌生号码。

"喂？！"

一个陌生人。

"他们在光明路27号仓库，过时不候。"

山峰一惊，这个声音他在哪里听到过："你是谁？！"

那边已经挂断了电话。

山峰的神情让江流感到事情严重了，等到山峰说完地址，他就冲了出去。刑警们冲上警车，警灯闪烁，疾驰离开。

江流心中憋着一股气，车开得飞快。他心里对旁边坐着的山峰很不满。为什么昨天不说墓地的事？为什么不及时沟通周宇失踪的事？为什么要告诉白卫军？为什么要擅自做决定？还有，那个电话到底是怎么回事？为什么会通知山峰？

一连串的疑问让他的眼神变得分外狠厉，他把油门踩到最底，恨不能立刻就到27号仓库。

一路上，山峰都在苦苦思索着刚才的那个声音，他不会记错，这个声音他听过，就在不久前。

这个声音很特殊，带着一点低沉沙哑。到底在哪里听过呢？山峰的脑海中闪过了一个吃面的影子，这个声音在老家面馆听到过。忽然一声枪响，让山峰从沉思中醒来。

江流再次猛然加速，一个急刹停在仓库门口。山峰已经冲了过去，他拔出枪，咬牙跟上。仓库里面乱七八糟，叶小禾昏迷在地上，白卫军躺在旁边生死不明。

山峰看见脚印往后门而去，赶紧让其他警察追击。然后他扶起白卫军，试了一下脉搏，昏迷。

一旁的江流扶起叶小禾，看见她身上的血迹，还有一大摊缓缓流动的血，急忙大喊："快叫救护车！"

慌乱终于过去，叶小禾在病床上陡然惊醒，心口一阵刺痛，一阵不安猛烈袭来。

她扯掉身上输液的针管，下床冲出病房。身体还很虚弱，头还在隐隐作痛，叶小禾脚步虚浮，走了几步眼前就已经模糊。

她闭上眼睛，蓄积了一点力量，扶着墙继续往前走，快到电梯口了，她加快了脚步，脸色焦急而苍白。周宇，他还活着吗？叶小禾的眼前浮现出周宇中枪后的脸，一阵眩晕，扶墙的手瞬间失去力气，整个人瘫软在地。

一双苍老的手紧紧地握住了她的手，温暖干燥的手心如此熟悉。

叶小禾缓缓睁开了眼睛，叶永年坐在她面前，看着她，满脸的心疼："他们都告诉我了，没事了。"

叶小禾看见他身后跟着的山峰和江流。

叶永年自责地说："我托付错了，是我的错。但爸不后悔，你是我女儿，你觉得好，就好。"叶小禾眼眶湿润，忍住眼泪："爸……"

叶永年忍住悲伤，看着叶小禾，知道自己清醒时间不多，他必须要在再次糊涂之前，把知道的都说出来："我没想到这案子二十年后又转到你身上，也没想到我会得这个病，所以趁现在我还知道你是我女儿，我得告诉你，你是唯一接近真相的人，你知道的，是我们这二十年来一直想知道的。为这二十年，画一个句号吧。"

叶小禾点头，又摇摇头："是周胜和周宇一起做的，但我觉得这不是结束……"

叶永年顿了顿："那就去证明。"

叶小禾点点头，她现在最担心的是周宇，但她也明白，周宇最担心的是什么，是二十年前的真相不被人所知。

周宇是被段超带走的，周胜再狠毒，对这个弟弟还是心软的。此刻的周宇正躺在诊断床上，血迹斑斑，医生正满头大汗地在抢救。

隔着一张帘子，周胜的双眼紧紧盯着帘子背后医生忙碌的身影。除了周宇的呻吟声，屋里其他人都沉默地等候着，屋内一片肃杀的沉寂。

一个小弟的手机响起来，在寂静的病房里尤为刺耳，然后一阵窸窸窣窣声，还在响着的手机掉在他的脚下。

周胜看着手机，杀气一点点聚集起来，一个畏缩的身影扑在他脚下，一边慌张地捡着手机，一边不停地在道歉："对不起胜哥，胜哥对不起……"

对不起……

周胜现在最想说的也是这三个字，可是如鲠在喉，他抬起眼睛，突然一把拉住要站起来的小弟，摁在地上，狠狠地卡住他脖子。

慌张的小弟更加慌张，挣扎着要起来，周胜抓起手机塞进他的嘴里，狠狠塞了进去。其他人一阵惊慌，想上前劝阻却又不敢，只能眼睁睁地看着这个小弟吞了手机，脸色发胀，痛苦地扭曲在地上。

段超盯着这一幕，表情复杂。周胜喘着粗气，看着挣扎的小弟，他也不明白为什么刚才会这么做。

段超使了眼色，其他人上前将小弟抬了出去。帘子被拉开了，医生走了出来。

周胜腾地站起来："怎么样了？！"

医生面色不忍，但又不得不说出来："胜哥，有什么话，就快说吧。"

医生的话让本来已经平静的周胜又激动起来，他发疯一般地拎起医生："说什么，我说什么？"

医生不敢说话，低下头不敢看他。诊断床上，周宇缓缓朝他伸出了手。周胜看见，一把甩开医生扑了过去："小宇！小宇！"

周宇看着周胜惊慌的样子，忍痛安慰他："哥，没事的……"

周胜听到这句话，脸上的表情更加痛苦，他不知道该说什么，只是机械性地重复周宇的话，既是在安慰周宇，也是在安慰自己。

"没事！没事的！"

他越说越肯定，既想让自己相信，也想让他相信。他从来没有这么慌张过，也从来没有这么后悔过。

周宇看出了他的慌乱，笑着问他："我是不是要死了……"

周胜紧紧握住他的手，拼命地摇头："不会的！不会的！哥不会让你死的！"

周宇看着他："哥……"

"哥在，哥在呢！"

周宇气息微弱，他知道自己时间不多了："……放过小禾……好吗？"

周胜点头："只要你活下来，哥什么都答应你！"

周宇看着他，眼神开始涣散，人在最后的时刻，总会想回家，因为那里是自己来的地方："我好想家啊……很久没回去了……"

周胜急忙答应他："等你养好了！养好了我们就回家！"

周宇笑了笑，脸上露出回忆的美好："不知道老家门口的那棵……那棵红柴枝还在不在？到开花的时候了吧？"

周胜的眼泪涌了出来，他从来没有这样哭过："在呢，都在呢，小宇……"

周宇突然一阵抽搐，呼吸急促起来。周胜紧张不已，却又无能为力，只能慌乱地叫着："小宇！小宇！"

周宇也痛苦地看着他，紧紧地抓住他的手喊着："哥！哥！"

"哥在呢！不要怕！不要怕！"

周宇呼吸急促，生命流逝的速度很快，几乎让他没有力气说一句完整的话："小白鸽……小白鸽的墓旁边……我买了墓……"

周胜震惊不已地看着他，痛苦不堪。

周宇强忍着痛苦："埋……把我埋在那……哥……"

周胜泪流满面，什么都说不出来，只是嘶喊："小宇！"

周宇痛苦地微笑，还在安慰他："没事了，哥，没事了，我给我们赎罪了，答应我，回家好不好，回家吧，我们不是这里的人……不是……"

周胜不停地点头，悲愤地颤抖："答应你！哥答应你……答应你……"

周宇浑身开始打哆嗦："我冷……好冷啊……"

周胜抱起被子包裹住他，恨不能把自己的温度全都传给他。

周宇定定地看着周胜，慢慢平稳了呼吸，最后说了一句："哥……我的命……，还给你了……"

说完，周宇定定地看着周胜，停止了呼吸。

二十年前，雨夜，周宇不停地哀求周胜报警，但周胜不愿意，他也不能。工程刚刚确定，这个时候工地出事，是要耽误进度的。每耽误一天，就会损失一大笔钱。

周胜那个时候，事业刚刚起步，他不允许出任何事。他忍得太久也憋屈得太久，很想出人头地。他当时对这个弟弟又气又伤心，强行拉着他，把小白鸽扔在了夔山水塘。之前，他想过，如果时间能倒流，他还会这么做。

但是现在，他后悔了。

如果能回到二十年前，他一定会报警，一定会救起小白鸽。现在，他的父母早已去世，他唯一的弟弟也死了。

周胜浑身颤抖着，直直地看着周宇苍白的脸，缓缓站起身，悲伤、愤怒、后悔、自责交杂在一起，让他快要发疯了。

第二十七章　痛苦

白卫军睁开眼睛，他早就醒了，听着医生一边检查他的情况，一边和旁边的护士聊天。

他听到医生说叶小禾醒了。

昏倒前最后的记忆是周宇为了保护叶小禾被击中，段超是周胜的人，加上他之前听见仓库里周宇说过要一人承担，绝对不会连累周胜。这么一串信息，真相几乎就在他面前。

看到他醒来，旁边的护士一脸惊喜。

白卫军看了她一眼掀开被子，翻身下床，不管身后护士如何阻止他。

"你干什么啊，去哪儿啊，心内科的医生还要给你会诊呢！"

白卫军一言不发，护士连拉带扯也被他挣脱开。

护士又气又急，只能上前拽住："哎呀！你不要命了！你这身体就得躺着！"

山峰正好走过来，看到这一幕赶紧上前："怎么回事？"

护士还拽着白卫军，瞪着山峰："你是他家属吗？赶紧让他回去，出了事谁负责啊！"

白卫军甩开护士："小禾醒了吗？"

山峰扶住他的胳膊，想要把他带回病房："还没有呢，你先回去休息……"

白卫军冷笑，声音拔高："你别骗我，医生说她醒了！周胜、周宇怎么回事？谁干的？"

山峰看了看护士，表示自己来照顾白卫军，尽管护士不情愿，他和白卫军还是离开了。

等拐了弯，四下无人，白卫军盯着山峰："谁？"

"两人一起干的。"

白卫军着急："抓到没有？！"

山峰摇头："没抓到周宇，但他很难活了。"

"周胜，周胜呢？"

"周胜还要继续调查，现在没有直接证据。"

白卫军愣愣地看着山峰，有些气急败坏，几乎吼出来："你在说什么啊？什么意思？调查什么？"

山峰试图让他冷静下来："现在没有直接证据证明周胜和这件事有关系，所以我们不能着急。"

白卫军冷笑："我不着急，我明天可能就死了！"

山峰扶着白卫军，想让他先坐下："我们坐下来说，你先别激动……"

白卫军甩开他："我不坐！我坐了二十年，我要一个结果！"

山峰沉住气，继续解释，希望能安抚他的情绪："如果没有证据，就算抓了他，他也不可能认罪的。"

白卫军咬牙冷笑："那我就杀了他……"

"老白！"

白卫军情绪激动，嘶吼道："那我就杀了他！"

山峰也激动起来："你杀人我就抓人！"

"抓啊！"

他们的声音太大，引的一个护士从旁边屋里探出头："别喊了！你不要命别人还要呢！"

两人互相对视着，山峰的电话响了起来，他走到一旁接听电话："喂……"

那边是江流："找到那个杀老沙和瘸子的人了，我们现在就过去。"

山峰挂了电话，缓了缓情绪，坐在双手抱头沮丧的白卫军身边："我来找你是想告诉你，只差最后一步了，相信我们。"

白卫军缓缓抬起头，再次确认了一遍："没有证据就抓不了他是吗？"

"那我们就找证据。"白卫军顿了顿，似乎在蓄积着某种力量，"要是我没福气看到周胜定罪，麻烦你烧炷香给我。"

说完，他很平和地站起身要回病房，山峰确认他没有异常才急匆匆下楼。江流一边在楼下等他，一边焦躁地打着电话。

何艾最近已经没有耐心再等他了，今天请舅舅过来吃饭，顺便谈一下江流以后的薪资和发展问题。何艾在电话里很生气，江流也是满心烦躁，语气上就忍不住带了出来。

"我不是跟你说了嘛，我在出现场回不去，你多弄点好菜……这边一个接一个死人，我不可能说走就走啊，再说舅舅卖的那些东西，我根本都不懂……对，是，我只会做警察，都想着挣钱……何艾，你让我办完这案子，好不好？何艾！"

那边何艾已经挂了电话，江流气愤地钻进车子。

山峰看着他："我自己去吧，你先把家里事处理好。"

江流做出一副无所谓的样子，靠在座位上："没关系，这点破事！"

山峰继续劝他："警察结了婚，家里事可不是破事了，你跟我不一样，不解决怎么办案？"

江流苦笑："家里事儿还能解决好啊？每家每户都是悬案！"

"我以为你没这个问题呢。"

江流被这句话刺痛："谁不想当人生赢家啊？走吧，现在就想抓凶手。"

山峰看了他一眼，启动车子，车子驶离。

江流看着窗外，想着何艾和珊珊。这个案子解决了，一定要再和何艾好好谈谈。

他们要去的地方是已荒废的旧船厂，周围原本下船的码头也变得残破，岸边扣着些破烂的旧船。

沙海洲的尸体找到了，又在附近发现了这个船厂，上面有血迹，检验之后是沙海洲的。山峰走到一片区域，发现了一些生活痕迹和一个大轮胎及一些铁索。

罗成凑过来："小日子过得不错啊！"

山峰在轮胎内侧撕下一条胶带，上面是一些皮肤的纹路："装起来！"

罗成转头喊了一句："来，证物袋！"

两个警察小跑过来，发出咚咚咚的脚步声，不远处的江流忽然伸手让他们停下。

"嘘嘘嘘！"

他竖耳倾听，一个下沉的地方隐约传来不规律的响动。

江流摆摆手，山峰等人持枪围上。

山峰听了听，上前打开舱门，看见失踪已久的瘸子被胶布封嘴，正奋力挣扎，看着他们发出了"呜呜"的声音。罗成带着警察上前，解开了他身上的束缚，瘸子哭了，发出了沙哑的声音："水……水……"

他被抬了出来，几天的捆绑，他的腿脚都不听使唤了。他扑在一个水管子旁边，抱着往嘴里滋水，却又呛得使劲咳嗽，狼狈极了，但他现在已经不管不顾。

那天山峰和江流走后，他就给周胜打了一个电话报信，又重新回到天桥下准备算命。

后来他的摊子上来了一个推着轮椅的年轻人，看他的眼神就像是在看一只待宰牲口，让他感到浑身都不舒服。

还没说两句话，他就被揪着头发撞昏，醒过来之后就在这个大轮胎里，被打昏他的人在地上推着走。瘸子还是第一次遇到这种事情，惊慌加上头脚颠倒的感觉，几乎都要再次昏过去了。

小船朝江中驶去，瘸子扭曲地跪坐在船尾，被胶布封上嘴，只能发出呜咽之声。过了一会，他被提出来放到了一条小船上，年轻人蹲在他面前，把铁链缓缓绑在他的腰间。

瘸子赶紧求饶，猛烈挣扎，那人便把他封嘴的胶布撕下来，贴住他的眼睛。嘴自由了，他就赶紧哭喊，不停地道歉，对近些日子坑过的人全都表示赔偿，但是根本没用。

他的腿被拎起来，马上就要被扔进江水了。就在这时，他说出了人生中最对的一个名字，他提到了小白鸽。

那人居然也对小白鸽的事很感兴趣，把他放了下来，让他把所有知道的事情都说出来。

瘸子一边咳嗽一边回忆，他明白，现在能救他的只有警察。他使劲咳嗽了两声，总算是缓过劲了，看着身后的山峰和江流："那个疯子……疯子！拿轮胎装我！一个大轮胎！想淹死我！要把我滚到江里淹死！"

江流皱着眉问他："谁让他这么干的？"

"谁……周胜？就是周胜！他是周胜的人！"

江流蹲下身，拍拍瘸子的脸，让他不要胡乱说话："清醒点！他为什么不杀你啊？"

瘸子大喊："小白鸽啊！我跟他说了小白鸽！"

江流一愣，和山峰对视一眼。

山峰惊讶地问了一句："他和小白鸽什么关系？"

瘸子摇头："我不知道！是我福大命大！"

江流掏出手铐晃动着，他有点不太相信瘸子的话："哎哎哎！正常点！他什么来头？"瘸子一个激灵，像是看到了那个"疯子"的脸："找人，那疯子在找一个人！"

山峰和江流异口同声："找谁？"

瘸子摇头："不知道，没听清，但一直在打听！"

忽然，罗成焦急地从一旁跑过来："江队！出事了！"

江流站起身，有些不高兴："嚷嚷什么啊？！"

罗成看了一眼瘸子，耳语江流，江流脸色顿时不安。

山峰意识到异常："出什么事了？"

江流转头看向山峰，眼神里都是怒火："你跟老白说什么了？"

白卫军一秒都无法忍受，他已经来找周胜了。

周宁死了，再也不会把那些不好的回忆说出来了。

周胜把自己关在办公室里，看着滔滔江水。安静！站了很久，他的心里空荡荡的，想做些什么，但什么都做不了。他在哭，无声地哭。

他在后悔，为什么要和周宇在那晚出来，为什么没有听周宇的话。他只是想

127

让周宇离开，不是想要周宇死。可是周宇就这样死了，还是死在自己的怀里。周胜不是个轻易认输的人，他吸了口气，慢慢地抹去了眼泪。周宇死了，她再也不会把那些不好的回忆说出来了。

叶小禾，还有白卫军，甚至还有山峰……前台忽然来了电话，一个颤抖的女声告诉他：白卫军拿着猎枪上楼了，是来找他的。

周胜放下电话，悲伤的表情瞬间变了，变得狠厉而疯狂。这件事情必须有个了结，就在今天吧。

门被推开，白卫军苍老的声音从背后传来："跟我走。"

周胜笑了一下，转身看着白卫军："你知不知道我弟弟是怎么死的？"

白卫军怒吼："他该死！"

周胜的脸部抽搐了一下，压住了怒火："因为你。"

白卫军咬牙："你也会因我而死！"

周胜一点也不在乎，又笑着问他："你知不知道你女儿怎么死的？"

白卫军浑身一颤，颤抖着举起枪："我现在就可以杀了你！"

周胜看着他的枪口，一点也没有显出害怕的样子，只是冷笑着看他，既不动也不说话。

他的样子让白卫军更加愤怒，端着枪向前走了一步，这时，段超从白卫军身后蹿出，对着他的脖颈狠狠一击，白卫军眼前一黑，昏倒在地，枪也摔在一旁。

段超上前捡起来，上膛拉栓，却发现是一把假枪。他有些愠怒地抬腿下脚，猎枪断为两截。

段超把断枪扔在一边，看着周胜："胜哥，这个老头胆子也太大了，拿把假枪就敢过来。"

周胜冷笑，看了昏倒的白卫军一眼："他不是想要知道小白鸽怎么死的吗？我今天就让他们父女俩死在一处。"

段超会意，拖着白卫军下楼。

等他们走后不久，山峰带着警察冲了进来。但办公室已经人走房空，大家四下查看着。地上散落着白卫军的包及断裂的猎枪，山峰捡起猎枪，一种不安涌上心头。

刘悦跑了进来："山队，江队，白卫军被带走了！"

山峰转身，着急地看着她："带哪儿去了？！"

"奔永安路去了！"

江流赶紧下令："马上通知交警队跟踪！"

说完，江流和山峰冲出了周胜办公室。他们在周胜办公室的时候，白卫军已经被带到了巫江大酒店的天台。今天是酒店实施大爆破的日子，整个酒店已经被围了起来。

第二十八章　承认

白卫军被捆在椅子上，堵嘴蒙头，一动不能动。

周胜握着一支老旧录音笔，看着白卫军："你是老糊涂了吗？你以为录几句话就能定我的罪？不过我真是佩服你，一大把年纪，本来该安享晚年了，可却为了点可有可无的消息，神神道道四处乱跑……你说你万一哪天死在路上，谁知道？"

他说完，看着越发激动的白卫军拼命挣扎，面罩随呼吸抖动着。看了一会，他给段超使了个眼色，段超上前掀开白卫军的面罩。

白卫军愤怒地看着周胜，使劲挣扎着，呜咽着。

周胜笑着看他："你知道我为什么带你来这儿吗？说起来，好像昨天一样。"

周胜的笑容有些变冷，五官也有点扭曲，他本来是不想再回忆这件事，本来想把这件事同周宇一起埋葬。但眼前这个讨厌的白卫军，却偏偏跑出来，让他不得不想起这件事。

二十年前，1998年的那个雨夜，巫江大酒店才刚刚开始施工的工地，因大雨暂时休息，他和周宇举着伞沿江边走着。当时的周胜非常兴奋，他终于找到了一个翻身的机会，不只是他，周宇今后的前途也是光明一片。

酒店就是他们的希望，等酒店盖好了，他们想要什么就能要什么！周宇当时还是个学生，对他非常崇拜，最大的理想就是上个好学校。周胜当时得意极了，别说巫江的学校，就算是出国留学都不在话下，只要周宇想，哪个学校好，就去哪个学校。

当然，这一切都要建立在酒店准时完工的基础上。他们兄弟俩笑着，开心极了，就算是大雨也没能浇灭他们的兴致。

周胜当时心想，从今往后的日子里，他们兄弟俩的笑容只会比今晚更多、更开心。但他没有想到，那个雨夜，就是他们兄弟俩最后相视而笑的日子。

周宇发现了被绑在竹筏上的小白鸽，他想报警。但是周胜不想这么做，他不能让人知道工地上出了人命，到时候工期怎么办？酒店怎么办？他的身家性命怎么办？

他知道弟弟一向最听自己的话，小白鸽不能死在这里。他让周宇和自己一起抬着小白鸽的尸体朝水塘走去，把尸体放在池塘边草丛里。

他知道周宇是个善良的人，他必须清醒，必须狠下心，他拉着周宇就走。但是周宇却喊了出来，他吃惊回头，发现小白鸽没有死，睁开了眼睛向他们伸出了手。那本是求救的意思，但在惊恐的周胜眼里，却读出了威胁。

小白鸽看见了他们的脸，会把他们当成凶手。尽管周宇苦苦哀求，甚至说出了他喜欢这个女孩子的秘密心事，但周胜还是扑上去将小白鸽的头摁在水塘里。

不回忆这件事都忘了，周宇喜欢过小白鸽。而他，亲手把弟弟喜欢的人掐死了。

周胜回忆着，他痛苦地揪住了自己的头发，然后转过头看着白卫军："有那么一瞬间，我很想报警。"

因为他们看见小白鸽的时候，她是躺在木筏上毫无生气的，如果当时自己冷静一点，就能发现这一点，就会听周宇的话报警。

如果报警，他就不是杀人凶手，而是个救人的英雄。那么小白鸽就不会死，周宇也不会死，谁都不会死！他们兄弟俩不会变成这样！明明还有一个人的，为什么非要让他们兄弟俩承受这一切？

他回头看着白卫军。白卫军还在使劲挣扎，周胜看了看段超，让他拎着白卫军将其摁在天台边。

周胜靠近白卫军，给他指着远处，大声吼着："就是那儿，看到没？现在是个钓鱼的地方了，我看见她的时候，她就那么躺着，你知道我说的什么意思吗？还有一个人，还有一个人！我也不知道他是谁！"

白卫军听见还有一个人，有些震惊，停下挣扎，吃惊地看着他。

周胜情绪激动起来,一把抓住白卫军的头:"她在我工地上出事,就是挡我财路!你找到我头上,你对不起你女儿!还有那个李锐,你们是不是傻,你们应该想想我,想想我为什么会摊上这种事,为什么?"

说着,周胜甩开白卫军,他也觉得很痛苦,为什么偏偏要来到他的工地呢?

为什么就不能漂到别的地方呢?明明都是要死的,为什么不死得远一点,不死得离自己远一点?!

白卫军倒在地上,看着江水,眼神中流露出痛苦。他知道自己就要死了,可是杀小白鸽的真凶还没有亲手抓到。

周胜深吸一口气,蹲下去,举着从白卫军身上搜出来的录音笔:"我告诉你,你女儿是我杀的,但你们抓不到我,更治不了我的死罪。我弟弟是你害的,我可以抓到你,可以治得了你的死罪。到这时候了,我都给你讲出来,让你死个明白。"

白卫军更加疯狂,挣扎起来,手上用力地撕扯着,被绳子磨出了血。周胜看着他,举起了手。

"意外吧,吃惊吧,想不到吧?你女儿是活着的,但死在我手里了!"

白卫军痛苦地嘶喊,挣扎着朝周胜扑去。周胜一脚将他踩在地上,听着他被堵着的嘴里发出低沉的吼叫。此刻周胜应该觉得很痛快,可他却觉得心里像缺了一个口,越来越大,好像有着填不满的空虚和痛苦。

有一个想法不断地冒出来:"周宇是自己杀的,不是白卫军。"

他猛地摇了摇头,让自己冷静下来,不断地告诉自己,这是在为周宇报仇,周宇是白卫军杀的。

他喘着粗气:"别怪我,如果不是你,小宇就不会死。"

说完,他将录音笔狠狠摔在地上,录音笔断裂,白卫军双眼血红含泪。

周胜说道:"一命偿一命吧。"

段超走过来:"胜哥,已经准备好了。"

周胜点点头,最后看了一眼白卫军,转身和段超下楼,从酒店后门出去。

走出大楼,周胜又回头望向巫江大酒店,心绪复杂。这里没有了,就一切都没有了。无论是好的,还是坏的,还是悲伤痛苦的,一切都消失了。他苦涩地笑了。过了一会,他又恢复了阴沉的表情。

"别忘了那女的，小宇等她呢。"

一直沉默的段超点头，沉声答道："明白。"

爆破的工作人员指挥人员离场，一切准备就绪，蓄势待发。角落里、建筑上，炸药发出红色的闪烁的光。

山峰和江流驾车在车流中飞速穿梭，警车紧随其后。他们刚才查到了周胜的去向——巫江大酒店。

那里马上就要爆破，山峰拉响警笛，猛然提速。但他们还是晚了。

爆破的工作人员指挥人员离场，一切准备就绪，蓄势待发。角落里、建筑上，炸药发出红色的闪烁的光。

白卫军已经平静下来，他挣扎着坐起来，望着云雾，望着远山，望着虚空。远处传来警报声：现在开始倒数……

这既是巫江大酒店的倒数，也是白卫军人生时光的倒数，回想这一生，他觉得有很多的遗憾。他心口一阵疼痛，耳畔响起一阵"爸爸，我去看电影了"的声音。

那晚，如果没有那场电影该多好，如果阻止了女儿外出该多好。现在，他又该怎么去见妻子和女儿？

白卫军的眼泪流了下来，面前忽然出现了一家人：妻子、女儿，还有年迈的父亲和母亲，都笑意满满地看着他。

小白鸽笑着冲他挥手："爸，愣着干什么呀，快过来，拍照了！"

白卫军含着眼泪笑了："好，好。"

楼下，早已经围了一群人，他们拿着手机，准备记录下这历史性的一刻。

他们笑着、说着，时不时还爆发出来一阵大笑，每个人都很开心。

尽管警笛声传了过来，他们也并不以为意。江流在后面火急火燎地按着喇叭，但还是被堵在了路上，山峰看着安静的大楼，心神不宁。一阵巨大的爆炸声传来，巫江大酒店轰然倒塌，烟尘四起。

人群爆发了欢呼和尖叫，谁能想得到，还有一个痛苦着的老父亲和这幢楼一样粉身碎骨了呢？警车停下了，山峰和江流下了车，看着周围欢喜的人们，能做的只有悲伤。

周胜和段超的车刚才同警车迎面错开。段超向医院走去，他要去尽快解决叶小禾。周胜虽然没有惩罚他，也没有怪他，甚至都没有说他，但他的心里是明白的。

枪是他开的，要杀的是叶小禾，死的却是周宇。无论从什么方面来说这件事，周宇都是死在他的枪下。

他再不喜欢周宇，也不愿意周宇死在他手里。段超很快地换了装，变成了一个穿着电工制服的工人，还拎着一个工具包。

他来到医院，压低了帽檐，四下看看，朝尽头的房间走去。叶小禾不在病房里，段超掏出一套和身上一模一样的工服放在病床上，然后关了灯开了电视，选了一个角落坐下。

过了一会儿，穿着病号服的叶小禾推开门进来了。她走进房间，只有电视的光在一闪一闪，正在播报着巫江大酒店爆破拆迁的新闻。

她去摸开关，身后响起一个声音："小嫂子。"

叶小禾猛然转身，段超正坐在她身后，露出了牙齿在笑。

她一惊，心里有种不好的感觉："周宇在哪儿？！"

段超还是在笑："换上那件衣服，我带你去见他。"

叶小禾看到病床上放着的工服，有些怀疑地看着段超。

段超看她不动，站起身走了过来："见了他，你们就能永远在一起。"

叶小禾看着他，似乎在判断他的话是不是真的。

段超打开门走出去，又转身看着她："我只等你5分钟。"

5分钟之后，换好衣服的叶小禾跟着段超走在医院后巷的小路上，那里有一辆轿车静静等候着他们。叶小禾有满腹的疑问，但段超始终不说话。

等他们上车，段超启动车子，调整后视镜，陡然一惊。

后视镜里，石磊竟坐在后排，面色如冰，正冷冷地看着他。

"石头，你怎么在这？"

石磊往前探了探："我听到一件事，找你问问。"

段超看着后视镜里的石磊，心里有种不安的感觉："什么事？"

"小白鸽。"

第二十九章　雨夜

段超和叶小禾都一惊。但很快，段超就稳定了情绪，他突然明白了一件事。

石磊一直在找一个人，但谁都不知道他在找谁。现在看来，他恐怕是在找杀害小白鸽的凶手："这事儿怎么能问到我呢，石头，我像是那样的人吗？"

他看着石磊的眼神有一瞬间的失神，突然从腰间抽刀反刺，但石磊早有预备，伸手制住了段超。

石磊的力气很大，段超挣脱不掉，手里的刀被抢走，顶在他自己的脖颈上："是不是周胜？"

段超不停地挣扎，他了解石磊的性格："石头，瘸子的话不能信啊！"

石磊没有搭理他，而是看向叶小禾："周宇已经死了，他们是要杀你，快走！"

叶小禾顿时一惊，忍住几乎夺眶而出的眼泪："他在哪儿？"

石磊看着她，想要说什么，段超突然翻身放下前排座椅，拼命和石磊厮打起来。

石磊冲着还在等回答的叶小禾大吼："走！"

叶小禾咬了下嘴唇，打开车门跑回医院。

段超到底不敌石磊，经过凶狠而暴虐的缠斗之后，他被石磊抓住了头，不停往方向盘砸去，每一下都鲜血飞溅，每一下方向盘上的喇叭声响很大。最后，石磊狠狠摁着段超的头顶在方向盘上，喇叭变成一声长长的喊叫。

段超昏死过去。

石磊打开车门，把他给扔了下去。大雨倾盆，石磊坐在车里，他的眼神阴鸷而疯狂，把段超的枪揣进身上，正要启动车，段超的手机响了。

那边是一个小弟着急的声音："超哥，到哪了？胜哥着急了！"

石磊挂掉电话，发动车子离开，疾驰而去。

这个晚上，不仅仅是石磊在找周胜，全巫江的警察都在找周胜。

二十年前，小白鸽案震惊巫江；二十年后，白卫军的死又惊天动地。而这一切，都是一个叫周胜的人做的。

一直以一个成功商人的形象活跃在巫江的周胜，他躲了二十年，骗了二十年。

他这二十年的人生，是偷来的。

夜晚的警察局一片忙碌，人影穿梭。

江流拿着手机穿梭在警局内，气急败坏地骂人："查辆车这么难吗？他有多少房产有多少地方我今天晚上必须知道！我知道什么程序什么流程！我找局长特批！就这样了！"

江流刚挂了手机，屋里的灯频闪着，突然"嘭"的一声，整个警局停电了。

突然的黑暗让他更加生气："又来！一晚上三次了！有没人去看看！"

有人回应着，有人亮起手电筒，四下照射着。

江流走到刘悦身边，一边倒水一边问："爆破现场怎么样了？"

刘悦正在整理资料："还在挖，雨太大了，那边的电力也不太稳定。"

"什么时候挖到人？"

"四十八小时。"

江流一听就急了："四十八小时？"

刘悦赶紧回答："我现在就去现场盯着！"

刘悦快步离开，对罗成叮嘱了一句："峡江路好像有目击者，你盯着点！"

罗成回头，只看见了刘悦的背影，忙喊了一句："我知道，小心点啊！"手下的行动还算迅速，江流暂时感到欣慰，他抄起水杯咕咚咕咚灌水喝，忽然发现没有看见山峰："哎，山峰呢？怎么一晚上没见人啊！"

罗成回答："他问我要了个电话就走了。"

江流吐了口气："这小子，什么时候都要擅自行动，什么电话？"

"土狗的电话。"

江流歪头想了想，还是不明白："他找土狗干什么？"

罗成表示不知道，江流刚想发火，叶小禾的电话就来了。

山峰失去了冷静。他无法冷静，白卫军是他最愧于面对的人，在每个失眠的夜里，他都在想，一定要抓到杀害小白鸽的凶手，一定要得到这个可怜父亲的原谅。

但是今天，白卫军却死在了他的眼前，粉身碎骨。那种无助和无力，让他好像又回到了二十年前的雨夜，几乎要摧毁了他的心志。

当年他是目击者，现在他还是目击者。命运总是要开这种残酷的玩笑，但山峰已经不是那个只能默默承受的山峰了。

土狗这个人，虽然江流没说过，但他查到了，通过土狗，他找到了老三，在台球厅。土狗本来不想说，但他看着山峰那双因为愤怒而充血的眼睛，忍不住全都说了出来。他不敢不说，他害怕山峰。他看着山峰疾驰如风的车，只能在心里祝福老三。

台球厅在两幢楼之间的宽阔走廊里，两旁不停地闪烁着廉价刺目的霓虹灯。走廊中间，放着长长的台球案子，混混们充斥其中，抽烟喝酒说笑。

山峰满脸戾气地走下车，直奔台球厅深处，他是个生面孔，一出现就引起了混混们的注意。山峰已经做好了混战的准备，他一边走一边脱下上衣，捡起几个台球装进衣服口袋。

他的动作让混混们更加地警觉，有个文身混混站出来，拦住他："喂，你哪个地方的？"

他看山峰气势很强，但终归是一个人。

山峰看都没有看他，一把推开，继续向前。文身混混被推的后退了几步，差点摔倒，顿时气就上来了，和一帮人跟了过来。山峰走到中间一桌，几个男女在打球，他要找的老三，头上包着绑带，正在打球。

山峰看着他："你就是老三？"

老三抬头看了看他，并不认识，于是很跩地问了一句："你谁啊？"

山峰又问了一遍。

"你是不是老三？"

老三乐了，歪头笑了一下："老三也是你叫的？你得叫老子，找老子什么事？"

"周胜在哪儿？"

老三嗤笑了一下，觉得这个人很可笑："我不认识！回家问你妈去！"

周围的混混哄堂大笑，老三显得得意不已。

山峰死死盯着老三，手已经握紧。

老三并没有发现山峰此时非常危险，他上前拍着山峰的脸："没听懂啊？我说回家问你妈……"

话音未落,山峰已经一脚把他踹倒在地。其他混混本来还在笑,看到老三倒地愣了一下,然后怒吼着蜂拥而上。山峰甩起装着台球的衣服,几个混混顿时捂着脑袋缩在一边,他们看着山峰,再也不敢上前。

山峰提起老三,一把将其摁在球台上:"周胜在哪儿?"

老三现在知道这个人不好惹:"我不知道……我被赶出来了……"

山峰怒吼:"他炸了楼,杀了人,他在哪儿?"

说完,他拔枪顶在老三的脑袋上,其他人见状,纷纷一阵惊呼后退。

老三只觉得被枪顶住地方冰凉,山峰带给他的恐惧远远超过了周胜,他抖抖索索的,几乎不成调地说出了周胜的位置。

等到山峰转身离开,他缓了好一会儿才想起来给周胜打电话报信。

今晚的雨真大啊,周胜站在窗子边看着外面的夜雨,昏暗灯光下,他的表情也非常的晦暗不明。该去哪儿?他一点想法都没有。

小弟二毛走到他身边:"胜哥,船夫联系好了,你和超哥今晚就能走,车停在下面的停车场里,这是车钥匙"。

周胜回过神来:"段超那边怎么回事?"

二毛摇头:"还是没消息……"

这时,忽然响起敲门声,二毛警惕地贴在门边:"谁啊?"

门外的声音是大壮的:"我。"

二毛听见是自己人,于是打开门,看到大壮脸色青白地站在门口,冷汗涔涔。二毛本来就嫌他动作慢,现在看到他呆愣的样子,忍不住叫骂:"你他妈怎么才来?"

话音一落,二毛顿时一惊,石磊站在大壮身后,拿枪顶着大壮。二毛不知道该怎么办,石磊一脚将大壮踹进屋里,举着枪,径直走了进来。

周胜听见动静转身看到这一幕,皱着眉头:"兄弟,这是干什么?"

昨天才给了他一笔钱,他们之间两清了。

石磊不是那种不懂规矩的人,应该不是来趁火打劫的。石磊看着他:"我问你答。"

周胜笑了:"这是怎么了?你要什么……"

石磊的话还是很少:"小白鸽是不是你杀的?"

有那么一瞬间,周胜的眼中闪过了狠厉,但他很快镇定下来:"我以为什么事呢,兄弟,瘸子为了活命,什么都敢瞎说!我生意做得好好的,为什么要杀人呢?说实话,我也在找那个凶手,我树敌太多,替他背了不少黑锅!"

石磊盯着周胜,似乎在判断着。

周胜假意四处看看:"兄弟,关于凶手,我有眉目,我给你看样东西!"

石磊没作声,周胜淡定地走到一旁的柜子,顺便跟旁边的小弟使眼色。突然,周胜蹲在桌下,其他几人从后面抓住石磊。

石磊已经开枪了,但被那几个小弟干扰,打偏到窗玻璃上。二毛趁势给了他一刀,然后踢飞了他的枪。

周胜迅速捡起来,指着石磊:"你到底谁啊?!喂你的钱吃完了是吗?人是我杀的,怎么了?"

石磊被几个小弟摁着,跪在地上,狠狠地看着枪口,一言不发。

二毛朝石磊狠狠踢了一脚:"问你话呢!你不是厉害吗,啊?"

石磊挨了一脚,抬起头,吐出嘴里的血,盯着二毛:"我会把你从窗子扔出去。"

二毛愣了一下,眼神闪过一丝惧怕,又发狠地上前给了石磊一脚。石磊又挨了一脚,闷声不吭。

周胜看着,不由得动了杀心,他的电话忽然响了,是老三报信:"胜哥!我是老三啊!你快走!警察要到了!"

周胜挂了电话,看着地上的石磊,转身对二毛命令道:"弄死他!"说完便愤愤地出门。

房间里只剩下二毛和石磊。二毛有些恍惚,一夜之间,天翻地覆,本来快乐的日子,此刻只剩下了逃亡。

石磊深吸一口气,起身看着拿着刀的二毛。

刚才的那一刀,让他血流不止,但他的神情居然还是很平静。

"我说过,我会把你从窗子扔出去。"

二毛笑了,他知道刚才那一刀有多深也有多疼,即便是铁人,也不可能还有战斗力。虚张声势罢了,传说中的杀手也不过如此:"那就来啊!"

二毛一边吼着，一边拿起刀对着石磊的脖子砍过去，这一刀下去，石磊将必死无疑。

屋外的雨还是很大，石磊已经接住了二毛砍过来的手腕，然后他反手一扭，借着他来不及收回的力把刀扎进了他的脖颈处。

长年累月的杀手生涯，让石磊学会了如何漠视疼痛。

二毛不可置信地瞪大眼睛，只能看着石磊的脸在眼前放大，忽然身体一轻，从窗户飞了出去。

"砰！"

二毛的尸体摔在了刚刚下楼的周胜面前。

第三十章　追击

周胜的电话里传来了无人接听的声音，他震惊地抬头，看到了正从窗户阴狠地盯着他的石磊。

跑！几乎是下意识的，周胜拔腿就向车的方向跑去。

两人年龄、体力悬殊，他刚跑了几步，石磊已经追了过来。

周胜忽然想起自己还有枪，反手一枪，正好击中石磊左肩。石磊身子晃动了一下，但脚步却一点儿也没停，他飞步冲上去猛地扑倒周胜。周胜又惊又怕，枪也脱手了，只能眼睁睁地看着石磊冲着他挥拳，却毫无还手之力，再这样下去，他会被打死的。

恍惚间，忽然看见一个人影冲了出来，压在他身上的石磊倒了下去。那个人是段超，段超浑身是伤，身体被大雨冲刷已经湿透，而且满脸是血。

他飞身扑倒石磊后，死死地抱住他，冲着周胜大喊："胜哥！快走！快走！"

周胜愣了一下，意识恢复之后，转身爬上台阶逃窜。石磊想要追上去，段超死死地抱着他的腿使他无法挣脱，他转身用胳膊狠狠地跺着段超的头。段超很快就不行了，他的手慢慢地垂了下来，但是还是心有不甘抓住了石磊的裤子，眼睛瞪着前方:"胜……哥……快跑……"

石磊一脚踢开他,追了上去。

段超看着他的背影,眼神越来越涣散,最后一眼看向周胜的背影,很好,周胜跑得很快。

周胜觉得快要虚脱,但凭着最后一点力气,终于上了车。

他从后视镜里看到石磊捂着伤口,满脸充满了恐惧。

石磊并没有放弃,今天晚上必须要得到一个答案,他回过身跑向不远处停着的车,周胜只有一条路可走。这条路,他已经走过很多次。

石磊刚离开,山峰的车就从巷道里冲了过来。他下车,看到的是二毛和段超的尸体,远处有车离去的声音,他转身上车便去追,江流的电话打过来了,他接起电话,简单地说了一下情况便加速前行。

他本可以选择同等和江流汇合,但真相"触手可及",他已经等不了了。

暴雨夜、生死攸关夜。周胜看了看后视镜,石磊的车正紧追不舍,石磊之后,是山峰的车。

雨越来越大,路越来越看不清,但他们三人谁都没有减速的意思。

周胜到底心虚,加上弟弟惨死、杀死白卫军,还有刚才的奔逃,早已心力交瘁。

他几乎都已经握不住方向盘,也不知道自己该往哪里去,只是下意识地踩着油门。他把油门踩在最底,像是在发泄着自己的愤怒。

他想不通,为什么自己会落到这个地步?这二十年来,他一直很努力、很小心,是做过很多坏事,可也做过很多好事。有些人比他更坏,为什么只揪着他一人不放?

石磊追了上来,不断地撞着他的车,想要逼他停车。周胜不明白这到底为什么,好像就是一瞬间,所有的人都在为小白鸽的事情和自己过不去。

石磊看他的眼神里,有着一股刻骨的仇恨,好像自己是他不共戴天仇人。周胜此刻,只感觉心中有一股憋屈的怒火。为什么,为什么每个人都不肯放过自己?明明自己并不是真正的凶手,为什么这群人就是要对自己穷追不舍呢?

还有这个石磊,明明是自己雇来杀人的工具,怎么摇身一变就来要自己的命了呢?带着这股怒火,他也转着方向盘,也要将石磊挤下山。

两辆车不停地碰撞，山峰在他们身后穷追不舍，谁也没有放弃的想法。这个雨夜，同二十年前的那个雨夜相比，更加疯狂。

突然，周胜和石磊的车失控了，山峰来不及刹车，跟他们撞在一起。巨大的冲击力下，三辆车先后翻滚下山，落入山林。三辆车翻倒在山间，三人都因这冲击力昏迷不醒，刚才的疯狂已经过去，只有大雨在不停地冲刷。

山峰渐渐苏醒过来，他动了一下，发现浑身是伤，看了看旁边的两辆车，努力地从车里爬了出来。一旁的车里，石磊昏迷未醒。山峰努力站起来，走到不远处，找到周胜。周胜的车顶被压扁，卡在里面，已经奄奄一息。

山峰用尽最后一点力气："说话！"

周胜看看山峰，吃力地笑了："你们永远……查不到。"

他输了，可是警察好像也没有赢。

石磊也过来了，他的脸上都是血，他没有说任何话，只是伸出手抓住了周胜，想要和山峰一起把他给拖出来。

周胜的眼神放空，好像在看他们又好像什么都没有看。那个真正的凶手，也许就会这样永远地藏起来，他是有罪，但真正有罪的人还逍遥法外。山峰和石磊，他们还是被蒙在鼓里啊。

周胜突然觉得很可笑，但他已经笑不出来了，他看着拼命要把他拖出去的山峰，慢慢地没了气息。

山峰看着他："周胜！周胜！"

此时，车内起火的地方突然触碰油水，开始迅速蔓延。火势陡然增大，山峰见状，飞身躲开。

"嘭"的一声，身后的车子连同周胜一起爆炸，火光冲破雨幕。

山峰跌落在地，只觉得五脏六腑似乎都被震碎了。他抬起头，发现石磊已经消失不见。山峰想要去追，但却连站都站不起来，只能看着这空旷的山、这好像永远都不会停的雨。

他躺在地上，脸上已经不知道是雨水还是泪水。周胜死了，小白鸽案终于可以结案，但他一点也开心不起来，甚至有些想哭。

山路上传来了警笛声，还有江流焦急的呼喊："山峰！山峰！"

山峰张了张嘴，忍不住哭了出来。

雨停了之后，会有雾，弥漫在整个山上、整个巫江。

山峰躺在病床上看着窗外，他受伤严重，需要卧床休息。陈局和江流他们都来看望他，希望他能放下心事，好好养伤。但身上的伤会好，心里的伤该如何平复？

山峰一直以为，无论付出什么代价，只要能解决了小白鸽案，他都认为值得。但是现在……这些代价真的值得吗？真的有必要付出这么大的代价吗？

他还是在失眠，甚至都不能闭上眼睛，因为他会看到白卫军。同样睡不好的还有江流。

案子还没有结束，但他终于有时间可以和何艾坐下来好好谈一谈，关于家庭、关于珊珊、关于他的工作。

但何艾并没有给他这个机会，长久的等待和失望，让何艾决定离开。所以当江流回到家里的时候，发现鞋柜里只剩自己的鞋，墙上贴着一张纸条。

上面写着：江流，我们需要冷静冷静。江流愣了一下，赶紧跑到女儿房间，一把推开门，女儿还在熟睡。女儿被惊动翻了个身，江流松了一口气走过去给女儿盖好被子。然后坐在女儿床下，叹息一声。他知道何艾的脾气，也明白现在恐怕是已经走到了无可挽回的那一步。他低着头，想了很久。家，他要；警察这个职业，他也要。

这个夜晚，叶小禾做了决定。她终于接受了周宇的死，或许对于性格软弱的周宇来说，死亡也是一种解脱。但叶小禾不能。

小白鸽案对她来说，简直就是一个诅咒。毁了她记忆中的温暖的家，也毁了她梦想中美好的爱情。这个诅咒不除，恐怕叶小禾一辈子都无法正常生活，更不要说幸福。

她必须把小白鸽案查清楚，抓住那个漏掉的凶手。她独自骑着摩托车，疾驰飞出隧道，直奔山顶。那是只属于她和周宇的地方。

过了今晚，她就不再是过去的那个叶小禾，她将同过去那个只会软弱、逃避的叶小禾彻底切割。她应该早点明白的，也应该早点让周宇明白。她忍不住想起了过去。

坐在台下默默看着她的周宇、满脸是血对着她表白的周宇、带着她跑山的周宇、隔着窗子同她打着手语的周宇、相拥亲吻的周宇。

尽管戴着头盔，迎面的风还是让她的眼泪无声流淌。这是她最后一次来这里，以后永远都只会在记忆里缅怀。

叶小禾看着远山、看着弥漫的雾气，该走了。摩托车停在一侧，座椅上摆着两个头盔。她打量着周宇的摩托车，浇上汽油，将点燃的打火机扔向摩托车。

熊熊火焰飞扬而起，叶小禾静静注视着明亮的火焰，表情坚毅而又决绝。

过了几天，山峰出院了，尽管医生并不同意。

病假还没有休完，他还留在巫江，不想回去让养母担心。谢希伟听说了他受伤的事情，经常过来看他，还请他出去散散心。

山峰虽然不想出门，但总归不好意思，想起了他们曾经约好要一起钓鱼的约定，于是选了个好天气。他们坐在江边上，谢希伟把竿甩了出去，看着一旁安静的山峰，脸越发消瘦，神情疲惫。他的伤还没有好全，绷带还没有除去。

"你伤成这样怎么还出来？"

山峰看着江面："不想待在医院。老白的死，多少有我的责任。"

谢希伟安慰他："身上伤好养，心里伤难办，平常心吧，和钓鱼一样。"

山峰苦笑："我是担心一辈子都钓不到那条鱼。"

谢希伟不明白他的意思："钓到又怎么样呢？"

山峰沉默了一下，眼神中多了几分迷茫，他也不清楚钓到了心中的那条鱼会发生什么事。

只是他连有没有那条鱼都不清楚："起码……起码会幸福吧。"

谢希伟看着他，想劝他不要太过于把希望放在一个不明确的东西上："人不会一直幸福的。"

山峰摇摇头，他必须要去相信点什么，否则他根本就找不到活下去的理由。

"会的，老谢，只要我们钓到想钓的鱼。"

谢希伟笑了，他年龄大一些，经历的事情也多一些，在他的认知里，人生中痛苦是常态，如果想要避免痛苦，就是去接受。平时，他是不会说这么多话的。因为在巫江，他始终没有根；巫江人看他，也是看一个外地人的眼神。

但是他愿意和山峰说一说："有个客人落了一本书，书里说得很对，说人就是这样，不断地在痛苦和倦怠中徘徊，幸福永远是短暂的，该怎么样就怎么样，顺其自然。"

山峰摇头："我不信这句话。"

"那你信什么？"

山峰长出一口气，坚定地说道："我们从疼痛里来，又在疼痛里走，所以我相信逆流而生。"

谢希伟笑了，他摇摇头："你看这江水，逆流只会死，顺流就能回家……哎，鱼上钩了。"

谢希伟摇起鱼竿，一条大鱼被钓了上来。他取下鱼，像是意有所指地说了一句："该来的都会来的，顺其自然吧。"

山峰没有再说话，只是默默地看着江面。

第三十一章　暗处

谢希伟也没有说话，他不敢再多说，因为他的心很虚。

钓鱼结束之后，谢希伟带着渔具走进面馆，也不开灯，返身关上了门。谢希伟打开厨房的灯，打开烧水壶。角落里，赵杰被捆着，听到响动猛然醒来，看清楚是他，惊恐地向后缩去："爸！您有话好好说，我们是一家人啊！"

谢希伟坐在赵杰面前，沉声问了一句："甜甜在哪？"

赵杰几乎都要哭了出来："爸！我也一直在找她啊！"

谢希伟摇头："我觉得你的日子过得挺舒坦的。"

赵杰疯狂地摇头否认："爸！我没有！我……你放了我吧！"

谢希伟露出悲伤的表情："我就甜甜这么一个女儿，我天天都在想她，她吃得好不好，住得舒不舒服，她怕打雷，南方那么多雨，她能不能睡好，你告诉我，她到底在哪儿？你告诉我，我就放了你。"

赵杰哭了出来，只是哀求地喊了一句："爸！"

谢希伟看了看他，缓缓起身，拿起抹布塞进他的嘴里。赵杰看着谢希伟起身走向灶台，惊恐地挣扎。谢希伟拿下烧好的热水壶，二话不说浇在他腿上，一阵热气升腾，空气中弥漫着一股奇怪的味道。

赵杰疯狂挣扎，嘴里发出了含糊不清的求饶声。

谢希伟不为所动，看着他把一壶水倒掉大半，然后拽出抹布，狠狠地瞪着他："说，她在哪儿？"

赵杰抖成一团，感觉腿已经不是自己的了："我不知道！爸，你饶了我吧……"

谢希伟再次举起热水壶，赵杰拼命蜷缩，满脸是泪："我真的不知道啊！爸！"

自从上次从警局出来，谢希伟回到面馆之后，就越想赵杰的行为越觉得他很古怪。他忽然意识到一个问题，女儿谢甜甜失踪了这么久，只有他一个人着急上火。

而赵杰，这个和女儿朝夕相处的丈夫，居然一点担心的样子都没有。按理说，妻子出现异常，丈夫应该是最先发现的，除非……这个丈夫不爱妻子，或者，这个丈夫知道妻子在哪里。

赵杰这些天一直在面馆里忙来忙去，就算是谢希伟对他不耐烦、嫌他没本事，也还是照来不误。如果是原来，他肯定是不会来了。事出反常必有妖，谢希伟认为赵杰知道些什么。

只要大脑里种下了怀疑的种子，就会很快地生根发芽。谢希伟跟着赵杰，看着他抽烟、抓娃娃，把所有谢甜甜不让他干的事情全都干了个遍。这些已经足够说明问题了，尤其是赵杰取回婚纱照之后，随手就放在夹娃娃机旁边，倒了之后还踢了一脚。

谢希伟看到这里，心里已经有了一个结论。赵杰，肯定知道谢甜甜在哪里。所以他把赵杰绑在了面馆里，只要有时间就会来审他，逼着他说出甜甜的下落。他很着急，因为他很担心甜甜，赵杰晚说一天，甜甜就要多受一天折磨。

这对谢希伟来说，也是折磨。但是赵杰的嘴很硬，就是不说。谢希伟决定从今天起加大折磨力度，他就不相信了，赵杰这个没有血性的东西能熬多久。

第二天，山峰去局里销了病假，他再也无法休息下去，只有忙碌起来，才能让自己不胡思乱想。他的伤还没好，但并不妨碍他工作，他在分析板上放着案情上所有人的照片，准备给大家开会。

刘悦在一旁帮忙:"山队,现在突破口就剩绑走瘸子的那个人了吧?"

山峰点了点头:"去问问罗成审得怎么样了。"

刘悦点头,贴好手里最后一张照片,转头要走就看见江流愠怒地走了过来。

江流看也没看她,而是到山峰面前,语气不善:"山峰,你是怎么找到周胜的?"

山峰回过身看着江流:"怎么了?"

江流铁青着脸:"你先回答我。"

山峰看了他一眼:"我有我的办法。"

江流冷笑:"老三是不是你打的?"

山峰看着分析板上的照片:"我下手有分寸,让他去验伤……"

江流直接打断,拔高了声音:"我问你是不是?!"

山峰也转头看着他怒吼:"是我打的!"

两人互相怒视着,办公室所有人都看着两人,不知道该怎么办。

江流瞪着山峰,尽力在压抑自己的怒火:"这里是巫江!你做什么事最好让我知道!我们有我们的办法!"

山峰冷笑:"什么办法,每天准点吃饭,准点下班?"

他语气中的傲慢和讽刺让江流本来强力压抑的怒火瞬间又燃了起来,也刺痛了江流的神经。如果他可以准点吃饭、准点下班,何艾为什么又要离开自己呢?如果他能够多照顾家里,即使工资低,他相信何艾也没有那么多的怨言。

他感到怒火已经冲到头顶了,吼了一声:"卸了他的枪!"

所有人都呆住了,不敢上前。

江流转头,瞪着发愣的同事们:"愣什么,卸了他的枪!"

山峰直接将枪拍在桌上:"老三有什么事我负全责!"

江流直接打断,他早就看不惯山峰,现在更甚:"你负责,那白卫军呢,你怎么负责?"

山峰终于也无法保持平静,看着他质问:"那你又干了什么?"

江流冷笑:"周宇是不是我找到的,瘸子是不是我找到的?"

山峰接着质问:"你明明早就发现了脚印,为什么不告诉我!"

如果早点说出来,或许结果不会这么惨烈。

问题里的含义，江流领会到了，这更让他愤怒："我不是你的私人助理，告诉你，你听过我的意见吗，我办的案子不比你少！我让你不要告诉老白，你做了什么？"

江流提到老白，让山峰彻底爆发："他女儿死了20年，他妻子跑了，家也没了，这些年过得人不人鬼不鬼，你们一个个都干什么了，跟我谈什么人生赢家？"

江流顿时急眼，一拳打了过去，山峰没有躲闪，直接还手一拳。他们两个人都已经愤怒至极，不仅仅是因为对方的质问，还有他们心里都对这个案件有着愧疚。

周围的人纷纷上来拉住两人，陈局早已经听到了动静，愤怒地冲了进来。看见他们两个不成体统，愤怒地大吼："都干什么呢？！"

众人停下，山峰和江流也互相松开了手，脸上都挂了彩。

陈局看着他们，既生气又痛心："你们是流氓还是警察，啊？"

屋内一片死寂，山峰和江流也没有解释。

刘悦和罗成走了进来，看到如此阵势不知所措。

陈局怒气未散，看了他们一眼："怎么了？"

罗成赶紧回答："瘸子撂了！"

陈局的语气好了一点："说什么？"

"周胜周宇兄弟俩，是在巫江大酒店的工地上发现的小白鸽，一开始以为死了，怕影响工程才去夔山抛尸。所以说，还有一个杀人未遂的凶手，很可能……"他看了看山峰，"就是山队看见的那个人……"

江流等人都是一愣，纷纷看向山峰。

山峰没有说话，他一直都在坚持，那晚上只看到了一个人。现在，除了那个凶手，他还要找那个绑架瘸子的人。他可以感觉得到，那个人是认识自己的，曾经在自己周围出现过。石磊的确在他的周围出现过，就在老家面馆。

也是那一次，山峰知道谢希伟和他一样，都是被收养的孩子，以前的家人全都死光了，只剩下一个下落不明的弟弟。

石磊出现在山峰周围，绝对不是个偶然的事情，因为他也在找二十年前的那个凶手。为了找这个人，他愿意做任何事，坐牢、成为杀手，他都心甘情愿。

那天他跟踪白卫军，还进去了白卫军那个监视周氏兄弟的房间。此刻，他就在那里。

他肩膀上的伤还没有好，甚至还在流血。但他全不在意，只是站在证据墙前，看着满墙的名单。

他手里也有一份资料，是替周胜做完事后，段超给他的。里面有一个人的名字：张汉东。

白卫军的家不能多待，很快山峰他们就会找到这里，石磊拖着疼痛的身体往楼下走，他在旁边小卖部里买了一瓶白酒放在大背包里，然后就往山里走。

那里有一辆废弃在荒山野岭的大巴，他可以在那里疗伤。他早早就出来干这行，对如何处理伤口很熟练，枪伤、刀伤，只要他还能站起来，他就不会死。他觉得自己活得像一条野狗。

车停在一个很隐蔽的地方，加上弥漫的大雾，根本不会有人发现这里。石磊摆了一个舒服点的姿势坐下，打开一瓶白酒，猛灌。然后他闭上了眼睛，很快，在酒精的作用下，他感到头脑没有那么清醒，浑身的血液都在沸腾，有着一股不管不顾的冲动。

石磊将白酒倒在左臂伤口，狠狠咬住一根棍子，将镊子伸向左肩的弹孔。他发出一声低吼，子弹被夹出来，嘴里的棍子脱落在地。看着还带着血的子弹，他抓起止血药对着伤口不停地撒着，然后又用绷带缠好。做完这一切，他几乎虚脱，躺在墙壁上，闭上了眼，大汗淋漓地喘着粗气。刺骨的疼痛让他刚才用酒麻痹的神经瞬间清醒，他忍不住浑身颤抖。

他自认为不是一个脆弱的人，可这个时候，真想回家。

只有在家，才能表现出自己的软弱，才能让自己不用坚持、不用杀人。可是，他的家已经回不去了。想着这些，他本来急促的呼吸慢慢地平复下来。他睁开眼睛，刚才对家的思念已经消失不见。

他的眼神里都是冷漠和厌恶。他也很讨厌自己，很讨厌这样活着，更讨厌为了钱杀人。

但他这样，是谁的错呢？石磊的眼神越来越冰冷，他提醒自己，现在还不是可以松懈的时候，他的事情还没有完。

他要找的是杀小白鸽的凶手，也是让他永远无法回家的凶手。

段超给他的信封，此刻已经被他的血染得血迹斑斑。

信封里，只有一张纸，上面写着一个人的信息：张汉东。

石磊紧紧盯着，目光如炬。他没有休息很长时间，等到能忍受疼痛之后，就拖着身体上路了。

山路上，有一辆拉货的大卡车经过，石磊赶紧招手拦下，随口编了一个谎话，说自己摔下了山。

司机师傅是个热心肠，听到他说要去泸溪老城，恰好要经过那里，就让他上了车。石磊跳进车厢，看着越来越远的巫江，眼里的寒意越来越重。

第三十二章　哑巴

石磊猜得没错，警察很快就到了白卫军的家，只是他们还是晚了一步，线索墙上的东西几乎都已经被石磊拿走了。

江流急匆匆地赶了过来，今天不知道是个什么日子，不但发现了这里，还打捞到了沙海洲的尸体。到了楼下，他没有看见山峰的身影，心里有点不爽，上楼走进白卫军家，地上有斑斑血迹。罗成迎了上来："江队……"

江流还盯着血迹在看，头也没抬地问了一句："照片呢？"

罗成愣了一下，会错了意："直接看现场吧？你都来了！"

江流没好气，转过脸看着他："我是说沙海洲……老沙，不是说捞着尸体了吗？"

罗成笑了："对对对，我没反应过来……"

他转身拿档案袋，江流已径直朝里屋走去，看见本来放满照片的线索墙已空，只留一些痕迹，地上还有一些没有收起来的旧报纸。下面一摊血迹，看来那个人站在这里很长时间。

他为什么对小白鸽案如此感兴趣？他和小白鸽之间到底有什么关系？或者说，他和杀人凶手之间有什么关系？

江流盯着血迹沉思，罗成递过来照片："周胜的人说，杀手叫石磊，暂时没别的信息。"

江流点点头，看着照片上，沙海洲胶布蒙眼，身上被锁链捆住，躺在打捞船内，轻轻说道："石磊？够狠！"

他把照片还给罗成："这家伙到底要干什么啊？"

刘悦走了进来，递给他一张监控照片："入室当晚接近凌晨，保安记不清长相，监控显示，石磊戴着帽子，拍到的画面和他绑走瘸子那天基本一样。有一对目击者夫妻，当时正吵架，没记住石磊长相，大概的情况和监控是一致的。"

江流看监控照片上面一团模糊，只有黑影，不禁有些焦躁："什么玩意儿？！"

他把照片又还给了刘悦，这种照片也拿给他看，能看出东西来才奇怪了。他看着房间，今天总是感觉不太对劲，好像缺了点什么。

一旁的罗成忽然想起来："哎，山队不是说好像在哪儿见过石磊吗？咱去找他问问，说不定……"

江流转头瞥了他一眼，没好气地说了一句："打个电话不就行了，去什么去，现场勘查完了？"

罗成赶紧摸出电话来，江流走开做出检查屋内情况的样子，耳朵却在听着他这边的动静。罗成拨打山峰的电话，无人接听，一连几次都是这样，不禁让他有点着急。

刘悦在旁边看着也跟着着急："江队，还是去找一趟吧，山队刚被停……"

竖着耳朵听这边消息的江流立刻转头看向房间的另一边："你自己去！我一团乱麻，找刀呢！"

刘悦得到允许，赶紧往外走，生怕江流反悔："好，那一有线索我马上回来！"

罗成看着她下楼的背影，小声给江流请示："我也去吧……"

江流瞪了一眼罗成，又摆手："滚，滚，滚！"

罗成得令，也赶紧下楼去追刘悦。

江流在他们后面看着，心里也在嘀咕，这个山峰，到哪里去了，怎么连个电话都不接？

总不至于吵了那一架，生这么大气吧？

山峰正在江上，昨晚上想了很多。小白鸽案又回到了原点，目击者还是只有他一个。他想要从头来梳理一下，从小白鸽被抛尸的江上逆行，说不定能发现一些什么。

站在一艘民船的船头，顺流而下，一边看着周边环境，一边握着笔在笔记本上丰富着线路图。

船主一边划船一边给他闲唠："以前啊，人多，我是说以前都不富裕的时候，不是每家都有船，就用竹筏，便宜好用，坐三五个人，顺江而下，也不错。"

山峰一边听他说话，一边看着岸边郁郁葱葱的林子里，隐约一处废弃的民居："停到岸边吧，我要去看看。"

船主看了他一眼，不明白这个年轻人为什么会对这个破房子感兴趣。之前他旁敲侧击地打听了半天，也没有看出他是做什么的。山峰上岸，朝那民居走去，民居门口堆着些破旧竹筏。

船主知道这里以前是干什么的，现在看到此情此景忍不住感慨了一句："这地方以前红火啊。"

"做生意？"

船主点头，回想起这里曾经住过的人家："对，竹筏。这户人家叫什么来着，反正男人死了，娘儿们跟个唱戏的跑了。"

山峰进入民居内，屋内已破败不堪，一些锅碗瓢盆散落在地。他打开笔记本，在第一现场和第二现场中间的线路上，标注了一下。

"有孩子吗？"

船主点头，一边还在用手比画："有，哑巴，呜哇呜哇，天生的，不过不傻啊，还挺机灵。"

山峰顿了顿，有点意外："哑巴，还在巫江吗？"

"在啊，一个哑巴能去哪儿？"

船家一边说，一边露出了轻视好像知道一切的表情，但当山峰接着往下问哑巴下落，他却什么都说不出来了。他只知道这个哑巴叫卫青，至于现在在哪里，谁会关心呢？反正就在巫江。

山峰明白，这个卫青，就是案件的关键点。他拿出手机看了看时间，上面有几个未接来电，都是罗成打过来的。这么着急找他，一定是发生了什么事，也一定会去他住的地方。他让船家掉转方向，原路返回。等他刚走上楼梯，就看见罗成和刘悦趴在门缝上往里看着。

罗成一边看还一边念念有词:"这破地方是他住的吗?"

旁边的刘悦突然看见了山峰,赶紧拉了拉他。罗成转过身刚要说什么,就看见了山峰,顿时面色一慌,又笑了:"山队!"

山峰也笑了:"你不应该叫我山队了吧?"

"这不都是为了案子嘛,江队那脾气……"

山峰拿钥匙开门:"找我有事吗?"

刘悦赶紧回答:"是关于……"

她的话还没有说完,罗成就打断了:"我们就是来看看你,江队也担心你……"

山峰已经打开了门,看着他又问了一句:"真没事?"

罗成继续嘴硬,全然不顾旁边刘悦的眼神:"没事!我俩就是来看看你!"

山峰看着他关上了门。罗成看着面前的门发愣,没想到山峰会这么做,按理说,不是应该请他们进去坐坐,然后顺理成章地就说到石磊吗?

刘悦生气地打了罗成一下,然后敲门:"山队,是有情况了。"

她敲门有些急,也用了些力,然后就听见"啪嗒"一声,门开了一条缝。山峰正在墙上画线路图,看着他们两个不太自然地挤进来,示意他们坐下。

不需要其他无谓的话,山峰一边在墙上的线路图上增加标记点,一边听他们说着新情况。

刘悦是个急性子,几句话就说清楚了:"白卫军家被入侵了,嫌疑人拿走了关于小白鸽案的线索和信息,虽然没有什么实质性的内容,但这足以说明,嫌疑人和小白鸽案有非常直接的关系。根据勘查和比对,基本可以确定,嫌疑人就是石磊,那个绑瘸子和杀老沙的人。"

"石磊的画像出来了吗?"

刘悦把照片递给他:"这是监控照片,不乐观,所以我们才来,记得你说以前看到过他。"

山峰看着监控照片,模糊一片,根本看不清楚是谁。他把照片还给刘悦,看着他们期待的眼神:"我想找一个人。"

"谁?"

"一个哑巴。"

卫青既然是个哑巴，必然是不能和普通人一样去普通学校，他只能去残疾人学校。

只要有了目标，警察找人，并不是一件很难的事情。

不单单是山峰，叶小禾也在找卫青。

她在山顶烧了周宇的摩托车之后，暂时收起了悲伤。除了要以一个未婚妻子的身份来打理周宇的后事，还要实现向叶永年承诺过的，去证明二十年前的雨夜还有一个人。

在老城残破的楼群下，叶小禾挖出了陈年记忆，一个锈迹斑斑的破铁盒。当年为了报复叶永年，她把他的笔记本藏在了这里。

当年本来想要撕掉、烧掉，但最后还是不忍心。现在看来，或者是冥冥之中自有安排。

叶小禾虽然没有经过专业的训练，但从小在叶永年身边耳濡目染，也学会一些办案的基本手法。她一边翻看父亲的日记，一边学着父亲当年的样子，在墙上贴着信息和纸条。随着字条的增加，"白鸽""山峰""目击者""沿江而下"的字眼越来越多。

日记本里还有一张手绘的地图，标注第一现场、第二现场，必经之路上画了很多叉。依叶小禾对父亲的了解，这个必经之路上，必定有什么他放不下的事情，以至于不断地标注。难道……父亲怀疑还有其他的目击者？

这边的事情还没有解决，周宇诊所的女房东打来电话，要让她把房子腾出来，要不然就把诊所里面的东西全扔出去。叶小禾赶到诊所，女房东还在念念叨叨。

周宇还欠着她的房租，不过押金也刚好抵过了，只是这个房子从此以后就算是凶宅了，以后也不知道能不能再租出去。在她看来，周宇就是杀人凶手，这个诊所就是凶宅。

叶小禾本来不想理会，但听着越来越不像话，忍不住发了火。女房东被她的怒火震住，哆嗦了一下，又强词夺理了一番才带着人走了。

屋内只剩下叶小禾一人。她平复着情绪，不想再哭，可又眼圈泛红。镇定了一下，她开始着手收拾周宇的遗物。

周宇的东西并不多，这二十年来一直生活在恐惧和愧疚中，让他没有任何心情去做任何事。

叶小禾整理着地上散落的物品和材料，都是医学用书和材料，里面还夹杂着一本手语书，上面写着：卫青。二年级一班。

这本书已经快要被翻烂了，周宇很认真地学过手语。

他们刚开始恋爱，周宇就教她手语，最喜欢比画的一句话就是：我们都是那条孤独的鲸鱼。但她一直觉得太难，没有好好学过。

叶小禾翻着手语书，想起之前和周宇在一起用手语交流的时光，忍不住笑了。周宇是真的很想学习手语，在这本书里圈出了很多重点手势。

这些手势单个看并没有什么特殊，但是合起来却连成了一句话。一句让叶小禾心惊胆战的话。

她不敢相信，快速翻到最后一页，看见上面写着一句话：穿黑雨衣的杀了人。叶小禾看着这句话，几乎已经拿不住书了。

目击者，还有一个目击者。卫青，一个不会说话的人。

第三十三章　事发当夜

找到卫青并不是一件很难的事情，这本手语书就是巫江县唯一一家残疾人学校提供的教材。

当年的校长还在，还记得卫青这个孩子，不过并没有什么好话。卫青早就出去到夔门大桥混社会了。叶小禾问了很多关于卫青的事情，她刚走，山峰就带着罗成和刘悦来了。

罗成想跟着山峰多学点，他发现这个从市里来的刑警队长的办案风格和他的老师江流一点都不同。山峰有计划有目的，就像电影里的警察；江流则是他们土话里的一句泥里滚水里爬，是鱼是虾一把抓！他喜欢江流，但也不讨厌山峰。因为他们的目标都是一致的，都是为了破案，这就是殊途同归。而且，他也能感受到江流对山峰的担心，否则也不会不断地打电话来询问。

他们一行人到了残疾人学校，校长正好和叶小禾聊完，看到他们来，又是一愣。山峰知道叶小禾也在找卫青，也是一愣。

校长谈起卫青，语气中掩饰不住的愤恨和轻蔑，他对这里的学生都很有感情，期望他们能够成为对社会有用的人，可惜总有些人无法走上正路。

卫青就是这样，他正在夔门大桥下，利用人们的善良在乞讨。他装成一个父母双亡，没钱回家的游子，一面乞求他人的可怜，一面又在嫌弃钱少。

等山峰他们赶到的时候，他骗了叶小禾又抢了她的包飞快地逃走了。事发突然，叶小禾反应过来，他已跑出去很远。

山峰和刘悦赶紧追了上去，卫青没想到会跟来这么多人，赶紧冲进桥头一侧的大楼，从旋转楼梯往下冲。山峰跟着他，一上一下，一层一层。

卫青这条路走过无数遍，很快就冲了出去，然后消失得无影无踪。山峰随后冲出大楼，但除了旁边一排排待租的车辆之外，四处都不见卫青的身影。

刘悦和叶小禾也赶到了，跟着山峰开始寻找卫青。卫青正躲在一辆车里，压低了身子把叶小禾包里的东西都倒了出来。手机、钱包、女人用的小玩意全都掉了出来。卫青笑了。他今天的运气真好，居然碰见了一头小肥羊。

他伸手去拿钱包，却猛地一惊。钱包下面还有一本书，正是他的那本手语书。

他当然还记得里面都有什么。事情过去了这么多年，这本书为什么又会出现？他还在愣神，山峰已经找到他了。卫青打开车门，从里面跳出来，看着赶过来的刘悦和叶小禾。

他扬了扬手中的书，比画了一下，问叶小禾为什么会有这本书。叶小禾看着他，也用手语回答："我是周宇的女朋友，想问问你一些关于小白鸽案的事情。"

卫青看了看她，然后又看了看手中的书，知道周宇肯定出事了。只要和小白鸽案扯上关系，很难不出事。周宇是个温柔的人，也是愿意和他做朋友的人。朋友出事，他没有理由不为朋友做点什么。卫青点了点头，用手比画了一句：我要吃饭。他知道叶小禾要问什么，不是他不想说，而是他一回忆那个雨夜，就感觉自己像是被那个凶手盯着。

他需要一些能量让自己勇敢一点。

山峰拿着那本手语书翻来覆去地看着，书里面圈出来的重点手势还有最后的那句话。

二十年前，他的确看见了一个穿着黑雨衣的人，他没有看错。当年他看到的就是一个人。

他的目光从手语书移到了正在大快朵颐的卫青身上，心情有些复杂。从来没有想过，还有另外的目击者，这些年他因为没有记住凶手的脸一直都在愧疚中煎熬。

这个卫青，当年看到凶手的脸了吗？如果看到了，他能记住吗？还是和自己一样忘记了呢？卫青终于吃完了，吃得很好，自从干了乞讨这行，他就很久没有这么安稳地吃过一顿饭了。

他向叶小禾比画着表示感谢，然后就开始回答山峰的问题。叶小禾充当翻译：
"你什么时候认识周宇的？"
"出事之后就认识了，他找过我很多次。"
"很多次？"
"对啊，他想搞清楚啊，搞清楚我在说什么，我看到了什么。"

沿江而上的，并不只有山峰。周宇在那个雨夜之后，也这么做了，也和他一样，找到了卫青。

周宇那会儿还不会手语，两人根本无法交流。他只好一笔一笔画着卫青的手势，对照着手语书。

"所以他才会拿你的手语书？"
"我送给他的。这名字，是他给我写的。"
"你没问过他为什么关心这件事吗？"
"问过，他不说，我就不问了。他是我朋友，朋友不用在意那么多。"
叶小禾看着他，用手语问道："你怀疑过他吗？"
卫青坚决地摇摇头："他是个好人，好人。"
叶小禾忍不住又红了眼眶："谢谢你告诉我你对周宇的看法。"
卫青看着她，终于问了出来："他是不是出事了？"
叶小禾点点头。
"所以我们才来找你，想知道那天到底发生了什么。"他感到很悲伤，但是眼前的这个人应该比自己更加悲伤。二十年前那个雨夜之后的痛苦，一直延续到现在。他感到内心很沉重，明明自己什么事都没有做错。但是……真的什么事都没有做错吗？

如果他能早一点把知道地说出来，现在还会不会像这样悲伤？

他摸出一根烟，点上，长长地出了一口气，开始回忆。

"那天我爸妈又出远门了，把我一个人反锁在屋里，我吃饱了就睡，睡着睡着就漏雨了，漏雨的时候我就醒了，醒了的时候我就看见了杀人犯。"

说到这里，他忍不住打了一个寒战。他永远都记得那晚，他隔着窗子，看见一个穿着黑色雨衣的人抱着小白鸽走向竹筏处。恐惧让他想要闭上眼睛，但是好奇心却让他忍不住瞪大了眼睛。

雨衣人突然回身。即使知道雨衣人看不见自己，但他还是很快地缩下来身子。他不敢看清楚这个人是谁，他很害怕。因为一旦知道，他无法伪装自己。

他怕死、怕被报复。但他还是忍不住又起身去看，雨衣人已将小白鸽放在了竹筏之上。

然后轻轻一推，让竹筏沿江而下。从那天开始，家就成了他害怕的地方，这个本应该让他感到安心的地方，却让他惶惶不可终日，他总觉得这个雨衣人会来找他。

也是从那一天开始，他变得很古怪，和之前判若两人，变得无法信任任何人。曾经喜欢的家、喜欢的学校，都让他感到烦闷无比。

他也不敢一个人待着，只有藏在人群里，他才能感到安全。如果不是因为周宇，他根本就不想再回想这件可怕的事情，因为那个雨衣人根本就不像是在杀人。他还记得，雨衣人仔细整理着小白鸽被雨打乱的头发及裙摆，动作缓慢祥和；把竹筏推下江之后，还静静地望着，望着，像是在送别远去的亲人。

不舍，却又无限向往。

这个让他更加害怕，凶手不是在杀人，而是在享受。卫青回忆到这里，情绪越来越激动，手语的动作也加大了幅度。

"他对死人不害怕,很仔细地整理死人的头发和衣服,动作很慢,很轻,就像是对一个睡着的人。"比画完之后,他手指还在颤抖。

这件事,除了周宇,他甚至都没有给父母说过。现在想一想,他心里其实是对父母有怨恨的,如果那个晚上他们不出远门,他根本就不会害怕,说不定还会当场抓住凶手。

那他的人生,还会是这样吗?或者,他的父母在他发生强烈的变化之后,能够及时地安抚,让他把这个秘密说出来,能够让他感到被保护,而不是指责和嫌弃,那他的人生,应该也不会是这样。

在那晚之后漫长的岁月里,只有周宇给了他尊重和温柔,所以他愿意为了周宇,把知道的全说出来。但他,也只能做这么多,甚至都不敢回去再看一眼。说完这些,他就要离开,在这里多待一秒都会提醒他当年的事情。

他仓皇离开,然后又突然停下转身,看着叶小禾:"周宇是我的好朋友,我很想他,希望能帮到他。"

叶小禾点点头:"谢谢你。"

站在旁边的山峰让叶小禾给他说句话:"卫青,我和你一样,也看见过凶手,你应该有更好的生活,比现在更好更好的生活。别放弃自己,我们还有时间。"这句话既是在对卫青说,也是在对自己说。他们没有做错任何事,不该背负着沉重的枷锁活着,有错的是那个凶手,一切的悲剧都是因这个凶手而起。

卫青的目光从叶小禾的手语上转向山峰。如果这句话能有人早点给他说该有多好。"我尽量。谢谢。"卫青看着山峰笑了笑,转身消失在台阶处。山峰收回看着他的目光,看向叶小禾和刘悦:"可能不止一个案子。"

刘悦愣了一下,没有明白:"如果卫青描述的感受是准确的,那就说明凶手不是为了情色、钱财而杀人,是为了病态的欲望。而如果一个凶手是病态的,他就不会只有一次。"

刘悦震惊地追问:"连环作案?"

山峰点了点头:"竹筏,剪发,窒息,雨夜。如果有其他的案子,这四点,一定会被满足,这是他的标记,也是他的喜好。"

刘悦被这个推论震惊了,她从来没有这么想过:"就是说,还存在这样的案子,只是我们没发现？"

山峰看着外面："这雾，刚刚开始……"

二十年前的案子，并不只会有小白鸽一个受害者。那么，其他受害人又在哪里呢？凶手又是以什么标准挑选的呢？叶小禾站在旁边沉默不语，但她却知道，山峰的推论是正确的。

因为她的父亲叶永年，也怀疑这是连环作案。她原本以为自己一个人就可以查清楚这个案子，但她现在明白了，她需要帮助，需要山峰的帮助。

但她又该如何开口呢？她心情复杂，和山峰一前一后地往住处走。她看着山峰的背影，欲言又止。

但已经走到门口的山峰却先开口了："对不起。"

叶小禾愣了一下，不明白他为什么这么说。

"警察的职责是找出真相，在过程中，会伤害到一些人。周宇应该有更好的结局，起码是活着。这不是我想看到的。"

叶小禾摇了摇头："不用说了。"

"这也不是你想看到的，所以你才要一个人为周宇找出真相，对不对？"

叶小禾淡淡地笑了一下。"我只是又变回一个人而已。"

"在周宇这件事上，你不是一个人。"

就是这句话，让叶小禾做了决定，她叫住了准备进门的山峰。

她没有再犹豫的理由："我给你看一样东西。"

第三十四章　竹筏

当山峰看见线索墙上的"竹筏""目击者""棚户区"等信息后，惊讶不已："你怎么知道这些事情的？"

叶小禾将父亲的日记递给他："不是我，是他。"

山峰接过日记，细心翻看，泛黄的纸张认真的笔迹。

叶小禾看着日记本，感慨万千："我妈走的那天，我就把全家唯一的合影和这本日记埋在了树底下，我讨厌这些东西，尤其这本日记。我爸抱它的时候比抱我的时候都多，我记得我爸找不到日记崩溃的时候，我很高兴。"

山峰看了她一眼，虽然知道她的心情，但还是忍不住说了一句："你应该早点把它拿出来。"

叶小禾转过头，不让自己的心情流露出来："是应该早点，但如果不是周宇出事，我根本想不起来这回事。"

山峰坐下来，认真地翻看，看见了"竹筏"。"竹筏？他当年就怀疑过竹筏作案……"

"对。吴翠兰。"叶小禾指了指日记本的后页。

山峰翻看："吴翠兰……他是因为吴翠兰才怀疑竹筏的？"

"对，吴翠兰是夔州人，是在竹筏上被发现的，包括了你说的那四点，剪发、竹筏、窒息、雨夜，所以父亲曾怀疑是同一个人作案。"

山峰恍然大悟："也就是说，吴翠兰死在竹筏上，你父亲因此推断，小白鸽应该也是在竹筏上，只不过因为意外被转移了。那么就是说，我看到凶手的第一现场和小白鸽被发现的水塘，这中间的水路，的确是有竹筏的。"

叶小禾点了点头，有段时间叶永年总带她去坐竹筏，就是为了沿江而下寻找目击者。那个时候她年纪还太小，不理解父亲为什么要这么做。

山峰快速地翻看日记，但是没有看到结果。

叶小禾翻到一页，上面写着：棚户区改造。

"棚户区改造之后，沿江而住的很多人就走了，我爸的整个工作重心也偏移了。他一个人想做成这件事，不现实，也不可能。所以这也是他最过不去的地方。"

山峰看着日记本，二十年前，叶永年也做过一模一样的事情："他做的是对的，就差一点，差一点……"

说着，他掏出笔记本，将自己画的线路图展示给叶小禾："你看，我也是这么理解的……"

叶小禾不等他继续，就将父亲手绘的地图递给他："你俩想的一样。"

叶永年的手绘地图，几乎和山峰的一模一样。山峰看着两张地图，激动不已。

"对，对，就是这个意思，我们做了一样的事。"

叶小禾有些感慨："二十年了，又回到这个起点了。"

山峰看着叶小禾："不晚，现在开始就不晚。"

他一点也没有耽误，立刻就去局里找江流。此刻的江流，用焦头烂额来形容也不为过。何艾离家出走了，把女儿珊珊留给了他，要逼他做出选择。一边是他最爱的工作，一边是他最爱的家人，离了哪一边都活不下去。江流一边着急办案一边还要照顾珊珊，差点上火。尤其是今天抓的这个大壮，之前是周胜的小弟，嘴巴硬得很，怎么问都不说。江流又急又气。

他阴着脸回到会议室，珊珊已经睡着了，他既疼爱又愧疚地给女儿盖上毯子，刚才的烦闷已经消失了。办公室里，罗成他们正在吃夜宵——方便面加鸡腿。

他们跑了一天，这还是正经的第一顿。江流一边坐下一边环视了一圈："哎，刘悦呢？跟山峰跑了大半天，查着什么了？"

刚才还在，现在又跑没影了。他一转头，看见罗成正把他自己的鸡腿放在刘悦的碗里，顿时笑了。

"这傻小子。"

"哎哟，人家不喜欢弟弟！"

大家都笑了起来，罗成一脸不情愿地又把鸡腿夹了回去："你们干啥啊！"

江流被他逗得笑出来："你干啥啊？你又夹回去干啥啊？"

罗成举着筷子愣在空中，不知所措。

江流刚准备再逗他两句，刘悦忽然走进来："江队！"

他抬头正要打趣，却愣了一下，看到了后面跟着的山峰。区别于他的尴尬，山峰非常坦然。江流忍不住看了一眼刘悦，眼神中的责怪之意明显。也不提前说一声，都没有准备好。

山峰为刘悦解释了一下："是我突然来的，发现了案件的线索。"

江流愣了一下，赶紧把旁边还在吃面的罗成赶走："去去去，没听见有线索了吗？赶紧准备！"

很快，办公室就收拾好了，大家围聚在案情分析板前，一个个目光如炬。

案情分析板上，山峰已经画好了线路图，在每个重要地点的标记旁边，还有简单的文字。

结束后山峰找过了陈局，把情况大概地说了一遍，本来应该由他带队去夔州，但现在他还在停职阶段，改由罗成带队。

刘悦的话还没有说完，江流听到罗成带队就冲了出去："这不是胡闹吗？罗成那个傻小子，能找到路就不错了，还带队？"

这个山峰也真是喜欢胡闹。

陈局正在打电话，远方的朋友来看他们，正在准备招待，看到他来就放下了电话。

江流一脸焦急："局长！你怎么能让罗成带队呢？那是去夔州啊！"

山峰胡闹，怎么陈局也跟着胡闹？！

陈局一脸莫名其妙："罗成带什么队？"

江流明白了："山峰啊。"

陈局摇头："山峰停职了，不算队里人。"

江流又急了："不是！那……那更不能去了啊。"

陈局看着他，忽然站起来，走过来疼惜地看着他，忽然问了一句："媳妇什么时候走的？"

江流一惊，没想到陈局会突然问起这个，下意识地反问了一句："什么？"

陈局以为他还要隐瞒，有点不满："瞒得住我吗？怎么回事？"

"不是！这话题转得也太快了！谁这么大嘴巴啊！"

"山峰。"

江流更加惊讶："山峰，山峰跟你说我媳妇的事？"

陈局叹口气："他说我失职，他说你又要查案又要照顾孩子，局里无人分忧解愁，这就是领导的失职。但夔州之行不能耽搁，所以他点名要罗成带队，他来配合。要记处分，他来承担。"

江流听完，心情有些复杂，既感动山峰的行为，又感到不好意思。他的私事还是干扰到了工作，就像是他的工作干扰到了家庭一样。

但他只能喃喃地说道:"这……这不合理啊。"

陈局看出了他的挣扎,拍了拍他的肩膀:"警察要讲合理,也得讲合情。是不是?"

江流点了点头,回到了办公室。他先去看了看熟睡的珊珊,心中愧疚,又担心罗成和山峰,心中焦虑。家庭和工作之间,真的很难平衡,他点了一支烟,默默地看着案件分析板。

山峰和罗成很快就到了夔州,当地派出所听了他们来的目的,派了一名叫胡瑞的警察带他们去了解情况。

刚出门,就看见叶小禾。她不可能放下这件事,当年是她藏起的日记本,如果没有这么做,或许周宇就不会死。山峰了解她的心情,没有反对她跟着。

胡瑞带着他们三人沿江走上去,边走边给他们指着当年发现竹筏的地方:"这案子前段时间我们旧案整理的时候还聊起来了。注意脚下啊,以前这地方更不好走,得坐船,现在水位上涨,全变了。看,就这里,竹筏就在这儿发现的,这中间有块大石头,我们叫定江石,竹筏就被这定江石卡住了,定江石还在呢,在水里呢。"

山峰看着地形环境:"当年查得怎么样?有没有什么新线索?"

胡瑞要吐,有些懊恼:"别提了,以前这里还挺繁华的,很多工厂,还有过路的司机,光是流动人口就好几十万。当年没少投入人力成本,可哪儿找去啊,大海捞针啊。对了,我给你们带了卷宗。"

说着,他从书包里抽出一份卷宗,递给山峰:"*死者吴翠兰,37岁,泸州五羊镇人,丧夫。吴翠兰是开餐馆的,过了定江石不远就是,主要招待江上漂的路上跑的。还有你们电话里问的那些,也都有,剪头发啊,机械性窒息啊,都对得上。*"

山峰看着档案上的尸检报告,又问了一句:"当时你参与侦办了吗?"

胡瑞摇头:"我没有,我师傅有,不过早离职了。"

山峰看了看他,吴翠兰的案子比小白鸽更久远,同样也会跨越两代警察。

叶小禾在旁边问道:"我想去看看吴翠兰的家属,还在吗?"

胡瑞点点头:"在倒是在,不过就剩个女儿了,儿子常年在外,死没死不知

163

道。"

吴翠兰家就在下面的小村子里，家里还有一个女儿石佳，在村里的学校打扫卫生来维持生活，年纪大了还没有结婚，村子里面总会有些风言风语。

加上当年吴翠兰的事情，让他们家承受了很多流言。村干部知道他们的来意，就领着他们向小学校走去，边走还边给他们介绍。

"你们啊，听我指挥，我说问你们再问，这姑娘性子烈。吴翠兰刚死那会儿，天天有警察上门，每次都让她说一遍，每次都让她说一遍，说啥呢，说吴翠兰最后一天都做了啥，问得细，上厕所也问。一开始，兄妹俩配合，有希望嘛，后来日子长了，凶手也没个影儿，风言风语就起来了，说吴翠兰是靠男人下半身活着，俩兄妹呢，是靠男人上半身活着，哎哟……到了……"

说话间，已经到了小学校。村干部一边往里走，一边喊着："佳啊，佳！"

一个正在院子里扫地的女人转过身。

她还很年轻，但是眼神却带着沧桑和疲惫，看清楚来人之后，表情闪过了一丝防备："七叔。"

村干部笑着应道："佳啊！别扫地了，巫江来人看你了！"

石佳打量着山峰等一众人，眼神中带着疑惑："看我干什么？"

村干部有点尴尬："还是惦记你妈那个案子啊，这次啊……"

石佳没等听完，将扫帚扔到他身上，然后撞开叶小禾和山峰，走出学校。村干部抱歉地看了山峰一眼，然后对着石佳的背影喊道："佳啊！佳！这丫头！"

石佳的背影充满着愤怒和倔强，根本没有搭理他，很快就拐弯不见了。

叶小禾揉了揉刚才被撞到的地方："她是老师吗？"

村干部正在为自己丢了面子愤愤不平，听到她这么问就有点赌气地回答："她当啥老师！帮忙打扫个卫生啥的。走走走，去她家！"

村干部带着他们往台阶上走，边走边说："石佳也是个命苦的，母亲吴翠兰之死让本是受害者的石家兄妹变成了流言的攻击对象。石佳是个女孩子，受的影响就更深。有一次都快结婚了，结果他哥拎着刀要杀人，警察就把他哥抓了，这事一闹，对方立马悔婚了。这些年吧，她早不关心她妈的事儿了，可他哥不，就要追凶到底，哎哟，警察都找不到，你找个屁啊，还隔三岔五惹事，警察就隔三差五来问话，动不动就把村子围了，你说谁敢娶她？"

叶小禾听到这里，心有所动，"他哥和她关系好吗？"

村干部无奈地笑了一下："她都嫁不出去了，能好吗？"

叶小禾看着山峰，提出了一个想法："我想单独跟她聊聊。我觉得我理解她的想法。"

石佳的那个哥哥，性格上的那种执拗很像叶永年。叶小禾曾经因为这种执拗生气过、痛苦过，也恨过，但其实心里确是一种深深的爱，是为他们担心害怕的那种爱。

山峰知道她心里的想法，点了点头："你想好就行。"

村干部也有些感慨："不过话说回来，这兄妹俩也是苦命人，人如其名，四块石头啊，倔。"

四块石头？石磊？

第三十五章　石磊

山峰惊讶至极，追问了一句："他哥叫石磊？"

村干部点头："对啊，四块石头嘛，哎，你们认识石头？"

山峰和罗成对视一眼，旁边的胡瑞说了一句："七叔，他杀人了。"

村干部一听，吓得一屁股坐在地上，半晌说不出话来："那个石磊真的杀人了？当年还以为他只是说说而已……"村干部回忆当年看到石磊提刀的样子，额上的冷汗流了下来。

山峰看他被吓得不轻，就让胡瑞送他先回去，他们自己去找石佳。到了门口，叶小禾让他们在院子外等着，她先进去。

刚要推门，一个男人从石佳屋里跑出，嘴里还在不干不净地说着："摸你是给你脸！也不看看自己，谁敢要你？！"

话还没有说完，石佳已经气愤地冲了出来，手一扬，把钱撒了一地："你的钱还给你！回家摸你媳妇去！"

男人气呼呼地捡起一些钞票："妈的！"

他转头看见叶小禾和山峰正盯着自己，知道自己再多说一句话就会有麻烦，赶紧溜走了。

山峰对叶小禾点点头，重新回到院子外边。

罗成跑了过来，刚才他接了个电话，局里有突破："那边审明白了，大壮全撂了，石磊是段超找来的人，就是要除掉沙海洲，只要三十万，多一分都不要。瘸子那笔，石磊没要钱，但条件是周胜帮他找个人。"

"什么人？"

罗成摇头："段超亲自盯的，没人知道。照目前的情况看，石磊要找的人，就是杀她母亲的人，或者是他认为杀他母亲的人。"

山峰点点头，他刚才听到三十万这个金额的时候就觉得很奇怪。周胜不是个小气的人，沙海洲又对他威胁很大，绝对不会只出三十万。

虽然石佳刚才接二连三的举动都在说明自己不是个好相处之人，但叶小禾却对她的举动非常地熟悉。那不就是当年的自己吗？为了保护自己，不得不做出一副凶狠的样子。但在没人的地方，她们才能默默地舔着伤口。不是她们不好相处，而是周围人并没有想和她们好好相处。所以她只需要坦诚地说明自己的来意，石佳就接受了她。

她们虽然是第一次见面，但好像已经认识了很多年，有着说不完的话。过了很久，叶小禾才告辞离开。

石佳不好意思地扶着门看着她："跟我聊这么久，也没给你喝口水。"

她从来没有想过，还能碰见一个可以理解自己心情的人。

叶小禾笑了，她也没有想过，除了周宇，世上还有一个人可以让自己打开心扉："我也是说给我自己。"

石佳也笑了，她明白叶小禾的意思："反正，谢谢了。哎，你等一下。"

她回屋拿出一个袋子，那是石磊让人给她带回来的那三十万现金，托叶小禾带过去最合适也最放心："我哥托人捎给我的现金，一共三十万。你们要见了他，还他吧。"

"为什么？"

石佳苦笑，带着无奈和后悔，当时只是赌气一说，没想到哥哥真的去做了。

"我原本要结婚的嫁妆，对方要三十万，我是缺三十万，但我也得知道这钱干不干净。你告诉我哥，如果他真想让我嫁个好人，就赶紧回来过日子，就算一分钱都没有，我也还是他妹妹。"

叶小禾很有感触地看着她，点点头把钱接了过来。从石佳家里出来，胡瑞也已经和师傅联系好，他们几个碰下头，交换一下案件信息。两个地方还是有一些距离的，他们坐车往目的地赶过去。

罗成好奇地问同坐在后排的叶小禾："你都跟石佳说什么了？怎么就说通了？"

坐在前排的胡瑞也好奇地插话："是啊，我都觉得搞不定她，真没想到，你一进屋半个小时搞定了！"

叶小禾不好意思："其实也没说什么……"

胡瑞笑了，他以为叶小禾也是警察。年纪看上去和自己差不多大，没花多少力气就解决了大问题，让他忍不住好奇起来。这个案子他师傅一直都牵挂着，他身为徒弟当然也会更加关心。

但不知道他是方法不对，还是运气不好，从来没有从石佳那里得到过信息。所以他特别好奇叶小禾的办案方法，于是又追了一句："一家人嘛，传授一下经验嘛。"

叶小禾想了想："我不是警察，所以没想怎么套她话，只是讲了很多我的事，试着理解她，理解她对他哥的态度。"

罗成不解："她不是恨她哥吗？"

叶小禾摇摇头："家是个既复杂又简单的地方，复杂是因为每个人都会为了家人牺牲自己，会用自己的方式去爱家人，有的时候这份爱过于沉重；简单是因为家是这世上唯一一个不会背叛自己的地方。"

石磊为了母亲的清白、为了妹妹的嫁妆，远离家、远离正常生活，成为一个边缘人，但他不知道，他的母亲和妹妹并不希望他这么做。

叶小禾很理解这种感受："她觉得是恨，但哪儿有无缘无故的恨？那不是恨，是心疼。他哥也不是不在意她，是太在意她了，所以他哥才一心想找出凶手，给母亲一个清白。这样才能让妹妹安安心心地结婚生子，就这些。"

罗成惊讶极了，他没有想到石磊居然只是为了妹妹的嫁妆。在他的印象里，这种为了钱去杀人的人，都是为了自己的享乐，所以能要多少就要多少。但石磊，只要了三十万的嫁妆钱，连一分都没有多要。

这个真相太出乎意料，也太沉重。车里变得很安静，大家都有点五味杂陈，想说什么却又无从开口。

山峰感慨地望着窗外："石磊本来可以不杀人的。"

可惜，人在极度悲伤和愤怒的情况下，很难做出理智的选择。

胡瑞忽然指了指前面："师傅的茶楼就在那里，已经在等着我们了。"

山峰停下车，江边的仿古建筑群里，茶馆的招牌很是显眼。胡瑞带着他们朝茶馆里走去，边走边介绍："我师傅很多年前就离职经商了，这茶馆就是他的，我们也不常来，说实话，贵。但师傅离职前办的最后一案，就是关于石磊行凶未遂的，找他找对了……"

叶小禾看着墙上贴着的一些合影，突然停下脚步。那里有一个她永远都不想见到的人，虽然已经快要二十年没见了，但她还是一眼就认了出来：周文贤。

胡瑞看到她的表情，在旁边指了一下："对，这就是我师傅。"

山峰提出要去见一见阎东辉，他有些问题要问。周文贤没有迟疑，带他们去了铁狮子监狱。

在路上，他大致说了一下阎东辉的情况，这人狡猾、好色，犯事进来也是因为女人。但他没有杀吴翠兰。

到了铁狮子监狱，他们在通道里等着狱警出来。周文贤看着里面的人感慨："上次来这里还是和老叶一起。"

不过他又叹了口气，往事如烟、物是人非，人们总以为时间可以让人忘记所有不好的记忆，但他觉得这句话不对，毕竟叶小禾现在也不想见他。

刚才他急匆匆地赶回来，一眼就看见了坐在包厢里的叶小禾，当年只会追着车跑的小女孩都长这么大了。如果不是老赵拦住了他，今天他和叶小禾就能见一面了。

周文贤的眼神里透露出愧疚和无奈，叶小禾的出现让他又想起来往事。他一直都期望着得到叶小禾的原谅，但这个机会看上去是越来越渺茫了。当年的事情，如何判定谁对谁错呢？但对错已经不重要了，因为叶小禾已经受到了伤害，比任何人都要深重。他很想和别人倾诉一下，但是山峰和罗成已经跟着狱警进去了。

周文贤叹了口气，默默地点燃了一支烟。烟雾袅袅，他的神情越发落寞。

山峰看着阎东辉进入了监狱审讯室，带着轻佻的笑坐在他们对面。他有一双很狡猾的眼睛，像一个很会还价的小贩，目光在山峰和罗成之间转来转去。很明显，他知道这两个远道而来的警察并不是来看他的，而是想要从他这里得到什么。否则，怎么会拿出石磊这个小子的照片问自己认不认识，还问当年的事情。

想到这里，他不但没有回答山峰的问题，还用一种很放松的语气说道："有些日子没人来看我了。"

罗成皱了皱眉，他很不喜欢这种过于亲近的感觉。他用手中笔记本敲了敲桌子，示意阎东辉严肃点："回答问题。"

阎东辉看了他一眼，并没有把这个新人放在眼里，他伸手一边不停地挠痒，一边看向桌上石磊的照片："他怎么了，犯事了？"

山峰看着阎东辉的犯罪记录。

"现在是我问你……他之前为什么打你？"

阎东辉看了看一旁的狱警，又看了看山峰，低声询问："说出来能减刑不？"

"你服刑这几年，看没看刑法？"

阎东辉一听有戏，赶紧点头："看了看了，提供重大线索，可以减刑。"

"那就别废话了，挑重要的说。"

阎东辉听到这句话，简直就是意外之喜，虽然并不知道自己提供的算不算重大线索，但他决定毫无保留，要把所有知道的都说出来。他一改刚才懒洋洋的态度，端坐起来，对着罗成的笔记本点头："记，记啊。这家伙神经病，死个老娘而已，搞得自己看谁不对就要杀，我就是受害者，要不然我也不会蹲这么久。"

山峰问道："你的意思是，石磊以为你杀了他母亲？"

阎东辉使劲挠痒："对，他以为啊，我可没干，杀人多累啊。"

"他为什么怀疑你？"

"他疯了！谁跟他妈接触他就怀疑谁，我就见过他妈一面！"这句话，山峰当然不会相信。

"你再好好想想。"

阎东辉看了山峰一眼，又立刻转头看着别处，顿了顿才说："哎，他妈吧，当年算是有点姿色，你也知道我这人，是吧……"他好色，胆子也不小。

吴翠兰一个寡妇还要照顾两个孩子，生活的艰难让她不由得忍气吞声。阎东辉就是看中了这一点，肆无忌惮地调戏她。当然是借着酒劲，像他这样的人，当然要为自己留好后路，借酒装疯，事后可以推得干干净净。

他是这么打算的，也是这么做的。在众人的起哄中，吴翠兰挣脱不了他的蛮力被他搂在怀里，就在他准备亲下去的时候，却有一个年轻人冲了出来，一脚踹翻了他。从那以后，阎东辉就再没敢放肆。

山峰有点不相信，认为他隐藏了其他事情："就因为这事？"

第三十六章　名字

阎东辉点头，以为山峰和自己一样觉得这是件小事，于是语气里带了委屈和抱怨："对啊，你也觉得不至于吧？"

一旁的罗成早听得生气了，现在听见他这么问，提高了声音："让你回答没让你问，猥亵妇女，活该！"

阎东辉被他一吼不敢说话，但还是忍不住低声抱怨："那天也不是没成功嘛。"

罗成看他不知悔改，于是提点了一句："你是因为什么进来的，不用我们再说一次吧？"

阎东辉感到有些难堪和尴尬，他挠了挠身上的痒："哎，我这辈子就毁在女人身上了，还落一身病。"

山峰没有在这个问题上纠缠："跑货车跑了几年？"

"三五年吧，太累，挣不到啥钱。"

"1999年有没有跑过巫江线？"

阎东辉愣了愣，算了一下时间，摇头："1999年？没有。"

"这么确定？"

"我只跑周边，短途，来钱快，我嫌累。"

"你们车队有没有人跑巫江线？"

"不知道，有也不记得，我们这些人都不固定，哪儿有活上哪儿……"

阎东辉突然停下，看着山峰："大哥，你这么问，是问别的案子吗？"

山峰没有说话，一旁的罗成停下笔记："回答问题！"

阎东辉缩了缩脖子，山峰接着问道："阎东辉，在你和吴翠兰接触时，有没有见过什么可疑的人？跟吴翠兰来往密切，也是货车司机，跑过夔州和巫江线。"

阎东辉眼睛一亮，又忍不住问了一句："说出来能减刑不？"

罗成斥责："还问？！"

阎东辉看了他一眼，赶紧回答："有！有一个人，是吴翠兰的姘头！就是打我那个！"

在那次被踢翻之后，阎东辉还会去吴翠兰那里喝酒，他总觉得吴翠兰是个假正经，迟早会被他抓到证据。但是吴翠兰对他和其他人都一样，根本没有任何轻浮的动作。他本来都要放弃了，世上的女人那么多，何必非要一个吴翠兰呢？但是偶然的一天，他却看到吴翠兰和一个年轻人很甜蜜地走进了夔州旅馆。

他现在还记得那晚的吴翠兰非常漂亮，不但换了衣服，还换了发型，看着那个年轻人略带娇羞地笑着，整个人都散发着成熟女人的魅力。嫉妒和轻蔑让他跟在后面也进了夔州旅馆，还看到了旅客登记表上的信息：303房间，张汉东、吴翠兰。阎东辉心里又妒又恨，也带着一丝惊喜，他对吴翠兰又燃起了热情。

山峰没有让他接着往下说，而是重复了那个人的名字："张汉东？"

"对！张汉东！"

罗成把笔记递给他看："是这几个字吗？"

阎东辉摇头。

"不是，东方红的东！"

山峰追问："他是个年轻人？"

阎东辉不屑地冷笑，自古嫦娥爱少年，吴翠兰当然也不会例外。

"比我年轻吧，我不敢确定啊。第一次我喝多了，第二次黑灯瞎火的。你说要没我年轻，那老娘们怎么会喜欢他不喜欢我呢？不过张汉东是巫江人，我打听过，这家伙很不老实，有人问他和吴翠兰的事儿，他不认，说把吴翠兰当亲戚看。呸，你跟你亲戚开房啊？你说我分析得对不对？"

罗成听得心里冒火："你再多问一句话，就是耽误办案！"

阎东辉赶紧把嘴闭上，继续挠痒痒。

山峰思索着又问道："大概是几月份的事情？"

"这我记得不清了，夏天？……哎呀！哎呀呀！"

他突然张大了嘴巴，眼睛瞪得很大，看着山峰："你不问我还想不起来，就是夏天，那天晚上后半夜大暴雨，我一晚上没睡着，第二天一早就听说吴翠兰死了！"

山峰和罗成对视一眼，有些生气："这么重要的事情，你当年怎么不说？"阎东辉畏惧地看了他们一眼，生怕自己会被加刑。

"你们……他们也没问我啊，而且我哪儿能往张汉东身上想啊！"

"这件事你有没有告诉石磊？"

阎东辉点点头，他有种感觉，他好像办了一件错事："那疯子要杀我，我总得跟他说点啥吧！"

山峰心里一惊，石磊并不是失踪躲避，而是去找张汉东了。

罗成敲敲桌子，让阎东辉继续交代："关于张汉东，你还知道什么？"

阎东辉是个聪明人，知道现在再问能不能减刑的问题，不但不能讨价还价，说不定还会让自己深陷命案。他不是个好人，但也不是个能杀人的人。

张汉东，那个曾经让他又妒又羡的年轻人，居然会和命案有关。他没有任何隐瞒，甚至都没有任何停顿，把所有知道的都说了出来。交代完后，他犹犹豫豫地看了山峰一眼，想问什么还是没有问出口。

山峰和罗成出来，罗成显得非常雀跃："山队，我有一种预感，张汉东就是凶手。"

"为什么这么肯定？"

"咱们走了这么多弯路，该柳暗花明了吧。"

山峰看了看他兴奋的脸，纠正了他的想法："查案没什么弯路可言，都是在一点点接近真相。"

罗成似懂非懂地点点头，他不明白为什么山峰看上去并不是很高兴。他们继续往外走，正在等待的周文贤看到他们来，收起了脸上的为难，笑着对山峰问了一句："怎么样？"

山峰点点头："有进展。"

周文贤点点头："那就好，那就好。"

他的表情和语气非常敷衍，山峰看了他一眼，刚才出来的时候，看见他正在挂断电话。

他此刻的心不在焉，恐怕和那个电话有关。

山峰还没有问出问题，周文贤又说话了："呃，借两步说话？"

山峰疑惑地随他走到一旁。看得出来，这件事让周文贤有些尴尬，他先是沉默了一下，叹了口气做出了决断："实在抱歉啊，山峰，我当过警察，知道办案的时候得专注，但我希望你能帮我一个忙，不到不得已，我也不想张这个口，你得理解我。"

"是和小禾有关系吗？"

周文贤不好意思地点点头："是啊，你说她来了，总不能不见面吧，这也是她妈的意思，她妈也很想她啊，你说都过去这么多年了，吃个便饭总行吧？"

他看山峰的表情有些诧异，干涩地笑了笑，说出了真相："小禾她妈，当年是跟我走的。"

叶小禾的妈妈叫李玉瑾，当年因为叶永年一心破案，冷落了家庭也冷落了她。在多次请求和吵架无果之后，李玉瑾选择了离婚。离婚也没有走和平分手这条路，而是经历了一次惨烈的大战。叶小禾永远都记得，那天李玉瑾离开家之前，最后和叶永年吵了一架。吵完之后，李玉瑾就去房中收拾东西，她并不留恋这里，也没有什么东西可拿。

叶小禾知道这个家就要散了，但是她什么都做不了，只能呆呆地坐在床上看着，希望自己只是在做一场噩梦。

李玉瑾打开房门进来，让她跟自己走。叶小禾眼泪汪汪地看向坐在一角闷声抽烟的父亲，她不想走，更不想母亲离开。但是李玉瑾失去了耐心，一把拉住她就往外拽。

　　叶小禾哭得撕心裂肺，不断地叫着爸爸。叶永年忍不住拦住她们，把叶小禾抱在怀里安抚："别吓着孩子！"

　　李玉瑾抢了两下没有把叶小禾抢过来，于是抓着她的胳膊问了一句："你跟不跟妈妈走？"

　　叶小禾紧紧抓住叶永年的手臂，哭得几乎接不上气："爸爸，别让妈妈走，别让妈妈走……"

　　李玉瑾怒气冲冲地甩开了叶小禾，转身离开。当时周文贤就在楼下等着，他听见了叶小禾的哭声。他喜欢李玉瑾，也愿意把叶小禾当成自己的女儿。但他只看到李玉瑾一个人下来，接过行李箱，就看见叶小禾哭着跑了出来。

　　李玉瑾已经坐进车里，周文贤把行李放进后备厢，看了呆呆站在楼门口的叶小禾一眼，上车离开。车开出去很远，后视镜里的叶小禾还在楼门口站着。

　　每次想到这个场景，周文贤就觉得对不起她。同样，叶小禾也无法忘记当时的震惊和伤心。所以当山峰说出周文贤的要求后，她想都没有想就拒绝了。

　　她冷冷地看着山峰："我不想见她。"

　　"不想见周文贤我理解，但你妈呢？"

　　叶小禾冷笑："我说的就是我妈。"

　　她一边翻包一边解释。

　　"不管什么周文贤李文贤王文贤，我妈要离开我们，就会有这么一个人。我不在乎他是谁，我在乎的是我妈为什么要离开我们。"说着，她掏出一本日记，翻开其中一页，递给山峰。

　　"我妈跟周文贤好的时候，还没离婚。"说完之后，她深吸一口气，强行压住上涌的情绪。

　　不是因为被抛弃，而是因为她曾经对叶永年的误解。

　　"我小时候哭着找妈的时候，你知道我爸怎么说吗？他说是他赶走了我妈，他不要我妈了，所以我妈不会再回来了。我问他，那妈妈还爱我吗？我爸说，当然了。所以……所以我很恨我爸，我觉得他自私，不配做爸爸。"说着，叶小禾的眼眶湿润了，她停顿了一下，缓了缓情绪。

"我是来的路上，看到这一页才知道我妈为什么走，我能说什么？"山峰合上日记，他也没有想到真相会是这样。

叶永年为了女儿的成长，甘愿独自承受埋怨。这份父爱太无私了。但叶小禾知道真相之后又去怨恨母亲，这也绝对不会是叶永年希望看到的。父女之间、母女之间的伤痕，只有勇敢面对才能愈合。

"……也许你妈想见你，是想弥补一下。"

叶小禾冷笑："我爸为她背了一个女儿二十年的恨。她弥补不了，我也弥补不了。"她的表情冷漠中带着逃避，山峰看出了她是在用强硬来掩盖内心的软弱，于是问道："你是不想去，还是害怕去？"

第三十七章　母亲

叶小禾愣了一下，不明白山峰的意思。

山峰笑了一下："你听过关于我的谣言吧？"

叶小禾一惊，下意识地看了他一眼，又迅速避开眼神："那时候我怕得要死，每天都告诉自己什么都没看见什么都不知道，但根本没用。我小时候最讨厌警察。最后还是做了警察。有些事情它就挡在那儿，你绕不过去，只能跨过去。"

叶小禾有些不服气，反问道："你觉得我是怕吗？"

山峰摇摇头："你能一个人为周宇东奔西走，这就证明你比大多数人勇敢。但是，你心里还有一个你，小时候的你，是她在害怕。我不会为了一次见面来说服你，我是希望你能把她赶走。"

山峰的话让叶小禾无法反驳。一直以来，叶小禾都无法忘记被抛下的场景，那辆扬长而去的车，那个带着母亲远去的男人。

片刻沉默之后，她起身走到窗口，窗外楼下，周文贤站在车子外徘徊着。她闭了闭眼睛,仿佛又回到了当年她缩在家门口的角落里,盯着周文贤的场景。

山峰说得很对,她必须要面对,否则一辈子都走不出来。她下了决定:"好,我去。"

周文贤看到她出现的那一刻,眼神中闪过了感激之情。一路无语。

刚到包厢,李玉瑾就打来电话,带了一些东西过来,让周文贤下去接。周文贤只得立刻下楼,留下山峰、叶小禾和罗成在包厢内等候。菜一道道上齐,叶小禾忽然倒了一杯酒,一饮而尽,山峰拉了一下她。叶小禾摇了摇头,表示自己没事。

外面传来李玉瑾的声音:"轻拿轻放啊!哪个屋啊?这里是吗?"

说着,李玉瑾推门进来,身后跟着两个搬着东西的年轻人和周文贤。她是个保养得很好的中年妇人,可以看出很满意自己的生活状态,整个人都神采飞扬。

她的眼神扫过站起来的山峰和罗成,最终落在了叶小禾身上。叶小禾也在看着她,虽然之前说恨她,但现在却涌出了一股强烈的情感:"妈……"

李玉瑾看了一眼叶小禾,没有久别重逢的喜悦或者激动:"我还以为你不认我了呢!就是不想见妈是不?"

说完她又笑了:"妈没显老吧?"

叶小禾下意识地摇摇头,心里的那股情感正在慢慢地消退。

李玉瑾笑着,又转过头指挥那两个年轻人:"哎哎哎,东西别堆地上,放小桌上,这可都是我精挑细选的。"

看着他们把东西摆好,才对着山峰和罗成打招呼:"你们是山峰和罗成吧,文贤都和我说了,你们是警察吧……"

山峰和罗成点头示意:"阿姨,你好。"

李玉瑾笑着,嘴上却不留情:"你看看你俩,帅小伙,干点啥不好,年轻有为的……"

周文贤在一旁听着尴尬,赶紧喊住了她。

"玉瑾!"

李玉瑾笑了,一边把桌上的东西往他们那边放一边说:"开玩笑嘛,这些东西都是给你们的,特产,做警察累,多补补。"

山峰看李玉瑾张罗,表示感谢:"谢谢,您太客气了。"

李玉瑾又招呼大家坐下:"坐坐坐,别站着,哎呀,你们也是好不容易来一趟,应该的。"

坐下之后,李玉瑾先是微笑着看了一圈,然后才开始认真打量叶小禾:"真是长大了,像我,多好看!哎哟,差点忘了,你看看这个,肯定适合你!"

说着,她从袋子里拿出一条名牌围巾,走到叶小禾跟前,给她围上。叶小禾没有拒绝,也没有显出任何开心的样子。

李玉瑾没有注意她的神情,只顾欣赏着围巾:"前几天逛街就看见了,颜色太适合你了,而且还是限量款的。"

叶小禾淡淡地笑:"这太贵重了,您留着吧。"

李玉瑾没有感觉出她的疏离和冷淡,以为她是在心疼钱:"跟妈还客气什么?我想要可以再买嘛,你当妈还是以前啊。再说了,你也不是小孩子了,注意下自己的形象,别总舍不得,没钱就跟妈说。"

叶小禾听到她提以前,被压下去的愤怒又涌了上来。周文贤看出了她情绪上的改变,赶紧打圆场:"玉瑾,要不我们先吃饭?"

李玉瑾被他提醒,顿时反应过来,回到位置上:"对对,先吃饭。"

她看着山峰和罗成:"这是我们这最好的饭店,文贤跟老板是拜把子兄弟,特意安排过的。来来来,咱们先喝一杯,我敬大家,谢谢你们!"

说着,她抄起酒瓶子倒了一杯白酒,大家只好端起酒杯,一饮而尽。喝完酒,李玉瑾长出一口气:"酒一下肚,就觉得日子是一天比一天好了。你们可不知道以前啊,小禾小的时候,我来的路上还想呢,巫江老西街那边,有个老师会弹琴,我就带小禾去学,每次都是我骑自行车带她去,晚上回来连个路灯也没有,小禾才八岁呀,你们猜她怎么跟我说……她说妈妈别怕,等我长大,我保护你,别人一定以为我是你妈妈。"

说完,大家都笑了,包厢里的气氛终于轻松了一些。叶小禾干干地笑着,她一点都不想再提从前,一点都不想。

周文贤举杯敬酒:"来来来,为了以前的苦日子干一杯。"

大家再次举杯,叶小禾倒了一杯满满的酒,一饮而尽。山峰注意到她的情绪,有些担忧。

李玉瑾抿了抿嘴，有些遗憾："不过啊，后来没怎么去了，学琴太贵了。小禾一直挺有音乐天赋，可惜被我耽误了，没给她创造个好的条件。"

罗成笑着插了句话："小禾姐唱歌可好听了，经常在酒吧唱歌。"

山峰在桌下用脚碰了下罗成，示意他少插话。

李玉瑾看了一眼罗成，又看着叶小禾："哎呀，对了啊，小禾，你周叔认识一个挺有名的作曲家，拿过国家大奖呢，你来我们这儿吧，现在妈有经济基础了，想学啥都行！"

叶小禾摇头："不用了，我在巫江挺好的。"

李玉瑾最不喜欢听到"巫江"这个地方："哎哟，这比巫江好多了。你在我这儿，什么都不用操心！"

叶小禾继续拒绝："真不用了，我还得照顾我爸。"

李玉瑾面露不悦，刚要说什么，周文贤又赶紧打圆场："玉瑾，老叶现在身体不好，确实离不了人。"

李玉瑾有些来气，瞪着他喊道："小禾也是我女儿啊，他离不了人，我出钱给他雇保姆！"

说着，她掏出银行卡扔在桌上："小禾，这个钱你拿去雇保姆，来妈这里！"

叶小禾看也没有看："我有钱。"

李玉瑾举起银行卡，要她收下："你才挣几个钱，拿着，拿着！"

叶小禾动也没动，任她举着手里的卡。

李玉瑾的手抬在半空，她终于发现了叶小禾的冷淡和对抗，于是很强硬地命令："妈让你拿着！"

气氛又尴尬了起来，周文贤赶紧接过她手里的银行卡："小禾啊，坐你妈旁边吧，母女俩说说悄悄话，我们老爷们喝两杯。"

说着，周文贤将银行卡塞给叶小禾，叶小禾顿了顿，接过银行卡。

李玉瑾看到银行卡被收下，放松了下来："这就对了，你现在是大人了，以前的事你得理解妈，妈现在是想照顾你，弥补你！你收入够不够花，有没有对象，什么时候结婚，这些事只有妈才真正关心你，你问问你爸，这些事他给你想过没有？"

叶小禾眼眶泛红地站起身:"是吗?"

山峰下意识地拉一把叶小禾,被她挣脱开。叶小禾摆上三个酒杯,抄起酒瓶子一个个倒满,看着李玉瑾:"妈!谢谢你这么关心我,我今天来,其实是有几个问题想问你。"

说着,她举起第一杯酒,把银行卡扔在桌子中间:"我跟我爸生活到十五岁,然后跟你生活了三年,读完大学又回到我爸身边,一待又是六年。他和我聊你,说的都是你的好。但我和你在一起的那三年,我爸在你眼里一文不值。我想知道,你现在还是这么觉得吗?"

李玉瑾脸色一震,现场气氛顿时凝固。

叶小禾一饮而尽,又端起第二杯酒:"第二个问题,你离开了我和爸,现在这么有钱,真能买到你想要的吗?"

说着,她又一饮而尽,放下酒杯时,身体有些摇晃。

山峰站起身拿过第三杯酒:"小禾,别喝了!"

叶小禾一把抢过酒杯,酒水洒了出来,她抄起酒瓶子往里倒,倒得又快又急,酒水顺着手指流淌出来。

她看着李玉瑾,尽量平静地问了最后一个问题:"最后一个问题,你是一个母亲,但你想过怎么做一个母亲吗?"

这个问题,刺痛了母女两人。叶小禾只感觉这酒刺痛人心。

李玉瑾腾地站起身:"你爸跟你说什么了?"

叶小禾摇晃着掏出日记本,摔在桌上:"他早就什么都说不出来了。"

失望、愤怒和对父亲的愧疚让她在这里无法再待下去,多待一秒都是对父亲的不公。她看着周文贤:"周叔叔,谢谢你的酒。"

说完,叶小禾冲出了包厢。山峰示意了下罗成,赶紧追了上去。叶小禾跑出来,被风一吹,感到清醒了很多,她独自坐在夔州江边的台阶上。冷静下来,委屈和孤独涌上心头,她忍不住低头哭了出来。

山峰跑了过来,看到她后,放慢了脚步走过来,静静地坐在她身边:"说出来就好了。"

叶小禾顿了顿,抬头擦了擦脸上的泪,望着夜色中的江面。的确是这样,记忆中那个美好的母亲已经消失了。一直以来，她只是不愿意承认。只是心中那个被抛弃的小女孩不愿意承认而已。

叶小禾望着面前的源源江水，还好一切都来得及，都还有补救的机会。

第三十八章　女儿

江流忙得焦头烂额，大壮虽然交代了，但总觉得他还有事情没有说。

尤其是石磊拿到的那个名单，到底写着谁的名字？大壮抓心挠肝地想了半天，实在是不知道，他只是段超手下的一个马仔，平时根本没有什么机会接触周胜。而且，周胜只信任段超，段超也对他极度忠诚，根本不会和他这样的马仔透露这种关键信息的。

江流知道再审下去也只是浪费时间，赶紧把石磊的协查通告分发下去："这个人非常危险，涉嫌杀害沙海洲，也和白鸽案有着密不可分的关系。除了巫江老城和新城，连同下属乡镇，都要逐一排查。"

虽然能够预见抓捕的困难，但他们也在接近真相，一场硬仗又要开始了，江流感到浑身都是斗志。他恨不得现在就带人冲出去，面前的刑警们也是个个斗志昂扬。但下一秒，一个软软的声音把他拉回了现实。

是珊珊，她正在写作业，一个填词造句难倒了她。江流浑身的硬气都没有了，剩下的都是温柔，他和所有爱孩子的父亲一样，并没有感到这种变化有什么不对，也没有觉得这种变化很丢人。

刑警们自觉地去干活，江流则和珊珊一起抓耳挠腮："什么风什么雨，暴风骤雨……"

他想教给珊珊这个词怎么写，但提起笔却忘了，正在思考的时候，刘悦进来了。

刘悦的表情带着一丝兴奋，江流看了看她，知道有发现，于是放弃了和"暴风骤雨"做斗争，又想了一个新词。珊珊顺利地做了作业，没有再找他帮忙。

江流让刘悦到一旁说。刘悦说:"江队!又一起疑似竹筏案。"

江流一边翻阅资料,一边听刘悦在旁边简短地介绍:"麒麟县,死者叫齐飞,是在竹筏上发现的,但当时以为是溺水身亡,没当案子查,竹筏这个信息是记录在案的。"

江流一听"竹筏"两个字就激动起来,就冲这一点也得亲自去。他跃跃欲试,已经想好了去麒麟县后的工作安排。

刘悦比他想的要实际得多,这里有珊珊走不开,再说距离太远:"你也走不了啊,麒麟县离合江县近,让山队顺路查一下?"

提到珊珊,江流顿时有些泄气,也有些焦躁,也不知道山峰那边的进展如何。正在想着,山峰的电话就来了。江流一看是山峰的名字,连忙递给了刘悦:"你接。"

刘悦对他的举动十分不理解:"至于吗?"

江流被她这么一问,也觉得不太至于,山峰都主动来局里了,又带着罗成去了夔州,现在又主动给自己打电话。虽然之前发生了不高兴的事情,但……他走到一旁,接起了电话。

不同于他的扭捏,山峰的语气很自然,把在这边查到的一切全盘说了出来。听完他们的调查结果,江流已经忘了之前的不自然,赶紧说了麒麟县齐飞的案子。

他们很快就达成了共识,江流在巫江查张汉东,山峰拐道去麒麟县查齐飞。江流怀疑,石磊手里的那个名单,就是张汉东。他们必须要快,要比石磊快。

这既是在挽救一个生命,也是在挽救石磊。他迅速地下了指令,迅速在巫江找出张汉东这个人。接下去,警察局都在不停地接打电话,每个人都是来去匆匆,连口水都来不及喝。

正忙着查找张汉东,江流又发现了一个竹筏案。发生在1999年,受害者凤州张勇。

现在一共四起竹筏案了,这个凶手从1998年开始到2000年,一共杀死了四个人。或者,还有没有发现的受害者。江流看着案情分析板上、墙上贴着的满满的关于竹筏案的资料。"白鸽""吴翠兰""齐飞""张勇",只要一抬头就能看见这些名字。就算是老练如江流,现在看着这些资料,也会觉得心口如有大石一般。

"这个疯子,他到底要干什么?"他站起来,天色已晚,山峰还要一会儿才能到。

珊珊被关在旁边的办公室里，正在眼巴巴地希望能出去玩一小会儿或者能玩一会儿手机，她很乖，虽然还没有吃晚饭，但她知道爸爸正在忙，所以不吵不闹，只是安静地等着。

江流心生愧疚，决定不在局里等了，先去吃饭，然后照顾女儿睡觉。再忙，这一点还是能做到的吧。他看着珊珊的笑脸，觉得这个决定做得很对。现在还在营业的只有"老家面馆"，谢希伟还没有找到女儿，正愁眉苦脸地坐在那里翻着相册。

看见他们来，他端出小面之后又坐回去。谢希伟现在不能看见别人的女儿，那会让他更加伤心。曾经他的甜甜也是这样，陪在他身边，软软地喊着爸爸，也是这样喜欢不吃饭只顾着玩。

那个时候还没有手机，都是游戏机。当时自己是怎么说甜甜来着？谢希伟一边看着相片，一边回想着以前。江流并不知道他的想法，看见珊珊不吃饭，只顾着玩手机，有些急了："赶紧吃，别玩了，吃完爸爸送你回家睡觉了。"

珊珊看了一眼江流，有些不高兴："妈妈每次都让我玩半小时的。"

江流被噎住，帮珊珊搅了搅面，有些无奈："小丫头！边吃边玩不行吗？"

珊珊不理他，还在玩着手机。

江流看着她，想要说什么，却又在想说话的方式。就在他有点于足无措的时候，山峰一行进来了。

江流松了口气，珊珊也放下了手机，同叶小禾有说有笑。

叶小禾知道他们接下来要聊案子，带着珊珊去另一张桌子，珊珊很听话，居然开始吃饭了。

山峰看到已经点好了饭，于是就进去拿点腌菜。他也想问问谢希伟的情况，本来应该多关心一下这个老哥的，但这些天忙于案子，无暇分身。

谢希伟没有看见他进来，还在呆呆地看着相册。

"老谢，怎么样了？赵杰那边你问了没？"

谢希伟抬头，看见是他，愣了一下，摇头："没啥用，没啥用……"

山峰看着他失神，有些不忍："局里查了，赵杰和甜甜都没有出入境的记录，甜甜根本就没出国。"

没出国？那么之前微信上所发的信息都是假的，甜甜是在骗他。

谢希伟点了点头："没出国就好，她快回家了，快了。"

说完，他又笑了，取下来一张5寸大小的合影递给山峰。合影上，谢甜甜抱着一个布娃娃，笑得很开心。谢希伟看着照片："你看甜甜小时候多可爱，笑起来多好看！"

山峰看看照片，又看看谢希伟，点了点头："很可爱，很好看。"

谢希伟得到了肯定的答案，更加开心了，冲着山峰很灿烂地笑了下，又低下头去看相片了。

山峰默默地叹口气，回到座位上，放下腌菜，简单地说了一下齐飞的情况。麒麟县齐飞的亲人只剩下一个爷爷，父母在他死后就移民搬走了。

当时的齐飞正是大学一年级学生，暑假打电话要回来，但却在江边发现了他的尸体。大家都说他是因为防洪坝决堤，被洪水卷走死亡。

当时谁都没有注意齐飞的头发是否被剪过，老人记得齐飞脖子上有一条红痕，可能是被从小戴着的金锁给勒出来的，还有就是一个从上游冲下来的竹筏。有"竹筏"这个明显的点，可以确认齐飞是被他杀。但山峰对老人什么都没有说，不想让他已经平和的心再次受伤，等到抓到真凶，再来告诉老人。

这一天，大家过得都很累。

江流熬了几天，眼窝陷了下去，脸色疲惫。何艾离开家这么久，他也没时间去找、去解释、去挽回。

山峰希望这些都快点结束，大家都回到正轨："张汉东怎么样了？"

江流疲惫地晃晃脖子，今天几乎都在查这个张汉东，但没有任何有用的信息："巫江有十几个张汉东，符合年龄的有三个，正在查。"

他吃得快，几下喝完了汤，然后看着山峰："你们吃着，我说着。"

然后点了一支烟，又掏出了一个笔记本。

"1998年，17岁的白鸽，巫江遇害；1999年，43岁的张勇，37岁的吴翠兰相继在凤州、夔州遇害；2000年，19岁的齐飞，麒麟县遇害。四起，一定是连环作案，杀人模式还具备相似性，雨夜，机械性窒息，剪头发，抛尸竹筏，沿江而下。目前了解的是，四个受害者没任何关联，也没什么统一特征。所以，凶手应该是随机作案，职业特点符合货车司机。"

山峰一边快速地吃着饭一边插了一句："像是什么仪式……"

"仪式？什么仪式？"

"把人放在竹筏上沿江而下，像一种仪式……"

江流觉得这个思路很好："有点道理，他要是单纯害人，不至于这么麻烦……"

山峰又问："长江上下游，有什么奇怪的仪式吗？"

罗成一边扒饭一边回答："我家！我小时候跟爷爷在巴都住过！那里有过很多神神鬼鬼的仪式！"

江流突然想起来之前查过一桩邪教的案子就在巴都。他兴奋了起来，决定要去那里找个专家咨询下，为什么凶手会选择这些人、为什么会沿江抛尸，这些弄清楚了，破案也就是时间问题。

他的观点，山峰也表示很同意。

刘悦忽然来了电话，张汉东找到了，在泸溪老城。江流兴奋极了，没有想到进展会这么快，他想着吃完饭就去局里开会研究下一步的动作。

但山峰放下筷子站起来："事不宜迟，今晚就得走！"

他们可能已经落后于石磊了，必须要争分夺秒，不能让案件变得更复杂。但江流却不得不考虑珊珊，山峰明白他的难处，但不得不坚持："我们必须赶在石磊之前。"

叶小禾看了看江流，又看着珊珊："珊珊，今晚姐姐陪你睡觉，好不好？"

珊珊兴奋地伸开双臂："真的，耶！"

江流如释重负，感激地看了看叶小禾，又看向山峰："那就走吧！"

第三十九章　张汉东

山峰猜得没错，石磊已经找上了张汉东。

他跳下卡车之后，就一直在老城打听张汉东的消息，但让他没有想到的是，张汉东居然有三个。他已经排除了一个，这次找的张汉东正在赌场。

赌场在干枯的河边，一排泛着青黑色古式的房子里，要先走一段石板路，然后走进建在山坡上的小楼里。小楼共有三层，有人家居住一层和二层，顺着台阶走上去，还可以看见老人睡觉和小孩子奔跑，还可以看见没有收拾的饭桌、厨房水槽里的锅碗瓢盆，还能闻到没有散去的油烟。

如果没有第三层，刚来这里的人一定会以为这里只是普通人家居住的地方。第三层格外荒芜，但是尽头处却传出来人声热浪，那里有一个个隐藏在房间里的赌场。

石磊跟着人声走进了赌场，烟雾缭绕，坐满了十几桌打麻将的人。他看了一圈，没有要找的人，于是向里走，终于在雅座处，看到了一个正侃侃而谈、头发花白的男人，张汉东。

这个男人很难让人不注意他，头发梳得很整齐，衣服干净而讲究、嘴里叼着烟斗，他和这里其他人不一样，显得很体面。

他此刻正在讲故事，周围的人都听得很带劲，根本没有注意到石磊的到来。

"有一次他在楼上杀了一个，睡到后半夜听到有响声，扑通扑通响，他心想这怎么了，有鬼啊？爬起来了，点上灯，顺着声音走，端灯的手直哆嗦……啪嗒啪嗒，楼上还在响，他就踩着这节奏，啪嗒啪嗒地上了楼。腿肚子打摆啊，怎么办，背主席语录，下定决心，不怕牺牲，排除万难，争取胜利……等爬到楼上一看……"张汉东停在这里，表情严肃而惊恐，看着大家，"你们猜怎么回事？"牌友们屏息等待着答案，他突然"啊"一声大喝，牌友们被吓得一阵惊呼。

他笑着吐出一口烟圈："人是倒挂着的嘛，脑袋下有块塑料布，血回流，滴在塑料布上，啪嗒啪嗒，啪嗒啪嗒，好玩不？"

石磊站在旁边，静静地听着他的故事。张汉东和母亲吴翠兰的事情，他当年也有耳闻，但从没有见过这个人。不过他也在心里勾画了一下这个人的大致形象，外形应该要过得去、会玩、会说、会逗人开心。

就如同面前这个人，不过……

他还需要有残忍狡猾的性格，能够伪装在人群里，也能在爆发的时候让人没有时间反应和反抗。

石磊观察着，还需要多看一会才能判断出来这个人的性格，到底是不是自己要找的张汉东。

有牌友被这个故事所吸引，一直在追问："然后呢？然后呢？"

张汉东吸了一口烟斗，斜着眼睛看他："什么然后呢，找了个夜壶接着，接着睡啊！"

他的话让周围的牌友哄堂大笑，发问的牌友回过神，笑了起来："太损了，你太损了！"

张汉东突然变脸，一脸严肃地盯着对面的牌友："你什么意思，我太损了？"

牌友停下动作，有些慌张："我……我开个玩笑啊。"张汉东恶狠狠地瞪着他："开玩笑？你觉得我很好笑是吗？你是不是觉得我很好笑？"

牌友蒙住，求助一样看了看旁边的牌友，周围的气氛顿时陷入紧张。大家都不明白本来还笑嘻嘻的老张，怎么突然就翻脸了？

有人慌忙解围："老张，你误会了，他是……"

张汉东瞪着那个解围的人："他是你爹啊！你替他说话！"

说完，他又逼问着之前的那个人："说，说清楚，你是不是觉得我很好笑，是不是？"

大家都有点同情地看着那个被骂了的牌友，他们忽然很害怕张汉东，根本不敢去和他对视，也不敢多嘴。

突然，张汉东大笑着将面前的牌推倒："和了！"

他哈哈大笑着，对被他逼问的还在发愣的牌友笑着说道："我就是很好笑啊，我不好笑谁好笑，这就把你唬住了？来来来继续！"

他的笑，让紧张的牌友放松下来，周围人也跟着笑，就好像刚才的紧张从来没有发生过一样。

石磊看着嚣张的张汉东，朝张汉东逼近："你就是张汉东？"

张汉东撑着拐杖瘸腿站起："你是谁？"

石磊看清楚他是个瘸子，脸色微微一变。瘸子是不可能开货车的，这个张汉东不是自己要找的人。但他刚才的表现，实在是很可疑。

石磊没有时间去研究他的性格，只是深深地看了他一眼，转身离开。名单上只有三个张汉东，现在已经排除了两个。这是他找的第二个张汉东，依然不是。

只剩下最后一个了，他已经打听到，在山顶舞厅。他很快就到了那里，舞厅很大，没什么人，霓虹灯光闪烁着，显得落寞虚无。舞厅各处散着一些年轻的男人打牌说笑，彼此依偎。

不远处的台子上，一个年纪稍大的男人正随着舞曲跳舞健身。石磊盯着那个男人看了很久，然后捡起地上的一团绳子，朝他走去。路过了一群打牌的年轻男人，他们看向石磊，窃窃私语。石磊来到健身男人面前，健身老男人背对着他连呼带喘地跳舞。

"张汉东……"

那个老男人回过身来，语气带着不耐烦："你谁啊？"

问完就看到了他手里的绳索，愣了一下，拔腿就跑。

石磊早有预料，扔出绳索套住了张汉东，猛地一拉，张汉东仰面倒地。他一脚踩住张汉东，死死勒住他的脖子，又问了一遍："你是不是张汉东？"

张汉东双手牢牢握着绳，声音发颤："我是，我是，兄弟，有话好说！"那群打牌的年轻男人看着这边不对，围聚过来："干什么啊？你谁啊？！"

石磊没有搭理他们，而是更紧地拉住绳子，张汉东脸色涨红起来，赶紧挥手示意其他人不要过来。

他眼睛看着石磊，不明白这个年轻人为什么要找自己麻烦。

"你以前开过货车吗？"

张汉东用力点了点头，被勒得喘不过气。

"去过夔州合江县吗？"

张汉东艰难地喘着气，不明白这个人为什么要问这个问题："大哥，到底……"

石磊用力踩踏他的胸腔，巨大的疼痛感让他赶紧回答："去过，去过！"

石磊怒视着张汉东，转身跳下舞台。他的力气很大，张汉东不敢硬扛，只得随着他的动作从舞台上摔下来："大哥，我们是不是有什么误会！我跟你无冤无仇啊，你这是干吗？到底什么事？你让我死个明白也行啊！"

石磊一言不发，只是拉着他要离开，围着的年轻人抄起凳子挡在前面。石磊看着他们的动作冷笑，脚步不停，从背后抄出一把刀，年轻人顿时一惊，纷纷后退。

张汉东知道今天再不出现奇迹，恐怕就要交代在这里了。他的大脑飞快地转动，实在是不明白什么时候招惹了这个杀神，他可以保证，绝对没有见过石磊。突然，他闪过了一个想法：这个杀神不是来找自己的！

他拼命撑着脑袋，手抓着绳子："等等，等等，我知道你找谁了，我知道你找谁了，我不是那个张汉东，我操他爷爷，我不是他！"

石磊听闻，停下脚步，看向他。

张汉东吸了口气，慌乱地解释："兄弟，你要找的是泸溪那个张汉东，他是瘸子！我俩同名，我操他爷爷，他的仇家有一半都找到过我！你肯定是找他，我17年前没去过泸溪，但他肯定去过，他也是开货车的！"

石磊一惊，想到了赌场的那个张汉东，的确是瘸子："瘸子怎么开车？！"

张汉东知道自己说对了，赶紧解释："他那是后来被人打的，以前腿好着哪！他什么事都干得出来，我听说过的就不止一两个，真的，真的啊！"

石磊脸色一惊，看看地上的张汉东，又看看周围的人们，恍然明白。他扔掉了绳索，转身跑了出去。

泸溪，就在泸溪。

石磊和山峰几乎是同一时间到的，石磊要先一步。

他冲进了赌场，但是没有看见张汉东，三个小弟围了上来，想从这个耍单帮的外来人身上占点便宜。石磊还从来没有让人占过便宜。

很快，他们三个就被石磊打倒在地，丝毫没有招架之力。石磊的目标并不是他们，没有对他们下狠手，只是问他们张汉东在哪里。

小弟被打得满嘴是血，疼得几乎张不开口，但看着石磊手里的铁锹，不敢耽误一秒，含糊不清地回答："供销社……供销社……"

石磊扔掉铁锹，朝供销社冲了过去。走到供销社门口，门敞开着，里面显得异常安静。

石磊冷笑，看来张汉东的小弟还是很忠心的，被打成那样，居然还坚持着通风报信。他凭着直觉，已经感觉到里面正在等着他的人。

他没有后退，而是走进去又返身关上了门。这里面的确很危险，但这危险并不是他的。

就在他关门的一瞬间，四下里一群人手持棍棒围了上来。

石磊看了他们一眼，人虽然多，但都是不顶用的。

张汉东拄着拐走了过来："你谁啊，跪下！"

石磊眼角瞥向旁边一堆面粉袋，抄出了一把尖刀。

张汉东等人愣了一下，刚准备让小弟们上，石磊就一刀插进面粉袋里，将整个面粉袋甩飞起来。白色的面粉铺天盖地，一群人瞬间被遮蔽了视线。

小弟们还没有反应过来，石磊已经扑了上去。

先开始小弟们还能反抗，渐渐地都被打倒在地，他们从来没有见过石磊这种人，打起架来根本没有任何顾忌。但他们也很奇怪，因为石磊没有对他们用刀。只剩下张汉东了，他看着眼睛血红的石磊，大吼一声冲了上去。

石磊没有对小弟们用刀，是因为这把刀是留给张汉东的。张汉东也看出来了，这个年轻人去而复返，很明显就是冲他一个人来的，尽管不知道是什么事，先冲出去再说。

看着石磊一步步地逼近，他拿起拐杖就冲了上去。他并不是没有打过架，能在这里收小弟，并不是只凭了一张嘴。

石磊显然没有想到他居然还有这种战斗力，被他的拐挥中了胳膊，让开了路；但同时，石磊的刀也砍伤了他的腿。张汉东忍痛撞开门，倒在地上，又爬起来咬牙狂奔。

他跑向桥头，刚跑了几步，就看见桥上的山峰带着警察正飞奔过来，只好转身跑进一个通道里躲着。

警察直冲远处而去，张汉东看清了他们的方向，赶紧冲着相反方向跑去。他知道有一片废旧房屋地，可以在那里暂时养伤躲避，好好想一想到底是哪个仇家。

他刚躲进一间破旧房子里，石磊就随后赶到了。张汉东腿上的伤口还在往外渗血，石磊几乎没有费什么力气就找到了他藏身的房间。

踹开门，石磊拎着刀迎光而立，看着张汉东的眼神就像是一只盯着猎物的鹰。

张汉东无处可躲，抄起一个凳子扑上去："你谁啊！"

石磊没有躲，而是一刀插进椅子里逼近张汉东。张汉东看出了他眼中的仇恨，心里一惊，狠狠地一撞。

两人撞击上窗子，一起跌倒在地。还没有爬起来，就听见江流在外面吼了一声："都别动！"

两人都是一惊，没有想到警察会这么快就到。张汉东抓住石磊迟疑的瞬间，猛地一推椅子，翻身冲了出去。

石磊怒极，抽出那把刀，飞身追击。

第四十章　审问

看到他们奔逃，山峰同江流分头去追。

这个地方，山峰不熟悉地形，石磊当然也不熟悉，他们一个逃一个追。石磊在刚才的搏斗中也受了伤，他不得不先躲进随便一处房屋里，一个老头靠在椅子上，微张着嘴睡得正香。

他悄悄地绕过老头走进屋里，桌上摊着一些棉花，他拿起来擦拭血迹。他知道，山峰很快就会顺着血迹追过来。他贴着窗户，看到了一个拿着枪、慢慢靠近的影子。

石磊再撕了一些棉花堵住伤口，然后低声对外面喊道："不想有人死，就出去。"

山峰看着那个还在熟睡的老头，握紧了枪："我不想有人死，我也不会出去的。"

石磊一边打开房间后窗,一边再次说道:"我做完我的事就会自首。"

山峰想劝他不要再执迷不悟错下去,一悄悄地往里屋走一边说:"我不是和你谈条件的,你该为你妹妹想想吧。"

提到妹妹,似乎触动了石磊,他没有再说话。山峰已经靠近了里屋,忽然觉得不对,喊了一声:"石磊!"

屋里没人答应,他举枪冲进里屋,窗子大开着,桌上是一对血棉和那把带血的刀。

山峰冲到窗户旁,看见石磊正在往山上跑,很快身影就消失在树林中。他扯下一个塑料袋,把血棉和刀装起来,冲了出去。

离房子不远的小路上,江流正在追击张汉东,他飞身一扑,压倒了张汉东,随后的警察赶过来掏出手铐把他铐住。

张汉东气喘吁吁,他本来腿就不够方便,一直都喜欢坐着,今天的运动量都比得上之前一年的了。

他现在才发现追他的是警察,顿时松了口气,又赶紧大喊:"是他要杀我,他要杀我!"

江流喘着粗气,爬起来揉了揉腿:"那你跑什么啊?"

"我知道你们是谁啊!"

江流被他这句话激怒,上去就想挥拳:"警察!"

张汉东一见他发怒就害怕了,赶紧躲开。

江流厌恶地转过头去,看到山峰提着塑料袋从另一侧跑过来,边跑边说:"人没了,得搜山!"

两人分了下工,山峰先把张汉东带回去,江流去和当地的警察局联系搜山事宜。

张汉东并不知道自己犯了什么事,但他再也不敢反抗,跟着警察走总好过被那个疯子追杀。他低着头,被罗成带着往桥上走。

两个打扮得花枝招展的中年女人追过来嚷嚷着:"汉东,汉东,他们为什么抓你啊!"

罗成等人拦着她们:"你们别喊了!你们都是谁啊!"

两个女人一起喊:"我是他老婆!"

罗成愣了一下,有些可怜这两个女人,她们心爱的男人是个连环杀人犯罪嫌疑人。喜欢谁不好,偏偏喜欢这种人,而且还愿意和别的女人分享。

罗成之前不是没有听过这种事,但是亲眼所见还是难以置信。这个张汉东,对女人的吸引力有这么大吗?看这两个女人脸上悲愤又担心的神情,完全不像是装的。

山峰押着张汉东朝警车走去,路上的人们纷纷张望。张汉东被盯得难受,开始絮絮叨叨,想从山峰那里套一点消息出来:"我犯了什么事啊我,有人要杀我我不能跑啊,你去打听打听,我叫张汉东,镇上叫我张大善人,你让我给李所长打个电话,他给你解释!"

山峰陡然回身盯着张汉东,两人互相对视着。就在张汉东快要扛不住的时候,山峰忽然问道:"你见过我吗?"

"什么意思?"

"你没见过我吗?"

张汉东顿了顿,仔细地看了看山峰:"没有!没见过!"

山峰冷笑:"张汉东,二十年前,我们有一面之缘,你还记得吗?"

张汉东脸上的肌肉颤抖了一下,死死盯着山峰。他浑身不由自主地发起抖来,拼命压下了几乎要脱口而出的"不可能"三个字。

他能确定,山峰不是那个人,那个人应该已经是尸体了,就算是活过来,也不可能是这个年龄。

那个雨夜、那个让他一直放不下的雨夜,难道被人看见了?看见的人,居然还是警察?

山峰看着他青白惊惧的神色,冷笑一声,推着他上了车。一路上,张汉东都没有再说话,脸上也没有了无赖的笑容,他眼睛紧闭,脑中不停地想着那个夜晚。

摆动的雨刷器、黑夜里的路、一个倒在车前的人影。没有想到,他本来以为这件事就这样被遗忘的时候,又会被翻出来。他在心里飞快地盘算着,他不相信之前那么多年都能安然无事,现在仅凭一个目击证人就能定罪。

只要自己不承认,就什么事都会没有。张汉东打定了这个主意,就冷静了下来。他不是什么规矩人，警察局也不是没有进过，他很熟悉那套审讯程序，只要自己咬紧牙关，就不会有任何事。

山峰一样也很激动，二十年了，整整二十年。但是刚才盯着张汉东很久，脑海中依然没有想起雨夜中的那张脸。

尽管种种迹象都在指向张汉东，都在说明他就是杀人凶手。山峰应该高兴的，应该感到轻松的，但恰恰相反，他反而更加沉重。

很快就到了巫江。山峰一下车，就看到了陈局激动的脸。不但是陈局，还有叶永年，还有二十年前的那帮老警察。

江流已经把他们接过来了，领头的是叶永年，他没有往日的糊里糊涂，而是变得很清醒，很理智，很明白自己在干什么。

他的身后跟着一群老警察，他们已经退休多年，早就含饴弄孙，享天伦之乐，看上去就和普通的老头没有什么区别。但只有他们知道，在心里，还有一个火种，只是没有到时间点燃而已。

今天就是点燃火种的时间。陈局上前，迎接他们。老警察们一刻都不想耽误，他们想立刻亲眼见到那个凶手承认罪行。陈局领他们进了会议室，那里已经准备好了，可以从显示屏里看见审讯室里发生的一切。老警察们人手一个茶杯，围着显示器坐成半圆，所有人都蓄势待发。

山峰和江流走进来，大家转头看着他们。江流看着这群老警察，心中感慨万千："感谢各位老领导们今天能来，我做警察这么久了，今天是最激动的一天，感觉像交作业一样。师傅，您还清醒吧？"

叶永年被他给逗笑了："你小子，我啥时候糊涂了！"

大家笑了起来，气氛好了一点。

江流笑着继续介绍："这位是山峰，市局来的，从秦菲案开始，就一直扎在巫江了。不多说了，我们俩一定不辱使命。"

叶永年突然缓缓站了起来，看着山峰，脑中闪过了很多片段。

当年的那个看上去有些懦弱的男孩子，现在都已经长成一个让人信任的警察了："山峰。我知道你。"

山峰顿了顿，同样闪过了很多片段，那个暴躁的中年警察，现在已经变成了一个白发苍苍的老人："叶队长好。"

叶永年感慨地看着山峰，伸出手，山峰愣了一下，紧紧握住他的手，彼此都颇多感慨。

大家看着他们，会议室变得很安静。刘悦走进来，已经准备好了，来请示是否可以开始审问。他们看了看会议室的显示屏里，张汉东吊儿郎当地坐着，无聊地看着四周。

山峰和江流从会议室出来，走进了审讯室，隔着玻璃看着张汉东。审问张汉东并不是一件简单的事情。张汉东决定死不承认之后，就显得相当轻松，他明白，只要他越显得无所谓，这群警察的压力就会越大。这是他的经验。所以他吹着口哨，一脸轻松地坐在椅子上晃着。

刘悦走进来的时候，他还故意用一种很露骨的眼神打量了一下。果然，刘悦皱了下眉头，但什么都没说，坐在他对面，一边做笔录一边问话。

这已经是第五遍了，张汉东一点都没有要交代的迹象，刘悦知道他在死扛，决心和他斗争到底。

"姓名？"

"张汉东。"

"做没做过货车司机？"

"做过。"

"1989年到1999年这十年间，你跑哪条线？"

张汉东靠在椅背上，用一种很轻佻的语气回答："妹妹！我不记得了！你都问了我五遍了，你到底想让我说什么啊？我三女儿明天出嫁，我真没时间跟你们兜圈子！"刘悦看了他一眼，重新开始。

"姓名？"

刘悦的平静让张汉东突然烦躁起来："你招儿对我没用，我不是没进来过，看咱们谁能熬，我要是熬出个三长两短，看咱俩谁倒霉！"

他情绪突然波动，山峰看了江流一眼，点了点头，两人离开了观察室朝审讯室走去。

审讯室里，刘悦重新开始了又一轮的审讯。

"姓名！"

张汉东抠着指甲。

"我老年痴呆，不记得了……"

刘悦冷笑。

"那你最好忘了你女儿出嫁的事！"

张汉东盯着刘悦，压着怒气。

"那你告诉我你啥时候出嫁呗！"

刘悦正要说什么，门打开，山峰和江流走了进来。

张汉东眯起眼睛看了他们一眼，轻蔑地笑了一下："挺有节奏啊！一波未平一波又起啊！"

山峰落座，将一份文件夹放在桌上。

"1989年到1999年，你做过十年货车司机，跑过长江沿线的很多地方。你想不起来也很正常，我可以给你提个醒，有人在夔州这条线上见过你。"

张汉东吹了吹指甲上的皮屑，他有点紧张："被人看见也犯法？"山峰盯着他："不犯法，但分情况，看见你做什么很重要。"

张汉东手指颤抖了一下，但随即又恢复了平静："吓我？"

山峰和江流都注意到了他颤抖的手指。原本靠在墙上看着他的江流走过来，双手撑在椅子扶手上，头低下来几乎都要抵住他的额头："别紧张啊，老爷子，你大风大浪的，不至于。"

张汉东笑了，他知道这是一种心理压迫："我紧张了吗？"

"你心里紧不紧张你自己知道，这么大年纪了，说吧，说出来就不紧张了。"

张汉东咬牙，让自己看着平静。

他现在一定要激怒这几个警察："是吗？我是真紧张啊，我紧张你们费这么大劲，最后竹篮打水啊！"

山峰又问了一个问题："九九年你就不开货车了，你去干什么了？"

"九九年我就结婚了，第三个老婆，未婚先孕。生了个女儿，明天结婚。"

江流冷笑："八九到九九年，十年间你结了三次婚，生活很丰富啊。"

"女人乐意我开心，羡慕啊？"

"你那些女人不知道你干了啥事？"

张汉东反问："我干啥事了我？！"

山峰突然问道："那年夏天，你在哪里？"

张汉东来不及反应，下意识回答："你记得你那年干什么啊？"

山峰笑了："那年，你说的那年是哪一年？"

张汉东愣了一下，知道自己露出了破绽，发火掩饰："你说哪一年我就说哪一年！"

"我说九九年！"

"我结婚了！"

"九八年！"

"我辞职了！"

"九七，九六，九五？"

张汉东的心猛地跳起来，他恼怒地打断山峰："我不记得了！"

山峰和江流对视一眼，觉出异常。他对这三年很敏感。

张汉东知道发怒是躲不过去，他扶着头："我头疼！你记得二十年前你干过啥啊？"

江流再次提醒他："张汉东！现在是我们问你，不是你问我们！"

张汉东有些疲惫，嘴上还不认输："现在是我回答他的问题，不是回答你的问题！"

江流有些来气："好，我问你，九五年、九六年、九七年、九八年、九九年，你做了什么？对了，提醒你一下，夏天，大雨，想起来了吗？"

张汉东的心"怦怦"跳得很快，雨夜，那个雨夜："我记得天天下雨！"

山峰不让他松口气，紧跟着追问："哪一年？"

"每年都下！"

山峰盯着张汉东："所以你想起来了，而且，是个夜晚。"

张汉东的精神在崩溃的边缘，他狠狠地瞪着山峰："有烟吗？"

江流气愤地吼了一句："你当这是哪儿？要不要再给你松个肩？"

张汉东已经完全不能再听他们的问话，开始耍无赖："二十年前了！我脑子不好使！我缺氧我要上厕所我要抽烟！"

他的表情趋于疯狂，声音也变得嘶哑，心里有个声音在不断地重复："他们都知道了，所有的事情都知道了。"

他需要冷静一下。

他看着山峰："说不定我抽根烟就能想起来了。"

山峰打开门，让两个警察带着他去卫生间。

看着两个警察带着张汉东一瘸一拐的背影，山峰的眉头紧蹙起来，脑海中再次闪过小时候目睹的凶手背影。是他吗？

山峰并不敢确定，因为那晚上他并没有看清楚凶手的腿。

江流在旁边急切地问了一句："是他吗？"

山峰无法回答，只是看着张汉东在卫生间门口点上一根烟，走进卫生间。

第四十一章　焦灼

张汉东在卫生间门口点了一支烟，以一种很镇定的姿态走进了卫生间。当他确认自己已经脱离了山峰和江流的视线之后，他就崩溃了。他靠在门上，猛烈地抽烟，烟雾升腾起来。

透过烟雾，他仿佛回到了那个雨夜。那是1995年，他开着货车去追人，结果把人给撞死了。当时那条路上就只有他，他不是没有经过激烈的思想斗争，但最后他抱起尸体，扔到一侧的水沟里。为什么就偏偏被人给看见了呢？他当时也没有慌张到什么都不确认就做出那种事情，明明是没有人的啊！为什么这件事过去了这么久又给提起了呢？

烟已快燃尽，他一咬牙，用手指将手上的烟头狠狠掐灭。什么都不能说，只要熬过这几个小时，他就赢了。想到这里，他乱跳的心又静了下来。山峰和江流正在审讯室等着，门被打开，张汉东被带了进来。

山峰感觉到了他身上的变化，不但没有了刚才的慌乱，还带着一副势在必得的架势。他笑着坐下,山峰审视着他。

江流在他身后来回走着,忍不住问:"尿也尿了,抽也抽了,想起来了没有?"

"想起来了。"

江流停了下来,和山峰对视一眼,凑过去:"想起什么了?"

张汉东满不在乎地看着山峰:"你问啊。"

"有没有跑过夔州线?"

"跑过。"

江流插了一句:"夔州县城去过吗?"

张汉东仰头,看了他一眼。

"去过。"

山峰追问:"你做了什么?"

这次张汉东没有立即回答,而是看了看山峰,又看了看江流,突然笑了起来。他越笑越癫狂,止不住地拍着桌子笑。他好像并不是在警察局的审讯室,而是在泸溪的赌场。

山峰和江流也不是审讯他的警察,而是赌桌上不知道他牌的赌客。他有把握骗过他们,就像是一直骗那些赌客一样。他笑着,几乎都要笑死了。

江流被他的笑声惊了一下,看了看山峰,不知道这是什么意思。

张汉东大笑着:"你们别这么认真好不好,你们又没有证据,问个屁啊,我不说你们不就完蛋了嘛!还他妈夏天,下雨,夜晚,我记得个屁啊!"

江流勃然大怒,一把抓起张汉东的衣领将他拽起,山峰和刘悦连忙上前拉住他。

张汉东陡然变脸:"对不起,对不起,我开个玩笑!别打我,别打我,我一把年纪了!我这身子骨可经不起折腾,我都快尿裤子了!"说着,张汉东又开始大笑起来。

江流怒目圆睁,双手加大力度,死死揪着张汉东的衣领。

山峰看穿了他的心思,上前拉住江流:"他故意的!他就是要耗时间!"

张汉东又陡然暴怒地拍着自己的脸,继续装疯:"来啊,打我啊!来啊!"

审讯室里的闹剧,会议室里的老警察们看得清清楚楚。他们早有心理准备,凶手残忍狡猾，不可能轻易承认，否则这个案子不可能拖二十年。但张汉东的表现还是让他们吃了一惊。

会议室内已烟雾缭绕，老警察们纷纷站起身来回踱步。

叶永年死死地盯着屏幕里的张汉东，又看了看墙上的时钟，已经凌晨两点："给我张汉东的资料。"

陈局皱着眉头，听到这话赶紧回："好！马上来！"

会议室里想着办法，山峰他们决定先回到观察室，审讯室里留下张汉东一人。张汉东在屋内一瘸一拐地徘徊着，凑在玻璃前四下看着。

江流气愤不已，不单是因为张汉东的疯癫，更因为自己的情绪被牵动："这老家伙没少进局子，什么规矩都明白，咱们用老办法可能撬不开他的嘴，还有六个小时就得放他走！"

刘悦想到审问时张汉东的神情和避重就轻的回答："他肯定有事，就算和我们的案子没关系，他也一定不简单。"

山峰看着张汉东一瘸一拐地走着，心里的疑问更大了："先不用着急，有两个事情，需要尽快确定。"

"什么事？"

"一是尽快去找阎东辉，让他确定，这个张汉东是不是他看到的张汉东。二是确定张汉东的腿是什么时候受的伤，是九九年以前还是九九年以后。这两个细节对我们能不能继续关押张汉东，至关重要。"

江流听完后，认为很有道理："没错，只要能把他摁在这儿，不怕他不张嘴。罗成、刘悦，你俩现在就出发，越快越好！"

刘悦和罗成领命而去。

山峰和江流继续观察着张汉东。会议室里，老警察们一边通过屏幕来观察张汉东，一边商量着对策，桌上的烟灰缸里已经塞满了烟头。

大家的心都很着急，不断地看着墙上的时钟，想要在释放时间之前找到突破口。已经凌晨三点了，年轻警察们有些熬不住，强撑着睡意。

叶永年坐在靠前的位置，认真翻看着张汉东的档案，一言不发。自从患了阿尔茨海默病之后，他一直都处于昏沉状态，从来没有这么清醒过。他的记忆力和反应力似乎都回到了壮年时期。

陈局带着江流和山峰走进会议室,看着他们还在苦熬,有些不忍:"老伙计们,天快亮了,你们先回去休息,一有消息我马上通知大家。这家伙的嘴不撬开,我负荆请罪!"

但是老警察们都摇头拒绝,都等了二十年,不差这一会儿。而且出于警察的直觉,张汉东肯定有事,只是他也猜出来警察手里没有直接证据,故意胡搅蛮缠来拖延时间。

看着热情的老警察们,山峰和江流倍感压力。此时,叶永年突然站起身,朝电视处走去,盯着电视里的张汉东。

张汉东正对着玻璃镜面整理衣装和发型。

叶永年看了一会,转过身:"直接问,小白鸽是不是他杀的!"

在场人都是一愣,江流和山峰都疑惑地看着叶永年。

江流觉得这样不好,但是又不敢直接反驳:"师傅,这……"

陈局在旁边开口:"叶队,这么问不合规矩啊。"

而且张汉东这种人,根本不会承认。

叶永年没有回答陈局,而是看着山峰:"你觉得呢?山峰。"

山峰看了看屋里的人,又看了看叶永年,思考了一下。

叶永年的方法他不是没有想过,但他却没有足够的理由:"未必不是一个办法。张汉东离过三次婚,我们去抓捕的时候,还遇到他的两个情人。奇怪的是,这些情人还有他的前妻,关系都很好,像一家人。"

江流不解:"这是什么意思?"

叶永年拍拍江流,拿起张汉东的档案:"你们翻翻看,张汉东有六个姐姐,是家里唯一的男孩。他父亲去世早,全靠母亲和姐姐们养大。这足以说明,张汉东在骨子里很会处理和女人的关系,像山峰说的,家里的和外面的都没亏待。"

张汉东的资料在台下的老警察手里传阅着。

叶永年继续说自己的想法:"他进过五次局子,有三次是帮女人打抱不平,有两次是为了女儿上学,打了学校领导。年纪大了,帮人看赌场,赚的钱也基本都花在了女儿身上。这说明什么,这说明他是一个对女性很好的人。"

叶永年让开身子,指着电视里还在拨弄头发的张汉东:"你们再看看他这个打扮,快七十了,自己不服老,也不想让喜欢他的女人们觉得他老。女人就是他的命,照这个点儿打,没错。"

江流有所意会地点点头,此时老警察们都看过了张汉东的资料,也觉得直接问是个好方法。虽然是险招,但不险不制胜。

叶永年看着江流和山峰:"明白了吗?小伙子们。"

江流和山峰点点头:"明白,叶队。"

叶永年欣慰看着他们,点了点头:"去吧。"

审讯室里,张汉东等了半天,也没有人再进来。

他心中得意,知道现在警察们都在暗中观察着他,也许就在那面玻璃之后。根据他的经验,这群警察肯定想要看到自己因为一个人待着就胡思乱想,然后越想越怕的样子。但他偏不。他偏要做出一副老浪子的模样来。因为他们没有证据。

张汉东到底年纪大,精力不旺盛,闹了一会就感到累了,他仰面坐在椅子上打盹,想要蓄积好力量。

山峰和江流一直在观察是等待着时机,看他放松下来,于是进入了审讯室。江流打开门,伸手把屋内的灯"啪"地灭了,房屋里一片漆黑。

张汉东听到声音,睁开眼睛,却又被桌上的强光灯直射,赶紧用手遮住眼。他意识到不妙,赶紧慌张地乱喊:"干什么?!想打人啊?!"

江流拿出一张照片拍在桌子上:"认识吗?"

张汉东看了一眼照片:"不认识,你们关灯干什么?我怕黑!"

江流拍了拍桌子:"那你好好看看!"

张汉东再次瞥了一眼,照片上的人的确很陌生:"不认识!"

山峰冷冷地看着他:"她叫白鸽,大家都叫她小白鸽。"

张汉东愣了一下,他对这个名字有印象:"小白鸽……"

"对,1998年,她被人害了。"

张汉东的记忆里是有这件事,他不明白为什么山峰会给他说这个。小白鸽的死,当年他是知道的。他心里忽然转过弯来,他们真正的目标是小白鸽的凶手,自己被当成了杀害小白鸽的凶手。

他心里一惊,这可不是他能承担的事情:"你们什么意思?!"

"是不是你干的?!"

张汉东腾地站起身,又气又急,甚至都找不到一句完整的话来反驳:"胡说,呸!"

江流早已经受不了他的嚣张,冲着他怒吼:"坐下!"

张汉东不爽地坐下来,但又急不可耐地解释:"这屎盆子老子不要!我不干这种事!"

江流冷笑:"张汉东,狡辩没用,我们手上要是没证据,能抓你?"

张汉东被这句话气得要疯,他拍桌而起:"什么证据?老子不干这种事!"

江流腾地起身大吼:"你给我坐下!"

张汉东梗着脖子:"不坐!老子是女人养大的,你出去打听打听,我什么时候动过女人?"

江流逼近张汉东,看着他冷笑:"你不动女人,是吧!但你杀了她们!"

张汉东气急,他还是第一次受到这种质疑。他喜欢女人,也对女人很好。即使他很多情、有很多女人,但从来都没有薄待过任何一个跟过他的女人。

说他杀了人是不假,但绝对不会是女人:"我没有!我连打都没打过女人!"

山峰随之起身,又拿出几名死者的照片放在桌上。"张汉东!你给我看好了!"他指着其中一张吴翠兰的照片,"1998年巫江,小白鸽,1999年夔州吴翠兰!到底跟你有没有关系?"张汉东看着照片,又看着山峰和江流,气急败坏地笑了起来,越笑声越大,弯腰捂着肚子,一屁股坐下来,抹着笑出来的眼泪,对着山峰江流二人鼓掌:"你们真行,找不到凶手,拿老子来充数是吧?告诉你们,找错人了,找错人了!"

江流怒不可遏,抓起吴翠兰的照片放到他的眼前:"你给我看好了!1999年7月13号,吴翠兰在夔州旅馆里和一个男人开房,那个人就是你!张汉东,白纸黑字一清二楚!"

张汉东好笑又好气,斜着眼看他:"老子的腿1998年就瘸了,别说小白鸽,1999年我连车都开不了,我跑到夔州那破地方跟人开房?老子女人多的是!"

山峰看了一眼他的腿,这也是他一直担心的问题:"怎么瘸的?"

"打架！"

"跟谁？！"

"队长！"

"证据呢？！"

"有病历！"

"在哪儿？"

"丰安县人民医院！查去啊！"

"那登记开房为什么是你的身份证？！"

"身份证丢了不行吗？"

"怎么丢的？"

"不记得了！"

"什么时候丢的？！"

"我不记得了！人要是我杀的，我会用自己的证件登记？"

山峰没有说话，刚才张汉东的表现不是装的，是真的。他没有杀小白鸽。身份证的这个问题，他也解释得很完美，丢失，不知道是谁捡到了。这个"谁"，是谁都可以。

江流认为张汉东这是在负隅顽抗，冷笑地看着他："张汉东！等证据到了，我让你知道什么叫抗拒从严！"

张汉东气愤地看着江流和山峰，他也从来没有这么正经严肃过："好！我等着！"

山峰和江流出了审讯室，张汉东的心怦怦直跳。他真的做梦都没有想到，自己会和杀人凶手有关系。他心里有一个模模糊糊的人影出现，当初身份证丢失，自己是怀疑过的。但是他不能说，一说，自己的事情就要暴露。

张汉东呆呆地坐着，完全没有任何心思去表演。他心里很挣扎、很害怕。审讯没有突破，让会议室里的警察都有点焦虑和烦闷。大家把最后的希望全都寄托在了刘悦和罗成身上，希望他们能带回来好消息。

第四十二章　谢甜甜

天色微亮。

刘悦和罗成终于回来了，在走廊里来回徘徊的年轻警察们赶紧迎了上去，急切地想要知道情况。但他们什么都没有说，而是径直进到会议室里。

看到他们进来，所有人起身，目光齐刷刷看向两人，等待着答案。

罗成失落不已，这个答案很沉重："阎东辉说了，不是他，长得完全不一样。"

大家来不及失落，纷纷又看向刘悦。

刘悦看着大家："在丰安县人民医院找到了当时的记录，张汉东的腿确实是1998年就瘸了。"

所有人一下子泄了气，沉默地站着，江流狠狠地一拳砸在桌子上。又断了，线索又断了。还有就是……昨天是他和何艾结婚十周年的纪念日，他本来想用这个来庆祝，来请求何艾的原谅。但真是没有想到，他看着张汉东大摇大摆地走出警局，心渐渐地凉了下去。

老警察们已经由陈局亲自送回去了，这群老人陪着他们熬了一晚上，早已经身心俱疲。他们还在鼓励着山峰和江流，但他们还是很失望。

会议室空荡荡的，只留下凌乱的桌椅、塞满烟头的烟灰缸和一排茶杯。

山峰站在窗口望着离去的张汉东："他一定有问题。"

江流颓丧地坐在一侧，看着黑死的显示屏："证据确凿，有什么问题……"

"我有预感，就算和竹筏案没有关系，他也一定极力隐瞒了什么。"

山峰的话并没有让江流感到一丝振奋，就算是隐瞒了什么又能如何？所有的努力似乎都已经白费了，事情又回到了原点，他感到自己非常的失败。

江流眼神空洞，从来没有这么心灰意冷过。案子没破，家庭也危在旦夕。

山峰感觉到了他的低落，继续鼓励他："江流，既然张汉东的身份证丢过，这就是个突破口。我建议立即对张汉东进行二十四小时监控。"

江流顿了顿，还是说了出来："你知道昨天什么日子吗？我跟我老婆结婚十周年，张汉东大摇大摆走的时候我才想起来，本来我以为这案子就结束了，没想到是我自己结束了。"

山峰紧绷的神经松了一下，他看着江流，只能把事情往好里说："别这么丧气，现在打个电话也来得及。"

江流长长出了一口气，苦笑了一下，知道同山峰说家里的事情也没有什么用，毕竟他根本不了解自己家里的情况。

"走吧，吃个早饭去。"说着，江流站起身要朝外走，会议室的门却"嘭"的一声被推开。

刘悦冲了进来："出事了，谢甜甜死了！"

谢甜甜的尸体是在江边发现的。

不同于之前的几个死者，她已经死去一段时间了，露出的皮肉已经发黑发紫。但相同的是，都有一个竹筏。仿佛是在嘲笑山峰他们一般，刚刚放走张汉东，刚刚发现案件回到了原点，就出现了一个死者。

大雨滂沱，警戒线外，站满了撑伞围观的人群，议论纷纷。

警戒线内，警员们穿着雨衣，默默地来回穿梭着拍照、取证；有人从案发现场跑出去，使劲呕吐着，其他人上前搀扶着。

山峰眼眶湿润，从警员手里拿过一件雨衣，盖在谢甜甜身上。

江流悲愤不已，回身看着那些乱糟糟的围观群众："轰走……轰走！"

死人到底有什么好看的？为什么这群人和二十年前没有任何区别？

罗成刚要带警察去驱散围观群众，却突然止住脚步："江队……"

江流回过身："愣着干什么？"

罗成指了指前方。江流看过去，人群之中，慢慢分开一个通道。

谢希伟来了。雨下得很大，他没有打伞，也没有穿雨衣，听到消息后就直接从面馆冲了过来。他已经浑身湿透，似乎每走一步都要耗尽全身力气一般。

谢甜甜是他的命，是他的一切，是他唯一的亲人，只有女儿在，他才会感到自己还有一个家。他不相信死去的人是谢甜甜，那些告诉他消息的人，一定都在骗他。

他要亲眼见到，亲自拆穿这个谎言。

山峰顿时一惊，看了看谢甜甜的尸体："拦住他！拦住老谢！"

几个警员拦住了谢希伟，但被他强力推开。

山峰和江流一起围了上去，谢希伟奋力地挣扎着。

江流拉住他："老谢！你不能看！你听我的！"

谢希伟嘶喊着挣扎："放开我！放开我！"

山峰使劲地抱住谢希伟："好了！好了！"

雨下得更大了，江流看着谢希伟，心情更加悲愤。他让几个年轻警察过来，把谢希伟送回去。

谢希伟抓住了山峰的胳膊，浑身颤抖，说不出话来。

山峰拍着他的背："你放心，你放心。"

除了这一句，山峰此刻说不出任何能够宽慰谢希伟的话。白卫军、谢希伟，到底还有多少父亲要在他面前崩溃？

从现场回到办公室，没有人再说话。办公室内一片死寂，所有警员围坐在分析板前，身上还滴着水。案情分析板上，谢甜甜死亡现场的物证照片一一呈现。

刘悦拿着一份资料，给大家做汇报："谢甜甜，26岁，老家面馆老板谢希伟的独生女，在家做微商，23岁和赵杰结婚，没有孩子。一个月前，谢甜甜告诉谢希伟，要和赵杰去香港游玩，一周后赵杰先回来了，说谢甜甜要多玩段时间。期间，谢希伟一直收到谢甜甜的微信，直到案发一周前彻底失联。但我们查到，赵杰和谢甜甜没有出入境记录。截至目前，赵杰已经失去联系。"

大家都默默听着，并不发言，脸上透露着似被重击过的茫然，甚至都开始怀疑自己存在的意义。真的能抓到这个人吗？

赵杰是消失，还是被杀了呢？赵杰会是杀人凶手吗？如果是，为什么要用这种方式抛尸？为什么还要在抛尸之前冷冻那么久？

还有就是，赵杰会是小白鸽案的凶手吗？刘悦提了口气，她今天不知道怎么了，感觉说话异常困难。

如果不是工作需要，她真的一句话都不想说。她很想找个地方独自待着，但是她不能。不但是她不能，巫江所有的警察都不能。

"根据初步的痕迹检测，谢甜甜的死亡细节符合我们正在调查的连环竹筏案，机械性窒息，剪掉头发，竹筏抛尸。但只有一点，谢甜甜的尸体在被发现之前，被冰冻过，至少在零下15到18摄氏度的环境中，冰冻有将近一个月的时间，这也是导致尸体置于室温后，发黑发紫面目全非的原因。"刘悦汇报结束，默默坐了下来，屋内再次陷入死一般的寂静。

陈局忽然推开门走了进来，大家纷纷站起身："局长……"

陈局一脸沉重地挥挥手，示意大家坐下。

他来到分析板前，看了看谢甜甜的现场照片，转身看着众人："刚才我接了个电话，是当年招我进警校的考官，他现在在C市市局。"

他看着山峰："就是你的局长。老李算我半个师傅，对我非常严，我这些年不管有没有成绩，他总是打电话骂我。说实话，刚才我真的不敢接电话，但这次他没骂我，一句也没有。他说老陈，我知道你现在有多大压力，扛住了，问心无愧，扛不住，也要问心无愧。五十了，我五十岁了，我差点掉眼泪，我想的是什么，我想的是我们是警察，我们穿了这身衣服，我们就得鞠躬尽瘁死而后已！二十年了，他可能就在巫江，跟我们走一样的路，吃一样的饭，喝一样的水！但只要咱们还有一样的气，管他天上地下山里江里，抓住他！"

山峰和江流等人纷纷颇为感触地看着局长，眼神中透露着执着的光芒。

陈局又大声问了一句："都明白了吗？！"

众人齐声回应："明白！"

陈局的话，重新点燃了他们心中的那团火。他们是警察，注定一生都要和这种事情面对面。所有人都可以后退，都可以转身，都可以假装是一只鸵鸟，但他们不行。只要还穿着这身衣服，他们就永远都不能这么做。他们只能向前，不论前方是雨、是雾，还是黑夜，他们都要向前。

为了尽快破案，山峰和江流兵分两路。山峰去找赵杰的家属了解情况，江流去赵杰和谢甜甜的家里找线索。只要那个凶手还活着，他们就一定能把他找出来！

山峰和刘悦带着人去了水泥厂，那里是赵杰母亲的工作地。这是一个经历过风霜的女人，将近60岁的年纪，眼神沧桑，脸上被时间刻上了痕迹。

很少有她这个年纪的人会选择在水泥厂里劳作，多半会选择轻松一点的活计。

毕竟到了这个岁数，儿女大了可以独立养活自己，她们就可以轻松很多。

车间主任领着山峰找到她时，她正穿着工服，在车间忙碌着。听说他们的来意之后，她虽然焦虑但并未停止工作，只是抽空回头看一眼山峰他们："小杰每周都会来看我的啊，他没干什么坏事吧？"

刘悦觉得她的话有点奇怪："干坏事？您为什么这么说？"

赵母叹了口气："哎呀，小杰有个混账爸爸，年轻时打架抢劫，后来在牢里心脏病发作死了。我怕小杰像他爸啊，我也不指望他能帮我啥，我死之前他好好的就行！"

赵母一边说着，一边弯腰搬起旁边的箱子，她的身体绷直，看得出来箱子很重。

山峰赶紧上前帮她抬起来："您上次见他是一个礼拜之前？"

有了山峰的帮忙，赵母轻松了很多，她感激地看了山峰一眼："谢谢了，我家小杰可怜啊，那个谢甜甜脾气大，又把我从老房子里赶出来！我恨死她了！小杰每次来看我都是偷偷的！"

刘悦接着问道："阿姨，一个月前，赵杰有没有跟您提过要去香港玩儿吗？"

赵母想了想："香港？好像说过，不过上个月我病了，小杰在家里待了好几天，我问他怎么还不回去，他说想多照顾照顾我。"

说到这里，赵母忽然哭了出来："有一天小杰换衣服，我才看到他身上被抓得青一条紫一条的，造孽啊！"

从赵母的描述里，谢甜甜完全不可爱，就是一个悍妇。

她的控制欲很强，还有暴力倾向。不但让赵杰母子分离，还动不动就会家暴。赵母说着，一边掉泪，一边恨儿子不争气。

当年家里被那个混账爹折腾得家徒四壁，她还是宝贝着儿子，从来没有让儿子受过苦，更没有打过他。好不容易娶了媳妇，本来想着日子会越过越好，但没想到会成这样。

赵母的辛酸，简直几天几夜都说不完。山峰之前知道的谢甜甜，是从谢希伟口中的碎片信息拼凑出来的，完全和赵母的不一样。他没有想到谢甜甜会对老人做出这种事。

婆媳矛盾自古就有，但能闹成这样的倒是不多。

第四十三章　告别

江流带着罗成来到了谢甜甜家。

刚到楼下，就看见那里已经围了一群人，正在那里指指点点。江流看着烦躁，这群人怎么一天到晚这么闲，到处打听八卦。他推开人群往楼里走，门口站着一男一女，正往楼里看。从他们的神态上来看，不像是这里的住户。

江流打量年轻男子，眼神中都是审问："你们干吗的？"

男人看出来他是警察，赶紧回答："我是赵杰的同事，听说他老婆死了？"他的问题正是周围群众想知道的，听见他问，都不由自主地围了上来。

江流回身看着他们："都散了，都散了！"

冲着罗成："都给我轰走！"

罗成等警员上前让群众离开，人却越来越多。

江流转身问那个年轻男人："你见过他老婆吗？"

男人摇头："没见过，就知道他老婆挺凶的，老打他！"

"他最后一次上班是什么时候？"

男人答不出来，旁边一直没说话的女人回答："一周前了吧？是不是？"

男人算了一下："对，差不多，我们也着急，打电话一直关机。"

江流抽出门缝里夹着的一堆传单和信封，翻看着："赵杰有没有说要去香港？"

两个同事相互看了一眼，摇摇头："香港？没有啊。"

江流扔掉手里的东西，喊过来罗成："撬门！"

罗成赶紧拿出工具，捣弄了几下门就开了。江流一脚踹在门上，"砰"的一声，门开了。房间里的装修显得很温馨可爱，大部分是女性喜欢的粉红色调。

江流来到沙发前的茶几旁，上面堆满了啤酒和零食，还有一个塞满烟头的烟灰缸。

罗成发现地板上有一条印痕，他蹲下仔细看着："江队！"

江流走过来蹲下，顺着印痕的方向看过去，来到客厅的阳台处。角落里，一个方形大小的空间明显比其他地方干净一些:"这应该放了什么东西被挪走了,柜子?"

他回头看了看房间,示意罗成和他分开找。江流来到卧室,里面满满当当的化妆品,赵杰在这里生活的痕迹几乎找寻不见。打开衣柜,里面也全是女性的衣物,从外到内,从大到小,填满了整个衣柜。

赵杰的衣物非常委屈和寒酸地挤在一个角落里。不用在这里住,江流都能体会到这个家的男主人形同虚设。

他走出卧室和罗成碰头:"你看这房子,基本都是谢甜甜的东西,装修也是女性审美,这家里啊,完全就是谢甜甜做主。"

罗成惊叹:"这也太惨了吧?"

江流看着屋内另外正在拍照的两名警员吩咐:"你俩去叫技侦的同事过来,采集指纹和DNA。罗成,你去楼下问问街坊,看看这两天有没有什么可疑的人。"警员们应声离开,江流环顾四周,看到桌上放着一本书——《死亡解剖台》。江流翻开书,眉头慢慢紧蹙起来,突然江流快步回到阳台,盯着地上的印痕。这印痕不是什么柜子的,而是放着谢甜甜尸体的冰柜。

怪不得谢甜甜的尸体有被冷冻一个月时间的痕迹,江流当时还很奇怪,谢甜甜如果真的是去香港玩,还没出巫江就被杀,赵杰为什么会逃过?而且半点消息都不知道?

现在看来,这完全就是自导自演的一出戏。杀妻的案子,他不是没有遇到过,但像这样演戏,最后仿造连环杀人案的方式抛尸的恶性案件,简直就是在对他挑衅。

江流此刻的愤怒值已经达到了峰值,他愤怒地拿着书冲了出去,安排罗成:"罗成,去找冰柜!去找各个收废品地方,看谁这两天在这里收到冰柜,或者捡到了冰柜!"

罗成赶紧点头,飞快地去安排警力,很快就打听到了一个人,老蔡。五十多岁的年纪,一直拉着板车在巫江收废品,冰柜是他捡着的。看着紧盯着自己的江流还有旁边的警察,老蔡慌张得几乎说不出话来。他是捡着了冰柜,但也只是捡了冰柜,里面没有尸体。

他蹲在收废品的板车旁，神色慌张，低着头大口抽烟，埋着头非常沮丧地回答："我干了一辈子了，从没遇见这种事儿！"

江流当然知道这件事和他没关系，但必须要让他想起来一些线索。

赵杰扔了冰柜，必须要确保冰柜的去向，不可能不在那里看着。

"行了老蔡！精神点儿，你捡冰柜的时候，有没有看见什么可疑的人？"

老蔡噔地站起身，看着江流，双眼圆睁。

江流皱眉："说话啊！"

老蔡瞪着眼睛，终于把话说出来了。

"有，后巷好像有个人！"

"哪个后巷？什么人？"

"我发现冰柜的后巷，什么人我不知道，背影，一拐弯就没影了！"

那个背影只是闪了一下就消失不见，老蔡根本没有看清。

罗成从本子里拿出一张赵杰的照片："是他吗？"

老蔡看着照片又揉揉眼睛："不像！太瘦！那人比他高，比他壮！"

江流没好气，瞪了他一眼："你到底看没看清啊？"

他一转头，看见匆匆赶来的山峰和刘悦，于是指使罗成："往死里问！"

罗成应了一声，拉着老蔡到一边继续询问。

山峰走了过来："怎么回事？"

江流将《死亡解剖台》递给山峰："你看看这个，赵杰家里发现的，如何低温保存尸体写得清清楚楚。这老蔡昨晚上去收废品，在士成路的垃圾堆捡到一个冰柜，尺寸跟赵杰家消失的冰柜一致，技侦的同事已经搬回去化验了。我估摸着是赵杰处理完尸体后扔下的。"

山峰翻了翻书，又看了一眼不远处被罗成和刘悦盘问的老蔡。

老蔡受的刺激不小，似乎是为了宣泄心中的害怕，每个问题都会张牙舞爪地描述。山峰觉得他的证词不可靠。

江流点头："他就是个老糊涂。照咱们掌握的情况看，赵杰是先掐死了谢甜甜，然后把尸体藏在冰柜里掩人耳目，同时对谢希伟撒谎，说谢甜甜去旅游了，直到瞒不下去才选择抛尸逃跑。这个链条我觉得没问题，但赵杰为什么要杀自己老婆呢？"

山峰想到刚才在赵母那里了解到的情况，谢甜甜这个案子没有那么简单。他答道："杀妻案有一半都是积怨导致的，赵杰和谢甜甜的原生家庭都有问题，我关心的是竹筏这个细节，赵杰怎么会知道？我们也是刚刚查出来，而且二十年前，赵杰才六岁，不可能跟这件事有任何瓜葛。"

有些细节只有凶手才知道，除非赵杰和这个凶手有很亲密的关系。但从他的家人这边来看，唯一有犯案可能的父亲已经死在牢里。那赵杰这么做，一定是得到了真凶的指导。

此时，刘悦和罗成走了过来。

江流着急问道："怎么样了？"

刘悦不满："问着问着他又说是个女人，还说跟我差不多。"

江流气得开始口不择言："这老糊涂！我看他就是个女人！"

刘悦不满地看了他一眼，江流意识到说错了话，有些尴尬地低着头。

"X。"山峰忽然说了一句。

江流赶紧追问："X是什么意思？"

"赵杰背后还有一个人，可能是男人，也可能是女人，我们暂且叫他X。有两种可能。一，他指使赵杰杀了谢甜甜，包括冰柜藏尸欺骗谢希伟。二，赵杰激愤之下杀了谢甜甜后，他出现了，他帮助惊慌失措的赵杰完成竹筏抛尸。他就是真正的凶手，也是一直在暗中看着我们的人。"

问题就是，他为什么会选择谢甜甜呢？

叶永年从警察局回来之后，又变得糊里糊涂，什么都记不清。

叶小禾把他送进了养老院，就是之前周宇选的那个。环境不错，工作人员也都很专业，很有耐心。

叶永年似乎也很满意这里，安静地住下了，没有闹着要走。他每天都像个小孩子一样，对什么都充满了好奇心。叶小禾要时时刻刻地跟着他，以防出现什么危险。

今天忽然来了位不速之客：李玉瑾。

自从那天在酒店不欢而散之后，她想了很多。这么多年，她一直都极力在女儿面前维持一个委屈母亲的角色，为了防止叶永年把真相说出来，不遗余力地给女儿洗脑。

在叶小禾拿到那个日记本之前,她是成功的。但是,现在叶小禾已经知道了所有的真相,她无法再张口诉说当年的委屈。她想了很久,周文贤也劝了很久。亲母女,血浓于水,总不能永远都不见面了吧?叶小禾需要的是道歉,是对父亲误解的弥补。她对叶永年有多抱歉,对李玉瑾的埋怨就有多深。能化解这个埋怨的,除了李玉瑾亲自去,任何人都做不到。她来的时候很忐忑,害怕叶小禾不理她,更害怕叶永年会把她赶出去。她想和叶家父女一起吃顿饭。叶小禾什么都没有说,领着她来到叶永年的房门前,让她先等一会儿。

叶永年正站在窗边,歪着头不停地转圈。

叶小禾靠过去,站在一侧,轻声:"爸,你还记得李玉瑾吗?"

叶永年望着窗外,歪着头想了想:"玉瑾啊,她不是出去买菜了吗?"

叶小禾很温柔地哄他:"爸,不买菜了,我们出去跟她一起吃饭,好不好?"

叶永年乐呵呵笑了:"好,好,好,做菜太辛苦,不让她做。她在哪儿啊?"

李玉瑾在门外听到这里,站在病房门口,轻声唤了一句:"永年……"

叶永年转过身看过去,笑了:"玉瑾……"

他已经忘了离婚的事情,这么多年挨过的误解和忍受的痛苦,此刻都已经因他的病情而消失了。

他笑着,好像还是当年一样。李玉瑾看着他,知道自己做的有多错、多离谱。吃过饭后,李玉瑾提出再坐一会儿,选了书店咖啡馆靠窗的位置。

她知道,叶小禾不会这么容易就原谅她。可是当年她真的是有苦衷。一个又要忙工作、又要带孩子的女人,真的很累。

她希望叶小禾能够理解:"我不知道他一直瞒着你,我也有苦衷的,你不知道当妈的带着一个孩子有多累,你爸天天忙着查案,只要家里有事,一定找不到他……"

她说着说着,眼睛红了。

想起那些日子的委屈和鸡飞狗跳,李玉瑾还是觉得难受。叶小禾不说话,给坐在旁边的叶永年倒水,吃药。叶永年看着李玉瑾笑。

李玉瑾看了他一眼,继续抱怨:"有一次放学你没回家,我急死了,给你爸打电话他也不接。你周叔知道后，马上过来帮我，后来在楼梯间找到你了，你坐着睡着了。小禾，我那个时候吓坏了，我多想有个人陪着我，跟我说小禾没事，放心吧。"

她说着说着，泣不成声起来："那次是万幸，你要是出点什么事，我跟你爸就不是离婚那么简单了。"

叶小禾平静地望着李玉瑾，往事如烟般消散，现在再去计较对错已经毫无意义："妈，这些都不重要了。分分合合，是人生常态。我只是想知道，你过得幸福吗？"

李玉瑾点点头，却又想说些什么，被叶小禾拦住："妈，幸福就好。"

她是真的希望李玉瑾能幸福。马路对面的学校忽然传来了放学铃声。

一直只是笑着的叶永年听到铃声，突然站起身："小禾放学了！放学了！"

一边说着，一边急匆匆地往外走，他走得很快，步子迈得很大，脸上的表情很焦急。他径直穿过马路，根本不管川流不息的车辆。叶小禾跟在他身后拦下过路的车辆。

叶永年站在学校门口望着出来的学生们喃喃自语："小禾啊小禾……"

叶小禾看着叶永年的模样，顿时泪奔。

她擦去眼泪走上前，看着叶永年："爸。"

叶永年看着叶小禾笑了："小禾，走回家。"

李玉瑾站在对街，双目含泪。

叶小禾搀扶着叶永年，回头看了看她，做了告别的手势。

接孩子回家的人群里，还有一个他们熟悉的身影：何艾。

第四十四章　变　故

在离开家将近一个星期之后，她又不声不响地回来了，但她这次回来不是为了和好，而是为了离婚。她下定了决心，不能因为没钱而耽误珊珊的前途。

江流是个好警察，但不是个好丈夫，也没有时间去做一个好父亲。

珊珊像一只小鸟一样飞进了何艾的怀里，小小的脸上都是兴奋和思念之情，这个年龄正是依赖父母的年纪，一天都不想分开。

何艾替她抚平了额前的乱发，带着她买菜回家做饭，买了江流爱吃的菜，这恐怕是他们最后的一顿晚餐了。

江流也知道今天何艾主动回来了，他心里也很激动，因为案子未破的坏心情也好了很多。他现在明白了当年师傅的痛苦，家和工作，有时候真的很难平衡。尤其是他们这种工作，忙起来真的什么都顾不上，但何艾给了自己机会，就一定要珍惜。他还什么都不知道，甚至都没有觉察出来一点点婚姻危机的气息。下班回家的路上，他还专门买了一束花。何艾喜欢花，他虽然不懂，但不忙的时候也会经常买。

此刻他开心极了，打开房门就看见厨房灯光亮着，里面传来炒菜的声响，女儿坐在客厅里看儿童钢琴教学。

他走进厨房，看见了那个熟悉的背影正在和往常一样在忙碌着，锅铲碰撞的声音、菜炒熟的香味，让他失而复得的心情更加浓烈。

他明明笑得合不拢嘴，却假装出哭腔，撒娇一般地凑到了何艾旁边："你可算回来了，老婆，我都肝肠寸断了！"

说着，江流把花放在何艾面前，希望她能给自己一个笑脸。但何艾看也没看，只是翻炒着锅里的菜："你去陪女儿吧。"

江流还是没有感觉到危机，他兴奋地将花插在一个瓶子里，又从背后抱着何艾："家里有个女人，真好啊！"

何艾掰开了他的手："餐桌上有给你的东西。"

江流更加兴奋，以为是何艾给他带的礼物："哎哟，幸亏我买了花，要不然还不被你骂死，谢谢老婆！"

何艾没有说话，转过身去拿盘子盛菜。

江流离开厨房来到客厅，又冲着珊珊张开双臂："珊珊！快来让爸爸抱抱！"

珊珊跑过来，江流抱起她。

"爸爸！妈妈给我报了钢琴课！"

江流愣了一下："是吗？那太好了！"

他一边说着一边望向餐桌，餐桌除了几个菜，还有一张纸。

他拿起来一看，顿时发蒙——离婚协议书。

珊珊还在兴奋地向他分享："妈妈还说要给我买钢琴呢！"

江流有些慌乱，他瞪大了眼睛重新看了一下那张纸，确定自己没有看错。

听见珊珊的话后，他心慌意乱地敷衍了一句："那你可要好好学啊！"

珊珊点头，然后看了看厨房又趴在他耳边悄悄地问："妈妈这次回来就不走了吧？"

江流现在无法思考任何问题，他一边看着离婚协议书，一边安抚着珊珊："不走了！"

何艾端着菜出来，招呼他们吃饭。

珊珊从江流怀抱里跳下来，跑到桌子前坐下，看着桌上的菜欢呼："妈妈好棒啊！终于不用和爸爸吃外卖了！"

何艾笑着摸了一下她的小脸，给她盛好了饭。

江流看了一眼面色平静的何艾，将离婚协议书翻了一个面盖上。他走过去坐下，不敢和何艾对视，看着珊珊，让自己看上去很自然。

虽然心里非常苦涩和震惊，也没有任何胃口吃饭，但他不能让珊珊看出来端倪。人人都说小孩子什么都不懂，其实他们非常敏感，什么都懂。

他强颜欢笑地逗着珊珊："妈妈真是辛苦了，我们可不许浪费啊，看谁吃得多，来！"

珊珊兴奋地点头，大口吃饭，一定要赢了江流。

何艾看着他们俩，眼神复杂。

江流正在为家庭即将迎来的变故心慌意乱时，山峰还在警局独自一人直勾勾地看着分析板上的照片。

他总觉得哪里不对，不仅仅是谢甜甜的尸体被冷冻过，而是另外的一个东西。一个他见过，但现在却被忽略的点。他盯着照片，目光一点点地移过去再移过来，但还是什么都没有发现。

电话忽然响了，是他的养母，问他能不能赶上养父的忌日。养母从来不会在他工作的时候打电话，除非这种大事。

山峰明白，他也给了养母承诺："我知道了妈，事情现在越来越复杂了，我必须弄清楚才行。你放心吧。我爸忌日的时候我一定回去。"

"好。"

山峰挂了电话，顿感压力倍增，他狠狠地捏了捏太阳穴，抄起桌上的水一饮而尽。烦躁也只是一瞬间，山峰迅速调整了心态，让自己冷静下来，重新翻看桌上竹筏案的资料。

从头开始，再仔细地去找，他看着资料，现场记录中"布娃娃"这个词引起了他的注意。他看向案情分析板，拿下一张照片。照片上，谢甜甜的尸体旁边平放着一个布娃娃。

这个布娃娃，山峰见过，那天从麒麟县回来同江流在老家面馆碰头，谢希伟给他看了一张合影，里面的幼年谢甜甜抱着一个同样的布娃娃。

山峰掏出手机，只拍下布娃娃这一角，去了老家面馆。夜已深，面馆外无人影，谢希伟坐在门口，在一个火盆里烧照片。

火光映照着他的脸，他的表情很奇怪，不是悲伤而是告别。谢希伟看一张照片，烧一张照片，照片都是一些谢甜甜从小到大的生活照。

山峰走了过来，看到谢希伟的举动，有些奇怪："为什么要烧了？"

谢希伟抬眼看了一眼山峰，眼神既像是在看一个陌生人，又像是在看一个很熟悉的人："……今天没吃的了……"

山峰打量着火焰中的照片："节哀顺变。"

谢希伟叹了口气，呆呆地看着火光中渐渐化成灰烬的照片："人不在了，留这些就没什么意义了……"

山峰扫视相册里的照片，不见了他看到的那张合影，恐怕此刻已经变成了灰烬。为了尽快破了谢甜甜的案子，他必须让谢希伟理智起来："老谢，我来是有事问你。"

说着，山峰将手机里的照片递给谢希伟看："甜甜身边发现的，你还记得吗？"

谢希伟看了一眼那个娃娃："记得啊。当然记得了。"

山峰看他没有完全被悲伤打倒，心里顿时安慰了很多："这个细节和之前的案子不一样，我觉得是个关键线索。"

谢希伟愣愣地看着照片上的娃娃，眼神有些放空，似乎回到很久以前。

想到和谢甜甜一起相依为命的日子，他的眼睛里泛出温暖的光："她很喜欢，喜欢得不得了，小时候睡觉都抱着，不许别人碰。我记得有一次，我俩去看电影，电影很好看，我俩聊了一路，结果快到家的时候，发现娃娃丢了，她那顿哭啊，没办法，我只能回去给她找，电影院都关门了，我就翻墙，墙很高，我爬了好几次都不行。还好，墙下有个洞，我就钻了进去，可是娃娃不在电影院，被看门大爷拿走了。我只好又钻进大爷的屋里把娃娃偷出来，最后被大爷发现了，挨了顿打，可我特别高兴。我一路跑回家，等我回家一看啊，她早就睡着了……"

谢希伟说着整个过程，脸上洋溢着微笑。

山峰顿了顿，还是打断了他的回忆："那她长大后，娃娃是你在保管吗？"

"当然是我了，她都不记得了。"

"那娃娃是怎么丢的？我的意思是，甜甜出事前，你有没有发现娃娃没了？"

谢希伟双眼再次放空，脸上的表情很奇怪："娃娃没丢，娃娃不会丢的。我去陪她，娃娃也陪她。"

"老谢，你别想不开。"

谢希伟看向山峰，目光平静："我没有想不开。我想开了，我想回家看看。"

山峰看着谢希伟，两人对视着。谢希伟忽然朝他笑了一下，似乎是为了证明自己真的想开了，真的想回家了。但山峰却从他的笑容里感到了一丝诡异。

这不是一个失去女儿父亲的笑。罗成忽然给他来了电话，给他带来了一个震惊的消息：张汉东要跑！这个消息让山峰没有心情再待下去，匆匆告别了谢希伟，就朝警局跑去。

罗成已经发动车子在等他，见面后向他介绍了下情况：派去监视张汉东的两个警员打来电话，张汉东知道谢甜甜死了以后，取消了女儿的婚礼，而且逼着一家人收拾东西，好像要跑路。

山峰的眉目紧蹙，让罗成再开快一点。

天一大亮，他们终于到了张汉东家。此时的张汉东一脸慈祥地蹲在5岁外孙女旁边，看着地上一个"小山包"旁的蚂蚁。很快他们也要像这个蚂蚁一样搬家了。

他不得不搬，不是为了自己而是为了家人。当年自己以为撞死的那个人没有死，一直就在巫江活着。这个消息不是道听途说，更不是他胡思乱想，而是他亲眼验证了的。想到那双盯着自己的眼睛，他就整晚整晚地睡不着觉。

这是债、命债。他愿意还，但不愿意用家人的命来还。

外孙女看着蚂蚁，好奇地问他："外公，蚂蚁们为什么要搬家呢？"

张汉东收回思绪，看着小孙女亲切地回答："吃的不够了，就要找新家啊。它们还会打架呢，打输的也得搬家。"

"蚂蚁为什么打架啊？"

张汉东抱起外孙女下楼。

"有些蚂蚁身上的味道不一样，味道一样的才生活在一起。"

外孙女似懂非懂地看着他，又被外面的动静吸引了。山峰和罗成快步走上来，到了他们面前。

外孙女看到两人，伸手指着："外公，他们是谁？"

张汉东看到山峰和罗成，愣了一下。张汉东把外孙女放下，柔声哄着："他们是警察叔叔，去床上玩啊，等外公啊。"

外孙女很听他的话，点点头就转身坐在床边上玩着。在她的印象里，还没有警察来过家里，她对这两人很好奇。

山峰看了一眼地上的行李，又看着张汉东："这是要搬家，还是要出远门啊？"

张汉东笑了，摆出一副无赖样子："怎么，哪条法律规定我不能搬家啊？蚂蚁搬家蛇过道，要变天了！"

外孙女在一旁插嘴："外公说打架打输了就要搬家！"

山峰看着小女孩笑了笑："外公说得对吗？"

"外公还说，打架的蚂蚁是味道不一样，味道一样的才生活在一起！"

山峰转头意味不明地看着张汉东，没有问话也没有做出什么动作。

张汉东被他盯得紧张，刚准备虚张声势，就看见大女儿从屋里走出来，朝外走去。

张汉东紧张喊住她："小萌，干什么去？"

小萌转过脸，眼神淡漠地扫过了山峰他们："箱子不够了，还得去买啊！"

这本是一句很平常的话，张汉东却突然发火，拔高了声音，吼她回去："买什么买！我明天让人送！"

小萌有些委屈："爸！我都几天没出门了！"

张汉东看了一眼正看着小萌的山峰，心里更加慌乱，又吼了一声："赶紧带囡囡回屋！"

又转头对外孙女命令："去找妈妈去！"

外孙女跳下床朝小萌跑去："妈妈！"

小萌看见女儿扑过来，赶紧抱起她，也忘了要出门的事了，抱着女儿就回屋了。张汉东看着她们进去才冷眼看着山峰："问完了吗？"

山峰顿了顿，突然又问了一句："你的身份证到底是怎么丢的？"

张汉东的眼神中掠过一丝犹疑，但还是嘴硬："我说了不记得了……"

"你觉得谁可能接触到你的身份证？"

张汉东冷笑："我的包就放在车里，车队那么多人！谁都有可能！"

说着，他不再看山峰，而是转头看向别处。

山峰又问："有没有跟车队的人结过怨？"

"没有！"

山峰看着张汉东，知道他在撒谎，也在害怕着什么。他拿出一个便条本，写下号码，递给张汉东："如果你想起什么，给我打电话。"

张汉东看了看纸条，手动了一下，但没接。

"我什么都想不起来。"

山峰将纸条放在椅子上，转身离开，却又停下脚步，回头看着他："张汉东，你跟你外孙女说，味道一样的蚂蚁才生活在一起，你觉得自己跟她味道一样吗？你刚才坦然地告诉她，我们是警察，但你能坦然地回答这个问题吗？"

说完，山峰转身离开，张汉东看着两人的背影，呼吸越来越急促。他不是不想说，是不能说。死了的人已经死了，但活着的人还要活下去。

他不想再去招惹那个疯子。那个疯子杀了好几个人。

第四十五章　怀疑

　　山峰不相信张汉东所说的任何话，他才从警局得意扬扬地出去，转天就开始兵荒马乱地搬家，甚至还不让家人外出，那不是控制，而是一种恐惧。张汉东在害怕某个人会对家人不利。短短的一天时间，到底碰到了谁会让他如此害怕？

　　他坐在电脑前，正在查看张汉东那天从警局出来一路上的监控视频。张汉东出了警局之后打了一个电话，一边走一边说，转头看向老家面馆门口贴着的石磊的通缉令。

　　他站在那里看了看，又走进面馆。但很快，他就慌乱地从老家面馆跑出来，消失在拐角。山峰将画面定格在张汉东慌张的时刻，疑惑地盯着这一幕。他在老家面馆看到某个人，还是接到了某个电话？难道是谢希伟？

　　山峰想到那张因为失去女儿而悲伤扭曲的脸，如果谢希伟认定张汉东是凶手，会不会做出过激的事呢？

　　江流走了进来，看到他发红的眼睛："昨晚没走啊？"

　　山峰点点头："我没家没室，在哪儿都一样，听说你老婆回来了？"

　　提到何艾，就想到了那份离婚协议书。昨晚的饭到现在都没有消化，像一块石头一样堵在胃里，堵在心里。

　　江流感到苦味从心里蔓延出来，他点了根烟坐下，冲着电脑扬了下头："怎么样了？"

　　山峰重新播放监控视频，江流凑过去看，正看见张汉东慌乱地从老家面馆跑出来，消失在拐角。

　　江流无奈地笑了一下："你还怀疑张汉东？可能没钱吃饭被老谢打了呗！"

　　山峰摇头："老谢跟人急过吗？没有吧。再说了，张汉东突然要搬家，一定遇见了什么人，这个人，或许就是'X'，或许是能帮助我们找到'X'的人。"

　　江流转身看向分析板："X？"

　　两人一起盯着分析板，白鸽、张勇、吴翠兰、齐飞、谢甜甜五个死者一字排开，底下一排贴着赵杰和张汉东的照片，最底下有一个红笔画出的"X"。

江流掐灭烟站起身："我顺顺思路啊，现在，我们已经确定，杀害谢甜甜的凶手是赵杰，但抛尸的是'X'，也就是竹筏连环杀人案的凶手。不管他是和赵杰联手还是主动帮赵杰，为什么过了二十年他才重新作案呢？是受了什么刺激吗？"

山峰看着分析板，重复了一遍江流刚才的话："受了什么刺激……"

那么当年他又为什么停止了杀人呢，到底是什么阻止了他？

江流坐下来看着山峰："还加了一个布娃娃，什么意思，代表什么？"

"你什么想法？"

"我没啥想法，我不爱分析，我觉得还是先要把赵杰给找出来！"

山峰点点头，面上却还有一丝疑虑。

江流看出来他还有没分析完的想法，于是问道："你什么想法？"

"我在想那个偷身份证的人，如果张汉东说的是真的，那偷他身份证的人，就跟他在同一个车队，起码跑同一条线路。"

江流沉思，然后摇了摇头："你这更难查啊！一个二十年前在巫江沿线开过卡车，四五十岁的中年男人，这太笼统了，大海捞针啊！"

他们两个正在讨论，刘悦端着两杯咖啡走了进来。

江流一边伸手接咖啡一边问："哎，赵杰的通话记录查得怎么样了？"

刘悦端着咖啡但没递给江流："近一个月最多的联系人是谢希伟。"

江流接了几次咖啡没接上，有点急了："给我啊！"

刘悦看了看他："这……这不是给你的，山队一晚上没回去了。"

"那不还有一杯吗？"

"罗成三天没回去了……"

江流愣了一下，然后又急了："三天，工作量大不知道申请支援啊？"

"江队，咱们人手毕竟有限，他……"

江流抬手打断她："你别给他找补了，人呢？"

罗成这三天一直都在档案室里翻阅资料。张汉东那里的无功而返，谢甜甜的意外死亡，让他憋着一口气，拼命地想要找出线索来。他不想把这个案子再留给下一代的警察。

江流他们进来的时候，看到档案室的一角堆满了资料，罗成靠墙坐着，手里捧着一本档案,已经睡着了。

江流蹲下来:"罗成……罗成!"

罗成毫无反应,睡得很香。

江流要伸手拍罗成的脸,刘悦喊了一声:"罗成。"

罗成腾地醒了过来:"我在呢。"

看见江流似笑非笑地看着他,有点尴尬。

江流没有打趣他:"你能耐啊!查出啥了?"

刘悦递给罗成一杯咖啡,罗成美美地笑了笑,又严肃地站起身翻资料:"八九年到九九年车队的名单我全翻过了,没有特别的发现。"

江流作势要拿罗成手里的咖啡:"给我喝一口!"

罗成端着咖啡转身到一侧,躲过了他的手:"只是,九五年的车队名单里,有一个我们都认识的人。"

山峰本来在翻着资料,听到他这么说猛地抬头:"九五年,谁?"

罗成从一堆资料里翻出一张名单,递给山峰:"谢希伟。"

山峰和江流对视一眼,一起看向泛黄的车队名单,里面果然有谢希伟的名字。

山峰盯着那个名字看了一会:"局里怎么有这个名单?"

"他们车队以前集体打架来着,有记录。"

江流看着山峰:"老谢开过货车?"

山峰摇头:"我俩没聊起过。"

江流吩咐刘悦去确认一下这个谢希伟是不是他们认识的那个,经历过张汉东的事情,他现在已经没有那么激动了。

山峰阻止了他:"不用了,我去找他一趟。"

江流摇头,表示眼下最急的不是这件事:"这么个小事不值得,我一堆事要跟你聊呢!"

山峰看了看他,又看了看手中的名单:"我是怀疑他。"

他说完,看着江流刘悦罗成三人惊讶的表情:"其实我看到张汉东从老家面馆出来时,我就冒出一个想法,如果凶手是老谢,那么他符合很多条件,一,外迁进巫江;二,认识张汉东;三,认识赵杰和谢甜甜;四,年龄对得上。现在算上

第五条，开过货车。你们相信这是巧合吗？"

如果是巧合，这也太巧了。如果不是巧合，那么所有的线索都指向了谢希伟。山峰无论如何也要去查一查。

江流看着他，有很多问题涌了上来，但却不知道该问哪一个。比如，凶手是谢希伟的话，那是以什么心情抛尸谢甜甜呢？

山峰的电话响了，正是谢希伟，邀请山峰去钓鱼。

谢希伟的心情看上去没有想象的那么差，他脸上的神色淡淡的，对谢甜甜的事情绝口不提。他没有邀请山峰去老地方钓鱼，而是撑着船缓行在峡谷中，带着山峰去了另一个地方。

船靠岸后，山峰发现这里岩石高耸，树林遮天蔽日，人迹罕至："今天怎么想换个地方了？"

谢希伟转头笑了笑："这个地方很安静，没人打扰，鱼也很鲜。"

"你每次钓完鱼都放生，管它鲜不鲜呢。"

谢希伟像是在回忆一般，又像是在讲一个故事："那里的湖啊，水特别深，很多上游下来的鱼都被困在那儿了。以前也有不少人在那儿淹死，就像那些鱼一样，回不了家了。"

说完，他转身在前面带路。

山峰望着他的背影，前方是一片幽深的山林。往里走穿过树林，到了江边。峡谷上空的裂隙漏出阳光，山峰和谢希伟一人一竿坐在岸边。

山峰看着平静无波的水面："对了，老谢，你什么时候来的巫江？"

谢希伟想了想，算了下年份："大概……零三年吧。"

"之前也开面馆吗？"

"不是，一直开大车，沿着江跑。"

山峰转头看了他一眼："没听你提过啊，开了几年？"

谢希伟淡淡地笑："你想听啊？"

山峰点点头。

"鱼还没上钩呢。"

谢希伟没有拒绝，淡淡地说起了自己的过往。本来是很悲惨的往事，他却一点悲伤之情都没有，那些都过去了，过去了很多年，现在再提，就像是在说别人的故事。

"我十四岁就从养父母家逃出来了，他们教我偷东西，偷不到就打，往死里打，逃走之后流浪了半年，跟了个师傅，跟他车，吃住全在车上，那时候也不想家，车是我家，师傅就是我家人。可他不这么想，没把我当家人，当我是他的苦工。所以我一学会开车就逃走了，也成过家，聚少离多就散了，后来就有了甜甜，这才算有了家。"

山峰看了一眼谢希伟，心里有些沉闷："没想过去找亲生父母吗？"

"都死了，死了……"

"你打算什么时候去找你弟弟？"

谢希伟顿了顿，看向山峰："快了，快了……"

山峰被他的往事所刺激，想起了自己的身世。作为一个被抛弃的孩子，他很想知道亲生父母是什么样。

他觉得相比之下谢希伟要幸福得多，至少知道亲生父母的模样："其实我很想找到我的亲生父母，告诉他们，不管当初为什么，我还可以叫你们一声爸妈，甚至给你们养老送终。"

谢希伟忽然说了一个名字："大川……"

他转头看着山峰："我哥哥叫大川，姐姐叫小凤，妹妹叫婷婷，我希望弟弟还记得他们的名字，等我找到他，我就带他回老家。"

"你老家在哪？"

"巴都，从巫江顺流而下就到了，但我还不能回去，弟弟还没有找到。我一直想，如果找不到弟弟，就让甜甜把我的骨灰撒到江里，这样我就能跟家人团聚了。我这小半辈子，四海为家，后来算是想明白了，老家才是家，其他地方不过是个房子而已。"

巴都，这个地名让山峰的心猛地一跳。

谢希伟看了看天："哎呀……要变天了……"

他很遗憾地看着鱼竿，鱼还没有咬钩，今天是白来了。

山峰犹豫片刻，还是决定直接问："对了，老谢，有个叫张汉东的，你以前开车认识这个人吗？"

谢希伟想了想，摇了摇头："张汉东？不记得了，司机四处跑见过的人也多，这人怎么了？"

山峰看着江水，声音很平淡："没什么，有个别的案子，怀疑跟他有关。"

谢希伟有些遗憾："那我就帮不上你了，我现在只希望能跟弟弟一起回家。"

提到弟弟，谢希伟露出了温柔的笑容，看着山峰的眼神也更加温柔，那是他心里最柔软的地方。

因为，那是他唯一活着的亲人了。

山峰正在斟酌着如何问话谢希伟的同时，江流那边却乱成了一团。

叶永年失踪了。早晨叶小禾去养老院，路上买水果和日用品耽误了一些时间，担心叶永年会着急，特地给护士打了电话。当她紧赶慢赶地去了，病房却是空的。她以为叶永年是去晨练透透气，但里里外外找了很久都没有找到。问了路过的护士，也说之前还在，一转眼就不见了。难道又去了警察局？那个地方叶永年一直都没有放下过。

她打电话又问了江流，才确定事情严重了。叶永年也不在警局。

一个神志不清的老头单独出门是一件非常危险的事情，叶小禾在电话里急得都要哭出来了。

江流也急了，赶紧带着她去了叶永年家找。之前叶永年一直拒绝去养老院，恐怕这会儿倔脾气一犯，又回家了。但到那里一看，屋里空无一人，也没有叶永年回来过的痕迹。

叶小禾脸色慌张，她非常害怕叶永年会从此走丢。她想着父亲走丢后会遇到的事，会受的惊吓，快要忍不住哭出来。

江流心里也很慌张，但他不能表现出来，他还要先安慰叶小禾。这种时候越慌张就越于事无补，他在心里迅速地想了一下，只要叶永年还在巫江，就不会发生什么事："没事没事，半个城的人都认识师傅，没事的！"

叶小禾微微颤抖。

"我是怕他……"她说不下去了，坐在沙发上，双手紧紧地绞在一起。

江流当然也很害怕，恨不得现在就立刻冲出去，但他让自己冷静下来，叶永年一定不会有事的:"人一老就跟小孩一样,不爱在屋待着,说不定饿了就回来了。"

叶小禾眼眶湿润地抬起头,看到桌子上已经停摆的座钟,起身走到座钟前。

江流好奇地看着她的动作:"怎么了?"

叶小禾抹去座钟上落的灰,几乎要遗忘的记忆又全都涌了出来:"小时候我喜欢把座钟当宝贝盒子,往里面藏东西,把钟都弄坏了。可我爸一直没把钟挪走,他怕我够不着。这几次搬家,他都一直带着,其实早就没用了。"

说着,她拉开钟门,从钟摆下摸出一枚老式女款金戒指,一把钥匙。

江流看着这些东西不解:"这是什么?"

叶小禾笑了:"我妈离婚时留下的戒指,我小时候的家的钥匙。它变成了我爸的宝贝盒子了。"

第四十六章　线索

江流拿过叶小禾手里的钥匙,忽然灵光一闪:"老城,师傅会不会去了老城那个家?"

老城的家,叶小禾的心猛地提了起来,那里紧挨着江边。叶永年早已分不清什么是江水什么是危险了。

她还记得小时候,叶永年带着她在江边玩耍,告诉她只要找到这条江,就能找到回家的路。她再也不敢回忆,冲了出去,江流紧跟其后。

赶到老城时,叶永年果然正在往江里走,已经走到齐腰深的位置,还在不断往里走。叶小禾又惊又怕,车还没有停稳就跳下来大喊:"爸!"

一边喊着一边朝江边冲去。江流也跟着着急地大喊,希望能够阻止叶永年。但叶永年听不到他们的声音,继续往江里走。

江流、叶小禾齐齐跳进江里,冲了过去,终于拉住了叶永年。他的衣服已经湿透,眼睛看着前方,嘴巴里还在小声嘀咕着:"回家,回家,回家……"

被江流和叶小禾拉住之后，他回过神，怒气冲冲地表示不满："你们是谁？我现在要回家，我女儿在等我！"

叶小禾看着强行挣脱的叶永年，温柔地呼唤："爸，我是小禾啊！"

叶永年停下，一脸茫然地看着她："胡说！你不是小禾，小禾还在等我，等着我做红烧鱼！"

叶小禾一愣，眼泪快要流下来。她知道叶永年在说什么。曾经叶永年会坐在旧房子的台阶上，靠着墙边打瞌睡等着她放学。而她上楼时发现之后，会在叶永年的额头叩下一个"火爆栗子"。

叶永年突然睁开眼，她被吓了一跳，然后又欢快地笑起来。这个游戏玩了很多次，但是父女俩一点都没有觉得厌烦。笑完之后，叶永年抱起她奔上台阶："今天爸爸不加班！给你做红烧鱼！"

回想往事，叶小禾声音哽咽："我们已经不住这里了！"

叶永年摇头，眼神坚定，坚持要往江里走："不可能！刚才我还跟小禾说话呢！你们让开！小禾等我呢！"

江流又赶紧拉住他："师傅！我是小江，你还记得不？"

叶永年完全不理会，还要挣脱起身。

慌乱中，叶小禾掏出口袋里的钥匙和戒指，放在他面前："爸！"

叶永年看着叶小禾手里的钥匙和戒指，愣住了。

叶小禾又柔声劝道："爸！我是小禾，我们回家吧！"

叶永年看着叶小禾，又转移视线，缓缓抬手指着远处："家，家……"

江流看向他指的方向疑惑不解："什么意思？"

叶小禾看着远处，顿时恍然大悟。老城改造之前，他们有很多邻居，非常热闹，相处得也很好；老城改造之后，大家不得不面临分别，为了纪念曾经的岁月，他们拍了一张合影，现在就放在她原先驻场的酒吧里。

她给江流说明白之后，两人劝着叶永年跟着他们走。到了酒吧，见到了那张合影，叶永年果然不闹了，只是静静地站在那里看着一动不动。

看到他安静下来，江流松了口气，也盯着这张合影看。虽然看不出来什么，但只要叶永年不出走，看多久都可以。

罗成忽然喊了一声:"山队。"

江流回头一看,山峰已经进来了。

他看了一眼叶小禾等人:"没事了吧?"

"没事了,但是叶队非要来这里。"

山峰的目光被墙上巨大的照片吸引。照片上是一个个挨着站好的人,他们背对江水,面朝镜头,脸上表情各异。

叶小禾看他的神情疑惑,在旁边低声解释:"我们家以前住的地方叫72间,因为住着72户人家。搬迁的时候,这个老板在长江边给我们拍过一张集体照。"

说着,她指了指其中一家:"前几年这一家五口从东北回来,带着那边出生的孙子,给他讲这里以前的样子。"

江流看到了年轻时的叶永年,旁边站着小禾和母亲。叶永年看着三人的全家福,露出了笑脸。

叶小禾深有感触:"不管走多少弯路,最终还是能回家。"

山峰看着照片里的人,紧密地站在一起,一张张脸,一双双眼。合影,家的合影。那个时候,每家的孩子都会有好几个。家会由父亲、母亲、兄弟姐妹组成。长大以后,家会因为父母的去世、兄弟姐妹各自成家而天各一方。

但是,无论时间过去多久,距离分开得多远,对于每个人来说,家最初的记忆,是最初的那个家。那个家里,有慈祥的父母、热闹的兄弟姐妹。

山峰的目光越来越严峻,他忽然想起了谢希伟刚才的话:"我哥哥叫大川,姐姐叫小凤,妹妹叫婷婷,我希望弟弟还记得他们的名字,等我找到他,我就带他回老家。"

谢希伟的内心深处,就是这样的一家人。

尽管死的死、分散的分散,但他心里始终执着一家人团圆,就像是之前没有分开的时候。如果凶手是他,就一切都可以解释清楚了。

江流看到山峰凝望着照片墙,上前问了一句:"怎么了?"

山峰收回目光看着江流,罗成和叶小禾也围了上来。

"凶手,可能真的是谢希伟。"

他现在只有推论,还没有具体的证据。江流不明白他的意思,但只要有一点点线索和希望，就不能放过。

尤其是叶永年的病情越来越重了，他不能让师傅带着遗憾进入一个记忆混乱的世界里，他迅速下了指令，让叶小禾带着叶永年回去，他们其余人回警局。

山峰在分析板上快速重新排列死者照片，江流等人面色凝重地看着他的举动。

张勇和吴翠兰摆在最上面，白鸽、齐飞和谢甜甜摆在底下一排，照片下用笔分别写上爸爸、妈妈、姐姐、哥哥和妹妹，旁边一个空缺的地方写下"弟弟"，并用红笔圈了出来。

山峰看着所有人："之前我们一直不明白'X'选择受害者的逻辑，以为是随机杀人。但结论恰恰相反，他选择在雨夜掐死受害人，剪掉头发，抛尸竹筏沿江而下，不管从作案手法、技巧和仪式感上，都说明他做事极具计划性。这样的人，不可能随意选择受害人。所以，我有一个推断，在'X'的逻辑里，他杀害的是一家人，一张'全家福'。"

他的话无异于晴天炸雷，大家先是愣了一下，然后就开始窃窃私语，声音随着讨论的激烈程度越来越大。

江流的眉头皱了起来，他不是不信，而是没法信。

罗成在旁边提出了不同意见："山队，这些受害人的背景我们都查过了啊，一点血缘关系没有！"

山峰摇头："这不重要，重要的是，凶手认为他们是自己的家人。吴翠兰和张勇是他想象中的父母；白鸽是姐姐，齐飞是哥哥，谢甜甜是妹妹，还有……"

江流站起身打断他："等等！你说凶手是谢希伟，好，按照你的逻辑，谢希伟是把受害者当作了自己的家人，然后杀掉他们，抛尸竹筏，完成他送家人回家团聚的臆想，对吧？但谢甜甜是他女儿啊，怎么又是想象中的妹妹了呢？"

江流的这个问题，正是山峰推理中的关键一环，到底是什么让谢希伟的角色发生了变化："这就是我们的突破口。根据我们目前掌握的证据，害死谢甜甜的人是赵杰，不是谢希伟。也就是说，谢甜甜的死，对谢希伟来说，是意外，不是故意。这个意外，在谢希伟的杀人逻辑里，有截然不同的含义。"

江流还是不同意："就算你的推断正确，我们还是需要证据才能抓捕谢希伟。"

不能仅凭推论就抓人，到时候会很被动。他不想再让老警察们空欢喜一场。

办公室里，突然出现了一阵沉默。电话忽然响了，刘悦迅速接起，但那边只是喘着粗气，不说话。

刘悦再次说了一遍："喂？巫江县刑警队。"

刚说完，对方就挂了电话，刘悦举着电话有些纳闷，看着山峰。

那边一直不说话……

话音刚落，山峰的电话响了起来，是一个陌生的号码："喂？张汉东……"

大家都是一愣，江流凑近山峰。张汉东在那边说要提供重大线索，但有个条件，就是不来巫江。

山峰答应了。

江流被张汉东的反复无常搞得很恼怒，听到这个要求顿时怒骂："这老浑蛋搞什么鬼？不去，他自己来！"

山峰眉头微皱，想起了张汉东从老家面馆跑出来慌张不已的表情。

"我觉得和谢希伟有关。"

山峰的感觉没有错。谢希伟在江边撒谎了。他不但认识张汉东，而且永生难忘。张汉东惊慌失措地跑出面馆，就是因为认出了谢希伟。

谢希伟也认出了他。他们两个谁都忘不了谁，因为张汉东在1995年雨夜撞的人就是谢希伟。

那天从警察局出来之后，张汉东非常地得意。他觉得自己的运气特别好，老天都是站在他这一边。那年雨夜的事情，只要被撞的那个人不说，谁都不会知道。那个人或许没有死，可是也不会在巫江。他感到浑身轻松，一边打电话安慰那两个惊慌失措的情人，一边打算吃口饭。

在警局熬了这么久，他早就饿得发慌了。他看了看天，马上就要下雨了。就是这么巧，他走进了老家面馆。他根本没有看老板是谁，心里还在回味刚才警局里发生的一幕幕。

想到江流被自己激怒的样子，他就忍不住笑。面也很快好了，他扔掉烟，抄起筷子吃了起来。他根本没注意，面馆里只有他一个人。面的味道不错，是他喜欢的味道，他已经很久没有吃过这种面，有种熟悉的味道。

他一边吃一边在心里觉得今天的运气实在是太好了。外面雨势已大，谢希伟看了看天，坐在他的对面，盯着他看。

张汉东抬头看了一眼，觉得奇怪："看什么？！"

谢希伟笑了笑，用一种对待老朋友的口吻问他："师傅，还是以前的口味吧？"

张汉东顿时一惊，这才仔细地打量谢希伟。眼前的这个人，脸上的皮肤已经松弛，前额眼角都布满了皱纹，风霜在他的脸上留下了太多的痕迹。但是那双盯着自己的眼睛，那种恶狠狠、随时都要扑上来咬一口的眼神，即使过了二十多年也没有变。

这个人……真的没有死。

张汉东脸上的得意慢慢消失，变得惊惧又可怕，他指着谢希伟，几乎说不出话来："你……你……"

谢希伟点点头："我没死。"

张汉东下意识地摇头，心慌得说不完整话："你，你，你，你……你死了！"

谢希伟笑了："你还没死呢。"

张汉东凶狠而惊惧地盯着谢希伟，他当然明白这意味着什么。他想到山峰摊在桌子上的四张相片，忍不住颤抖起来。谢希伟不但没死，还杀了人，四个！

张汉东看着他那张微笑而冷静的脸，忍不住气上心头。虽然没有说话，但张汉东知道，他正在威胁自己，用一种比狠话要厉害得多的方式。

他也直视着谢希伟，突然，他伸手掐住了谢希伟的咽喉，双眼圆睁："你偷老子身份证偷老子钱，你逃跑的时候被我撞死了，你他妈到底是谁？"

话音一落，他就感到咽喉上猛地一疼，谢希伟也伸手，做出了和他一样的动作，死死掐住了他的咽喉。

谢希伟的力气要大得多，胳膊也长一些。张汉东挣扎了一下，手够不到他的咽喉，只能死死抓住他掐着自己喉咙的手。

谢希伟看着他越来越红的脸，笑得很诡异："我是谢希伟，死之前是，现在也是。师傅，你知道死是什么感觉吗？冷，冷到骨头里。对了，那天还下着大雨呢，不过我听不到雨声，我的耳朵里全是骨头被撞断的声音，嘎吱，嘎吱，嘎吱，嘎吱……"

他一边说，一边加大力度，张汉东脸涨得通红，呼吸不畅，双手使劲拍打却没有力气。

谢希伟看着他，一点要放开的迹象都没有："后来我在一个臭水沟里醒了，那水是红色的，蚂蚁和苍蝇爬了我一身，还有蛇，你知道的，我最爱吃蛇……"

张汉东听着这些话，心中害怕却什么都做不了。他年纪大了，当年的这个徒弟真的已经长成了大人，能够轻松地把他捏在手里。或许这就是报应。他双眼爆裂，渐渐要没了声息。

就在他眼前发黑、意识模糊的时候，谢希伟却猛地松开了手，把他扔到了地上。空气猛地灌进肺里，张汉东猛烈地咳嗽起来，模糊的意识渐渐清醒，他害怕地看着谢希伟。以他对这个徒弟的了解，这件事不会这么容易就结束。

谢希伟看着他伸出手掌："我跟了你五年，五，还差一条人命，不过你不配。"

张汉东哆嗦了一下，撇开身子想要离开，却跌倒在地。

谢希伟站起身，居高临下地看着他："你现在有一个老婆，两个情人，三个女儿和一个外孙子和外孙女，是吗？"

张汉东彻底怕了，跪地求饶："你别乱来！"

谢希伟冷冷地看着他："我有我的事，你要知道什么能说，什么不能说。"

张汉东一脸惊慌地点头："我什么都不说！什么都不说！"

谢希伟看着他又笑了，像一个殷勤的面馆小老板那样："面凉了，快吃吧。"

说完，又转身走入后厨。

张汉东看着谢希伟离开的身影，不由自主地哆嗦了一下，赶紧连爬带跑地冲了出去。

第四十七章　谢希伟

张汉东跑了很远才敢回头看，确定谢希伟没有跟上来。他回家之后一刻都没有耽误，就下令搬家。

在这里经营了这么多年，每一砖每一瓦都渗透着心血，但现在却一点都不能舍不得。谢希伟是个疯子，杀过人的疯子！

张汉东老了,他明白自己经不住任何折腾了。尽管全家都不同意搬家,他还是连吼带骂地强制执行。但他心里还是很忐忑,这样躲,是个办法吗?罢,走一步算一步吧。

到了要搬家的那一天,张汉东还要全家在门口合影。这一走,他可能永远都回不来了。这是他的家。

小女儿一脸不高兴地拎着行李把它扔在一堆行李旁,走到等候拍照的家人中间:"婚也不让结,家也不让住,还不如死了!"

二女儿瞪了一眼小女儿,小女儿站在老公旁边,看着镜头。张汉东假装没听见,但脸色却越来越难堪。

照相的年轻人却浑然不知,还在让他们笑一笑:"来来,准备好啊,都笑一笑哈!全家福要高兴嘛!那个谁,靠近点嘛,看这里看这里,哎,不是看我,看这里!"

张汉东牵着外孙女的手,看着地上的行李和紧闭的大门,感到越来越伤感。

外孙女抬头看着他:"外公,你为什么不高兴?"

张汉东愣了一下:"没有啊。"

外孙女噘嘴:"外公骗人,你一早上都没笑过!"

张汉东愣在那里,他忽然明白了一件事。他为什么要走?为什么不选择保护家人?

那个年轻人还在喊:"对嘛!你看你们一家七八口人!人丁兴旺!准备啊!我喊一二三!一!二!三……"

张汉东不等他说完,突然从队伍里走了出来。

照相的年轻人不高兴地喊:"哎哎哎,干啥子哟!"

张汉东头也不回,一瘸一拐地踏步离开。

他突然明白了一件事,只有警察才能对付这种杀人的疯子。

山峰给他的纸条还在,见面地点约在一栋破楼里。

张汉东打完电话,就一直在一栋破楼等着。

在等待的时候,他点燃了一支烟,不知道是不是因为老了,最近总是在回忆往事。回忆那些跟过他的女人、谢希伟,还有女儿们小的时候。

想到女儿小时候的样子，他忍不住笑了。尤其是看着她们摇摇摆摆冲自己扑过来的时候，多可爱，就像是上天给他的礼物。他这一生虽然在花丛中流连，但却对女儿保护得很好。

腿还好的那些年，他开大货车来赚钱养她们，供她们上巫江最好的学校，穿的衣服、吃的零食，都是巫江最好的。腿被打断之后，他就开始了一条不太好的谋生路。

赚钱辛苦，可只要给女儿花，他就觉得很值。家，是他唯一能够正常做人的地方。那里不容侵犯。

当然谢希伟也不能。他听到楼下有脚步声，从楼道窗户边上往下看，正是江流和山峰。

看着他们上来，张汉东没有说话，而是先朝外看了看，确定外面空无一人，才踏实地转过身，看着他们："我找你们来是要举报凶手，他在巫江开了个面馆，他叫谢希伟！"

江流和山峰对视一眼。

山峰没有急着表态，而是问了一句："你认识他？"

"认识！那野孩子十四岁就跟我了！"

山峰想到钓鱼时谢希伟说过的遭遇，又问了一句："你就是教他开车的师傅？"

"对！我跑车的时候经常路过他们村！那野孩子就躲上了我的车，非要跟我，说他养父母打他，他是逃出来的！那会儿他浑身是伤，大字都识不得！我要不是一时心软，不会收下这个祸害！"

江流在一旁警告："张汉东，我们是讲证据的，胡说八道也有法律责任。"

张汉东急了："那天我从警局出来去吃面，他亲口说的！"

山峰还是不能轻易相信他，还有就是，张汉东说得太少了，现在需要更多的信息。

"我去找你的时候怎么不告诉我？"

说到这张汉东就觉得无奈，这些天的担惊受怕几乎要让他崩溃了。

他有时候一闭上眼睛就能看见谢希伟那双像蛇一样的眼睛："他杀那么多人，

我怕他对我家人下手！要是以前，我一定抓他去局子！可我老了啊，过几年就挂墙上了！我就图家里人平平安安，那浑蛋太狠了！跟我的时候杀蛇，这么一刀，唰的一下皮就剥下来了，然后抠出蛇胆就吃了！还跟我说师傅你摸摸我手，是不是很凉爽！没想到除了杀蛇他还杀人！我本来不想找你们，可我听说他把他女儿杀了！我……我了，我也有女儿啊！"

江流看他越说越激动，伸手拍了拍他："张汉东，你冷静冷静，你说的这些都不是证据，我们没法抓人。"

张汉东一听这话又急了："你们要不抓他他还会杀人的！"

他真想此刻就把谢希伟抓进警察局，永远都不要出来。

山峰盯着张汉东，从面馆出来那副惊恐扭曲的表情，不仅仅只是认出了谢希伟这么简单："张汉东，你是不是还有什么事没说？"

张汉东愣了一下，防备地看着他："什么意思？"

山峰靠近张汉东，直视着他的眼睛："就算谢希伟跟过你，你打过他，他现在告诉你他杀了人，你也不至于慌慌张张地从老家面馆跑出来吧？"

张汉东哆嗦了一下："他威胁我！"

山峰继续靠近，张汉东往后撤身："他为什么威胁你？因为你害过他还是……"

"我没有！"

山峰看着他的表情，越发肯定他隐藏了什么。他在警局胡搅蛮缠的时候，可不是现在这副心虚的样子："张汉东！如果他想杀你，你就不会站在这里。如果他想杀你家人，可能现在他已经在你家了。师徒相见，不应该分外热情吗？你不告诉我你们之间发生过什么，我就保证不了你的安全，更别说你的家人了。"

张汉东有些呼吸急促地看着山峰，那件事真的要说出来吗？该怎么说出口，自己会不会要去坐牢？明明是来举报谢希伟的，怎么现在好像是在暴露自己呢？

江流看他的样子，也明白了他在隐瞒，于是给山峰使了个眼色。

"走吧！别浪费时间了！"

山峰深深地看了张汉东一眼："你好自为之。"

说着，两人转身就走。

张汉东的眼神闪动，终于一咬牙做了决定，喊住了他们："等等！"

反正这件事迟早都会被抖搂出来，还不如现在就说出来算了。

他一咬牙，一屁股蹲了下去，抖着手点了一根烟，猛地吸了一口："我一直以为我杀了他。1995年前后，他的个头一下子蹿起来了，说实话我也不想打他了，可他偷我的钱！偷了钱还逃跑，好几次，每次都被我抓回来！抓回来我当然要打了，白眼狼！后来有一天晚上，下着大雨，他偷了我的身份证，又准备逃跑！我气死了，我就开车追，结果……结果不小心把他撞了！我当时以为他死了，就把他扔到臭水沟里……我……我这些年也不好过啊，我是打架盗窃泡女人，但我绝对不杀人啊……这都是命啊，谁会想到二十多年后我会去了他的面馆！"

说完，他把头埋在了臂弯里，手里的烟早已折断掉在地上。他真是后悔啊，要是当初没有那么做，而是把谢希伟送去医院，怎么还会有现在的事情？想着，他又觉得委屈。

好心好意收留了谢希伟，本来可以像车队的其他师徒那样变成半个父子，怎么就变成了这样呢？他一向都是处处结善缘，怎么就栽倒在谢希伟身上了？想着想着，他几乎都要哭出来了。

山峰没有想到其中还有这种因缘，一时站在那里没有说话。

江流蹲下身子，掏了根烟递给张汉东："如果我们抓了谢希伟，你会去做证吗？"

张汉东看了看江流，又看了看山峰，一咬牙："会！"

有了张汉东这个证人，剩下的就是抓捕了。

山峰和江流急匆匆回到局里，又得到了一个消息。大壮经过搜肠刮肚的冥想，终于又有可以交代的事情了。

是关于赵杰的。大壮他们开车逃跑的时候，浑身是血的赵杰拦住了他们的车，一边喊着救命，一边想要上车。

大壮让他滚了几次都没有用，气得下车想要踹他。就在这个时候，有个小弟忽然从后面跑过来大喊"警察来了"，大壮顾不上赵杰，带着小弟们就朝居民楼跑去。

但就在他快要跑进楼里的时候，忽然听到一个苍老的嘶吼声："赵杰！赵杰！"

赵杰一个哆嗦，跟着他们跑向居民楼上的皇后旅馆。

大壮的交代让江流也想起了一件事。那天，他们和赵杰擦肩而过，就在皇后旅馆。当时他正带着罗成去抓大壮他们，追进了皇后旅馆，那天的抓捕非常顺利，几乎没费什么时间就抓到了大壮。

就在他们准备要鸣锣收兵的时候，江流发现了墙上的血手印，紧接着又听到了一热水瓶的爆裂声。大壮他们没有受伤，血手印从何而来？他看向血迹的延伸处，拦住了正要追踪血迹而去的罗成，指了指最开始的房间，示意罗成这里有问题。

罗成会意，上前敲门，咚咚咚。没有人应声，但里面传来了轻微的响动。

江流让罗成后退两步，正要抬脚踹上去。门却从里面打开了，正是谢希伟，还捂着头，有血迹渗出来。

当时谢希伟的解释是在皇后旅馆做保洁，结果在楼下摔了一跤，头也破了，一进屋，热水瓶也碎了，腿也给烫着了。当时江流往屋里看了看，的确有碎裂的热水瓶，地上的热水还冒着气。

谢希伟解释在旅馆做保洁是为了打听谢甜甜的消息，坚决不和江流去医院，因为房间里还要收拾。当时江流还听见里面有人在呻吟，谢希伟解释那是喝醉的客人。

因为抓住了大壮，因为对谢希伟的轻信，他们没有进去查看。现在想来，谢希伟怎么可能关了面馆去做保洁？那是他的家，难道不害怕谢甜甜突然回来吗？

还有那个"喝醉的客人"，应该就是赵杰！

江流这会儿想明白了，真想回到当时给轻信谢希伟的自己几下子。

几乎可以立即判定，赵杰就在谢希伟的手里，就在老家面馆。

他立刻让刘悦带着谢希伟的相片再去找阎东辉确认，然后开着车和山峰一起去抓捕谢希伟。带着深深的愤怒和愧疚，江流车开得很快，恨不能立刻就把谢希伟抓捕归案。

山峰坐在副驾不断拨打谢希伟的电话。

"老谢不接电话了。"

江流皱眉，刚要说什么，电话响了，是刘悦。

阎东辉看了谢希伟的照片，基本确定就是那个年轻人。

听到这个消息，江流心里更恨了，他打开警灯吸上车顶，狠踩油门，车子疾驰而去。

到了老家面馆，车还没有停稳就听见前方传来一阵惊呼和尖叫。一大群人围在那里，又激动又害怕。两人快步奔跑过去，拨开人群一看，地上躺着浑身是血的赵杰。

江流顿时发蒙，狠狠地骂了一句："操！"

山峰赶紧扶起赵杰，试了一下他的呼吸。

"赵杰，谢希伟呢？"

赵杰此时已经面色苍白，呼吸微弱，浑身是血。他的右手已经没了。

江流抄起电话，冲着那头狂喊："救护车！快！"

救护车很快就来了，送走了赵杰。

围观群众的好奇心被激到了最大，恨不能立刻就冲进面馆一看究竟。

罗成指挥警察们拦住了围观群众，让他们和面馆保持距离。

山峰和江流进入老家面馆的后院，后院门口，一摊血迹漫延而去。后门虚掩，山峰伸出手慢慢推门，江流紧随其后。

打开地窖门，一股令人作呕的味道冲了上来，里面光线很暗，借着日光，山峰缓缓走下楼梯。越往下走，空气越发污浊，血腥味也越重。

江流打开了随身带着的手电筒，环顾四周，看到满地都是大片的血迹。角落那边血迹最重，留着一只断手，上面紧紧拴着一截嵌入墙里的铁链。山峰摸到了电源开关，屋里的灯亮了起来。

江流回身环顾四周，看到了一张"全家福"，他凑近一看，发现竟是一张拼凑而成的照片。

这个相片非常诡异，让他忍不住喊了一句："山峰！"

山峰转头看过去，顿时愣住，"全家福"上有一张他小时候的相片。看着这张相片、这张全家福，他顿时明白了心中所有的疑惑。

江流看他脸色煞白，在旁边轻轻地喊了一声："山峰？"

山峰缓缓转头看着他，声音干涩地说了一句："我……可能是他的弟弟……"

江流只觉得脑袋里"轰"的一声，难以置信地看着山峰。

第四十八章　女婿

　　山峰不知道自己怎么回到地面的，等他冷静下来，罗成已经带着人下地窖拍照取证了。

　　老家面馆周围一群围观的居民，正在纷纷议论，他们正在讨论谢希伟和赵杰到底谁是凶手。

　　山峰失落地坐在面馆门口，看着警员们出出进进。他不想回忆，可是记忆却争先恐后地涌了出来。就是在这里，成年后的他和谢希伟第一次见面，当时，谢希伟就认出了他。还看着他说：变化大哟。当时的他真的以为谢希伟是在说巫江变化大。

　　还是在这里，谢希伟告诉他：我以前那个家，死光了，就剩一个弟弟，下落不明，不知道这辈子还能不能见到。

　　山峰闭上了眼睛，他想起在峡谷，问谢希伟的那句话："你打算什么时候去找你弟弟？"

　　"快了，快了……"

　　谢希伟一直都在暗示他。那个弟弟就是他，最后一个人就是他。

　　江流走了过来："走吧，回警局再说。"

　　山峰睁开眼睛："他一直都在提示我。"

　　江流看着他落寞的样子，心中不忍，加上也根本不相信他会是谢希伟的弟弟。

　　"一个照片而已。你是警察，他是凶手，他就是想蒙蔽你。"

　　山峰苦笑："如果我真是他弟弟呢？"

　　江流愣了一下，坐了下来："你要是他弟弟，他为什么不早点认你？绕这么大一个圈子干什么？而且照你那个逻辑推断，他知道你来巫江就应该动手了吧？"

　　山峰感到了一种被愚弄的痛苦："是二十年前。二十年前我就看到他了，看到他杀了小白鸽。他为什么不动手，他为什么把我送回家？这二十年，他为什么不联系我？我到巫江的第一天，他就认出了我，他为什么不说，他在等什么？"

　　江流看他痛苦，心里也难受起来："你冷静冷静，他最后一次和你钓鱼，暗示过什么吗？"

山峰顿了顿："他说要带他弟弟回家。"

"家在哪儿？"

"水里，江水里。"

江流愣了，心中有了不好的预感。

他想说什么来宽慰山峰，但什么都说不出来，说什么都觉得不太对劲。过了一会儿，山峰忽然站起来要回警局。江流还是想让他先回去休息，毕竟出现了这么大的事情，轮到谁头上，谁都会受不了。

但山峰拒绝了，他要回警局。在没有进一步确认之前，他不能被自己的胡思乱想所打倒。那样也太可笑了。那样和二十年前仓皇离开又有什么区别？

回到警局，在 ICU 病房内的赵杰也醒了，但很虚弱。在确认自己是在医院后，他的情绪总算是平静了。想到在地窖的经历，他几乎都要吐了出来。

右手是他自己锯掉的，锯子是石磊给的。他也不知道石磊怎么会出现在那里，他甚至都不认识这个人。

只是看到石磊盯着地窖里的那张全家福，露出了悲伤的神情。石磊是来找谢希伟的。赵杰看着眼前穿着警服的刘悦，眼神中透露出信任和安全感。

刘悦关切地看着他："你现在可以说话吗？"

看他点了点头，又问："关于谢甜甜的案子，你有什么要交代的？"

赵杰看向刘悦，沉默许久，缓缓开口。到了这一步，他最对不起的就是母亲。真是个苦命的母亲，前半生被浑蛋丈夫毁了，后半生又被杀人犯儿子毁了。赵杰曾经想过，一定要好好地孝顺母亲。但为什么会变成这样呢？

"我妈在吗？"

罗成以为他要拖延时间，立刻警告他："赵杰，我们已经有足够的证据，你……"

刘悦拉了拉罗成，阻止他说下去。

转头看着赵杰："赵杰，你妈刚走，这儿不方便一直有人。"

赵杰一言不发，看着天花板，眼角淌着泪。

刘悦又说了一句："你妈为你的事一直没合眼，她身体什么样，你比我们清楚。"

赵杰心中刺痛,如果能重来,他一定不会杀人,更不会结婚。

"我会判死刑吗?"

"我不能回答你这个问题,因为那些已经死了的人还没有真相。"

赵杰痛苦地呻吟了一声,急促地喘着气:"是我,是我杀了甜甜。"

想到那个夜晚,赵杰的心还是忍不住地抽痛。恋爱的时候,他已经发现谢甜甜的脾气不好,任性、自私,但恋爱中的人都是盲目的,他还是结婚了。

母亲虽然不太满意这个儿媳妇,但也没有横加干涉。现在想想,如果母亲强硬一点,也许就不会有后来的事情了。

赵杰忽然觉得自己很无耻,明明是自己惹出来的事情,却非要找理由去怪别人。

谢甜甜一结婚,就把母亲赶了出来,他很生气,但却不敢做什么。因为谢甜甜很凶,很会使用暴力来让他屈服。很丢人,但他却忍下来了,他以为忍了就会没事。

母亲虽然恨谢甜甜,但为了他也忍了。最后的爆发,是因为母亲生病,做完手术,出于感谢他请主刀医生吃了顿饭,回家晚了。

回家的时候他就很忐忑,尽管一进门就赔礼道歉,各种做小伏低,但谢甜甜还是发了火。开始只是胡搅蛮缠,赵杰忍了。

后来谢甜甜越说越过分,甚至诅咒母亲去死,说她是个老不死的。赵杰蓄积已久的憋屈终于爆发了,他掐住谢甜甜的脖子,越来越用力。

谢甜甜彻底断了气。回忆这些,赵杰已经泪流满面。他很后悔,非常后悔。

罗成在一旁皱着眉头,他不太相信这是意外。

"你的意思是这完全是意外是吗?"

赵杰麻木地点点头。

罗成追问:"那你为什么买冰柜?为什么买了一本叫《死亡解剖台》的书?这些都是你在杀死谢甜甜之前做的事。这是预谋,不是意外吧?"

赵杰没有回答,而是面目扭曲地不断问道:"我妈呢,我要找我妈,找我妈……"

旁边一直做记录的刘悦问道："赵杰，谢希伟去哪了？"

赵杰突然一个哆嗦，像是被针扎了一般尖叫："我不知道，他是疯子！他们一家都是疯子，疯爹疯闺女，比亲生的还可怕！"

刘悦和罗成顿时一惊："你说什么，谢甜甜不是亲生的？"

"她六岁才跟了谢希伟，就是被那个疯子教坏的！"

刘悦和罗成对视一眼，知道这是个重大线索，起身收拾东西快速离开。

赵杰看着他们的工作，心里越发地慌张，冲着他们背影大吼："你们干什么去？我会判死刑吗？我会不会判死刑啊？"

吼了很久，他忽然哭了出来。他哭的声音很大，几乎是用尽了所有力气。

刘悦和罗成赶回警局，汇报了谢希伟同谢甜甜是养父女关系的线索。至此，真相几乎已经完全显露了出来。

谢希伟就是二十年的那个凶手，也是他抛尸了谢甜甜。所以才会有竹筏，所以尸体旁才会有那个布娃娃。凶手一直就在他们身边，就在他们眼皮底下。

看着他们痛苦、自责、悲伤。确认了二十年前的杀人凶手，但没有一个人感到轻松和开心。

院子里一片忙碌，穿制服和穿便衣的人来回交织，有人抱来很厚的资料，也有人相互交接各种文件，有人看监控视频，有人在不停地接打电话。

江流不停穿梭："所有发现都要及时汇报，等我做下一步的决定。"

一个警察抬头喊道："江队，谢希伟手机关机了，现在无法定位。"

江流回头喊道："找交通队协助！"

另外一个警察紧跟着汇报："联系了，码头的人群有疑似，正在联系江上派出所！"

江流点头："继续查，自行车、摩托车、私人船，全部的交通工具都查！"

罗成匆匆跟上来："江队，赵杰他妈写了血书，带着一家人在外面闹呢！"

江流挠头，没有什么好办法："这事找局长去！我应付不了！"

罗成应了一声，隔着窗子又看到屋内呆坐的山峰："山队他……"

江流一把推开罗成："干你的活去！刘悦呢，谢希伟家里勘查得怎么样了？"

刘悦拿着一份快递走到山峰面前："山队，你的快递……谢希伟寄来的。"

话音一落，屋内顿时一阵安静，此时江流和罗成也走进了办公区。

山峰撕开快递，里面是一页页的纸张，都是汇款单。江流凑上去："汇款单？"

山峰面色发蒙，汇款单上，收款人是山峰养母，汇款人一栏，落款：谢希伟。他的心猛地跳动起来，越跳越快，几乎都要跳了出来。这不可能，这怎么可能？谢希伟居然就是自己的那个资助者！

他快速地翻看着，密密麻麻的汇款单铺了一桌。养母也把汇款单收了起来，他也看过，很熟悉上面的日期和金额。

一切都很清楚了。山峰面色苍白，呼吸越发急促起来，他想起来了，全部。他和谢希伟的渊源从1998年那晚开始。

山间夜雨，一辆货车停在岔路上，车灯在雨幕中劈开白色的光。一双手有力地掐着小白鸽的脖颈，渐渐地，她的双腿停止了挣扎。

黑色雨衣男人看着毫无生息的小白鸽，喘着粗气，嘴角的弧度似哭似笑。突然，雨衣男人猛回头，一道闪电炸裂，雨衣下的脸，正是谢希伟。看见这一切的小山峰尖叫，转身奔跑，谢希伟拔腿追了上去。

小山峰奋力地奔跑却跌落山坡，撞击加上惊吓让他昏迷不醒，书包也甩在一边。谢希伟跑下山坡，看了看昏迷的小山峰，俯身打开书包，看见课本扉页上写着"山峰，巫江小学五年级三班"。

谢希伟看着山峰，忽然和记忆中一个两岁男孩的微笑的脸重合了。那是在他思念中存在的弟弟，此刻却有了实体，就是山峰。他的眼中掠过一丝温暖，俯身擦干山峰脸上的污泥，嘴角泛出笑意，轻轻抱起了山峰。

到了山峰家门楼道，谢希伟却突然停下脚步，一咬牙又转身快速下楼。他变了主意，好不容易找到的弟弟，为什么不留在身边呢？

但山峰正在痛苦地呻吟，额头烫得怕人。谢希伟有些慌乱挣扎，他并没有照顾生病孩子的经验。

他看着怀里的山峰痛苦地犹豫着，最终还是上楼使劲砸门，屋里传来山峰养母的回应声："来了！又没带钥匙啊娃子？"

谢希伟放下山峰转头下楼，躲在楼道静悄悄地向上看。山峰养母打开门，看见山峰昏迷地横卧在楼道里，顿时大惊失色，叫上丈夫一起送山峰去医院。

谢希伟注视着这一幕，闪身离去。他既痛苦又很开心，最亲爱的弟弟有一对疼爱他的父母，一定能够好好长大，等弟弟长大了，再带他一起回家。他从心里感谢那对夫妻，因为他们对弟弟真的很好。

二十年了，他一直都在以他的形式关注山峰，按时地汇款、每年的脐橙，都在暗示山峰。

他在巫江，一直都在等山峰回来。山峰果然回来了，还走进了他的面馆。

同时，山峰的到来、谢甜甜的死，让他重新启动了他的"全家福"计划。谢希伟认定，这就是命运的安排，但他带走弟弟之前，他要先去感谢那对山峰的养父母。

第四十九章　不速之客

江流他们争分夺秒地寻找着谢希伟的踪迹时，他正拎着一个装鸽子的鸽笼，站在山峰家小区门口。

看着山峰养母拎着菜走下台阶，跟着山峰养母身后不远处穿过楼梯通道，看见山峰养母和路过的邻居打招呼，然后走进一栋居民楼。

过了一会，他才敲开山峰家的门，看着一脸疑惑的山峰养母很坦然做了自我介绍："您好，我是山峰的朋友，来夔州看看您。"

看着山峰养母一脸不太相信的样子，他又笑了笑："上个月寄来的脐橙还好吃吧？"

山峰养母一下子愣住了，转眼变成了喜悦，没有想到那个一直匿名资助的人就在眼前："哎呀，是你啊！快进来！快进来！"

她热情地请谢希伟进去，着急沏茶洗水果。谢希伟没有客气，任凭她在厨房里一边忙碌一边说着欢迎和感谢的话。墙上有山峰的相片和奖状，他站在相片前面，微笑着看着。这个弟弟，真的很争气啊。

山峰养母把茶和水果端上来，看他对墙上的东西感兴趣，便走过来："我一直说让山峰带我去见见你，可这孩子的工作没完没了。不过也是，他要是不拼命工作啊，也没这么多表彰。都是我逼着他挂上的，我看着高兴啊，话说回来还是得谢谢你，要不是你一直给他寄学费，他也不会有今天。"

谢希伟点点头，目光落在一张山峰小时候和父母的合影上，想到那个雨夜很是感慨。

"二十年了。"

山峰养母也很感慨，回身请他坐下："是啊，二十年了，来来来，坐，我有很多话要和你说呢。"

谢希伟伸出手盖住山峰的父母亲，只露出山峰的模样，笑了。

山峰养母是个很健谈的人，加上对谢希伟这么多年一直资助山峰的感激，毫无防备地把他当成了一个很好的朋友，甚至是亲人。

谢希伟没有怎么说话，一直都在听山峰从小到大的事情。山峰养母讲着讲着，突然反应过来，光顾着说，午饭时间都已经过了。

冰箱里的菜不够丰盛，还要赶紧去买菜，但这样就剩下谢希伟一人在家。谢希伟摇摇头，他指了指放在门口的鸽子笼，提出饭由他来做。

他很坚决，拒绝了山峰养母的其他提议。山峰养母只好看着他进了厨房，灶上烧了热水，然后在水池前洗菜，旁边放着鸽子笼，笼里的白鸽不停扑腾。

山峰养母站在一旁无从下手："还是我来吧，你大老远来，还得你下厨。"

谢希伟很认真地洗着菜叶："没事儿，我习惯了，您是山峰的妈妈，给您做顿饭应该的，谢谢您了。"

山峰养母疑惑地笑笑："谢谢我？"

谢希伟回头看着她笑了。

"您把山峰养这么大，不容易。"

"哎呀，我这是应该的，他是我儿子嘛。"

谢希伟没有说话，打开鸽子笼，把鸽子抓出来。鸽子发出咕咕的叫声，翅膀不断扑腾，他一把握住鸽子，将鸽子活活掐死。

察觉到山峰养母的惊讶，不紧不慢地解释着："这样鸽子聚气，汤好喝。"

山峰养母点头："哦，我还是第一次听说。"

谢希伟端下煮开的热水："其实我这次来，还有件事，我替山峰跟您道个别。"

山峰养母惊讶地问道："他要去哪儿，没跟我说过啊？"

"所以我来替他跟您说一声啊。"

谢希伟抬头看着山峰养母笑了笑，然后低下头快速地处理着鸽子。吃过饭，谢希伟又进了厨房去收拾。他算了算时间，快递应该到了，走到客厅，拿起了山峰养母的电话。

只响了一声，山峰就接通了。

听到山峰的声音，谢希伟的心中涌起了一股奇特的柔情："收到快递了吧？"

山峰愣了一下，顿时大惊，声音几乎都变调了："你在哪儿，我妈呢？"

谢希伟总算是放心了："收到就好啊，我其实不想寄给你，但怕你不知道我要干什么。"

听着山峰在那边怒吼让他别乱来，他淡淡地解释："她很好，我已经替你跟她告别了。"

山峰怒极："你要干什么？！"

谢希伟笑了，终于到了这一刻。

"你心里知道答案……弟弟。"

他听到了山峰急促的喘息声，以为山峰和自己一样激动。

"我们一家团聚的时候总算是到了。"

那边已经挂断电话。

山峰还保持着接电话的姿势，那边已经传来嘟嘟嘟的忙音，办公室鸦雀无声，所有人都看着他。

江流看着山峰，心情复杂。这个兄弟，怎么就惹上了谢希伟这个疯子？

他想上前安慰山峰，可是心中百转千回就是想不出来什么合适的话。

就在这时，外面忽然爆发出了一阵异常嘈杂的哄闹和哭喊声，紧接着赵杰家人冲进了办公区。

警察们围上去拦住，赵杰表哥冲在最前，推搡着警察，不依不饶地叫嚣着："赵杰不可能杀人，就是那个谢希伟干的！"

赵杰母亲举着血书跪在地上："我儿子冤枉，冤枉啊！"

女警们上前拉起赵杰母亲劝说着，但赵杰母亲挣脱搀扶，索性趴在地上哭喊。家属们的反应越发激烈，场面越来越乱，江流和罗成都围上去劝说。

山峰望着这一幕，嘈杂声在他的耳中不断扩大，面目不断扭曲。被愚弄的愤怒和羞耻似乎正在体内叫嚣、冲动，顺着他的血液流到了身体的每个角落。

他很想、很想狠狠地发泄出来。忽然一声惊呼，紧接着有人摔倒在地。赵杰表哥将一个警察推倒，家属们蜂拥而上。

这个场景刺激了山峰，他忽然从里屋快步冲了出来，一把抓住赵杰表哥的脖子，将其推出办公区顶在墙上。

山峰面带杀气，紧紧盯着赵杰表哥。本来还在吵嚷的赵杰表哥被吓得不敢出声，紧接着又感到了几乎要窒息的痛苦，伸出手在山峰胳膊上乱拍，想要挣脱。

山峰的眼睛血红，咬牙切齿地瞪着赵杰表哥，面目狰狞。手上的青筋暴起，额上出现了细密的汗珠，他很快就会要失去理智了。

江流和罗成冲上来，将山峰拉开："山峰！山峰！"

江流的声音让山峰清醒了过来，他看了看还在挣扎的赵杰表哥，一把将他摔到一边。

赵杰表哥赶紧向旁边爬了几步，才敢猛烈地咳嗽。

山峰喘着粗气，看了看满院子的人，转身打开车门，飞驰而去。

江流看着他的背影，反应过来，赶紧回身冲着罗成："快，赶紧联系那边警察，快！"

几乎是同时，江流和山峰的电话都到了 C 市警局，一点都没有耽误，立刻就有两个警察赶去山峰养母家。很快到了目的地，但是敲门没人回应，准备破门而入。

山峰开着车疾驰在公路上，同 C 市那边的电话一直都是接通的，那边的一举一动都能立即知道。他已经做了决定，如果养母出事，他永远都不会原谅自己。哪怕是搭上人生、前途、所有的一切，他也会让谢希伟付出代价。他没有失去理智，相反，他现在比任何时候都理智。

他听着那边的响动，最坏的打算已经做好。但下一秒，他听到了一个熟悉的声音："你们是？"

他的心猛地颤动，是养母。尽管只是声音，但他可以听出来，没事，没有出事。

车子一个急刹停下，山峰长出了一口气，让那边的警察把电话给养母。

养母根本不知道发生了什么事，吃完饭后，她忽然觉得困倦就在沙发上小憩了一会。

醒来后发现谢希伟已经走了，家里也收拾得干干净净。

人大老远来，还亲自下厨，让养母觉得很不好意思，于是就追了出去，想要好好道声谢。回来后，就看见了准备破门的两个警察。

她看着正在检查房屋的两个警察，明白肯定是发生什么大事，但山峰就是不说："你不告诉我，我不更担心嘛。"

山峰已经稳住了心神，用一种很自然、很平常放松的口吻哄她："没什么大事，我多想了，你等着啊，妈，我很快就回去了。"

养母知道他这是在宽慰自己，忽然看见一个警察指着墙："阿姨，这些照片呢？"

养母起身一看，惊了，原本挂满山峰成长相片的墙现在空空荡荡。

家里只来过谢希伟，养母心往下一沉："小峰，是和那个资助人有关吗？"

山峰继续劝她："妈，你在家等着就行了，我回去再说。"

山峰养母看着空空的照片墙，心中猜测谢希伟的来历："你别回来了，我要去巫江。"

二十年了，是该回去看看了。

山峰长叹一声，只好等着养母。烟抽了一根又一根，养母终于到了。阴郁的天空下，破旧的老城矗立在江边，显得破败不堪。

山峰和养母走在老城的街道上，睹物思情："整个巫江老城，就剩这么一点了。"

山峰养母看着老城，这里也曾热闹繁华，她们一家三口在这里度过了很多美好的岁月。

一转眼，已经物是人非了。

"真快啊，二十年就这么过去了。"

山峰顿了顿："妈，你知道我的亲生父母是谁吗？"

养母看着山峰，眼睛里都是疼惜："我知道你为什么问我，和那个资助人有关，对吧？你打小就这样，什么事都怕妈担心不跟妈说。你跟我来。"

山峰随着养母登上台阶，往一处破旧的房屋走去。

养母指着前方："没遇着你之前啊，我跟你爸就住这个地方。那天连着下了一天雨，我在厨房做饭，听到有孩子哭，我问你爸听见没，你爸说听见了。我俩就从屋里跑出来了，雨特别大，在那个地方，就那儿，找到你了。"

"那会儿我多大？"

山峰养母缓缓道："两岁出头的样子，你被装在筐里，我们翻遍了，也没找到什么信息，我俩一开始以为你有啥大病，去医院一检查，哎哟，小心脏跳得特别响。"

回忆起山峰小时候，养母笑了。

山峰面露痛苦："妈，如果我真的是他弟弟呢？"

如果是真的话，他根本不知道怎么办。

养母掏出一个存折递给山峰，一笔笔的资助款密密麻麻："他寄来的钱，我们一分也没花，你爸走得早，咱娘儿俩的日子苦过一段时间，我也不是没想过用这些钱，但就觉得再撑撑吧，撑着撑着你就大了。"

山峰感动地看着养母。如果没有这个母亲，他现在会是什么样？

"其实我们根本不需要这些钱。"

养母笑了："你大了以后我也觉得，咱不需要。可后来我又想啊，要是没这些钱，我可能也撑不下去，它是个念想。所以这人世上的事儿啊，没什么如果，发生就发生了，是好是坏，全看你怎么想。"

虽然山峰没有说明谢希伟的真实身份，但养母能够感觉得出他心里的挣扎和痛苦。任何一个母亲都不忍心孩子承受这种痛苦。这不是他的错，他不该如此痛苦。养母希望山峰能够放下所有心结，人生路上能够轻松一点。

山峰认真地点点头，望向远处的山间浮云。送走了养母，山峰回到住处，这些日子发生的事情太急、太激烈，让他一直疲于应付。

他感到了从未有过的疲累，甚至想要休一个长假，去一个很远的地方躲起来，直到案子结束。他现在有点害怕，或者说是恐惧。

有人敲门，声音很温柔。是叶小禾，江流把所有的事情告诉了她。叶小禾问："你还好吧？"

山峰侧身请她进来："还好，谢谢。"

叶小禾将手里的作业本递给他。

作业的封皮上写着：五年三班，山峰。内页上，另外还有三个大大的红字：杀人犯。

山峰吃惊地看着叶小禾："你怎么会有这个？"

二十年前，山峰搬家那天，叶小禾一直在走廊尽头看着。他们离开后，叶小禾走进空荡又凌乱的屋子，看到地上的作业本，她捡起来，一直放在身边。

山峰心绪复杂，当年的孩子见到他都只会喊他"杀人犯"，他从不知道还有一个叶小禾在偷偷地关注他："留这些干什么呢。"

叶小禾顿了一下，终于说了出来："造谣的人是我。"

她看着惊讶的山峰："当初造谣说你认识杀人犯的人是我，我……我没想到一句话会有这么大的影响，最后闹到你们全家搬走。"

想到当时山峰被孩子们欺负的场景，她真的很抱歉。或许也有这部分原因，让她想要远离这里："对不起。"

山峰一时不知道该说什么，顿了顿："算了，都过去了，但……但是为什么呢？"

叶小禾看着山峰，眼睛里似有泪光："我带你去一个地方。"

第五十章　敞开心扉

叶小禾带山峰去的地方是二十年前的露天电影院。除了记忆，一切都已经改变了。

叶小禾指着二十年前山峰站的那个位置："二十年前的那天傍晚，你来这里看电影，我也在。人们关注的是电影，你关注的是小白鸽，但我……那时候的我，关注的是你。"

山峰有些意外地看着她，不知道该说什么。

叶小禾有些不好意思地笑笑："其实没什么，小时候我和很多女孩一样，特别想有一个哥哥，能被我欺负，也能保护我。就是这样。"

她向一旁走去，山峰跟上："后来秦菲来了，你吃着冰棍，跟着小白鸽回家。小白鸽不知道背后有你，你也不知道背后有我。"

叶小禾说的这个场景，山峰是有印象的。

当时的山峰吃着冰棍跟上小白鸽向前走，然后又走上一条台阶，小白鸽发卡掉落，他捡了起来。身后的叶小禾一直看着他、跟着他，在他捡起发卡的时候，还叫了一声他。

但他直到现在才知道。山峰默默无言，跟着叶小禾从台阶上走上来，看着小白鸽曾经掉落发卡的地方："我是叫你一起回去看电影，但你捡了发卡就追上去了。我有时候想起来，还是很后悔，如果我跟上你，也许会改变事情的结果。但当时，我只觉得很难过，而且开始讨厌你，所以就在学校说你认识杀人犯……"

山峰看着面前的路，沉默片刻。他同样想到了当天的场景，一幕幕仿佛就在眼前。

他也想过如果当时没有追上去会怎么样，但世界上根本没有如果："为什么现在告诉我？"

叶小禾转身看着他，眼神真诚而关切："因为面对你，就是面对我自己。我不喜欢小时候的我。但那次我在犹豫要不要见我妈的时候，你跟我了一句话，你还记得吗？你心里还有一个你，小时候的你，是她在害怕，我不会为了一次见面来说服你，我是希望你能把她赶走。现在，我也想把这句话送给你。"

山峰看着叶小禾，感慨万千："谢谢。"

叶小禾说得很对，他又何尝不知？二十年前的那个自己，一直都被困在原地无法走出。封闭了内心，拒绝任何人的进入，都是源于这个自己。

山峰独自一人来到小白鸽案发地静静地望着，眼前又出现了当年的场景。那个八岁的孩子，正看着谢希伟用力掐小白鸽，眼神惊恐。

一道闪电炸裂，谢希伟猛然回头，小孩子被吓得一声尖叫。山峰握紧双拳，这也是每晚让他从噩梦中惊醒的场景，每次谢希伟回头的时候，他总是看不清。他心里明白，不是看不清，而是心里在害怕。此刻，山峰让自己不要躲闪，去看清那个凶手就是谢希伟。

这一次，他不会再害怕、再退缩。他已经和二十年前的山峰不一样了，现在的他很强大，强大到足以保护自己，保护所有人。

山峰笑了，他明白，终于和小时候的自己和解了。他终于放下过去了。

警局办公室，江流正一脸疲惫地翻看着鉴定报告，这一天天忙得，他连感觉累的时间都没有。

他看了一眼坐在办公区整理资料的罗成，年轻真好啊，熬了那么久居然还是那么精神。

罗成感觉到他的目光，汇报了下情况："谢希伟地窖里的那些头发残余，跟连环案中的受害者，及谢甜甜的 DNA 完全匹配。山队的推测是对的，他就是在杀想象中的家人。对了，山队怎么样了？"

江流打了一个哈欠。

他已经拜托了叶小禾，这个时间段没有接到电话，应该是没有什么问题。

"用你操心吗？谢希伟查到了吗？"

"市局那边正在全力调查，协查通告也发了，其他县市一旦发现，立即逮捕。"

他低头看着笔记本："对了，谢甜甜那边也差不多了，当年办理收养手续的机构已经找到了，弟兄们正在寻找当时的经手人，明天就能赶回来，还有就是……"

忽然肩上被轻轻一拍，罗成抬头看见刘悦，又转头看江流，他已经躺在椅子上睡着了。

刘悦使个眼色，罗成脱下外套给江流盖上，和她一起走出办公区。两人走进小院，院子里很安静，秋意正浓。

罗成伸了个懒腰，打着哈欠："好想睡个大头觉啊。"

刘悦回身看了看屋里睡着的江流："其实江队变化了不少。"

罗成一听就激动起来："你也发现了，我觉得被山队影响了！"

刘悦点点头："他俩互相影响，一个更积极了，一个更变通了。"

罗成忽然心中一动，期待地问道："哎，姐，我也有变化，你发现了吗？"

刘悦笑了，没有回答，而是问道："你为什么想当警察啊？"

罗成愣了一下："怎么突然跟我聊这个啊。"

刘悦想了想，原先只是觉得罗成是个毛躁冲动的小弟弟，不知不觉中她忽然感到罗成性格中的冲动变成了一股拼劲，让她忍不住想去多了解这个弟弟一些：

"很多人没你这么拼。"

罗成笑了，丝毫没有掩饰："我是喜欢电影里的警察，所以想当警察，威风，不过我资质好像差了点，尤其是见了山队以后，唉，所以更得拼了。这世上的事儿，就算没啥结果也得努力不是？你呢，姐？"

刘悦望着远处，想起了往事："我小时候特别贪玩，有一次走丢了，怎么也找不到家了，又下了大雨，我那么不爱哭的人都被吓哭了。后来是一个警察送我回家的，一直抱着我，抱了一路，我都在他怀里睡着了。我记不清他长什么样子，就记得那身衣服，让我觉得很温暖。所以小时候一直认为，警察就是把回不了家的人送回家，我也想做这样的人。从那时候起，目标就没变过，直到现在。"

罗成点头，跟着说了一句："其实我听江队说过这事，你最有职业荣誉感。"

刘悦瞪了一眼罗成："你听过还问我？"

罗成笑了笑，有些不好意思："我就是想听你再说一遍。"

说完，他看着刘悦，目光灼灼。周围很安静，安静得能清晰地听到他的心跳声。

刘悦似有所触动，躲闪他的目光。忽然听见江流高声走了出来："你再说一百遍他都不嫌够！"

江流把衣服扔给罗成，眼神中都是鼓励："我走了，谢甜甜那边有消息，马上通知我！"

他已经醒了好一会了，一直在听他们说话。

罗成是个好小伙，刘悦也是个好姑娘，身为他们的老大哥，他乐见其成。躺在椅子上想了想，他决定给他们制造单独相处的机会。

看着江流头也不回地走了，罗成拿着衣服喊了一声："好的，江队，你回家休息！"

江流朝身后摆摆手："天凉好个秋！你俩继续！"

罗成尴尬地摸摸头，刘悦转身回办公室。江流其实不想回家，何艾为了逼他签下离婚协议或者辞职，又离开了。

他也想阻止，可是阻止了之后呢？还要陷入无休止的争吵中吗？

再深的感情都经不住折腾，江流觉得很累、很疲乏。他们夫妻之间的事情也影响到了珊珊，女儿现在还住在叶小禾家。

江流分身无术，只能在心里暗自感谢叶小禾，等到案子结束一定要好好感谢她。他开门进屋,打开灯,屋里乱糟糟一片,脏衣服扔了一地。

都是他着急出门乱扔的,此刻他又一件件地捡起来。沙发上有一件何艾的衣服,江流沮丧地坐在沙发上,看着衣服发牢骚:"你说你傻不傻?人都走了你留这里干啥?"

说完,他感到一阵心累,仰头闭眼靠在沙发上。

他真的很想何艾,很想珊珊。

门铃忽然响了。

江流愣了一下,冲过去打开门:"老婆!"

门外竟站着山峰。

江流极力隐藏的家庭变故就这样猝不及防地展现在了山峰面前,两人看着对方都有些手足无措。

山峰思考了一下,开口打破了尴尬:"有进展了吗?"

江流心里苦笑,果然是山峰。

他赶紧让开身子,请山峰进来:"进来说吧,哎,你怎么跑我家来了,罗成告诉你的?随便坐啊,我老婆带孩子度……度假去了!"

他刚说完,就看见山峰已经看到了桌上的离婚协议书,听见他这么说,正尴尬地看向别处。

江流正收拾东西的手顿时停了下来,点头承认:"对,可能就不回来了吧。"

山峰看着江流,知道这个时候并不是讨论案情的好时候。

他虽然看上去冷淡,但其实还是很会照顾人情绪:"喝点?"

江流乐了,没想到山峰会提出这个建议。

不过他不确定山峰说的"喝点"是不是大家都认为的那个"喝点",于是看着山峰做了一个喝酒的手势,重复了一遍。

"喝点?"

两人来到深夜的路边大排档,酒和小菜摆了一桌。

山峰举起酒杯:"这几天辛苦你了。"

江流举杯,长叹一声:"都一样,你也好过不到哪儿去。"

"我好多了,你的情况特殊。"

两人碰杯，一饮而尽。

江流倒上酒，想到山峰的经历，忍不住劝他早为自己打算，但说着又想到自己，又感慨一番："其实你的情况才特殊，老大不小了。人早晚得结婚，总得有个家不是？但有了家就得念经，难念不难念，都是你的。"

他倒是结婚成家了，却是一地鸡毛，却还不能借酒浇愁，因为案子还未破。成年人，实在是没有任性的资格。

山峰明白他的意思，也明白他此刻的痛苦："你们也需要冷静冷静，有些事是好是坏，全看自己怎么想。"

江流点点头，两人再次碰杯。

江流又倒上，心情不好的夜晚最适合喝酒。

酒虽然不好喝，但喝下去却能让人暂时忘记那些烦闷："刚才我在局里睡着了，刘悦跟罗成在外头聊为啥当警察。我一听这话题就睡不着了，我没问过自己。上次问你你也没说，但这话题值得我想一宿。"

山峰看着面前的酒杯，有些话他之前不是不想说，而是说不出口。现在他已经能坦然面对自己，也能坦然面对过去。如果他的话能让人有所触动，那为什么不说呢？

他看着江流："你记得周胜手下那些人吗？老三啊、大壮什么的，我要没当警察，跟他们差不多，撑死了混到段超的位置。"

江流诧异，他绝对没有想过会是这个答案。

"你？你不是因为小白鸽案想做警察的？"

山峰摇头："一开始不是。那时候我怕叶队，所以只要看见警察就怕。搬到夔州以后，一口巫江话，穿得也寒酸，在学校还是被人欺负。我当初想的不是去反抗，是想成为那些可以欺负别人的人。后来跟了个大哥，再也没人欺负我了，可我看见警察还是怕。高二那年，有个小子当着那大哥妈妈的面，捅了大哥五刀，肠子都出来了，我去的时候人已经不行了。我记得特别清楚，来了很多警察，我浑身都在哆嗦，大哥被抬走的时候，我蹲在路边吐得全身虚脱，抬头看见有个警察抱着大哥的妈妈，一直安慰她。就是那一刻，那一刻我才意识到，我不是怕警察，我是怕凶手，怕那个杀人的人。"

江流听得动容:"所以那时候你才决定做警察?"

"对,因为警察不能怕任何人,包括自己。"

江流举杯,他真为山峰开心:"你已经从看见凶手的那个晚上走出来了。"

山峰笑了笑,两人碰杯,一饮而尽。

"你呢?我不爱聊自己,其实你更不爱聊。"

江流笑了笑,提到过去,愁眉舒展,神采飞扬:"我当警察纯属被逼。老爷子非让我考警校,我不想让老爷子不高兴,所以进了警校我特别拼,管你什么科目,第一绝对是我。后来老爷子一走,我突然没什么动力了。我吧,做什么事就是想让老爷子夸我一句。这老爷子嘴巴也硬,我做得再好也没说过啥。"

他一边抱怨着一边感到遗憾,又掺杂着思念。

山峰劝解:"哪儿有父亲不为儿子高兴的,他只是嘴上不说罢了。"

江流明白他的意思:"这我信!我现在也这德行,想让我嘴上夸一个人,没门!"

两人互相看了一眼,会意地笑了笑。往日的隔阂在此刻都烟消云散,两人都对对方生出一种亲近之感。从今晚上开始,他们会是朋友,很好的朋友。

江流愁闷的心情一扫而光,说了心里话:"不过话说回来,自打何艾叫我辞职经商,我就开始琢磨,这职业到底怎么吸引我了?我现在也没想明白,但我明白的是,这事儿值得干,干一辈子。"

第五十一章 拼图

山峰再次举杯,他很赞同江流的话:"来,干一辈子。"

两人举杯,一饮而尽。又是新的一天。

太阳照亮了整栋警局的大楼,山峰迎着阳光来到警局,正看见罗成抱着资料从二楼走下来。

"山队!谢甜甜那边查明白了!"

山峰接过资料,两人一边走一边说:"谢甜甜当初叫许甜甜,爸妈出了车祸,当年办案的民警说，车祸现场非常惨烈，许甜甜缩在角落全身发抖，谁问也不说话，但除了谢希伟。"

"谢希伟也在？"

"在，车祸的时候就在，后来就领养了许甜甜。"

山峰的眉头皱了起来，真相正在慢慢地浮出水面。办公室的分析板上，贴着每一个竹筏案受害者的照片，还有许甜甜车祸现场的照片。

江流用手点着谢甜甜的照片："女儿、妹妹、养女，我脑子都乱套了，这到底怎么回事？"

山峰看了看其他人，都是一副疑惑的神情，说："你们还记得谢甜甜尸体旁边的那个布娃娃吗？"

江流点头："她小时候的玩具？"

"对，我问过谢希伟，他给我讲了和谢甜甜看电影丢了布娃娃的事。当时我以为他说的是和谢甜甜，但其实我错了，他说的是他妹妹。他的语气，他的神态，都不是一个成年人该有的，一个成年人怎么可能从墙洞钻进去，又怎么可能被看门大爷打了一顿？"山峰回想当时谢希伟的神情，当时觉得诡异，现在明白了，那是模糊了记忆之后嫁接在另一个人身上后的神情。

因为谢希伟也在劝说他自己相信这个故事，他真的很想家人啊。

江流看着照片："你的意思是，他遇到谢甜甜的时候，把她当成了自己的妹妹？"

"对，所以他把娃娃留在谢甜甜的尸体旁边，送她沿江回家。"

山峰说完之后，众人有一阵沉默。

刘悦还是有一点不解："山队，可他把谢甜甜当成自己的妹妹，为什么当时没有动手呢？"

对于这个问题，山峰也曾迷惑过："他是要动手的。许甜甜认识他，也不排斥他，这说明他提前踩好了时间，至少去过三次以上，和杀害小白鸽时一样。"

说着，山峰站起身，看着许甜甜父母的车祸照片："任何一个普通人，看到这样的车祸现场，都难以承受。谢希伟虽然杀人，但都是机械性窒息，没有鲜血，而且对他来说那不是杀人，是回家的方式。所以当初谢希伟看到惨烈的现场和喷溅的鲜血时，他和普通人一样承受不了，甚至更严重，这导致他内心发生了微妙的变化。"

刘悦恍然大悟："就是说，谢希伟在那一刻，对死有了完全不同的理解？"

"可以这么说。"

江流站在一旁，听着他们讨论，也提出了自己的观点："有没有一种可能……谢希伟把自己差点被撞死的经历，投射到这件事上，把谢甜甜看作侥幸活下来的自己，转而收养谢甜甜，并停止杀人？"

山峰点头认可："有可能。谢希伟对谢甜甜极为溺爱。他停手的这二十年，真的认为自己是一个拥有幸福家庭的人，他甚至完全想不起来做过什么。但谢甜甜的意外，让他封闭已久的开关打开了，他回到了那个疯狂的状态，坚定地认为回家就是宿命，回家才是永恒。"

谢希伟对家的执念，远超一般人。从目前掌握的信息来看，他的人生可以说是不幸的、悲惨的。但他把这些不幸和悲惨都归咎于没有家，这是为什么？家在谢希伟的心里到底是什么样的存在？在他被收养之前，家里到底发生了什么样的变故，导致他生出如此执念？

旁边的罗成看了看山峰，犹豫了一下，还是问了出来："可是……可是谢希伟靠什么判定，这些人是他亲人呢？"

死者之间并无联系，也没有相似的特征，为什么会被谢希伟选上呢？

山峰想了一下才回答："一定有些部分让他觉得相似，物品、相貌、身高，甚至是气味。"

办公室又陷入了沉默。

江流转头问道："对了，他老家查得怎么样了？"

罗成摇头："巴都县回复了，说没这个人啊。"

"继续查，把同时期出生的孩子全查一遍！"

他就不相信，谢希伟的原生家庭查不出来。

说到了谢希伟的老家，刘悦请示："山队，江队，我们要不要去一趟他养父母家？奉安县刘家村。"

山峰点头："要去，人的问题，还是要从家庭里找。"

如果养父母的家庭能够抚平谢希伟的创伤，他一定不会做出这种事情。山峰也是被收养的孩子，他能理解这种因为情感伤害寻求愈合的渴望。可是他要比谢希伟幸运得多，他碰到了一对善良的养父母。

江流认同山峰的决定："没错，拼出来整个的谢希伟，才能搞清他要干什么。出发。"

奉安县刘家村。

一处夹杂在新建筑间的旧村落，警车停在村口。

山峰等人下车，走进了刘家村。他们刚才从村主任那里又得知了有关谢希伟的一个信息：他不是被收养的，而是被亲生父母卖到这里的。

当年谢希伟十一岁。村口的荒草燃烧着，垃圾堆里放着一些玩具娃娃，显得有些恐怖。

穿过巷道，罗成走在前面看着地址，比较了一下，看了看一个躺在门口躺椅上打盹的四十多岁的中年男人。

罗成上前摇醒他："您好，是刘爱国吗？"

刘爱国烦躁地睁开眼，不耐烦地打量了他一眼，语气相当不善："干啥啊？！"

罗成亮出警官证，刘爱国愣了一下，打量一下四个人，赶紧站起身。

刘悦拿出谢希伟的照片，递给他："我们是巫江县公安局的，这个人是你们组的吧？"

刘爱国拿过照片瞅了瞅，摇头："不认识，哎，你们跟村主任打招呼了吗？"

刘悦冷冷问道："村主任的问题我们调查过了，你跟他一伙吗？"

刘爱国眼珠子一转，笑了，拿过照片："我再看看！"他揉了揉眼睛看着照片上的谢希伟，表情变幻着，还在考虑是否要说出来。

山峰看着他的神情，给了提示："他叫谢希伟，十一岁被卖到你们村。我们要找他养父母了解一些情况。"

刘爱国连连摆手："卖到我们村？不可能！不可能！我们村不买卖人口！"

江流上前一步，冷笑："是说卖到你们村，没说拐到你们村！你们到底是拐还是买？"

刘爱国被江流的问话噎住，愣愣地看着他，不知道该说什么。

山峰又说道："谢希伟涉嫌重大连环命案，如果因为你耽误了案件的……"

刘爱国一愣，赶紧点头，指着前方先走了半步："我懂我懂！这边请！"

山峰一行人跟着他在村子里走着，一群小孩在角落里四下好奇地看着他们。这群孩子很瘦，穿着不合身的衣服，怯怯的神色中带着一丝警惕。他们看见刘爱国来，既不喊人也不让开，只是在原地看着。

刘爱国看了山峰他们一眼，挥手让孩子们赶紧滚开。小孩们四散离开，山峰回头看，部分人家赶紧关上了门。他心下一沉，这群孩子可能和谢希伟一样。刘爱国带着四人来到一户人家，谢老六家，收养谢希伟的家。他刚准备在门口喊一声，就看见一个孩子从家里被推出来摔倒在地。

谢老六紧跟出来，抬脚还要踹，一眼看见来人，愣了一下。

刘爱国赶紧冲他使了个眼色。

谢老六明白过来，收起了怒火，对地上的男孩吼了一声："滚！喂猪去！"

刘悦上前扶起男孩，看见他脸上都是伤，看年纪只有八九岁，应该是被打惯了，脸上的神情很麻木。

她气愤地瞪着谢老六："你怎么这么打孩子？"

男孩哆嗦了一下，甩开她的手跑开了。

谢老六扫了一眼山峰等人，看着刘爱国："啥事？！"

刘爱国赔着笑："六叔，这几位是巫江公安局的，打听个事儿！"

刘爱国示意，刘悦将照片递给谢老六："认识他吗？"

谢老六看了下照片，瞪了一眼刘爱国："你他妈找死！"

说着，他转身进屋，众人也跟了进去。

谢老六穿过厅堂，来到后面的小院子里，抄起一瓶啤酒就喝，江流上前一把夺过酒瓶子："问你话呢！"

谢老六斜着眼："警察了不起啊？！"

江流瞪着他向刘悦伸手拿过照片，然后举着贴近谢老六："他杀人了你知道吗？"

谢老六愣了一下，故作冷静："杀人怎么了？"

"你知道他杀了几个人吗？四个！"

谢老六被惊住，但还是嘴硬："跟我有什么关系？"说完，掏出烟开始抽。

他做出一副根本不怕的样子，但抽烟的手却在微微颤抖。

山峰靠近谢老六："你刚才打的那个孩子是你的吗？"

谢老六使劲吸了一口烟："我合法！"

山峰一把抽走他手里的烟："合不合法查了就知道，但你打他，肯定不合法！"

谢老六看着山峰和江流等人，沉默地笑了笑："行！你们是警察，你们来查案，我一老百姓，配合！想知道啥？"

"他是你在哪儿买的？他亲生父母住什么地方？为什么要卖了他？"

谢老六伸出手搓了搓表示要钱，一副无赖样子。

罗成上前要动手，被江流拦住，冷笑着看他："没少跟警察打交道啊。多少钱？"

谢老六伸出五个手指，江流笑了笑，掏出五十块钱递过去。

但谢老六却不接："五百！"

罗成气极："谁给你的胆子？！"

江流又拦住罗成，看着嚣张的谢老六："好，但你说的东西得值这个钱！"

谢老六笑了："这个人是我从巴都买的，他爹姓陈，叫陈双河，你说值不值？"

江流看着他点点头，从兜里掏出钱来，山峰他们也把身上的钱都拿出来，一共四百六十块。

谢老六数了数，拿出三张递给刘爱国："连本带利还你！滚蛋！"

刘爱国接过钱赶紧揣进口袋："各位，没什么事我先走了，谢谢啊，六叔！"

谢老六将剩下的钱装进兜里，瞪了一眼往外跑的刘爱国："不是我爱钱，是我也得活着。"

"说吧，所有关于谢希伟你知道的。"

谢老六坐下，他真没想到当年那个从巴都买过来的倔强孩子居然成了杀人犯。还不如留在这里呢，虽然也过得不好，但总好过现在吧？

那都是好多年前的事情了，谢希伟的父亲叫陈双河，当年只有三十多岁，家里很穷，孩子却很多。

偏偏那一年，最小的孩子生病没有钱治。谢老六就是在这个时候出现的，他提出买一个孩子，这样既能治好小孩子的病，还能减轻他们的负担。

陈双河不是没有挣扎过，可不这么做，老幺就会病死。他看着妻子的眼泪，终于狠下了心，卖，把谢希伟卖了，最起码他们都要先活下来。但他们却无法对谢希伟说出实话，只能把房子烧了，用全家都死了的谎言来骗他，想让他好过一点，也想让自己好过一点。

家没了，斩断谢希伟最后的希望，也斩断他们想要找回谢希伟的希望。留给谢希伟的，只有一张全家福。

山峰想到在地窖里找到的那张全家福，是拼凑出来的。

谢老六听见他问，便叼着烟，从屋里拿出一张泛黄的照片，递给他："就这张，来了以后天天看，也不吃饭也不干活！"

山峰接过照片，一张完整的全家福：两个大人坐在前，女人怀里抱着一个两岁左右的男孩，两边和身后各站着两男一女三个小孩："他家人现在在哪儿？"

"那我不知道，也没打听，这是规矩。"

山峰看着照片上女人抱着的男孩："谢希伟为什么认为自己的弟弟还活着？"

"他天天不吃饭不干活，找机会就跑，吊树上打也没用，我只能收了照片，骗他说弟弟还活着，只要他听话挣钱，就有机会找他弟弟！"

"后来他为什么要逃走？"

提到这个，谢老六就愤恨不已："想起就来气！白眼狼呗！"

一旁的江流听不下去，再次夺走谢老六的烟："你还来气？！你们买小孩不就是当苦力吗？"

谢老六气愤地起身："难道买回来供着？不干活就打到他们干活！我买他花了不少钱呢，怎么算？！再说了，他亲爹妈都要卖他，我们有他们狠？！"

说着，谢老六一把抢过山峰手里的照片："走走走！该说的说完了！"

山峰一把抓住他的手腕："照片留下，这是很重要的证据。"

谢老六冷笑，想要挣脱，但几次都没有挣开。他看着山峰的眼神，只好默默地把照片还了回去。

从谢老六家里出来，山峰走在后面看着谢希伟的全家福。罗成对谢老六的举动怒火万丈，知情不报就算了，居然还敢向警察要钱。

江流心里给这个刘家村记下了一笔，不过现在最重要的是抓捕谢希伟，等回头再好好查一查。

罗成还是有点意难平，转头看见刘悦正在出神，又关心地问她在想什么。

263

旁边的刘悦叹口气,"就是觉得谢希伟可怜,被亲父母卖掉,养父母又虐待他,好不容易逃出去,又遇到张汉东,二十岁结婚,妻子又出轨,这么多事都让他遇上了。"

江流也深感同情,"被卖掉那天起,这祸根就种下了,妻子出轨是压垮他的最后一根稻草。"

一路沉默无语,走到车前,山峰突然停住脚步:"我知道了。"

他看着江流三人:"我知道谢希伟为什么选择那些受害人了。"

第五十二章 直面

山峰将照片放在车前盖上,其他人凑了上来。

他指着照片上的姐姐,装扮和小白鸽有几分相像:"你们看,小白鸽出事那天晚上,也穿着一条白裙子,还有这个,红色发卡。"照片上的妹妹也抱着一个布娃娃,姿势和山峰见过的谢甜甜的那张合影几乎一样。

原来如此。罗成突然又开口:"这么一看,这弟弟是跟山队有点像。"

江流真想堵住他那张嘴:"哪儿像了?这才两岁!"

罗成闭嘴不敢说话,刘悦看着照片感慨:"看来,原生家庭对谢希伟来说,是非常美好的。"原生家庭留给谢希伟的都是美好,最丑陋、最残忍的一面全都用一场大火掩盖了。

如果当时的谢希伟能够看到那被火掩盖的那一面,是否还会是现在这个样子?如果谢希伟之后组建的家庭没有遭遇妻子出轨,而是能够幸福美满,是否能够治愈他心灵的创伤?

命运对待谢希伟真的很残忍,人生的每一步都像是安排好了的泥沼。当他丧失了最后一点希望,开始疯狂地寻找和家人相似的受害者,跟踪、动手、竹筏抛尸。

1998年是他第一次作案,紧张加上大雨让他没有杀死小白鸽,但他却从中获得了巨大的快感。于是在接下来的两年之内出现了三名受害者,直到遇到了谢甜甜才停手。

众人看着照片，真相大白，但还有一个人，谢希伟的弟弟。

刘悦不由得紧张起来："那，照这样推断，谢希伟接下来唯一的目标就是山队啊。"

山峰点点头："对，他甚至会和我同归于尽，但他到底在等什么呢？"

谢希伟到底在等什么呢，明明有很多机会。

山峰想不通，只能像是迷雾中的行者，勇敢地向前走。

他们回到警局，刚进院子，江流的电话就响了，是叶小禾。

他以为是珊珊想他了，满心温柔地接起电话，那边却告诉他："何艾带珊珊走了，我赶到的时候她们的出租车已经离开，阻止不及。"

江流听完，心往下沉。

何艾是铁了心要离开这里，要离开这个家。不只是她离开，还要带着珊珊一起离开。江流不是没有想过会是这种结果，但真发生了，心里还是一阵刺痛。挂了电话，他故作轻松，装作没事，拨通了何艾的电话，那边没有接。

这是什么意思？

江流感到一阵焦躁，看着山峰他们在准备案情分析板，知道自己现在的心情没法工作，他让自己冷静下来。最起码，珊珊不是被别人接走，和亲妈在一起也好，安全……

何艾也不是那种不讲理的女人，还会让自己看孩子……转了两圈，他想着总算是说服了自己，电话却响了，是何艾。

刚刚压下来的情绪又突然爆发，他一把抓起电话："喂！何艾你怎么回事？你……喂！喂！"

何艾那边只传来一阵脚步声，紧接着电话挂断。

这不对！江流心中警铃大作，何艾出事了。

一个警员跑了进来："山队，江队！有群众举报，谢希伟出现了！"

江流不安的感觉越来越重，他几乎是吼了出来："在哪儿？"

谢希伟出现的地方就是珊珊的学校门口，有目击者看到他开走了一辆出租车。

车上还有人。

江流脑袋像是要炸开，出租车……

何艾和珊珊就是坐着出租车走的……

但愿不是她们。

江流手机再次响起来，是何艾的手机，心放下来一半："喂！何艾你在哪儿？"

电话里传来了珊珊的哭声："爸爸……爸爸……"江流顿时一惊，难道是何艾出事了："珊珊！珊珊！"

他急切地喊着，珊珊的哭声忽然小了下去，似乎是被人抱在怀里。

一个男人的声音忽然出现，用一种关系很熟的口吻安慰他："没事，我在呢。"

江流一阵发蒙，没有反应过来："你……你是谁？"

那边似乎是笑了："我是老谢啊，江队长。"

江流一惊，声音都变了："谢希伟！你到底要干什么？！"

谢希伟似乎已经知道了他们夫妻俩即将离婚的消息，很惋惜地问道："你们一家人多好，为什么不好好过日子？"

江流气急，只能反复重复着："谢希伟！你别乱来！"

谢希伟听着他的慌乱，似乎很满意："要想你老婆孩子没事，按我说的来。"

他说了要求，让江流一个人来巫江的小商场，只能一个人来。

江流举着电话的手哆嗦着放下了电话。

山峰焦急不已："他说什么？"

江流看着山峰，一言不发。

此刻需要冷静。

无论谢希伟绑架他家人的原因是什么，最终目标都是山峰。

谢希伟是个疯子，就算是按照他所说的做了，也难保他不会对何艾和珊珊做出什么事来。

自己就是警察，江流既相信自己，也相信警察，他不可能像普通人一样这个时候乱了阵脚。

他看着山峰，艰难地说出了谢希伟的要求。还有一段时间，必须要立刻有个作战计划，既能抓住谢希伟，又能保障家人的安全。他们紧张的时刻，谢希伟却显得很轻松。

回家的日子越来越近了,他的心情很好。

看了看被绑起来的何艾和珊珊,想起来刚才在车上听到的,珊珊考试得了第二名,作文还拿了满分,老师又让她去参加市里的作文比赛。

这个小小的孩子,带着哭腔请求何艾不要和江流分开。但何艾只是沉默。谢希伟不明白,江流是个好警察,这个孩子也很乖,为什么还要离婚?他们有考虑过离婚后孩子会变成什么样吗?他们有考虑过组成一个家有多辛苦吗?那么多人都在为家而苦苦挣扎,渴求不得,就像他一样。可偏偏有人却根本不珍惜。他的眼神越来越阴沉,脸因为愤恨也稍显扭曲。

何艾看着越发惊慌,挪到珊珊身前,挡住了谢希伟的视线。她本来今天计划好带走珊珊,然后让江流签字离婚。

那辆出租车是她出门时拦住的,当时那个师傅还给她看了手机里的协查通告,知道谢希伟是杀人凶手,不但杀了小白鸽,还有可能杀了谢甜甜。

是什么时候司机变成了谢希伟呢?

何艾回忆了一下,大概是师傅去买烟的时候,她那时因为珊珊的哭求而百感交集,没有注意到上车的是谢希伟。

她很后悔,抱着珊珊上车的时候,看见了叶小禾的身影。

如果那个时候慢一点,就能让珊珊跟着叶小禾走了,那么现在处于危险中的只有她一个人。

为什么要拉上珊珊呢?她还那么小。何艾想着,忍不住落下眼泪。

谢希伟正在看着衣服上的血迹。那不是他的血,是那个叫石磊的通缉犯的血,通缉令就贴在他面馆门口。半路上突然拦住了他的车,想要救下何艾母女,但可惜还是太年轻,连个武器都没有,被他用藏好的改锥插进了腹部。

他也记不清插了几下,当时既紧张又混乱,石磊倒在地上之后,他才停手去追何艾母女。他不明白这个石磊为什么要拦住自己?为什么会用一种仇恨的眼神看着自己?

虽然他觉得石磊眉目之间有些似曾相识的感觉,但他却从没有见过这个人。

一个通缉犯居然也想做好人？谢希伟觉得很好笑，同时又有点可惜，他准备穿着这身衣服回家的。他看了看表，时间已经到了。何艾误解了他的举动，拼命地护住身后的珊珊，嘴被堵住只能发出"呜呜"的声音。

　　珊珊被吓哭了。

　　谢希伟拨开何艾，蹲下身看着珊珊："你想不想见到爸爸？"

　　珊珊点了点头："那你就让你的妈妈安静点好吗？只要她安静，我就能让你见到爸爸，你就能回家了，你想不想回家？"

　　珊珊又点了点头。

　　谢希伟满意地笑了，又看着何艾："你想不想让她见到爸爸？"

　　何艾流下来眼泪，被谢希伟推着装进了车的后备厢。很快到了小商场。

　　江流也到了。夜晚的商场空无一人，通道纵横交错，他独自走进商场，四下不见人影。看了看手机，等待着，突然，一个电话响了起来。

　　一旁桌子上放着一个手机，他迅速抓起来："喂！我到了！"

　　谢希伟的声音听不出喜怒，他似乎很失望："我说了让你一个人来。"

　　江流四处奔跑张望，焦急地大吼："谢希伟，有什么事冲我来，我跟她们换！"

　　他忽然听到电话里珊珊的哭声："爸爸……"

　　江流顿时停下脚步，忍着焦急和心痛。

　　"珊珊，别怕啊，别怕，爸爸来了……"

　　珊珊的哭声忽然消失，谢希伟的声音又出现了："别怕啊，珊珊，你爸爸很快就来了……"

　　江流绝望地嘶喊起来，他从来没有这么绝望无力："谢希伟！你给我出来！"

　　山峰带队进来的时候，就已经派人去了监控室。

　　江流崩溃嘶吼的时候，一个小警察跑到山峰面前："山队，监控室没人。"

　　山峰四下看着，迅速下了指令："罗成，你去守住楼梯！刘悦！你去后门！"

　　罗成和刘悦各自带了一队人马冲了出去，山峰带着一队人悄然靠近江流。

　　江流绝望地举着电话，放弃了所有的想法，只想找回家人："你要我做什么……"

　　看到山峰等人围了上来，他激动大喊阻止："都别过来！"

江流悲痛地朝山峰摇头，让他们别过来。

谢希伟很满意他的做法："现在把电话扔掉，来吧。"

江流将电话举起来，一边卸下手机电池扔在地上，一边朝后退。

他浑身正在微微颤抖，眼睛发红："不要跟着我……"

山峰看着他，下意识地朝前走了两步。

江流怒喊，几乎失去了理智："不要跟着我！"

说完，他看了一眼山峰，冲进一条通道，消失不见。

谢希伟让他来的是天台，走电梯，然后到达顶楼后用旁边留好的砖头挡住电梯门。江流知道这样会很危险，但这种情况下，谁能保持绝对的理智呢？

如果有，他一定没有家。一定不知道家的意义，一定不知道家人的意义。

江流已经按照他说的做好了，推开天台的门："谢希伟！"

天台上没有人，他回头，"咚"的一声，头部被重物袭击，眼前一黑，倒在地上。

等山峰带着人冲上天台，已经空无一人。

他的电话响起，是谢希伟。

他语气非常温柔，像是在哄一个小孩子："弟弟，我们该回家了。"

山峰顿了顿，努力让声音很自然："好！你在哪儿？"

谢希伟非常亲密地回答："你知道的。"

他要回巴都，因为家就在那儿。虽然那场大火还记忆犹新，但家就是家，那是火烧不掉的羁绊。那场火烧掉的只是房子，家还在。他坚信，只要人回去了，家就会还像原来那样。

山峰是他的弟弟，当然知道家在哪里。马上就要中秋了，一家要团圆。

谢希伟轻轻笑着，挂断了电话，虽然还有很多话要说，但现在要先去布置回家的路，有什么话回家再说。

山峰爆发出前所未有的愤怒，一把将手机摔在地上。他面对的是个彻头彻尾的疯子。这一夜，警局没有人入睡。

山峰盯着案情分析板上的相片，天亮的时候，他做了一个决定。巴都，他一定要去，单独去。

不但要去，还要抓住谢希伟。不只是为了江流，也不只是为了自己，是为了所有的受害者，所有被这个案子牵扯进来的人。

陈局听了计划后，坚决摇头否定。

这一晚，陈局也是相当难过，江流是警察的儿子、叶永年的徒弟，也是他看着长大、成家……

在他心里，江流就像是他的孩子。他怎么会不着急，怎么会不难过，但他必须要万无一失。山峰也理解他的心情，但他坚持这么做。这是他和谢希伟之间的宿命，必须要做个了结："只要我见到他，我就能保证江流一家的安全。谢希伟的杀人逻辑里，最后一个人是我，所以我一定要去，而且是自己去。"

陈局摇头："杀人犯有什么逻辑？江流不能出事，你也不能出事，谁都不能出事！"

山峰坚持，他并不是意气用事，而是经过了周密的考虑，一定会万无一失："局长！只要能找到谢希伟的亲生父母，就能阻止谢希伟！"

陈局看着他，最终点了点头。

山峰分配了任务，他在去见谢希伟的同时，罗成和刘悦去临县找谢希伟的家人。

一切都要抓紧时间。

第五十三章　家庭

临县。

这边警察已经知道他们来的目的，带着罗成去往一处人家："这家人在这里三十年多了，确实是从巴都县搬过来的，但这家人姓陈，也没听说过有个孩子被送出去了。不过按照你们提供的照片来看，就是他们。"

说着已到一处门前，警察上前按响门铃。一位老人打开了门，看着他们有些意外。

领路的警察看了看老人："您好，这是陈双河家吗？"

老人点点头："我就是。"

"我们是镇派出所的，来找您了解点情况。"

老人打开门，屋内，正在吃饭的一家人纷纷站起来。一个老太，一个中年男人，一个中年女人，一个年轻女人抱着婴儿。父亲、母亲、姐姐、哥哥、妹妹……没有见到弟弟的身影。

陈双河看着他们，不知道发生了什么事。刘悦把谢希伟的照片递过去，他疑惑地接过照片，只看了一眼就认出了这是他的儿子。

他拿照片的手颤抖着，眼睛里都是惊疑。

老太走了过来，看清了照片上的谢希伟，已经眼泛泪花。这么多年了，她一直念着这个儿子，尤其是日子终于安定下来之后，她就更加思念。但当时买卖的规矩就是不打听、不去追问来历，他们也不知道谢老六带着孩子去哪里了。

他们只能在心里默默盼着儿子能好，能幸福，能有个自己的家。如果幸运的话，能见上一面最好。

但现在，警察来了，让他们去见见儿子。就算不说，他们也明白，一定是出事了，还是出了大事。

刘悦看着他们，示意罗成给山峰打电话。

山峰正顺着江边往巴都老城走去。走到码头，那边停着一艘船，他观察了一下，准备过去。

罗成的电话来了，山峰接听："山队，人找到了，现在就过去！"

山峰看着那艘船："不要和他们说太多，来了见机行事。"

挂了电话，他靠近船只，船里面空无一人。

他正疑惑，突然脑袋被重重一击，只觉眼前一黑，栽倒在船里。等到他醒来，船已经在江中央了，他正躺在船尾，谢希伟正坐在船头静静地看着他。

山峰转头，船侧江流及其妻子和女儿被绑，封嘴，身上装有炸弹。船中央的地上，密密麻麻地放着他所有的成长照片。

谢希伟拿着引爆器，眼神中都是欣喜和兴奋："我知道你会来的，从出生到现在，你一直等着我。"

山峰也看着他回应："我会的，我是你的弟弟，我一定会来的。"

谢希伟笑了，非常满意："对，你是我的弟弟。"

山峰看了看被绑着的江流一家："但你为什么要这么做？"

"你和我回家，他们就能活。"

江流挣扎着，愤怒地呜咽着。

山峰有些好奇："你为什么不直接杀了我？"

"我说了我们是回家，所以我们要心甘情愿，要开开心心。"

山峰更加不解："为什么其他人不是这样？"

谢希伟笑了，觉得这个问题很可笑："其他人？你是真的，我们一起回家，才是真的回家。"

山峰愣了一下，原来他并没有疯，他也明白之前所杀的那些人不是家人。

执念让他忍不住这么做，明明知道是虚假的，他也搭上一切这么做。

"对你来说，家是什么呢？"

谢希伟愣了一下，重复了问题："家是什么？"

好像从没有好好想过这个问题，他的眼神放空了一下，看向别处。

山峰趁势偷偷地拨通了手机，塞进口袋里。

谢希伟看着江面，缓缓开口："家是江边的一个屋子，背后有山，前面有水。有时候下雨会滴水，有时候刮风，门会关不上，咣当咣当一晚上，我会觉得有鬼，会躲在哥哥的怀里。对了，你出生的时候，我和哥哥给你做了一个木头小车，你坐在上面笑啊，使劲地笑，那笑声把整个屋子都塞满了……那个屋子就是家啊。"

山峰劝他，想让他接受现头："可那个屋子现在没有了。"

谢希伟激动地摇头："有，有啊！就在这下面，爸、妈、哥哥姐姐还有妹妹都死在里面了！大火烧的，你还太小，你不记得了！但我知道，你怎么不相信哥呢！"

山峰冷冷地看着他："人活着才会有家，人死了就不是家了。"

谢希伟表情严肃起来，指着江流一家人："你说他们是家吗？"

"是。"

谢希伟愤怒地大吼："不是！"

他的情绪越发激动，面目狰狞，指着江流一家人，好像在做着审判："你知道我为什么选他们吗？他们不珍惜！没有大火，没有人祸，为什么不好好在一起？

他们要离婚，离婚会怎么样你知道吗？孩子没人管，长大了会学坏，变成男人又喜欢又讨厌的那种女人！结婚，出轨，最后死在臭水沟都没人知道！我就是要让他们看着，你跟我回家，他们就可以好好活着！你不跟我回家，他们就得死，他们死在一起，才能永远在一起！"

他一边说一边激动地在船上走着，他好恨，为什么江流一家不知道珍惜？他也好嫉妒，如果他的家能够这样平平安安的多好？不过现在没关系了，他马上就要带着弟弟回家了。

一家人团聚，一定会是这个世界上最幸福的一家人。谢希伟想到这里，看着挣扎着的江流一家，忍不住又笑了出来。

山峰看着他一会生气一会笑，想让他冷静下来："你冷静冷静……我理解你说的……我理解……"

电话那边已经接通，罗成能听见这边的对话，应该很快就要赶过来了。

现在要争取时间。

不只是山峰，罗成也非常焦急。

电话里传出了谢希伟的声音，正在讲着"家"是什么。听到他的声音，这两个老人一个沉默不语，一个泣不成声。

谢母忍不住开口问道："是小伟吗，是小伟的声音吗？"

罗成点头："你们去了什么都不要说，听我们的。"

车里又陷入了沉默，只能听见老太的抽泣声。山峰还需要拖延十分钟。

他紧盯着谢希伟，以防他做出什么意外举动。

谢希伟喘着粗气转头看着他，对他刚才的话将信将疑："你真的理解吗？"

山峰点头，试着让他放松下来："我理解，但这不是唯一的解决办法。"

"这是最好的！"

山峰无奈："活着才是最好的，为什么一定要选择死呢？"

谢希伟面露伤感，看着江面："不是我选择了死，是死选择了我。"

家被烧毁了，他却活了下来。他本该是和家一起在火里消失的，但他偷生了这么多年。该还回去了。

山峰看了一眼岸边，还是无人。尽管有些焦躁，他还是要继续想办法稳住谢希伟，继续拖延时间。

"我不懂。"

谢希伟的神情渐渐恢复平静，只是这平静稍显诡异："我相信书里写的，人生永远都在痛苦和倦怠之间徘徊，所谓快乐只是短暂的现象……只有死，才能结束，才能团圆，才能永远在一起！"

这是他很喜欢的一句话，在找谢甜甜的那段日子里，他一直都在琢磨这句话，越琢磨越觉得正是他人生的写照。他得到的所有快乐，都像流星一样短暂，却不如流星那般美丽。

如果痛苦和死亡一样永恒，那么他不但对死亡毫无恐惧，反而还很向往，当然要带上亲爱的家人一起离开这痛苦。

山峰摇头，他的话完全是胡说八道，完全是为了逃避现实："你所谓的团圆根本就不是为了家，是为了你自己。"

谢希伟又开始激动起来："胡说，我就是为了家，我就是要回家！"

山峰冷笑："那些无辜的人呢，他们怎么和家人团圆，就算我和你一起死在这江里，就团圆了吗？你在逃避，你一直都在逃避！"

谢希伟觉察到他的转变，惊恐地看着他："你怎么了，为什么要这么说，你不想和哥一起回家了吗？"

山峰瞥眼看见江岸公路上的警车，正飞奔而至，悬着的心终于放下来，给了江流一个暗示。

江流转头看见，不顾手腕上已血痕累累，更加使劲地挣脱。

山峰正色，看着谢希伟冷冷问道："谢希伟！你真以为我是你弟弟吗？"

谢希伟周身一惊，看着忽然变了脸的山峰惊疑不定："你说什么？"

山峰冷冷地看着他，像是宣读审判书一般："我不是你弟弟，你是凶手，你叫谢希伟，而我是警察，我叫山峰。"

谢希伟的表情扭曲起来，他举起遥控器，冲着山峰疯狂地大吼："胡说！你胡说！"

山峰盯着他，已经做好了抢遥控器的准备。

忽然从码头上传来罗成的声音："山队！山队！"

回头看去，罗成已经带着谢希伟的父母奔上码头。

谢希伟惊恐地看着码头处的动静，他一眼就看到了那两个老人。流年似水，当年高大健壮的父母此刻已经是行动迟缓的老人，面目经历过风霜，早已不是记忆中的样子，但谢希伟还是认出来了。

那是他的父母，当年死在大火里的父母。他们走得并不快，但每走一步，都足以让谢希伟崩溃。

他不禁看向山峰，不可思议地问道："谁？他们是谁？！"

"你的家人。"

山峰的回答像是戳中了他心中最不敢面对的地方，他腾地站起身，咬牙切齿。

"不可能！不可能！"

山峰随之站起身，说出了更加残忍的真相："你的家人没死，爸爸、妈妈、哥哥、姐姐和妹妹，都活着。"

谢希伟终于崩溃："我不信！我不信！"

其实他是信的，他一直不敢去面对，渐渐地把这件事封存起来。

他的父母以为一场大火能够骗住谢希伟。他们非常安静地离开，期间谁都没有说任何一句话，或许是在悲伤，或许是愧疚，或许是因为突然离开家的惶惶然。所有人都想快速地离开这里，忘记这件事。但他们没有想到，谢希伟追了过去。

父母总以为孩子什么都不懂，其实他们什么都懂，尤其是要被抛弃这件事。当时的谢希伟疯狂地沿着江边奔跑，摔倒了继续跑，直到跑上一处礁石，极目四望，看见不远处的浅滩处，有一张被遗弃的竹筏，那是不久前家人祭祀时用的。

母亲亲手绑上的红丝带随水摆动，河灯早已熄灭，残破不已。

谢希伟再也跑不动了，又不得不接受被抛弃的事实，站在江边放声痛哭："你们回来啊！不要走，不要走啊！"

这种被抛弃的剜心之痛过于强烈，让谢希伟无法再像个正常孩子那样。

他让自己忘了这件事，一直用家人已死的谎言来欺骗自己。他也一直很小心地不让自己想起来这件事。直到现在……

直到看见那两个离自己越来越近的老人，谢希伟的记忆也越来越清晰。他猛地弯下腰，忍不住干呕起来。

山峰慢慢地靠近他："所有的一切，都是你父母说的谎，他们骗了你，他们都活着！"

谢希伟抬起头瞪着山峰，眼神里都是痛苦，忽然又听见一个苍老的女声在呼唤他："小伟，小伟……"

这个声音他到死都不会忘，那是他日思夜想的母亲的声音。

山峰还在追问："是不是你妈妈的声音？！"

谢希伟痛苦地嘶喊了一声，手里攥着的引爆器颤抖着，他的家人已上了小船，正朝江中央划过来。

他看着越来越近的家人，情绪越来越不稳定。他不明白，为什么家人要现在出现，他只需要一步就可以回家。

山峰慢慢地移动，声音很轻："把你手里的东西给我，我们和家人好好谈一谈。"

谢希伟摇着头，瞪着前方，拒绝相信眼前发生的一切："不是的……不是的……"

山峰继续劝说："他们很想念你，很想和你一起……"

谢希伟猛地回头打断山峰："不是的！"

说着，他激动地打开一个阀门，船舱内开始进水。他举着手里的引爆器："我们一定要回家！一定要回家！"

山峰看着涌入船舱的水，伸出手："好……好，你把引爆器给我……"

谢希伟使劲摇头，紧紧握住遥控器："不！我要看着你和我一起沉下去！"

两人僵持，罗成的小船已经很近了："小伟，小伟……"

谢母的声音已经嘶哑，还带着浓浓的愧疚，呼唤他回头。

谢希伟听着母亲的呼喊，面色苍白，浑身发软，攥着引爆器的手开始哆嗦。但他却再不转头，只是盯着山峰。此刻的他就像是落水的人抓住了唯一的稻草，无论如何，他都不会松手。这么多年，他简直就是一个悲伤的笑话。

山峰能够感受到他此刻的悲伤和愤怒："你相信了吗？你看看他们，真的是你的家人。你把引爆器给我，我知道你有好多话要告诉他们，对不对？"

谢母嘶哑的呼唤声越来越近也越来越大，一声声尽在耳畔。

谢希伟看着山峰，高高举起引爆器，大喊："不要喊了！"

山峰扬手让罗成停下船，四下一片死寂。

谢希伟侧过身子，不愿直视。他低着头，表情痛苦而难堪，拿着引爆器的手颤抖着。他想说什么，但却怎么都开不了口。为什么偏偏是他？他犹豫、害怕，迟迟不敢开口。已经很悲惨了，不想继续增加这份悲惨。他的迟疑让江流趁机挣脱开了绳索，解下炸药。

他又赶紧解开何艾同珊珊的绳索。珊珊已经浑身颤抖，看着他哭喊一声："爸爸！"江流抱住珊珊。谢希伟回过神，顿时大怒想要按下遥控器，山峰飞身扑上去，两人扭打起来。他们的动作让船摇晃得厉害，谢希伟站立不稳，引爆器脱手，摔落在船舱内。他翻身要去捡，被山峰拦腰抱住，两人厮打在一起。

谢希伟奋力挣脱，扑向引爆器，在他的手往下按的瞬间，山峰猛地抓起他一起跌入江中。秋天的江水格外凉，两人都被水呛住缓缓下沉，很快山峰恢复了意识看向谢希伟。

谢希伟神色平静，犹如正在母亲的怀抱。如果能这样死去，也算是完成了他毕生的心愿。

山峰游到他身边，想要把他拉出水面，却被他反手抱住往下拽："弟弟，回家。"

谢希伟在水中看着山峰，嘴巴一张一合，眼神中都是对回家的渴望。

两人在水中挣扎，听见罗成在船上大吼着救人。

山峰水性不差，但却被谢希伟牢牢拽住挣扎不开，渐渐失去了意识。

第五十四章　　追击

山峰在来巴都老城之前，也派了人去找石磊。

石磊和谢希伟在公路上的那场打斗，很幸运的也有目击者。根据描述，被捅伤的人就是石磊，受伤之后他居然还能坚持上车，摇摇晃晃地向前开。

山峰知道，依照他的性格肯定会紧咬着谢希伟不放。但按照现场的流血量来看，他恐怕也支撑不了多久。但当警察追踪到房间时，石磊早已不见，只剩下地上的一大摊血，旁边还有一只珊珊的鞋子。

石磊受的伤很重，但他一定要杀了谢希伟，然后赶在中秋回家。他非常想家。

无数个夜晚，他都在做噩梦，母亲吴翠兰死去的那个夜晚，一直都是他的噩梦。当时的他只有十几岁，正是敏感、叛逆的年纪。

父亲早死，这个家里里外外都是吴翠兰一人独立支撑，既辛苦还要不时受到调笑。他经常看到吴翠兰偷偷一个人躲着哭。和别的同龄人不一样，石磊的童年结束后就直接变成了大人。他努力地长大，希望有一天能够接过家里的重担，成为家里的顶梁柱，能够孝顺母亲，爱护妹妹。只要母亲能够再多坚持一会儿，再等他长大一些。但长大并不是一瞬间就可以完成的事情，他发现吴翠兰有了一个男朋友，那个偷了"张汉东"身份证的年轻人，在她被众人取笑的时候挺身而出。

那人帮了她之后也没有要求回报，还是每次都坐在那个角落里默默地吃饭。他从不赊账、也从不赖账，吴翠兰几次要免单，却发现钱都压在碗底下。

时间长了，吴翠兰不禁开始关注这个年轻人，会给他加菜、加分量；对这个年轻人的情感也变得很奇怪，并不是因为曾经帮助过，而是一种吸引。

这个年轻人也回应了这种吸引，会用一种很温柔的眼神看着她。温柔得就像是在看着一个失而复得的人一样。

吴翠兰已经很久没有见过这种眼神了，自从成了寡妇之后，她身边一直都围着各式各色的男人，但看她的眼神都是不怀好意。只有这个年轻人，这个"张汉东"，看她的眼神很纯粹。

就是爱。她不是没有犹豫过，毕竟两人的年纪差了快要十岁。但年轻人的丝毫不介意让她彻底沦陷。吴翠兰的变化，石磊当然感觉得到。

母亲就像是一颗熬过了寒冬，慢慢复苏的种子，不停地向着阳光处生长开花，原本憔悴的面容正一天天地变化着，变得像是珍珠一般，发出了淡淡的光。

这样的母亲，是美丽的。石磊却感到了一种危险，母亲越变得美丽，他就越发感受到了危险。

他从没有见过那个年轻人长什么样，也不知道他叫什么。吴翠兰虽然沉浸在幸福中，但也顾忌着孩子们的感受，想要选一个最合适的时机让他们知道。

她想好好地和年轻人商量一下以后的人生，关于婚姻、关于孩子。时间选在了她死的那个晚上。

吴翠兰出门的时候，石磊并没有睡着。因为白天，他偷听到了母亲的电话，和那个年轻人约好了见面的时间地点，声音很小，他只听见了"旅馆"两个字。

虽然年纪还小，他也明白母亲去那里是要去做什么。他感到心慌意乱，想阻止，但却不知道该怎么办。

母亲是开心的，因为她穿上了新买的裙子，还化了妆，轻轻地哼着一首歌。甚至在路过客厅的镜子时，她还转了一个圈，裙摆散开的时候，像极了一朵美丽的花。自从父亲死后，石磊就再没见过如此开心的母亲。

他心里很矛盾，他并不是反对母亲找男朋友，而是不想让心里的慌张联想到母亲身上。于是他决定今晚上跟着母亲一起去，在旅馆楼下等着。

当吴翠兰关上门时，石磊也穿戴整齐准备跟上，他刚走到客厅，妹妹石佳却从梦中惊醒，哭个不停。

石佳没有喊"妈妈"，喊的是"哥哥"。吴翠兰一直忙着饭馆的生计，照顾她的只有哥哥。石磊只能停下脚步，哄着妹妹去睡觉。

所有的一切似乎都是安排好的，石佳那晚似乎是被梦里的场景吓怕了，非要拽着他的手才敢闭上眼睛。他只要轻轻一动，石佳就会立刻醒来，哭个不停。

等到石磊醒来，已是第二天。吴翠兰彻夜未归，然后是一整天都没有回来，然后又是一整天。

家里的饭馆连续好几天都没有营业，所有人都说吴翠兰扔下孩子跟着男人跑了。

石磊心中的慌乱越来越大，几乎从内而外要把他吞噬了，他控制不住地想，母亲不是跑了，而是出事了。但他却不能表现出半点来，因为石佳还是个什么都不懂的孩子。

那些日子，石磊像是一个被困住的小兽，不但要安抚石佳，还要和嘲笑他们的孩子打架。他本来就不爱说话，现在更加沉默。也悄悄地去了每个旅馆门口打听，看着别人眼中的怀疑和嘲笑，他只能愤怒地握紧了拳头。

时间一天天过去，饭馆终于彻底关门歇业，他退了学。吴翠兰的尸体找到了，被绑着扼死在竹筏上，又被冲到了江边。

所有人都拦住他，不让他上前去看，都在劝他："小磊，不要去看，看好你妹妹，会被吓着。"

石磊挣脱不了人群，只能隐约地看着吴翠兰的尸体被从竹筏上抬下来……

他哭不出声，只能跪在地上紧紧抱着尖叫着大哭的石佳。如果，他跟着母亲一起出门就好了……如果，他能阻止母亲和那个男人交往……他是有机会的，但他当时犹豫没有去做，他甚至都不知道那个男人是谁，长什么样。

有人拍了拍他的肩膀："小磊，你要坚强，你的妹妹还小。"

吴翠兰的死对夔州来说，只是江水中一片小小的水花，很快就随着滔滔江水远去。石磊兄妹却陷入了生活的惊涛骇浪中，他们年纪尚幼，甚至还不能自保。

村里照顾他们兄妹，保证了他们的温饱和上学。石佳尚小，只知道母亲已死，却不明白这意味着什么。石磊每天回来都浑身伤痕，却沉默着什么都不说，有些痛苦无法开口。村里渐渐起了谣言，吴翠兰是因为和男人乱搞才会死的，谣言不但毫无顾忌，还把每个细节都照顾到了。

吴翠兰独自支撑一个饭馆，经常会被来往的客人占些口头便宜，这个就被当成了证据。人的想象能力无限放大，很快吴翠兰由一个不幸的死者变成了一个可悲的桃色笑话。他们兄妹也随之变成了村里人眼中可以随便耍弄嘲笑的对象。

家还是那个家，村子还是那个村子，他们却变成一座孤岛。石磊唯一的方法就是打架，同任何一个嘲笑他的人打架。

等到石佳再大一点，他就开始调查谣言里每个和吴翠兰有牵扯的男人，誓要报仇。人人都说他杀过人，只有石佳不信。

但无论石佳如何劝说，他总是沉默，说得多了，他就离家出走。他也不敢面对石佳，害怕自己会忍不住说出那晚的遗憾。

只有抓到凶手才能解脱。

这个过程并不轻松，沿江而下，他还找到了齐飞、张勇、小白鸽这三个跟吴翠兰同样死法的人。

他当然也知道山峰是目击者，还去了一次山峰的家，不过去晚了，那里已经人去楼空。

凶手始终没有再出现，他只能在江中漂泊，直到秦菲案出现，他又来到巫江。这一次，他发誓一定要找到凶手，他也有种感觉，这个凶手就在身边不远的地方。

他真的找到了，老家面馆的谢希伟，也看见了地窖里拼凑的"全家福"。

照片上的吴翠兰，和死去那晚的装扮一模一样，甚至笑容都是同样的幸福。

但这张照片，石磊从来没有见过。

愤怒、悲伤、悔恨，加上长期沿江追凶让他异常敏锐，他一路追到了C市，然后又追回巫江，直到在珊珊学校门口看见了伪装成出租车司机的谢希伟。

石磊逼停了谢希伟的车，看到了何艾和珊珊，知道他们是江流的家人，顿时明白了谢希伟在想什么。

他原本的杀人也变成了救人，但就是这个瞬间的改变，让谢希伟拿出了改锥。等到他再次追踪到这个房间，人去房空，失血过多让他眼前发黑，只能瘫倒在地。

只是休息了一会儿，他挣扎着回到了车上，止血药还有纱布他一直都备得很齐，甚至比饮用水都要多。

夜晚已经降临，星星正在天空中一闪一闪。

他一定要赶在山峰之前，找到谢希伟。

第五十五章　执念

山峰在水里挣扎，意识模糊，眼前光亮一片，分不清是水还是光。他忽然感到身体碰到了陆地，似乎有人把他轻轻放到了岸边，还能闻到旁边青草的味道。

眼光刺眼，他抬手去挡，却发现手变得很小。他着急地喊了出来，发出的却是幼儿的哭声。然后他又感到身体一轻，有人把他抱了起来。一个年轻女子的面庞在他眼前放得很大。

山峰看着她，这是一张很熟悉的脸，眉目、鼻子、嘴唇都和自己很像。年轻女子正在哭，眼泪一颗颗地掉下来，落在了包着山峰的衣服上。

"妈……妈……"

这是悲伤的哭泣，也是分别的哭泣。旁边传来了脚步声，一个同样很年轻的男人跑了过来，夺过了山峰，重新放在地上。在分开的瞬间，山峰的手轻轻抓了一下女子的衣服。

他想转头去看，却只能看到周围的青草，从草的缝隙间可以看到远去的慌乱的身影："妈……妈……"

天空忽然下起雨来，山峰哭喊起来。雨越下越大，重重地打在他身上，打在他的眼睛里、鼻腔里、嘴里，疼得让他睁不开眼睛也张不开口。

山峰感到马上就要窒息的时候，却听见养母的呼唤："小峰……小峰……回家了……"

家，回家。

山峰睁开了眼睛，发现自己正满头大汗地睡在病床上，窗外的阳光正好。

他转头看，床头放着一本《彷徨少年时》。门被推开，叶小禾进来，看见他醒来顿时笑了："哎，你醒了？"

山峰试图起身，但身体还是很虚弱，完全使不出力气。

叶小禾走过来，将他扶了起来，又给他后背靠了一个枕头。

山峰感激地看了她一眼，忽然想到谢希伟也掉下水："谢希伟呢？"

"在隔壁呢，听江流说，你俩都沉到江里了，差点没上来。"

山峰长出一口气，总算是放心了，他看向桌上的那本书："你带来的？"

叶小禾拿起那本书："我刚开始看，你也看过？"

山峰点点头："我看过很多遍。"

叶小禾翻着书，忽然说道："对了，我刚才看到一段话，很有感触。"

山峰好奇："哪一段？我能背出来。"

叶小禾翻看书本，她才刚开始看，不能背下来："我读吧。"

清了清嗓子，她很认真地看着书页："对每个人而言，真正的职责只有一个：找到自我。无论他的归宿是诗人还是疯子，是先知还是罪犯——这些其实都和他无关，毫不重要。"

山峰跟着叶小禾背诵："他的职责只是找到自己的命运——而不是他人的命运——然后在心中坚守其一生，全心全意，永不停息。"这段话也是山峰最喜欢、最有感触的一段话。

这本书支撑着他度过了最困难的时期,每个人也许都在跌跌撞撞地追逐自己的命运,但追逐的究竟是命运还是自我?或许命运就是自我,正视自我,才能正视命运。

恰巧叶小禾也是这么想的。两人相视而笑。

从窗外传过来一个小女孩的笑声,山峰想到江流一家人,不知道何艾经过了这件事之后,是否还是要坚持离婚。

珊珊那么小,这件事有没有给她留下阴影。

叶小禾看出他的担忧,刚准备说什么,忽然"咚"的一声,江流捂着胸口惊慌失措地撞了进来:"谢……谢希伟跑了!"

山峰腾地一下从床上跳下来。

"什么?"

江流突然弯着腰笑了起来,刚才的惊慌完全消失不见。他笑得很开心,眼泪都笑了出来。叶小禾看出他的恶作剧也笑了,山峰愣愣地,看看江流又看看叶小禾,终于明白过来。他嗔怪地看着江流:"这玩笑有点大了!"

江流笑着:"我活跃活跃气氛!"

"老婆孩子没事了?"

提到家人,江流激动地点了点头:"没事了,像我!铁打的身体,流水的罪犯!"

船上的一幕幕恐怕江流这一生都难以忘记。他从心里很佩服山峰,如果他们两个互换,他不敢保证会像山峰一样,那么冷静周全。

怎么没有早点认识山峰呢?刚刚熟悉起来,案子却结束了,山峰身体一恢复恐怕就要赶回C市,毕竟家在那里。

江流想到这里心里有些酸酸的。他就是这样一个很容易动感情的人,前一秒还在因为骗住山峰而开心,后一秒就因为想到山峰要离开而难过。但他却不想把这份难过传染给山峰,他转变了话题,开始规划山峰出院之后该怎么庆祝。他很兴奋,从山峰到叶永年,从谢希伟到石磊,全都说了个遍。

夜晚降临,江流舒展了一下身体,刚才说得太激动,居然躺在山峰的病床上睡着了。山峰和叶小禾在院子里散步,他探头看了看也出去了,顺便拐道去谢希伟的病房查看一下。

谢希伟还在昏迷，罗成和刘悦坐在病房外守着。江流刚走到楼梯口，就听见了两人的说话声，他站定听了一下，想了想笑着离开了。

晚上的天气虽然还是闷热，但时不时会有微风吹来，走在树底下听着风吹叶子的声音心里的凉爽又会多加一分。

叶小禾看了看旁边沉默的山峰："你刚才睡着的时候，一直在叫妈妈。我听别人说，其实人在最脆弱的时候，第一个想到的人就是妈妈。"

山峰想到了梦中的场景，那个低头流泪看着自己的年轻女人，面目很模糊，只有悲伤的感觉。

那不是梦，那是亲生父母留给他的最后记忆。以前他很不喜欢提起这件事，但现在他已经看开，放下，坦然了："不知道是梦还是什么，我好像真的看到我亲生父母。"

叶小禾虽然知道他是被收养的孩子，但此刻猛地听到这样的回答，心里还是感到很同情："你那时候多大？"

山峰抬头看着天空："大概两三岁吧，我描述不出来他们的样子，好像是梦，又好像不是。"

叶小禾忍不住又问："你会去找他们吗？"

山峰沉默了一下，他也不知道这个问题的答案："……可能吧……"

叶小禾看着他有些茫然的神情，想说什么又觉得不合适。

前方江流拿着三个冰棍小跑过来，满脸都是笑："快快快！趁热吃！"

山峰接过冰棍，很认真地开着玩笑："哎呀，烫。"

叶小禾笑了起来，三个人站在院子中央拿着冰棍都笑了。

有微风吹来，江流边吃冰棍边挺了挺胸膛，好让自己多和微风接触，他忽然想到什么："哎，你说二十多年前，咱们仨会不会一起吃过冰棍，但谁也不认识谁？"

他的话触动了叶小禾和山峰，两人互看一眼，没有说话。

江流还准备再扩大点自己的这个设想，就看见一辆警车驶进院子。陈局来了，来的还有临县的刑警队长李队。

陈局先是看了看山峰和江流的身体，确认他们两个没事，心里的石头总算是放下来了。他重重拍了拍两人的肩膀，没有多言。接下来就是要去看谢希伟，陈局来的路上就觉得心里难受，这个谢希伟居然在他们面前演了那么多年的戏。

他们走向谢希伟的病房，罗成和刘悦已站起身迎接："局长！"

陈局点头。

"辛苦了！你俩有赏！"

罗成嘻嘻笑着："是山队安排得好！"

山峰没有接他的话，而是看着病房里的谢希伟。

看罗成还在嘻嘻笑，江流打趣他："行了！给你个好话就收着吧！"

大家都笑了，山峰却还是沉默着，望着病房的眼神却有些不对。

江流笑着感到不对劲，愣了一下："怎么了？"

山峰一把推开门冲进病房，掀开被子，病床上，竟是被打晕的医生。随之进来的众人顿时愣在原地，山峰气急地踹了一脚病床。

江流先是愣在了当场，随后反应过来一拳将旁边已经傻了的罗成打倒在地。罗成没有防备重重倒地，他看着江流，不知道该做出如何反应。他还从没有经历过这种事，也从没有见过江流真正发火。

江流是真的气急，他上前一步，一把推开上前拉住他的刘悦，揪起罗成顶在墙上，高高举起拳头。

病房里乱成一团，陈局大声喝止。

山峰拉扯住江流："江流！"

江流喘着粗气，他也在强力压抑着冲动。

"这他妈是我拿全家的命换来的！"

罗成满眼含泪，只能不断地重复着对不起，他也不知道还能说什么。

江流的拳头在颤抖，忽然听见一个软软的声音："爸爸……"

何艾和珊珊站在门外，愣愣地看着他。

珊珊的眼神里都是惊讶和疑惑，不明白一向总是笑着的爸爸为什么会变成这样。

江流看到珊珊，心软了下来，缓了缓情绪，收起拳头，走过去抱住珊珊。

罗成瘫软着缓缓地滑倒在地，失声痛吼。

医生来查房的时候，他们明明确定谢希伟还在昏迷中。

罗成奔波了一天没有怎么吃饭，饿得肚子咕咕叫。他虽然说没事，但刘悦还是去帮他找东西吃了。罗成心里美极了，一边看着她的身影，一边和医生开着玩笑。

医生进去给谢希伟做检查，罗成就在外面等着。等到医生出来，他也没有注意到那就是变了装的谢希伟。等到刘悦回来，他也是美滋滋地吃着零食，丝毫没有发现床上躺着的是被打晕的医生。

事态紧急，陈局立刻就做了部署，下令所有人都出去追捕谢希伟。罗成被扶起来，脑中还是一片混乱，昏昏沉沉地往外走，忽然一个人抓住了他的胳膊。

是刘悦："还是休息吧，你的脸色很差……"

罗成摇摇头，转身上了车，转头看着窗外，只有一个念头，如果谢希伟又消失了，他该如何补救？他想了很多种方法都被他否决了，只有抓住谢希伟才行，就算是拼了命也要抓住谢希伟。

临县刑警队所有人都出动了，就算是把山掀了也要把人找到。警车鸣笛声响，纷纷驶出院子。

江流跟着山峰一起奔向警车，珊珊在身后跑了过来："爸爸！一定要抓住坏人啊！"

江流止住脚步，回头抱住珊珊亲了亲："等爸爸回来！"

他起身，看到何艾，纵然有千言万语，此刻也无法说出口。何艾对他点点头，让他放心。

江流转身跟上山峰的步伐，钻进警车，开车离去。

这一夜，山林中的手电筒光密集闪烁，所到之处，没有一处遗落。忙了一夜，却未发现谢希伟的身影。

江流正在气恼，李队那边发现了谢希伟的痕迹，在桥下，被警犬发现的。山峰看着桥下还在不停嗅着气味的警犬，昨晚上他们开车经过了这里，很多次。

谢希伟居然就那样静静地潜在桥下那么久。

江流气得咬牙："他躲这里干什么？从医院出来，道路四通八达，为什么走这条道了？"

众人无法回答，山峰询问桥上当地警察："这条路是去哪儿的？"

"巴都县。"

山峰一惊，今天是中秋节："他去找他家人了！"

江流也被惊呆，然后赶紧冲着众人挥手："快！巴都！"

他们冲上车，风驰电掣冲向巴都陈双河家。

谢希伟已经到了。他其实在医院里早就醒来了，一直迟迟不肯睁眼，是因为不敢也不想。

现实太过残酷，让他根本无法清醒着接受。

从水里被救出来的时候，他虽然意识模糊，还是听见了母亲的哭声和哽咽地道歉声："小伟啊……对不起……对不起……"

这几十年的遭遇和执念，一句对不起怎么能够呢？到底是为了什么才让父母抛弃自己？扔下自己后，他们到底又在过着什么样的生活呢？

没有自己的家，还是家吗？谢希伟想不通，他要亲眼去看一看。

他伏在桥下，听着桥上飞速驶过的警车，一点都不害怕。

他没有错，回家有什么错。

当他浑身污泥，沾满杂草，饥肠辘辘地赶到父母家时，他们一家人正坐在院子里吃饭，桌上还放着月饼。

谢希伟隔着围墙凝视着他们，虽然过了多年，都有了岁月痕迹，但还是能认出来。一直沉默的父亲、容易哭泣的母亲，还有旁边坐着的大哥、姐姐、妹妹。唯独不见弟弟，那个谢希伟最疼、最喜欢、最挂念的弟弟。他记得，当时弟弟病得很重，还是他先发现弟弟生病，后来，就再也没有见过。

他看着紧闭的屋门，难道还在生病，只能卧床吗？院子里，大哥给大家都倒上酒，举起酒杯，想让这忧愁的气氛赶紧散去。

谢希伟在他心里早已被忘记，他已经默认这个家里的孩子只有三个。

所以他对父母的悲伤并不理解："来！糟心事过去了，妈你难受个啥啊！你认杀人犯当儿子？"

谢希伟听了大哥的话，愣了愣，穿过院子里晾晒的床单，径直走进屋内。

院子中的家人没有注意到他这边，还在叽叽喳喳地吵闹。

他们这些年过得并不幸福，哥哥一直都在靠着父母过活，姐姐嫁了一个脾气暴躁的男人，现在更是因为谢希伟的事情，对她更是不管不顾，连生活费都不给了。

姐姐生气回家，却不想离婚，只想让大哥出面帮忙教训。但大哥早已经被生活消磨掉了锐气，他的婚姻也因为日复一日地吵架、打骂岌岌可危，前几天因为一点小事，妻子就带着孩子走了。他的心情也很不好，怎么还有闲心管别人的事。

妹妹则是为了生儿子，高龄产子也没有得到应有的尊重，心情很不好地带着儿子回到娘家。他们吵着、骂着，抱怨着生活。

一旁的父母沉默着，他们也不知道生活为什么会变成这样，还是生活本身就是这样。他们没有注意到谢希伟，谢希伟也同样没有在意到他们在说什么。

第五十六章　圆满

谢希伟轻轻推开门，淡淡的灯光下，放着一个婴儿车，一个小婴儿在车里发出啊呜啊呜的声响。这个声音，和弟弟当年的声音好像。

谢希伟慢慢靠近婴儿车，眼神直直地盯着婴儿。婴儿看到他笑了起来，伸出手想要让他抱抱。

谢希伟看着，想起了弟弟。也是这么小，也是这么伸着手，也喜欢让人抱着举高。弟弟果然一直都没有变。

他的眼睛闪着兴奋的光，触碰婴儿的手。那小小的手放在了他的手心，只有一点点的热度，却让他冻了一夜的身体正在一点点地温暖起来。他忍不住紧紧地抓住这一点小小的温暖，婴儿却突然哭起来，他惊慌失措，一把捂住婴儿的嘴。

婴儿的哭声引起了妹妹的注意，她停止了和家人的争吵，转身朝里屋走去，边走边喊："妈妈来了！妈妈来了！"

孩子一哭她才想起来，今天大家约好了要去游乐园。

走进屋里，谢希伟已经消失不见，只有窗子打开着，风呼呼吹进来。

妹妹不禁生气家人的粗心，去关了窗子，抱起了婴儿："走了，宝宝！我们出去玩了！"妹妹抱着婴儿离开卧室，谢希伟才从衣柜里走出来，他直直盯着墙上的全家福。

这张"全家福"和他有的那张一模一样，他在，弟弟也在。

谢希伟靠近全家福看着两岁的弟弟，眼中含泪："小峰……"

屋外的一家人已经准备好，正在往外走，他们并没有多开心，但都希望在游乐场能够开心一些。

把希望寄托在前路，就像当年一样。谢希伟转头看着外面，又剩下了他一个人，就像是当年他们匆忙离家一样。

那个婴儿也被抱走了，他心里一阵惊慌，弟弟又不见了，他还是回不了家吗？谢希伟冲到公路上，看见全家人坐车离开，也随后拦下一辆出租车跟上。

他紧紧地盯着前面那辆车里的家人，越往游乐场去，家人的心情似乎就越好，还在车上逗着那个小婴儿。车在通往游乐场的山路上停下来，中秋节日的气氛，人声鼎沸，熙熙攘攘。

父亲、母亲、姐姐和妹妹推着婴儿车去一边玩，逗着婴儿，时不时地发出一阵欢快的笑声。

大哥百无聊赖地看着路边的小吃摊，他并不想出门，也不想一个人待在家。此刻他站在这里，心却想着离家的妻儿，看着其他人的笑脸，顿感烦闷和空虚，只想不断地用食物来填满心中的空缺。

家里其他人都在看着婴儿，他想着心事，谁都没有注意到身后跟着的谢希伟。

大哥吃着小吃，想起来没钱，朝陈双河喊道："爸！过来付钱！"

陈双河只得叹口气离开母亲等人，朝哥哥走去，正和被人群遮盖的谢希伟擦身而过。付过钱后，两人准备去找其他人，电话忽然响了，是江流。

再一看，有二十多个未接电话。

江流在那边气急败坏地大吼："喂！陈双河！你怎么才接电话？你们在哪儿？"

陈双河被吼得有些发愣，没有感到事情有什么不对："我们在游乐场啊。"

又听见江流大吼："你现在听好了，立即联系家人集合，找保安带你们去安全的地方！"

他这时才感到慌乱："出啥事了？"

"谢希伟找你们去了！"

挂了电话，陈双河顿时慌乱起来，再一看，大儿子已经不见踪影，再一看，其他人也混入人群中找寻不见。

他急忙返身去小吃摊上找，果然在另一个摊上找到了正在吃小吃的大儿子。他赶紧拉着一脸麻木的大儿子要走："出事了！出事了！"

大哥甩开他："我还没吃完呢！"

陈双河急了，大喊："你弟弟来了！要杀人了！"

哥哥一惊，咽下了最后一口，着急要走："那还不赶紧跑啊！"

陈双河对这个儿子实在是无语："你妈和她们还没找到呢！"

大哥也急眼了："找啊！你找我干什么啊！"

说着，两人朝游乐场奔去。拥挤的人群中，母女三人带着孩子穿过人流上了台阶。

谢希伟跟在身后，脚步不疾不徐，目光依旧追随着妹妹怀里的婴儿，直直地朝婴儿车走去。

忽然一个小孩子拿着玩具枪冲出来，对准他做出打枪的姿势，嘴里还在喊着："突、突、突、突！"

谢希伟愣了一下，凶狠地看着小孩子。小孩子被他的眼神吓住，愣愣地站在那里，忘了自己要干什么。孩子的母亲赶紧跑过来，抱起小孩子，惊惧地看了一眼谢希伟，下台阶离开。

谢希伟收回目光，再回身看向婴儿，母亲姐姐等人已不见踪迹。他跑到高处张望，终于在人群中看到了拎着婴儿车的母亲，他刚放下心来准备快步跟上，又看到了从警车下来的山峰和江流。

谢希伟的眼神停留在山峰身上，下一秒，转身大步向母亲追去。他的神情很兴奋，弟弟果然来了。

小峰，今晚上是团圆夜，该回家了。

偏偏今天是中秋节，偏偏陈双河一家人今晚上出来玩。

警车在游乐场外的山路上被人流卡住动弹不得，江流和山峰等人只好下车。

江流一脸愁闷地看着人群："人太多了！"

山峰四处搜寻着谢希伟的身影："我们不要惊动他，先慢慢疏散群众！"

江流点点头，转头看向罗成："安排一下！"

罗成知道江流这是在给他机会，激动得热泪盈眶，赶紧回答了个是，转身就走。

江流又急忙叫住，对这个小子，他是当成了弟弟来看，刚才着急上火过激了，他想道个歉，让罗成放松些。

这么多天，大家都不容易，但话到嘴边又变了："罗成！……机灵点！"

罗成怎么会不明白他的意思呢，郑重地点点头离去。江流看着罗成的背影，转身跟上山峰，朝游乐场奔去。

刚到台阶处，就看见陈双河和保安站在一起，举着电话四处张望："我就在进口的台阶这里……"

江流冲着他大吼："人呢？"

"走散了！还没找到呢！"

江流气急败坏推他先走："你先出去！快！"

陈双河摇头："我不出去！我大孙子还没找到呢！"

江流气得瞪眼，陈双河就是不走。刚才那对母子穿过人群着急往外走，看到保安，赶紧上前："那边有个疯子！想打我孩子！"

山峰一惊，想到谢希伟："在哪儿？！"

年轻母亲指了指前方："在里面！在里面！"

山峰和江流顺着他指的方向冲了过去，刘悦赶紧让保安封闭大门，不要再放任何人进来。

游乐场虽然不大，但空间密集，人流很多；尽管罗成已经在疏散了，但效果不大。山峰果断提出分开找，众人分散。

刘悦注意到罗成有些紧张："没事吧？"

罗成摇摇头："没事！我已经疏散很多了！"

刘悦看了一眼罗成，和其他警察去往另外一边，又回头喊了一声罗成。罗成回头，眼睛在灯光映照下熠熠生辉。此刻的罗成，忽然成熟起来，身上那股愣头青的毛躁已经消失得无影无踪。

刘悦只说了两个字："加油！"

罗成笑了笑，转身汇入人群之中。江流带着人往鬼屋赶，特警马上就要赶到，这次谢希伟是插翅也难飞。

陈双河刚才打电话，大儿子在鬼屋门口找到了陈老太，正等着两个女儿。

一听谢希伟跟过来了，陈老太吓得让大儿子赶紧进鬼屋把两个女儿找出来，但听着鬼屋内传来鬼哭狼嚎的喊叫，大儿子拒绝进去。

陈双河只好一个人走进鬼屋，大儿子自私他是知道的，只是这个时候了，居然也不在乎亲姐妹。

江流带着警察赶到，大儿子总算找到了从陈老太抱怨中脱身的机会："妈！你先冷静冷静！警察在这儿呢！"

江流气得指责他："你是个老爷们吗？"

大儿子别过头，不看这边。

陈老太拽着江流："一定要救救我孩子啊！"

江流正准备进去，山峰带着警察也赶了过来："里面找了吗？"

大儿子一脸不爽："我爸在里面找呢！"

话音刚落，陈双河哭丧着脸跑出来："里面没有啊！"

山峰指着广播室的方向："你快去广播室喊人！快！"

父亲使劲点着头，朝广播室跑去，江流让警员跟着。

他们焦急地看着四周，忽然人群出现了慌乱，还有人在尖叫救命，还有人在大喊：

"死人了，死人了！"

山峰立刻冲了过去，江流指挥警察立刻疏散人群。死的人是罗成。

在旋转飞椅处，他发现了谢希伟还有带着小婴儿的姐妹俩。

刚要通知江流，就看见谢希伟上前要抢孩子，他来不及反应飞身扑上去想要阻止。谢希伟被他的动作激怒，爆发了惊人的力量，用旋转绳索缠住罗成的脖子，死死地用劲。

老板狂按制动按钮，却失去控制，只能看着旋转飞椅飞快地旋转着，妹妹抱着小婴儿尖叫不止。

罗成连挣扎的机会都没有，喉管被勒断，缠绕在绳索上，双目圆睁，一动不动。谢希伟松开勒住罗成的绳索，制动按钮又恢复了正常，妹妹抱着婴儿跳下来，惊慌失措地将婴儿放进婴儿车，推起婴儿车飞奔起来。

刚跑了几步，脚下一滑，婴儿车滑向另一个方向，谢希伟见状，朝婴儿车追去。山峰冲了过来，扶起妹妹，举起枪瞄准："谢希伟！"

谢希伟毫无反应，走到婴儿车面前，看着车里的婴儿。

特警们已全部赶至，纷纷持枪对准谢希伟，将他包围起来。江流和刘悦等带着谢希伟家人赶了过来，看着这一幕，都愣在原地。

江流看到死去的罗成，顿时发蒙，扑了过去，解开了绳索："罗成！罗成！"

怎么会这样？为什么会变成这样？

刘悦瞬间泪崩，抱住罗成哭喊。

一边的谢希伟似乎进入了另外一个世界，那里只有他和这个被当成弟弟的婴儿。他的脸上露出了温柔满足的微笑，轻轻地摸着婴儿细嫩的脸颊。小婴儿并不知道发生了什么事，看着他咯咯地笑起来。谢希伟也笑了，果然，只有弟弟对他最好。

耳旁是陈老太和大姐的嘶喊，求他放过孩子。他觉得很可笑，他怎么会伤害自己的弟弟？

山峰呼吸急促起来，听着旁边江流和刘悦的哭喊，他悲愤地举着枪："谢希伟！马上举起双手！一！"

谢希伟对发生的这一切毫无察觉，将一只手伸进口袋。

"二！"

陈老太忍不住发出一声惊叫，跪倒在地。

"三！"

谢希伟从口袋里掏出一个东西，忽然"砰"的一声枪响，他胸部中弹，鲜红的血液喷射而出。

一个拨浪鼓从他的手中滑落，在地上翻滚了几下后停住。他伸出手在空中，想抓住些什么，却重重倒地。四周一片安静，陈老太突然爆发出一声撕心裂肺的哭声。

山峰吃惊地看了一眼手中的枪，又猛地转过身。人群后面，石磊举着土枪，枪口还冒着余烟。他有些呆愣，似乎不敢相信。

追凶这么多年，亲手结果了杀母仇人，并没有他之前想象中的那么狂喜，相反很平静，甚至一点点喜悦都没有。但他也不后悔，他的心愿终于达成了。

母亲、他、妹妹，从此都是清白的。

警察蜂拥而上，石磊平静地跪在地上，举起双手，静静地看着临死前的谢希伟。

一切终于结束了。

第五十七章　最终章

中秋节之后，所有的一切都恢复了平静。萦绕在巫江二十年的迷雾终于散去，所有人都感到轻松了一些。

叶小禾来到墓地。秦菲、周宇、小白鸽，还有白卫军，他们终于可以安息了。

她站在周宇墓前，看着墓碑上那小小的一块相片，耳边传来跑山的摩托车声。经过这次事情，她改变了很多，也看清了很多事，放下了缠在心头多年的执念。

她不再对巫江抱有怨念，也不会带着敌意看周围人，她变得温柔、包容。可惜周宇看不见了。叶小禾很想很想周宇，她也会带着这份思念勇敢地走下去。

秦菲也葬在这个墓园里。叶小禾也去看了李锐，知道真相之后，他显得轻松很多，余下的日子就是对秦菲的忏悔。

暴雨倾盆。

从墓地出来，她便往珊珊学校赶去，今天是珊珊第一次登台表演的日子，他们约好一定要去。但等她赶到，却看见了焦急的江流和何艾。

江流不好意思极了："你可算来了，马上要上台了，谁劝也不行，不见我也不见她妈，我是实在没办法了……"

旁边的何艾眼圈红了："这孩子……我担心……"

她之前和江流闹离婚的动静太大，当时只想着赌气，没有想到会给珊珊留下这么大的阴影。但她已经和江流和好了，经历了这么多事，她终于理解了江流的职业，也理解了江流为什么会舍不得辞职。

她爱江流，也爱珊珊。

当初想要离婚，也是为了能生活得更好，只是没有想到……珊珊总以为她随时会和江流分开。

叶小禾看出她的难过："没事没事，和我小时候一样，她在哪儿？"

珊珊正坐在教室角落，头埋在双膝之间。

虽然那次危险的经历过后，父母又和好了，但她总觉得，这个家庭随时都会解散，她又要面对的是同妈妈分离还是同爸爸分离的选择。

叶小禾在珊珊身边坐下，怜爱地摸了摸她的头发。

珊珊抬头看着她，眼眶红了，在父母分离无暇顾及她的日子，是叶小禾一直陪伴她、鼓励她。珊珊很信任叶小禾，把她当成了最好的朋友。

叶小禾知道珊珊虽然还是小孩子，但已经懂了很多，就像是自己小时候那样。

如果当时能出现一个能够开导自己的朋友，她一定不会浪费这么多年去误解父亲，一定会早早发现父母分离的真相，一定会早早和这个世界和解。

叶小禾问珊珊："你知道我为什么喜欢唱歌吗？我小的时候，爸妈总是吵架，他们一吵架，我就一个人躲起来。后来我发现唱歌的时候，你能有一个自己的世界，这个世界会让你变得不一样，尤其在爸爸妈妈眼里。"

珊珊犹豫着："可我害怕……"

叶小禾握住珊珊的手："你是怕你一上台，就结束了，是吗？"

珊珊点点头，终于说出了心里最真实的恐慌："我不想让爸爸妈妈分开……"

叶小禾当然能够理解珊珊："所以你更要上台，给他们看看你唱歌时的世界。你在这个世界里是最美的，爸爸妈妈一定会保护你这个世界的。"

珊珊被说动了："真的吗？"

叶小禾点点头，既是在对珊珊说，也是在对自己说："相信我，珊珊，有时候，我们要跟过去告别，这样才能看到更好的未来。我虽然最近才明白，但我想告诉你，爸爸妈妈不是超人，他们也需要勇气，而你就是他们的希望。"

珊珊点点头，她的目光变得坚定，不再躲闪："我不会让爸爸妈妈分开的。"

到了珊珊的表演时间，音乐前奏响起，珊珊等一群女学生上台，站成一排。

珊珊一点也不怯场，看着台下的父母，脆生生地开唱："长亭外，古道边，芳草碧连天。晚风拂柳笛声残，夕阳山外山……"

一曲终了，江流和何艾都已热泪盈眶，珊珊飞奔下去，紧紧地拥抱住他们。

叶小禾站在后台的幕布处，望着他们一家拥抱的背影，笑了。她也该回到父亲身边了。

山峰正在帮她粉刷叶永年的老屋子，看上去焕然一新。

叶小禾扶着叶永年进来，阳光照在屋子里，暖洋洋的，格外舒服。叶永年还是糊里糊涂，一进门就笑了，他很喜欢这里："这是哪里啊？"

"这是你家啊。"

"哦，我家，我女儿呢？"

"你女儿在呢。"

叶永年点点头，坐在椅子上，伸了伸腿："家里真好啊。"

山峰从架子上下来，接过叶小禾递来的水："他还能想起你吗？"

叶小禾看着叶永年的背影笑了："不重要了。"

山峰也笑了，叶永年忽然转头："我女儿呢？"

叶小禾上前握住他的手："爸，我在呢。"

"小禾……"

他抬手给了叶小禾一个"火爆栗子"。

叶小禾一愣，叶永年大笑起来，山峰望着这一幕，浮现出温暖的笑容。

手机响了，他接起来，是谢希伟的母亲，约他见一面。

咖啡馆外的雅座上，山峰心情复杂地看着伤心的陈老太。

谢希伟的骨灰始终无人认领，游乐园那天发生的事情让他的家人无法原谅他。

山峰只好把他的骨灰撒在了江里，因为他说过，如果回不去家就把骨灰撒在江里，此刻也算是完成了他的心愿。

陈老太抬头看了山峰一眼："其实这么多年来，我很愧疚，老是想起来小伟，我也不好意思打听。小伟走到现在这一步，怪我们，怪我。"

"事情都已经过去了，阿姨。"

陈老太擦擦眼泪，"我当初就不应该同意……可他弟弟那时候是先天性心脏病，不做手术的话，就没命了。后来听说小伟在养父母家不吃不喝，他们才骗他说弟弟还活着，小伟很喜欢他弟弟，他弟弟一生病，小伟就在旁边抹眼泪……"

"他弟弟现在在哪儿？"

陈老太的眼泪再次涌出来："手术失败了……"

山峰愣了一下，眼圈红了："您为什么要告诉我这些？"

陈老太无意识般摇头，她也不知道为什么要告诉山峰这些。可能是家里的人都不想提起谢希伟，她又实在感到对不起这个儿子："我……就当你是小伟的弟弟吧……"

山峰看着陈老太，一个被家抛弃的儿子，在寻家的过程中不断地伤害其他人的家，而这种伤痛只有时间才能治愈。

石佳收到消息的时候，已经确定好了结婚的日子。那是个很好的男人，不需要她的嫁妆，也不会嫌弃她有个杀过人的哥哥，更没有因为之前吴翠兰的流言而会有什么误解。只是，石磊不能参加她的婚礼了。

在监狱接见室，石磊和石佳隔窗相望。

没有见面的这几年，石佳以为自己是恨石磊这个大哥的，但现在才明白，那是心疼和对自己的愤怒。愤怒自己没有能力去保护哥哥。

石佳眼眶泛红，忍住眼泪："我会带他来看你的。"

石磊摇头："不用了，好好生活。我们家以前所有的事情，到哥这里就结束了。"

石佳的眼泪流下来："哥！这样值吗？"

石磊笑了笑，事到如今，值不值得都无关紧要。重要的是他已经完成心愿，看着妹妹得到幸福，过往已经没有必要告诉石佳，所有的黑暗都由他来挡住就好了。

"你不是给哥带凉虾了吗？"石磊问。

石佳抹抹眼泪，拿出饭盒，掏出一碗凉虾，递给石磊。

石磊伸出手帮她擦了擦眼泪："别哭了，我怎么吃啊。"

石佳忍住眼泪，石磊笑了笑，低头吃着凉虾。

"好吃吗哥？"石佳问。

石磊一口下去，深深地低着头，眼泪夺眶而出。家的味道，时隔多年，他终于吃到了家的味道。

一切由家而起，一切由家结束。山峰要回C市了，他收拾好行李，望向挂在窗户上的红色发卡，刚要取下来，屋里的灯突然熄灭。

停电了，屋里只有点点星光。街上聚集了老人小孩，兴奋地望着天空。

走廊里，叶小禾望着被镀上银色的楼群，山峰走过来，站在她旁边："你还走吗？"

叶小禾转头疑惑的看他："去哪儿？"

"你想去的地方……"

叶小禾抿嘴笑了："我生在这里啊……"

两人相视一笑，一起看向天空，一轮明月驱散黑暗，恰如清风消愁。

叶小禾突然又问："你说，人死了会去哪儿？"

山峰一时不知道该如何回答，重复了一遍："会去哪儿……"

"是天上还是地下，是云里还是水里？"

山峰想了想："我想，是去那些记住他们的人心里吧。"

（完）

关注"天河世纪"公众号，领取更多好书福利

非常目击

图书出版 | 长江出版社　选题策划 | 天河世纪图书
产品经理 | 易涵辰　责任编辑 | 钟一丹
装帧设计 | Allen　责任印制 | 腾飞
官方微博：@ 天河世纪 @ 长江出版社官博

图书在版编目（CIP）数据

非常目击 / 刘小啀著．
一武汉：长江出版社，2020.8
ISBN 978-7-5492-7171-9

Ⅰ．①非… Ⅱ．①刘… Ⅲ．①长篇小说—中国—当代
Ⅳ．① I247.5

中国版本图书馆 CIP 数据核字（2020）第 157707 号

非常目击

出　　版	长江出版社
	（武汉市解放路大道 1863 号　邮政编码：430010）
选题策划	天河世纪
市场发行	长江出版社发行部
网　　址	http://www.cjpress.com.cn
责任编辑	钟一丹
印　　刷	三河市腾飞印务有限公司
版　　次	2020 年 8 月第 1 版
印　　次	2020 年 10 月第 1 次印刷
开　　本	710mm×1000mm 1/16
印　　张	19.75
字　　数	300 千字
书　　号	ISBN 978-7-5492-7171-9
定　　价	49.80 元

版权所有，盗版必究（举报电话：027-82926804）
（如发现印装质量问题，请寄本社调换，电话：027-82926804）